Narratori

GIOVANNI FLORIS

Il Gioco

SOLFERINO

SOLFERINO

www.solferinolibri.it

ISBN 978-88-282-1021-4
Prima edizione: ottobre 2022
Quarta edizione: dicembre 2022

Il Gioco

Bamavafa

«Il tuo pensiero mi sfugge» disse Avenarius.
«Peccato. È il pensiero più importante
che mi sia mai venuto in mente.»

MILAN KUNDERA, *L'immortalità*

Ora penso invece che il mondo sia un enigma benigno,
che la nostra follia rende terribile perché pretende di
interpretarlo secondo la propria verità.

UMBERTO ECO, *Il pendolo di Foucault*

Prologo

Piccoli oggetti, scie di odori, folate di luce. Persino il brodino che ha davanti riflette colori, scintille, sfumature. Paolo cerca indizi nei particolari, nelle sinestesie. Ma il Decadentismo è la sua idea fissa, non quella di chi guida il Gioco.

Per introdurre i Poeti maledetti, alla sua prima supplenza, Paolo Romano si era studiato un'apertura a effetto. «Io sono convinto che Dio non esista» aveva esordito. «Ma il funerale, quello lo vorrei in chiesa.»

L'effetto sulle ragazze della quinta H dell'Istituto Caterina Volpicelli, in una cittadina della provincia di Rieti, era stato nullo.

«Lo voglio in chiesa» aveva continuato Paolo, conscio di un'incrinatura nel proprio atteggiamento provocatorio. «Proprio perché sono convinto che Dio lo abbiano creato gli uomini. Se la massima autorità che abbiamo saputo immaginare per salutare la vita e la morte è Dio, che senso avrebbe chiamare in causa qualcuno di meno potente?»

Non c'era stata alcuna reazione, le studentesse erano intente a studiare materie più importanti della sua o a scriversi bigliettini. Ma lui senza darsi per vinto aveva lasciato cadere la citazione: «"Dio è l'unico essere che per regnare non ha nemmeno bisogno di esistere"».

E qualche palpebra, come per miracolo, si era sollevata.

Paolo Romano era uscito dalla classe, alla fine dell'ora, sentendosi un eroe. Erano anni ruggenti, e quella era una partenza col botto per la sua prima lezione in una scuola di suore.

Ovviamente, era stato allontanato dall'istituto al termine della giornata. Primo contratto, prima espulsione, nel nome dei *Diari intimi*, i suoi preferiti. Un vanto, un record da festeggiare in pizzeria con Pinella. Sì, erano anni ruggenti, e loro freschi di laurea e di voglia di fare, di insegnare, di cambiare le teste dei giovani, futuro del Paese.

Ma quegli anni avevano smesso in fretta di ruggire. Il battello ebbro era stato presto riaccompagnato in porto. In una lenta successione che gli era sembrata rapidissima: il ruolo, il matrimonio, la figlia, la tragedia, la separazione, la malattia.

In un lampo, da Tangentopoli alla pandemia. Dal calcetto alle crisi della malattia autoimmune che aveva preso residenza permanente nel suo organismo. Dalla famiglia alla solitudine. Dalla cattedra in un liceo classico del centro, affollato di stronzetti, ai banchi dell'Istituto tecnico statale per il commercio e il turismo di Torre Bruciata. Sempre affollato di stronzetti, ma meno.

E adesso eccolo qui, sdraiato nel letto di un ospedale, a guardare lo schermo piatto da 16 pollici del televisore fissato all'angolo della parete.

Il telegiornale evoca una sorta di setta cui sono probabilmente affiliati diversi insegnanti su tutto il territorio nazionale. Non si sa quanti, forse addirittura qualche centinaio. Politici e giornalisti discutono in tv, e si chiedono se la classe docente italiana sia davvero affidabile; i genitori tuonano che le menti suggestionabili dei loro figli sono a rischio. Una trasmissione Rai ha aperto con lo scoop su una droga trovata a casa di una ex preside. *Scuola deviata* titolano i quotidiani.

Paolo li ascolta parlare di cambiare i programmi ministeriali (di nuovo?), di dare più strumenti di controllo ai genitori (ancora di più?), di proteggere gli studenti (da chi?). Sembra sia saltata fuori l'idea di una piattaforma di democrazia partecipativa che potrà rendere collegiale ogni decisione sulle attività e persino sui piani di studio. Al ministero ci stanno pensando e pare siano già stati convocati dei tecnici.

Si voterà per il programma di letteratura, come in un talent show per poeti estinti.

Tutto questo mentre, nella stanza accanto, Morgana sta morendo.

Due settimane prima

1

Roma, un mercoledì di maggio

In piedi, ma appoggiato alla cattedra. La schiena gli fa male e ogni istante può essere quello in cui ripartono i pungiglioni a tormentargli mani, polsi e piedi. Paolo Romano spiega il romanzo dell'Ottocento, ma purtroppo è una bella giornata e l'attenzione di tutti va al mondo di fuori, al complesso della piscina comunale e alle macchine in fila che attendono l'uscita dei ragazzi dell'agonismo.

«Il giovane aristocratico Des Esseintes, che avrebbe potuto vivere nel cuore luminoso di Parigi, se ne andò ad abitare in un banale paesino» prova a dire, come se raccontasse una favola. «Una scelta di isolamento in segno di rifiuto per un mondo che disprezzava. Mentre dentro, la casa era arredata con cura maniacale, sempre più confortevole, sempre più bella, fino a che...» si interrompe come da tradizione, per lasciar vivere la suspense.

Secondo banco terza fila si alza ed esce dall'aula. A parte questo, nessuna reazione.

Des Esseintes preferiva il dentro al fuori. Qui è il contrario. Meglio il va e vieni degli operai al lavoro sull'orrida struttura in cemento armato di fronte che le parole senza senso di un prof di italiano. Meglio per tutti, anche per lui ovviamente. Visto com'era andato a finire l'indignato isolamento di Des Esseintes, poi.

Paolo Romano prova empatia con quei ragazzotti e ragazzotte che pensano a tutt'altro che ad ascoltare la sua lezione. Considera il loro disinteresse per tutto ciò che è scuola una caratteristica salvifica. Forse è salvifico il disinteresse in generale. Quando aveva chiesto il trasferimento in questo istituto tecnico a Torre Bruciata, molto periferia molto est di Roma, non si aspettava niente di più.

«Almeno è gente del popolo, e se devo gettare perle ai porci, meglio gettarle a porci senza la macchinetta e il tavolo fisso in una discoteca del centro» così aveva spiegato a Pinella una decisione che a lei sembrava incomprensibile.

«Sembri un ragazzino che gioca a fare le gang» aveva sbuffato lei dall'altro capo del telefono. «Sei un professore, e ragioni come uno studente.»

«Magari! E poi a te che cambia, l'assegno te lo mando lo stesso. Il ministero mi paga uguale, se insegno ai Parioli o se insegno in periferia.»

«Vai allora, anzi, bravo: una torre bruciata mi sembra il posto giusto per uno come te. E ricorda che del tuo assegno non ho certo bisogno.»

Quando si dice lasciarsi bene con la ex moglie.

La scelta non è politica, ma Pinella lo sa. È attratto da una vita proletaria, sì. Ma per la sua allegria, non la millenaria sua lotta: la sua natura, non la sua coscienza. Ecco, glielo avrebbe potuto dire parafrasando Pasolini, lei avrebbe afferrato la citazione e forse avrebbe ragionato con lui, come ai vecchi tempi. Ma a che pro?

Paolo non si trova, non si riconosce. O forse non è vero che c'è stato un passato diverso.

Fatto sta che lui nell'Istituto tecnico statale per il commercio e il turismo Nicoloso da Recco, indicato come scelta per il trasferimento principalmente perché non aveva idea di chi fosse Nicoloso da Recco, ci si trova bene.

Vista dalla cattedra, questa ventina di giovani menti dà una bella soddisfazione, anzi di più: gli dà ragione. Capo chino su altri interessi i più, sguardo attento una sola (che però oggi è assente), e ai due angoli opposti della classe le sue due vere passioni. Momo e Francesca, ovviamente agli ultimi banchi, cariatidi messe a decorazione di una classe mediocre e anodina, ma non tremenda. Loro sì che sono tremendi. E proprio per questo, brillano.

2

La Tiburtina è vuota, per fortuna. Bisogna correre e guida Di Tomasi, che le fa sempre venire il mal d'auto. Dietro ci sono Presenti e Galdòn, che completano quello che se fosse a Scotland Yard potrebbe chiamare il suo staff. Apre il finestrino, e sente il vento sul viso. Il sole. L'urlo della sirena.

Le piace tutto.

L'ispettrice Nilde Fabbri è appena uscita da casa Catrambone, e si sta dirigendo alla scuola. Ha telefonato al preside, che si è mostrato subito disponibile. Non le è sembrato per niente spaventato, anzi. Come se avere a che fare con la polizia facesse parte della sua routine, e da quelle parti in effetti può darsi sia così.

Le piace questo lavoro, e le piace la Capitale. Sì, va bene, vive e lavora in periferia, non certo all'ombra del *Cuppolone*, e al commissariato piove intonaco dal soffitto un giorno sì e uno no, ma a lei questa zona così ruvida sembra Montmartre. Il giorno in cui le hanno confermato il trasferimento da Bologna a Roma è stato uno dei più belli della sua vita. Ha un'idea molto chiara del perché lo abbiano fatto, ma l'importante è il risultato. Questa è la città della sua libertà e della sua rinascita. Questa è la città dove si sta guadagnando una seconda vita.

«Guardie infamiiiiii!»

Ama anche quel ragazzino che dal marciapiede le urla contro, beffardo, mentre sfrecciano.

Sono le dieci quando arrivano nel cortile della scuola. Il cancello è chiuso. Davanti, mani sui fianchi e gambe divaricate, una signora bionda, sulla sessantina, tracagnotta, col grembiule celeste sopra la tuta della Roma.

«Entrate pure. Il preside vi aspetta.» Veloce ed efficiente, apre il cancello e lo richiude dietro di loro. Si vede che non vuole lasciare il tempo a qualcuno di sgattaiolare fuori. Metà personale non docente, metà guardia carceraria. Ma lo sguardo è accorato.

«La ritrovate, vero?» sussurra mentre Nilde scende dall'auto.

«Certo, signora...» la poliziotta cerca di parlare come i colleghi delle serie televisive, anche se non è per niente sicura. La scomparsa di una ragazzina non le era mai capitata, e non c'è una sceneggiatura a confermarle che riuscirà a risolvere il caso prima della fine della puntata.

«Mi chiamo Luisa» la donna le stringe la mano. «Non è la mejo Rossella, ve', con quelle ariette. Ma nun è che mo' possono metterse a spari' i regazzini.»

«Quindi secondo lei non può essere scappata di casa, o andata via di sua volontà, vero?» Nilde ne approfitta per acquisire almeno un'opinione.

«Nun è una da colpi de testa, Rossella» scuote il capo la signora Luisa.

«La troveremo, vedrà.»

I quattro procedono verso l'ingresso, attraversando il cortile assolato. Non è mezzogiorno di fuoco, perché è solo maggio e perché non c'è grande tensione, nel casermone a tre piani intitolato a Niccolò da qualcosa. Un paio di ragazzi e ragazze sono affacciati alle finestre, incuriositi dall'arrivo degli sbirri.

Nilde incassa un fischio da un lato del cortile, punta lo sguardo in quella direzione e fa solo in tempo a vedere due gambe che sfrecciano via. Suonava come un fischio di apprezzamento. In effetti, i ragazzi di questa scuola ancora non lo sanno che è scomparsa una compagna.

Forse.

3

Paolo sta guardando Francesca e si domanda se sia il caso di interrogarla di nuovo. L'ultima prova non è andata bene, anche se lei lo ha conquistato, con la sua visione inedita delle manzoniane «genti meccaniche e di piccolo affare».

«I due innamorati si sbattono tanto, ma alla fine non contano gnente» ha riassunto.

«Perché?»

«Perché fa tutto Dio, professò.»

«Be', Renzo mi pare si dia piuttosto da fare» ha tentato la provocazione.

«Ce prova, è vero, ma fa tutto Dio. Lei...»

«Lucia.»

«Sì, Lucia. Lei almeno l'ha capito. Fa la gatta morta e aspetta.»

«Perché, per Manzoni, Dio sta dalla parte loro» piano piano, Romano ha tirato la corda.

«Sì, come no...» Francesca ha chiuso le dita della mano destra nel gesto simbolo della cultura italiana all'estero. «Alla fine però a tavola col cardinale c'è il prete. Loro se ne stanno nel tavolino degli sfigati, professò.»

«Malatesta, del Manzoni non sai un accidente ma ti do sei in teologia.»

Se tra i tatuaggi che istoriano il fisico atletico di Francesca non ci fossero una croce celtica e il capoccione del duce, per intuizioni come queste Romano sarebbe tentato di apprezzarla sul serio. Ora la guarda, intenta a scrivere sullo zaino l'ennesimo, vuoto slogan senza nemmeno fingere di ascoltare. Tanto il sei se l'è già preso la settimana scorsa.

Italiano peraltro è l'unica materia in cui ha la sufficienza, per il resto tutti quattro.

«Malatesta, ma lo sai o no che rischi di perdere di nuovo l'anno?»

«Se succede me fermo, professò. Sarebbe il terzo, c'è un limite a tutto.»

Se la perderanno un po' gli dispiace. Chissà dove andrà a finire? Con il suo metro e ottanta e quelle spalle, se fosse nata nei quartieri alti magari sarebbe diventata un'atleta, o persino una modella, perché è quasi bionda e quasi bella sotto quell'espressione minacciosa; a Torre Bruciata è ingrassata e la chiamano «Bomber». Spacciatrice per convenienza, neofascista senza convinzione, insicura di sé e delle quattro parole d'ordine che legge su avambracci, muri e Instagram, fa politica nel quartiere con gentaglia violenta, distribuisce pacchi di pasta ai poveri italiani e sta a guardare mentre i camerati elargiscono pacchi di botte ai poveri immigrati. Chissà se ha detto agli squadristi che è cotta di Momo, il «mezzo negro».

Paolo apre la bocca per ricominciare a spiegare Manzoni, ma in quel momento nessuno bussa, si spalanca comunque la porta, ed entra la polizia.

«Professore, buongiorno. Sono Nilde Fabbri, ispettrice della polizia di Stato. Le devo parlare.»

È una ragazza sulla trentina, in divisa. Corti capelli neri, ordinata, ordinaria: perché gli ricorda Rosa Fumetto? Dev'essere la bocca. O forse la statura, si dice avvicinandosi e notando che, pur con il suo metro e settantacinque, troneggia su di lei neanche fosse un cestista. Intanto la classe, che ha osservato un secondo e mezzo di silenzio all'ingresso a sorpresa della polizia di Stato, saluta l'interruzione con risa e schiamazzi.

«Si sono bevuti il professore!» è il commento più benevolo che Romano capta mentre esce con lei e si chiude la porta alle spalle. Ovviamente gli viene da sorridere.

«Professore, abbiamo un problema.»

«Mi dica, ispettore. Ispettrice... Dottoressa...»

«Non si preoccupi, professore. Dica semplicemente ispettrice.»

«Paolo Romano, piacere.»

«Il problema è Rossella Catrambone» va subito al sodo la poliziotta.

«Non è in classe, oggi» Paolo aggrotta la fronte.

«No, non c'è. E non è neppure a casa, purtroppo. Da ieri mattina.»

«Anche qui era assente ieri e oggi, ma...» Paolo lascia vagare con un certo imbarazzo lo sguardo sulla parete del corridoio, che per qualche motivo è sporca di segni di pneumatici come se qualcuno avesse fatto delle gare di bici da cross correndo sui muri. Forse lo hanno fatto.

«La famiglia ha denunciato la scomparsa» annuisce la Fabbri.

«E dov'è andata?» Paolo ha appena formulato la domanda che si rende conto che è un'idiozia, e lo sguardo della sua interlocutrice glielo conferma. Se questi sono i docenti, le legge negli occhi, figurarsi quante speranze potranno avere gli allievi.

«Non lo sappiamo» scandisce la Fabbri con pazienza. «Non sappiamo neanche se qualcuno l'ha portata via.»

«Non è il tipo che scappa di casa, in effetti...»

«Cioè?» scatta la Fabbri.

Concentrati, Paolo, pensa il professore. Ti manca solo di diventare un sospettato a suon di frasi dette a caso.

«È una ragazza molto quadrata, dottoressa» risponde assumendo il suo miglior tono da cattedratico. «È seria, studiosa, la prima della classe.» Prevedibile e un po' gretta, ché per essere la prima in questa classe di ultimi non è che ci voglia una cima, vorrebbe aggiungere. Ma la terza sciocchezza in un minuto e mezzo decide di evitarsela. «Credo che frequenti solo la scuola. Che io sappia non fa attività sportive, non segue corsi di inglese o di danza, non va al cinema né al pub. Se non è a casa, di solito, è qui.»

«Appunto» dice solo la Fabbri, continuando a fissarlo. Paolo però non la segue.

«Vuole dire che potrebbe essere dentro l'istituto?» chiede.

E a questo punto lei sorride e Paolo pensa che no, non è ordinaria per niente.

«Be'... nulla si può escludere ma... la campanella l'avrebbe sentita» dice lei. «Quel che intendo è che potrebbe essere scomparsa per qualche ragione legata alla scuola. Per questo sono venuta da lei.»

«Da me?»

«Il preside mi ha detto che, tra i docenti, lei è quello che conosce meglio questa classe. E che a volte vengono a casa sua per delle lezioni private.»

Traduzione: il preside, dovendo proprio inguaiare un docente, non ha neanche avuto bisogno di tirare una moneta per scegliere quello che odia di più. Assenteista con quella «scusa» della malattia, poco collaborativo, nemico delle attività extracurricolari e ostinato nell'ingolfare il programma di italiano con miti scaduti, da Baudelaire a Ferlinghetti. Le attenzioni della polizia, a uno così, possono fare solo bene.

«Catrambone da me non è mai venuta, non ne aveva bisogno» dice, pensando il contrario. Magari avrebbe potuto insegnarle a studiare per piacere, e non solo per il voto. «È brava, studiosa, sta un anno avanti e a giugno prenderà la maturità da diciottenne, vuole andare all'università. La madre è una collega, insegna alle medie, il padre dovrebbe essere impiegato in Comune.»

«So che è una nerd. Le risulta?» rilancia Nilde Fabbri.

«Intende una che ha un rapporto migliore con i computer che con i coetanei? Sì, ci sta.»

«O addirittura una come quei ragazzi giapponesi, hikko... kiko...»

«Hikikomori. Ma quelli a scuola non ci vanno. E se ho ben capito, Rossella non si è chiusa in camera con la console.»

«Però i suoi genitori ci hanno raccontato che ci passa gran parte delle sue ore libere, chiusa in camera con la console, o col telefonino.»

«Se entra in quest'aula gliene presento un'altra ventina uguali» offre Paolo battendo una mano leggera sulla porta. «Non è proprio un comportamento borderline, ispettrice. Rossella non sarà la reginetta del ballo, ma non è una disadattata.»

«Il professore che ho incontrato mentre venivo da lei è di opinione diversa» ribatte Fabbri. Combattiva.

«Professore di che?»

«Arte e territorio.»

Ah, Pastore.

«Lui è sempre di opinione diversa.»

«Secondo il professor Pastore, Rossella è bullizzata. Bullizzata da...» guarda il suo blocchetto di appunti. «Gregoretti e Malatesta.»

E da chi altri? Lui non se n'è mai accorto, ma può benissimo essere vero. Il fatto che Pastore sia un coglione non toglie che i suoi preferiti siano proprio i due peggiori della classe. Bulli e, se hanno fatto qualcosa di grave che ha spinto Rossella a un gesto inconsulto, pure criminali. Lo sapeva che sarebbero finiti nei guai.

«Non saprei» dice, cauto, sentendosi omertoso. Ma a questa sosia in divisa di una spogliarellista degli anni Settanta come glielo dice, che non può togliergli le sue cariatidi.

«Gregoretti ha piccoli precedenti, e Malatesta... Scusi professore» Nilde accenna alla porta dell'aula. «Ma la classe è questa?»

«È questa, sì.»

«Allora me li può chiamare? Iniziamo dal ragazzo, quello violento.»

4

Milano, lo stesso mercoledì

Rinaldo Santamaria sta per affondare i denti nel più buon kebab di Milano. È la sua pausa pranzo, non gli sembra vero di essere riuscito a scrollarsi di dosso i colleghi e di potersene stare, da solo, sulla sua adorata panchina di Parco Sempione. Ovviamente la salsa è già colata sulla cravatta, ma questo era inevitabile, col pancione che si ritrova anche sporgersi in avanti per tenere al sicuro gli abiti è problematico. L'importante è riuscire a mangiare tutto prima che la piadina si sfaldi, e prima che squilli il maledetto telefono che si è dimenticato di...

Driiin.

E si è pure incastrato nella tasca dell'impermeabile.

Apre il vecchio cellulare a conchiglia e il kebab termina la sua lotta con la forza di gravità e crolla sui pantaloni di fustagno. A Santamaria si chiude la parolaccia in gola.

«Pronto, che c'è?! Che vuoi, Ferrari, che vuoi?»

«...»

«Ragazzi, a me mancano meno di due mesi alla pensione, mi dovete lasciare in pace. Non me ne frega niente se la signora ha chiamato quaranta volte, io so solo che adesso devo ripulirmi, andare a prendere mio nipote all'asilo, tornare da voi e chiudere questa maledetta giornata, che fortunatamente è una delle ultime.»

«...»

«Dillo a Lo Turco, organizzate una squadra d'assalto e andate dai vicini di questa vecchia pazza. Fate abbassare il volume e mi lasciate in pace.»

«...»

«Ma quale festino! Ma quale droga! Una famiglia? Alle 13.30? Fate così. Se trovate le canne le prendete e le mettete sulla mia scrivania, che le tengo per mio nipote quando cresce.»

Telefono richiuso. Rapido sguardo intorno. Una coppietta che si bacia sull'altra panchina, due studenti con lo zaino ancora in spalla. Un vecchietto più in là. Che poi, vecchietto: in realtà è come vedere se stesso tra qualche settimana. Pensionato.

Santamaria cerca nuovi punti di vista sul reale.

Sopra, un cielo livido che il sole non lo vuole proprio far passare. Dentro, una gran fame. Davanti, il viale da imboccare in fretta, e il ragazzino da andare a prendere tra mezz'ora.

5

Momo si alza in piedi e avanza spavaldo raccogliendo l'applauso dei compagni. È «il bello» della classe, ma lo è a sua insaputa; bello di una bellezza irregolare, alto e muscoloso. Si china per battere il cinque a un altro reprobo dei banchi laterali sussurrando qualcosa sulla «gnocca in divisa». Paolo lo vede passare, lui gli fa l'occhiolino: «Tranquillo, prof, li sistemo e vengo volontario». Fa il pagliaccio; segno di debolezza, non necessariamente di colpevolezza. O sì? «Qualsiasi cosa incrinata andrà in frantumi con un semplice tocco.» Ovidio, gli pare; dovrebbe controllare, ma tanto qui latino non si fa.

Paolo si affretta verso la cattedra e cerca di riprendere in mano le redini della classe ormai eccitata dal fuoriprogramma. «Ragazzi, passiamo ai *Promessi sposi*.»

Ma Manzoni è una palla, persino per lui. Se fosse considerato un autore qualunque, tanto quanto. Ma passarci tutto quel tempo... Sa che è irrispettoso ridurre tutto alla Provvidenza, e sa che è scorretto pensare che Balzac scriveva *Papà Goriot* negli anni in cui Manzoni metteva Renzo e Lucia nelle mani di Dio, ma non può farci niente. Difficile parlare bene di qualcuno e pensarne male. Gli studenti per queste cose hanno un sesto senso.

La Fabbri accoglie Gregoretti mettendogli una mano sulla spalla, intanto l'hanno raggiunta altri tre agenti anche loro in divisa, che sembrano i caratteristi di una commedia all'italiana: il giovane, il secco e l'anziano. I primi due si disperdono nei corridoi in cerca di chissà quale prova indiziaria, mentre il poliziotto anziano, Nilde e Momo vanno insieme verso la sala insegnanti, evacuata per la bisogna dai pochi disperati che stazionavano lì anziché al bar.

Momo (Mansur all'anagrafe) è indubbiamente un violento. Dal suo punto di vista, quando c'è da picchiare picchia. Ma non sa che non c'è mai da picchiare, anzi, pensa che lo si debba fare molto spesso. Pensa così perché è quello che gli dicono la musica che ascolta, il mondo che frequenta, il tanto telefonino e la poca tv che guarda.

In effetti avrebbe la scuola per cambiare idea, ma quella (Paolo ha deciso di convincersene) non conta. Conterebbe invece una caratteristica che il prof considera salvifica: il senso dell'umorismo. Momo ne ha a carrettate, di questa qualità così poco adatta a un cattivo vero: un umorismo senza sarcasmo, più che altro un aperto divertimento di fronte alle assurdità del mondo. Per questo Momo è la seconda cariatide preferita di Paolo, in grado insieme a Francesca di tenere in piedi il soffitto pericolante del suo umore.

Guarda l'altra cariatide: Francesca sta sudando. Che avranno combinato questi due? Se davvero sono colpevoli, di sicuro sta pensando che era meglio che la poliziotta avesse chiamato lei per prima, perché è convinta che non farebbe passi falsi, lei. Se la sa cavare, al contrario del suo amico. Rispetto a Momo, Francesca d'altronde è un'intellettuale: lui ha quattro anche in italiano e in alcune materie esibisce degli eroici due.

«Francesca, posso iniziare?»

«Eh? Vada, professò, vada.»

Rispetto a Momo, d'altronde, Francesca è pure una pacifista: lui ha precedenti per rissa e resistenza all'arresto, roba da stadio. Pugile dilettante, si allena alla Vigor ed è piuttosto rispettato, ma pur sempre «mezzo negro». Questo (oltre al sorriso perenne) comporta una serie di limitazioni al suo carisma, soprattutto perché può mettere la prestanza fisica unicamente a disposizione del tifo ultrà, visto che il colore della pelle gli preclude l'accesso all'unica opzione alternativa in loco, l'estremismo di destra.

Come Francesca, è sostanzialmente perso, ma a differenza di lei la cosa è recente; prima di quest'anno, Momo alla sufficienza ci arrivava. È maturato, insomma. In un altro multiverso la scuola convocherebbe la famiglia. In questo Paolo osserva passivamente (come presumibilmente fa la sua stessa parentela) l'ineluttabile declino del ragazzo.

Allora.

Che si fa, riprendiamo la lezione?

Senza Catrambone che ti fissa dal primo banco dovrebbe essere più facile parlare. Quando era? Giusto la settimana scorsa. «Il lavoro dell'autore testimonia lo smarrimento dell'anima dissociata e dilaniata di fronte al collasso dei vecchi sistemi di certezze...» Lo faceva impazzire, Rossella. La lezione giusta, pari pari, a memoria. Poveretta. Lui chi studia lo apprezza, e lei studiava, ma seguendo un percorso, certa del traguardo. Rossella aveva quel carattere organizzato, determinato, che non lascia spazio a nessuno e a niente, neanche alla realtà.

Ma perché pensa a Catrambone al passato? Come fosse morta?

Ok, basta. Ci tocca Manzoni, c'è poco da fare.

6

«No, dottore, la prego. A Roma no!» Santamaria, alto alto, grosso grosso, è curvo per dare la mano al nipotino appena ritirato da scuola. Teneva la cartella nell'altra mano e, ovviamente, per prendere il telefonino gli è caduta, si è aperta e ora tutti i fogli sono sparsi per terra. Inizia a piovere, e la sorte del materiale scolastico del piccolo è segnata. Lo capisce anche lui, che inizia a strillare.

«Calmo, calmo, Marcolino, per carità! Adesso il nonno raccoglie tutto... No, no, dottore, mi dica, mi dica. Ma perché mi vuole mandare a Roma?»

«...»

«Ma perché io, davvero... tra pochi giorni sarò un pensionato, la prego... Sono davanti la scuola a prendere mio nipote, da bravo nonno...»

«...»

«Sì, dottore, è lui che strilla... Buono, buono, Marcolino su! Lasciami finire la telefonata» ingiunge con un tono meno implorante e più secco, che sembra arrivare da un passato forse remoto, forse recente. E che non a caso funziona. Il bambino si tacita. La pioggia continua a cadere fina, ma adesso è copiosa. «Mandi Lo Turco, quello è in gamba, è giovane...»

«...»

«No, su... un coglione no. È acerbo...»

«...»

«Va bene, è un coglione. Ma io sono un vecchio. Sono grasso, stanco, ho un polmone in meno e delle analisi del sangue che se gliele faxo le viene da piangere.»

«...»

«Ecco, lo vede? Per me esiste ancóra il fax...»

«...»

«Ok. Ok. Vado a fare la valigia. Ma come si chiama questa ragazza? Aspetti che lo scrivo.» Santamaria raccoglie un quaderno già zuppo di acqua e una delle matite sparse sul selciato e non senza fatica scrive: «Catrambone. Ma perché è così importante questa ragazza, dottore? Perché non bastano i colleghi romani?».

«...»

«Sì, certo che lo conosco. Anni fa ci diede una grossa mano. E ha chiesto di me?»

«...»

«D'accordo, dottore. Aspetto il numero. Un saluto a lei e alla sua signora.»

Clic.

Forse finalmente una buona notizia, pensa Santamaria guardando il telefono in attesa del messaggio. Ogni tanto arrivano anche quelle.

7

Giovedì

«Professore! Professore!» *Bam, bam, bam!*

Sembra proprio la casa dei Buddenbrook: un interno borghese pesante, dai mobili un po' scuri. *Deus providebit*, pensa Paolo percorrendo il corridoio scuro: la testimonianza della potenza del borghese, della sua vittoria sociale, del favore divino. Si affaccia a una finestra e con stupore la riconosce: ma sì, si tratta proprio della Mengstrasse. Poi si chiede come faccia a riconoscerla, dato che non è mai stato a Lubecca, e allora, nel sogno, capisce che sta sognando. Ma non riesce a smettere.

«Professore! Professore!» *Bam, bam, bam!*

Dalla finestra vede uno sciuscià che fa la pipì sul marciapiede e lo guarda con aria furbetta. Cortocircuito Mann/De Sica: interessante. Andiamo avanti, pensa in quello che è ormai un inquieto dormiveglia.

Chiude la finestra ed è nella sua camera di studente universitario in viale Ippocrate. Quelle sì, sono le case che ha sempre amato fin da ragazzo: rifugi in stile bohème, quelli tipici di chi sceglie di non far parte di una società irrimediabilmente malata e ha bisogno solo di poco spazio per la vita e per l'arte. La casa da vivere, non da ostentare. Simbolo di felicità, come in Pascoli, che lo hanno capito in pochi e si legge ai bambini perché parla di campagne e gelsomini e in realtà è un vero decadente, e non sfigurerebbe in *Stranger Things*. Inquietante, dark, Pascoli: non come quel cretino di D'Annunzio, finito pieno di buffi, di debiti, chiuso nel Vittoriale, a scrivere sulle striscioline di carta.

«Ahò... professoreeee!» *Bam, bam!*

Questo con la faccia spiritata deve essere Carlo Dossi. Gli mette una mano sulla spalla, lo scuote, e gli dice severo: «Paolo, perché stai sognando una tua lezione di qualche millennio fa? Hai ospiti, svegliati».

Lui fa in tempo a sussurrare «Mi dispiace, console. Imparerò meglio» e subito Paolo apre gli occhi, con un senso di oppressione al petto e la sensazione di avere il diaframma paralizzato. La malattia, maledetta.

Per un attimo si chiede dov'è: nella casa dei Buddenbrook? O nella sua? E il palazzo popolare di viale XXI Aprile è *rive gauche* o *rive droite*? Peccato sia un seminterrato, intanto. E non è né dentro né fuori dalla società. È da una parte. Di lato. O sospesa.

«Professore, professore!»

Nessuno griderebbe «professore» in maniera tanto sgraziata a Lubecca, tantomeno a lui, e Paolo si sveglia del tutto. Non sono ancora le otto di mattina, dalla scuola è di nuovo in permesso malattia, i pungiglioni maledetti lo hanno tenuto sveglio fino a un paio d'ore prima, ma a quanto pare non c'è pace sotto il cielo, e neanche mezzo piano sottoterra.

«Sono Malatesta, professore! Sono Francesca, mi apra!»

A convincerlo non sono tanto le urla quanto i colpi secchi a palmo aperto sulle serrande. I citofoni dei palazzi Federici sono praticamente elenchi del telefono; sono casermoni popolari, ci possono volere ore per trovare il cognome giusto. Ha insegnato lui agli studenti a bussare alla finestra quando vengono per le lezioni private. (Lui le lezioni le offre gratis, e solo a chi vuole, perché il suo tempo vale poco, e per perderlo ne deve valere la pena. Doveva dirlo alla poliziotta quando ne hanno parlato. Lei ora penserà che è un evasore, o uno che si porta a casa le studentesse, o gli studenti.)

Bam, bam, bam! Per fortuna Francesca continua a bussare, e Paolo smette di elucubrare.

«Arrivo, arrivo! Ti apro!» grida rivolto alla finestra chiusa. È un maggio insolitamente caldo, la luce del sole è già forte. Si infila in fretta la maglietta con Mourinho e i pantaloni della tuta, si butta un po' d'acqua sulla faccia e cerca di respirare a fondo per dissipare quel senso di oppressione. Apre la porta e va in cucina, dove Francesca lo raggiunge che non ha neanche inserito la cialda.

«Professò, hanno preso Momo!»

«Chi ha preso Momo?» si gira spaventato. «Quelli che hanno preso Rossella?» Sono passate poche ore, possibile che ci sia già un nuovo caso?

«Macché, professò... L'ha preso la polizia!»

«Ma quando? Dove? C'era una partita ieri?»

«Ma no...» Francesca lo guarda spazientita, poi gli prende la cialda dalle mani e la mette nella macchinetta, con un gesto fin troppo brutale. «Si svegli, professore, che è meglio. Dove sta la tazzina?» Non aspetta la risposta e si mette ad aprire e chiudere credenze.

Paolo la lascia fare osservandola curioso. Non l'ha mai vista così, tutto l'aplomb e il cinismo che ostenta le sono caduti di dosso e in quell'improvvisa frenesia sembra quasi un essere umano. «L'hanno preso per Rossella! Stamattina alle quattro, a casa sua... M'ha mandato un messaggio, poi sono andata da lui, c'era la madre... lo sa, è negra, ma parla bene...»

«Lei parla bene sì, Francesca. Tu no.» Paolo le prende la tazzina dalle mani. «E che ha detto, la madre?»

«Ha detto che sono arrivati, alle quattro... che lei stava uscendo per andare al lavoro... e io so' corsa là, c'era quella poliziotta nana, quella che è venuta a scuola ieri.»

«Nilde Fabbri. Sarà stata contenta di rivederti.» L'incontro tra Francesca e l'ispettrice, il giorno prima, non è andato benissimo. La ragazza ha sostanzialmente fatto scena muta. Collaborazione con le forze dell'ordine: gravemente insufficiente.

«Non mi frega se era contenta, però mi ha detto che l'hanno portato a Rebibbia. Per il rapimento di quella cazzo di Rossella.»

«Stai buona, Francesca, di certo non ha colpa Rossella di tutto questo. Ma perché hanno preso lui?»

«Non lo so, professò... che facciamo? Chi chiamiamo?»

«Ce l'ha un avvocato Momo?»

«A professò... ma che sta a dì? Posso chiedere in sede se ne hanno uno...»

«Ma che sei matta? Di quei fascisti che frequenti a me non parlare neanche.»

«Scusi, professò, ma allora?»

«Allora chiamo la Fabbri.»

Un'ora dopo Paolo è al commissariato di zona, in via Zonio Bartolo, una strettoia che collega San Basilio alla Nomentana, tutte casette basse, che sembrerebbe di stare al mare se non fosse per il traffico e il rumore dei clacson. Paolo si chiede chi glielo fa fare, visto che se gli mandano la visita fiscale è rovinato. Ha chiesto a Francesca di stare a casa, con l'ordine di depistare, nel caso, il medico fiscale, ma lei ha preferito andare «in sede», come dice lei, dai fascisti. Meglio così, però. Pensa cosa sarebbe successo se fosse rimasta e lo sventurato si fosse presentato davvero.

Forse lo avrebbe abbattuto a capocciate. Ma in tanti anni il preside non glielo ha mai mandato, c'è da sperare che non cominci proprio oggi.

«Un caffè, professore?»

«La ringrazio, ispettrice. Volentieri.»

Quando le si siede davanti, si accorge che ha gli occhi verdi. E lo sguardo intelligente. E niente foto di marito e figli sulla scrivania, su cui regna un ordine impressionante. L'altro giorno le ha dato una trentina d'anni ma forse ne ha qualcuno di più. Fede, nessuna. Ma perché continua a far caso a questi dettagli? Come se potesse importare, come se un catorcio come lui potesse avere delle chance. Non ha fatto nemmeno caso a come si è vestito, e non è mica a un appuntamento galante. È lì per Momo.

«Il ragazzo è nei guai, professor Romano, mi dispiace.» Nilde Fabbri sembra dispiaciuta sul serio, forse perché a differenza di Francesca, l'interrogatorio di Momo a scuola sembrava essere andato davvero bene. Si erano salutati sorridendo, lui e la poliziotta.

«Ma perché, che è successo? Che ha fatto?»

«Ieri, mentre parlavo con i ragazzi, i miei agenti hanno fatto qualche ricerca nell'istituto. Pensavo lo sapesse, ma forse non è ancora passato da scuola oggi?»

«Sono a casa in... è il mio giorno libero» recupera al volo Paolo. Bravo, cominciamo a mentire alla polizia.

«Abbiamo trovato lo zaino di Rossella» dice lei, brusca e guardandolo fisso, come in cerca di una sua reazione. E se è così rimane delusa perché lui si limita alla domanda più banale: «Dove?».

«Nel cortile, nascosto tra gli attrezzi dei lavori in corso per ristrutturare la palestra. Nascosto per modo di dire. Ce lo volevano far trovare: è una rivendicazione.»

«Una rivendicazione? Di chi?»

Fabbri tira il fiato come se la risposta le pesasse. Si alza, va a prendere due bicchieri d'acqua dal boccione, e gliene mette davanti uno.

«Ha paura che svenga? Chi ha rivendicato cosa?» Paolo all'improvviso è allarmato. Quella parola si usa per gli attentati, non ha senso. Rossella mica è saltata in aria. Si spera.

«Dentro lo zaino c'erano libri e quaderni, c'era il suo telefonino che stiamo analizzando, ma c'era anche qualcos'altro.»

«Cosa?» insiste Paolo.

«C'era una bandiera dell'Isis» ancora quello sguardo penetrante degli occhi verdi, che lo fa sentire un sospettato.

«Dell'Isis?» domanda sconvolto. Lei annuisce.

«Il drappo ha delle scritte in arabo, poi c'è un foglio con una scritta in italiano: *L'educazione occidentale è peccato.*»

«Boko Haram» mormora Paolo.

«Come lo sa?» scatta immediatamente la Fabbri, con un riflesso felino.

«Leggo i giornali, dottoressa» risponde calmo. «Lo considera un comportamento sospetto?»

«Al giorno d'oggi un pochino sì, professore» e le belle labbra della Fabbri si aprono in un sorriso. Ma come fa ad avere quel sorriso una che porta la pistola, si chiede Romano. Una che fa l'equivalenza tra ragazzo di colore e terrorismo islamico.

«Momo con l'Isis non c'entra niente, ispettrice» dice con durezza. «Ha la pelle scura, va bene, la madre è nigeriana, ma è più italiano di lei e di me.»

«Sa se è di religione islamica?» lungi dal sembrare mortificata, Nilde incalza.

«Non ne ho proprio idea... ma secondo me non ce l'ha neanche lui» la durezza non ha funzionato, prova con l'ironia.

«Il professor Pastore dice che Gregoretti una volta ha minacciato un compagno, rivendicando la propria appartenenza all'Isis.»

«Ma no! C'ero anche io.... Faceva il bullo... Ha detto qualcosa a uno con cui si era azzuffato.»

«Diceva» lei riprende il taccuino come i poliziotti delle serie televisive e fa tutta la scena di leggere, irritandolo ancora di più. «"Ti faccio tagliare la testa, ho amici nell'Isis."»

«Ma era una frase senza senso.»

«Il professor Pastore dice che...»

«Il professor Pastore è un deficiente» Paolo si alza di scatto. «E anche lei, ispettrice, non mi sembra molto intelligente.»

Si alza anche lei, ma data la statura l'effetto non è granché.

«Perché dice così?»

«Perché non ha idea di che cosa ha scatenato.»

8

«E allora i camerati… Mi stai ascoltando, ma'?»

Erano sei mesi fa, forse qualcosa di più. Francesca raccontava alla mamma la sua nuova avventura politica. Aveva appena preso la tessera con la celtica stilizzata e il motto: PIUTTOSTO CHE VINCERE PER MEZZO DI UN'INFAMIA, MEGLIO CADERE LOTTANDO SULLA VIA DELL'ONORE. Fichissimo. Andava bene persino sua madre per condividere tanto entusiasmo.

In realtà la mamma le si era seduta davanti solo per trovare in quella nuova stupidaggine qualche indizio per l'indagine che portava avanti da anni: come mai questa ragazza fosse sovrappeso, cronicamente ripetente, testarda come un mulo e senza lo straccio di un ragazzo. Fascista o meno, a lei importava poco. Lo era pure il padre, che chissà dov'era finito. L'importante era che Francesca iniziasse a uscire con qualcuno.

«Certo, bella. Dimmi. State in un garage, no?»

«Non è un garage, era una bisca. Piccola, due stanzoni. Poi i camerati l'hanno occupata. Tu scendi per la discesa, che è come quella di un garage, ma è una bisca, anzi era una bisca, ma piccola. Quelle coi biliardini, il ping-pong…»

«Una specie di sala giochi.»

«Sì, ma poi l'hanno occupata Bestione e Panza.»

«Chi?»

«Bestione, il figlio di Angiolino.»

«Ma quello si chiama Massimo! Perché Bestione?»

«Lascia fare, ma'. Allora, scendendo c'è una scritta sul muro: LE FRONTIERE SONO SACRE: NON SI DISCUTONO, SI DIFENDONO.»

«Bella! È pure giusto.»

«Sì, bella. Poi si entra e ci sono due stanzoni, grandi. Nel primo c'è un'altra scritta: IL CREDO DEL FASCISTA È L'EROISMO... Sotto c'è una panca, una scrivania, tante sedie. Lì i capi ci spiegano cosa va fatto, azioni nel quartiere... Poi sul muro della seconda stanza la scritta prosegue: ... QUELLO DEL BORGHESE L'EGOISMO.»

«Bella anche questa, Fra'. Ma chi ci sta in questa sede?»

«Intendi che facciamo?»

«Ma più che altro chi ci sta, ragazzi... chi hai conosciuto?»

Poveretta sua madre, riflette adesso tra sé e sé Francesca, seduta sulla panca appoggiata a QUELLO DEL BORGHESE L'EGOISMO. Le altre mamme si augurano che le figlie si sposino con un avvocato, un notaio, un dottore. Anche solo uno col posto fisso. Alla sua basterebbe un fascista del quartiere.

Buoni quelli, poi. Oggi le appaiono per quello che sono.

Tutti camerati, tutti uniti. Ognuno ha un nome di battaglia. Lei è Bomber, poi c'è appunto Bestione, Panza, Molletta, Coscia, Torvaianica. Siamo fratelli, siamo sorelle. Pronti a prendere a cinghiate qualcuno anche solo perché ti ha guardato male. Poi magari finisci un mese a casa con il Covid e non ti chiama nessuno, come è successo a lei. Lì ha cominciato a farsi qualche domanda.

Però, quello c'è: ci fosse stato altro, sarebbe stata altro, magari si sarebbe tatuata altro, invece che una celtica e la capoccia di un dittatore. «Non è vero che non c'è altro. Da una quindicina d'anni passi almeno cinque ore al giorno in mezzo all'*altro*» le ha detto una volta il professor Romano, ma si vedeva che non ci credeva neanche lui.

E ora è seduta da sola e fa finta di mandare messaggi col telefonino, non li vuole sentire mentre organizzano il raid «a casa del negro». Non sanno nemmeno dove abita, e non sarà certo lei a dirglielo.

«Bomber, vieni. L'abbiamo trovato 'st'islamico demmerda.»

Poi mamma si chiede perché lo chiamano Bestione.

9

«*Niente negri – lallalla-llalla-llallallà – Niente negriiiii*» sulle note di *In the Navy*.

Paolo, a bordo del motorino, guarda da lontano il palazzone in cui abita Momo con sua madre. È assediato da quella che, per ora, è una piccola folla. Piccola ma pericolosa. Spera che la signora Gregoretti stia bene, di sicuro a quell'ora è al lavoro.

Peccato che sia solo l'inizio, pensa guardando sventolare le bandiere neofasciste davanti alla palazzina a due piani.

Torre Bruciata sta per diventare zona calda: una studentessa rapita, uno studente di colore arrestato e una bandiera dell'Isis, vede già i plastici su Rai 1. I fascisti a breve saranno l'ultimo problema.

E tutto per colpa di un idiota. Anzi, di tre: un professore, uno studente e una poliziotta.

Obbedendo a un impulso, Paolo Romano avvia il motorino e si dirige svelto verso la scuola.

«"La Natura è un tempio ove pilastri viventi a volte mandano fuori confuse parole; l'uomo la attraversa tra foreste di simboli dagli occhi familiari."»

Il professor Giuseppe Pastore, trentacinquenne dinamico e di bell'aspetto, non legge Baudelaire, lo declama.

Durante le sue lezioni chiede agli studenti di sedersi sui banchi e loro, a dir la verità, lo fanno molto volentieri. Gira per l'aula, guarda negli occhi gli alunni (e le alunne) e ottiene totale, assoluta attenzione. Le sue ore sono seguitissime, spesso arrivano di straforo anche dalle altre classi.

«Oggi, ragazzi, parliamo dei simboli. Sapete, vero, della bandiera trovata dentro lo zaino di Rossella?»

La classe annuisce, sentendo odore di sangue.

«Cos'è una bandiera, ragazzi?»

Silenzio.

«Una bandiera è un simbolo. Il simbolo più forte di una collettività. Il simbolo più importante, dietro il quale si riunisce una nazione, una patria, un popolo. O una setta.» Pastore conosce le parole che creano attenzione in classe, e «setta» è, indubbiamente, una di queste.

«Chi sa dirmi dove hanno trovato lo zaino di Rossella?» riprende.

«In cortile, prof.»

«Giusto. In cortile dove?»

«Tra gli attrezzi dei muratori, mi pare.»

«Bingo, ragazzi. Bingo. I *muratori*.»

E qui Pastore si interrompe per la necessaria pausa di suspense. Cinque anni di lezioni di teatro non sono passati invano: è convinto che avrebbe potuto aspirare a una carriera nel cinema, ma si sa, in quei mondi lì vai avanti solo se sei raccomandato. Solo se sei uno di loro. E così, almeno per iniziare, ha deciso di regalare il suo talento ai giovani. Di aprire le loro menti. E c'è da dire che loro apprezzano, anche perché le sue lezioni su artisti drogati, messaggi nascosti nei dipinti e complessi intrighi politici attraverso varie epoche sono molto più interessanti di tutto quello che c'è sul libro. Peraltro, mai aperto da nessuno: Pastore i manuali li fa chiudere in un armadio a inizio anno (Robin Williams li faceva strappare, ma lui alla fine lo cacciavano) perché «i libri non servono, raccontano solo una verità, la loro».

«C'è scritto, sui libri», è solito declamare nel memorabile assolo di inizio anno «che i governi democratici che noi crediamo di eleggere sono marionette nelle mani di chi vuole cancellare gli Stati? No. C'è scritto che esiste un gruppo di banchieri e di finanzieri che si riunisce periodicamente per stabilire le sorti del pianeta? No. C'è scritto che stanno riempiendo il mondo di arte incomprensibile per uccidere il gusto e la raffinatezza ereditati nei secoli? No. Secondo voi, perché?» quest'ultima è la domanda che ripete più spesso agli studenti ipnotizzati.

Mai un genitore ha sollevato una protesta contro le sue lezioni, perché fondamentalmente nessuno (tranne qualche mamma affascinata dalla sua forma fisica) si è mai occupato della materia che insegna. Romano, invece, un paio di volte ha provato a contestarlo durante i consigli di istituto, ma visto che le riunioni si protraevano fino a notte tra l'odio generale ha lasciato perdere anche lui. «Arte e territorio» è sì e no un'ora a settimana. A chi vuoi che importi?

Fatto sta che adesso Pastore va a prendere un poster appoggiato sulla cattedra, lo srotola e si fa aiutare dai ragazzi per attaccarlo sulla cornice della lavagna con qualche puntina da disegno.

Lo rimira soddisfatto, prima di voltarsi. «Con questo parliamo proprio di muratori. Di *liberi* muratori.»

Incontra solo sguardi vacui, prima che qualcuno si decida a parlare.

«Ammazza che cacata, professò... ma che è?»

«È una lastra di vetro?»

«Sono due lastre mi sa...»

Pastore aspetta che finiscano i commenti dal loggione, ride un attimo con loro, poi li prende in controtempo: «Questa è *La sposa messa a nudo dai suoi scapoli*, la più grande opera di Marcel Duchamp. Chi conosce Duchamp?».

Silenzio. Uno alza la mano, ma poi si rende conto che sta pensando a un centrocampista e la abbassa subito.

«Ve lo presento, allora: Duchamp era un genio. Iniziò a dipingere quando era di qualche anno più piccolo di voi e sperimentò velocemente tutte, ma dico tutte, le avanguardie. Impressionismo, espressionismo, simbolismo, cubismo, futurismo. *Zuummm!*» e con la mano sfiora la bionda chioma di Mainetti. «Passò sopra e dentro a tutto.» Prende a camminare con foga per l'aula, dà una veloce occhiata agli appunti dei suoi discepoli, si incanta a guardare un raggio di sole fuori dalla finestra. «Mise una semplice ruota di bicicletta su un piedistallo ed esponendolo come un oggetto d'arte, lo rese tale. Perché quella non era una ruota che girava: era, agli occhi dell'autore, il camino della sua casa, dentro il quale si agitavano le fiamme. Non le vedevi? Be'... bastava immaginarle. Non vedi il movimento?» Agita in aria le mani, a mostrare le fiamme di un incendio. «Espose il movimento, espose la fantasia, espose l'immaginazione e tutti, da quel giorno, guardando una ruota di bicicletta videro il fuoco. O comunque non videro più una bici. Duchamp fece i baffi all'effigie della gioconda, titolando: L.H.O.O.Q., iniziali che pronunciate in francese suonano come *Elle a chaud au cul*, letteralmente "Lei ha caldo al culo", ovvero "Lei si concede facilmente".»

Presi. Risate generali, attenzione al massimo, conto alla rovescia per le parole del prof. Che rilancia: «Duchamp si vestiva da donna, e sapete con quale pseudonimo? Rrose Sélavy. *C'est la vie*, capite? È la vita, ragazzi».

Stupore in platea.

«Ma pure quella cosa sul poster è sua, professò?»

«Sì.» Pastore ci sa fare. Sono studentesse e studenti a chiedergli di andare avanti, e in quella scuola non succede mai. Lui torna verso il poster e indica rapidamente gli elementi che compongono l'opera. «Olio, vernice, lamina di piombo, filo di piombo, sabbia, racchiusi tra due lastre di vetro. Duchamp impiegò otto anni a creare quest'opera, e non la terminò neanche. Durante il trasporto quella cadde a terra, il vetro si ruppe e lui disse che le crepe sul vetro erano il contributo che il caso aveva voluto dare all'arte. Questa...» e torna a guardare l'aula, battendo sul poster col dorso della mano, «è la porta verso il vostro sapere, ragazzi. Ha milioni di significati quest'opera, ha tanti titoli, ogni granello di sabbia fa riferimento a una tradizione, a un mondo, a un universo concettuale. Come l'hai chiamata, Zazzi?»

«Una cacata, professò.»

«E invece è un manuale. Una costellazione di messaggi. Un manuale che voi non sapete leggere.»

«Ma che c'entra Rossella, prof?»

«Dovete imparare a leggere i segni, ragazzi. Dovete imparare a leggere i segni. Duchamp parlò de *La sposa messa a nudo* come di una macchina a vapore con la base in muratura, con un termine francese, *maçonnerie*, che allude alla massoneria. Zazzi, mi ricordi dove è stato trovato lo zaino?»

«Tra la roba dei muratori...»

«Bingo di nuovo, ragazzi. I muratori. Ovvero, i massoni. I segni, ragazzi. Leggete i segni. La bandiera dell'Isis, emblema della rivolta islamica nascosta tra le assi dei muratori in cortile.»

«Dice che è un messaggio, prof?»

«Tutto è un messaggio. Non vedete che questo fatto ha già portato alla sommossa sociale? La stampa è già qui a Torre Bruciata. I social impazziscono, a breve tutto il Paese parlerà di noi. Cioè, di Rossella, voglio dire. Questo caso si appresta a diventare un simbolo. Catrambone è l'esca, noi tutti siamo il pesce.»

«Ma l'Isis, professore? Che c'entra?»

«Be', sappiamo bene che siamo tutti innocenti fino a prova contraria, e non voglio certo puntare il dito contro Mansur, che evidentemente si è fatto afferrare dalle sue radici più di quanto avrebbe dovuto ed è diventato lo strumento sciocco di un piano più grande. Ma vi sembra un caso che scompaia una ragazza italiana, una ragazza romana, e compaia una bandiera dell'Isis tra le cose dei muratori? Vi sembra un caso?

«Questo rapimento» riprende Pastore con tono grave, perché evidentemente non è più il momento di scherzare, «è come la sposa di Duchamp. Un simbolo, un'opera alchemica. E alchimia vuol dire mescolamento, quello che cercano loro. Mescolamento tra razze, tra culture. Gente povera e ignorante al posto di persone colte e benestanti. La confusione. Voi vedete un ragazzo di colore, o un terrorista: loro vedono un'opportunità di caos.»

«Voi vedete un professore, io vedo un cretino» dice la voce di Paolo Romano dalla porta.

Paolo si fa largo tra il brusio degli studenti e si avvicina a grandi passi al poster. Pastore boccheggia, sbalordito e quindi muto come un pesce rosso.

«Ti ho ascoltato dall'inizio, Pastore. Hai collegato Duchamp agli operai che ristrutturano la palestra, gli operai all'Isis e l'Isis a Rossella. E sorvoliamo sulle accuse di terrorismo a Momo, visto che da uno come te, in un contesto come questo, è il minimo che ci si possa attendere.» Romano si poggia sulla cattedra, guarda la classe, tocca il poster alle sue spalle con le nocche della mano sinistra e sentenzia: «Sei un pagliaccio».

Pastore ha avuto modo di riprendersi. Lo guarda, silente, con le terga poggiate sul banco di Mainetti. Alunno tra gli alunni, davanti al docente più ostico e meno empatico che la Nicoloso da Recco possa proporre. Ora è lui a sentire l'odore del sangue. Non poteva augurarsi evoluzione migliore della sua performance.

«Quest'opera» adesso è Romano a parlare agli alunni guardando il lavoro di Duchamp «ha tanti nomi. *Il grande vetro*, *La sposa messa a nudo dai suoi scapoli*, *La grande opera*. Questo lavoro ha tanti titoli perché può avere tanti significati. Olio, vernice, piombo, sabbia... in mano a un artista si trasformano in simboli. In ogni quadro ce ne sono milioni che vi sfuggono, anche in quelli che pensate di capire. Dove voi vedete una Madonna, un uomo del Medioevo vedeva mille messaggi sulla vita, sulla morte, sulla redenzione.» Con una mano tocca nuovamente il poster. «Quest'opera, vedete, ragazzi, è trasparente, è di vetro. Eppure voi riuscite a capire cosa rappresenta?»

«Vuoi provare a spiegarlo tu, vecchio arnese?» sussurra Pastore, che ammicca alla classe e fa l'occhiolino alla platea. La classe apprezza e la tensione sale: siamo davanti a quello che non può che essere un evento. Scontro tra titani.

«Stai zitto, Pastore, lasciami finire» lo blocca l'altro con un gesto della mano sorprendentemente autorevole, e torna a rivolgersi alla classe. Pastore sorride nervosamente, è sorpreso, l'altro riprende: «Voi, ragazzi, non ci arrivate a capire cosa significa quest'opera, e nemmeno perché si chiama in un modo o in un altro. Perché non avete la chiave per decifrarla».

«Ce la stava dando il professor Pastore» fa Mainetti indispettita.

«Ve ne stava dando una, sì» annuisce. «Peccato che aprisse la porta sbagliata.»

«Lasciate parlare il professore, ragazzi, poi lo sistemiamo a tempo debito» esorta Pastore, adesso pericolosamente calmo.

«Dovete stare molto attenti» riprende Romano «a chi vi porge una chiave, perché ci sono i saggi e ci sono i truffatori. C'è chi cerca e chi vuol farsi trovare. E ci sono chiavi che non aprono le porte, le chiudono soltanto» conclude serissimo. «L'arte va capita, non va ingoiata, come state facendo voi. E tu, Pastore, stai molto attento a quello che dici perché mentre ti diverti a fare il capopopolo in aula, là fuori, una brava donna rischia il linciaggio» pausa «per colpa delle tue cazzate.»

«Bravo! Bravo!» Pastore applaude lentamente il discorso, poi rivolgendosi alla classe sillaba: «Adesso il professore, che è pure in malattia a quanto ne so, ha finito il suo show. Dopo avervi detto che di Duchamp non capirete mai nulla, ma che solo i *dottoroni* come lui possono apprezzare l'arte, se ne torna a letto a spese dell'Inps. Io invece termino la mia lezione, e vi spiego chi ci lascia questi messaggi che lui non vuole che capiate. Io vi parlerò degli Illuminati, mentre lui se ne torna a casa. Ciao, Romano, e ricorda, basterebbe che assicurassi le tue di ore di lezione, senza venire a rubare il tempo degli altri». Detto questo va verso la porta e accennando a un inchino mostra l'uscita al collega.

Boato dell'aula. Chi applaude, chi lancia cori da stadio a sostegno del docente di arte e territorio.

Romano guarda la classe in festa. È il trionfo di Pastore, c'è anche chi gli batte il cinque. Era ovvio che finisse così, che gli è saltato in mente? Si gira di colpo, strappa il poster dalla lavagna lo fa in mille pezzi, prima di uscire a grandi passi dall'aula.

La classe ulula, eccitata come non mai. Sonori *buuu!* accompagnano l'uscita di scena di Romano, Pastore applaude con i ragazzi, approfittandone per fare il verso al collega e imitare un po' la sua uscita di scena. E in effetti oggi Romano zoppica parecchio, e sembra più malconcio del solito.

10

Dopo la sfuriata con Pastore, Paolo ha dovuto lasciare il motorino a scuola. Ha avuto un attacco dei suoi, si è accovacciato qualche minuto per terra dietro una macchina parcheggiata vicino alla fermata del bus, poi il bus è passato e lui ci è salito. È il 309, se cambia a Termini arriva proprio davanti casa. Adesso è seduto, in fondo, vicino a una signora peruviana che gli si è piazzata accanto e parla senza sosta al telefono. Si lamenta di qualcosa, probabilmente con la madre, o con la sorella. Parla in spagnolo ma non si capisce nulla. E fa un caldo tremendo.

Paolo sa di aver sbagliato, i problemi non si dovrebbero affrontare davanti ai ragazzi, né si regolano così i cialtroni come quello. D'altronde io mica lo so, come si risolvono i problemi, pensa. Affrontare i problemi è prerogativa del protagonista, l'eroe nelle categorie di Propp. Lui, anche nella sua stessa vita, è una comparsa e alle comparse non si chiede di essere perfette.

Paolo lo sa perché ce l'ha tanto col professore di arte e territorio. Primo: Pastore è un narciso, come era lui un tempo. Secondo, usa la cattedra come un palcoscenico, come faceva lui un tempo. Terzo: manipola i ragazzi, e questo lui non l'ha mai fatto. Lui faceva il professore perché gli piaceva, prima.

La differenza tra lui e Pastore è che l'altro non sa di essere pure lui una comparsa. Non sa nemmeno che la cultura non serve ad affrontare la vita. Né a salvare un matrimonio. Nemmeno a sopravvivere a se stessi.

Per fortuna, di cultura Pastore ne ha ben poca. Il fulgore dei migliori non lo acceca, il successo dei grandi non lo avvilisce. Pastore brilla di mediocrità. Non conosce le vette che si possono conquistare né la frustrazione di sapere che se non le raggiungi la colpa è tua.

Ma per fortuna i fatti scacciano sempre i pensieri, e l'autobus arriva alla sua fermata. Paolo scende e fa in tempo a fare due passi prima che gli salti addosso Francesca, appostata davanti al portone.

«I vicini cominceranno a chiacchierare» commenta sardonico.

«Penseranno che ha una fidanzata più giovane. Le faccio un favore, prof.»

«Penseranno che ho sviluppato simpatie fasciste.»

«Le faccio un favore lo stesso.»

«Che vuoi, Francè? È venuto il medico fiscale?»

«Ma che ne so, ero...»

«... in sede, sì. Bene, tanto a quest'ora Pastore è andato dal preside e sono fottuto lo stesso.»

«Ma che c'entra Pastore? Dov'è stato, prof? E cosa ha scoperto su Momo?» Francesca, se ne rende conto in quel momento, è furibonda. Brandisce il cellulare. «È tutta la mattina che mi arrivano WhatsApp dai camerati, prof, sono tutti davanti a casa di Momo, lo vede?»

«Ci sono passato. Non faranno niente, Francesca, non ti preoccupare» cerca di rassicurarla, ma anche ora è poco credibile. «Vieni, mettiamo qualcosa sotto i denti e vediamo cosa si può fare.» Si sente esausto, la scena madre con Pastore gli ha teso i nervi, le gambe quasi non lo reggono ma non vuole farsi vedere debole davanti alla ragazza.

La casa è un disastro. Paolo si chiede che figura sta facendo, ma con insolita obbedienza Francesca la bulla si è già seduta al tavolo di cucina e sta compulsando febbrilmente il cellulare, che si accende ogni secondo come un albero di Natale. I camerati sono sul piede di guerra, stanno progettando azioni dimostrative, spedizioni punitive. Nessuno ha ancora fatto due più due sul fatto che lei e Momo frequentano la stessa scuola, tantomeno si sa che sono in classe insieme. Lei è più vecchia, d'altronde.

Romano fa l'errore di accendere sul tg.

«Torna il terrorismo nel cuore della capitale» è il titolo più sobrio.

«Cuore della capitale? Torre Bruciata?» ride rivolto a Francesca, ma lei ha lo sguardo fisso e le labbra bianche.

«Mi ha detto: "Ti taglio la testa, ho degli amici nell'Isis"» sta raccontando uno studente pixelato della sezione C. Se lo ricordano tutti, quell'episodio: Momo lo ha urlato in cortile al termine di una partita di calcetto, e lo ha pure raccontato in diretta a una radio che abitualmente narra le gesta di Roma e Lazio. Una bravata. Ma ora l'appartenenza all'Isis del compagno di classe della scomparsa viene data per scontata dai media che seguono il caso, ovvero tutti i media.

Paolo lo sa che cosa viene dopo. Le dirette del pomeriggio tv, le tavole rotonde, magari perfino i corrispondenti stranieri. I pullman delle reti televisive, la fregola dell'improvvisa celebrità, la voglia di farsi vedere, di dire la propria. Magari di fare il gesto eclatante, lì, sotto i riflettori. Le fiaccolate per la rapita, la caccia all'uomo, la giustizia privata.

E mentre scola la pasta, sullo schermo compare il viso

della madre di Rossella. È gente sobria, ma non è riuscita a resistere. Evidentemente pensa di far bene.

«Rossella è una ragazza timida, amorevole, educata e studiosa» legge da un foglio teso tra le mani tremanti. «Lasciatela libera. Vi scongiuriamo. Nel nome di dio, del vostro dio. Vi scongiuriamo.» Poi scoppia in lacrime, e abbraccia il marito.

«Ho imparato di più in ventiquattr'ore della vita di Rossella, che in cinque anni» commenta Paolo, mentre gira gli spaghetti col pesto, sempre cercando di alleggerire l'atmosfera. La follia, d'altronde, è appena cominciata. Gli opinionisti stanno già prendendo i posti di combattimento. I partiti della destra specularanno sulla vicenda, denunciando «i rapitori a casa nostra». La sinistra empatizzerà con la madre di Momo, «onesta lavoratrice regolarizzata». Nessuno spenderà una singola parola per difendere quello che ormai tutti i media definiscono «il radicalizzato» o «il combattente dell'Isis».

In altre epoche si sarebbe fatto trovare pronto, e i suoi alunni avrebbero vissuto avvenimenti come questi potendo contare su un senso critico sviluppato, o quanto meno in formazione. In un'improbabile aula di quelle brillanti che ti seguono per le vie laterali si giocherebbe Oscar Wilde: «La maggior parte degli esseri sono degli altri esseri. I loro pensieri sono l'opinione di qualcun altro, le loro esistenze una parodia, le loro passioni un'eco di riflesso».

Ma qui e ora, chi lo ascolterebbe? Neanche Rossella, a questo punto. Ecco: ci mancava solo il cinismo, che come gioco passi, ma come ultima forma di contatto con la vita esterna è davvero un modo triste di sparire.

E mentre riempie i piatti immerso in questi cupi pensieri, Francesca sbatte la mano aperta sul tavolo, così forte da rovesciare la bottiglia dell'acqua.

«Prof, stasera vogliono dar fuoco a casa di Momo!»

11

«Ovviamente è per colpa tua se hanno chiesto di me.»

«Al Viminale ho ancora chi mi ascolta, Rinaldo.»

L'autogrill Tevere Ovest, all'altezza di Civitella d'Agliano in provincia di Viterbo, è il posto perfetto per un incontro riservato. In realtà nessuno dei due è un personaggio noto, passerebbero inosservati ovunque, ma le antiche abitudini sono difficili da perdere, e Santamaria ha preferito così. Due birre, un Camogli, una Rustichella e due vecchie conoscenze fanno il punto sul caso Catrambone.

«È una questione importante per me, commissario, lo capisci» dice l'uomo alto e distinto che ha ordinato il Camogli.

«Certo, mi sembra chiarissimo. Non è una cosa da lasciare a una poliziotta a caso...»

«Non se si vuole che le cose siano fatte per bene» annuisce l'uomo. «Sono contento di poter contare su di te anche stavolta. Perché posso contare su di te, vero?»

«Non credo di averti mai deluso. Anzi, ti ho salvato la schiena più volte.»

«E ti ho sempre mostrato gratitudine per questo. Lo farò anche stavolta, ovviamente.»

«Eh, certo...»

«Non sono rimaste tante persone come te, in giro, Rinaldo.»

«Ma tu lo sai quanto mi manca alla pensione?»

«Sì, lo so. Un paio di mesi. Ma questa volta, vedrai, il caso si risolve in fretta.»

«Com'è l'ambiente intorno alla ragazzina?»

«Piatto, piattissimo. C'è qualcosa di interessante a scuola, lo vedrai dalle carte della Digos.»

«Me le mandano in serata.»

«Eccezionale, Rinaldo. Sei già sul pezzo. Gli anni non ti rallentano. Né i tanti kebab.»

«Quelli sono la mia forza, i miei spinaci. Mi aiutano a pensare.»

«Ecco. Qui ci sarà da pensare, e da pensare in fretta. Se siamo svegli, in pochi giorni ce la caviamo, Rossella torna a casa e inchiodiamo i colpevoli.»

«Come ai vecchi tempi.»

«Come ai vecchi tempi, Rinaldo. Per il bene del Paese.»

«Certo.»

«Ma allora, dimmi di tuo nipote... come sta?»

Ecco. C'è sempre qualcosa che a Santamaria gli rovina i momenti migliori.

12

Nilde corre sul tapis roulant. Lo fa sempre, a fine giornata. La aiuta a sciogliere le tensioni, e a mantenere la linea, visto che mangiare le piace.

Il quartiere ha ripreso a vivere, tornato il caldo, e lei dal primo piano sente le strade brulicare. Il Pigneto è il rione di *Accattone*, è a due passi da Torre Bruciata, ma ha avuto la fortuna di diventare di tendenza, e la zona pedonale la sera è affollata di gente che passeggia, suona, si gode una birra seduta ai tavolini della libreria femminista, del social cocktail bar, della bottiglieria vintage.

E delle trattorie romane, beati loro.

Nilde si è portata a casa il lavoro. Non sarà Sherlock Holmes, ma è sempre stata precisa e secchiona, e non vuole lasciare nulla di intentato. Tante carte da leggere, sfogliare, vagliare. Vorrebbe avere altre piste da seguire, ma c'è solo l'Isis, e Momo. Nell'intera scuola non si trova un precedente penale che abbia un senso. Ragazzi con problemi di spaccio e rissa, qualche furtarello, ma nulla di grave. Il personale, immacolato. Si è presa anche la briga di chiedere alla Digos un quadro «informale» di chiunque sia entrato in contatto con Rossella, qualcosa che non risulti dalle carte ufficiali, ma c'è poco da sperare in tal senso. La sua indagine non sembra essere al centro dei pensieri del Viminale, e se vorrà ottenere quei dossier dovrà aspettare un bel po'.

Il peggio, d'altronde, deve ancora arrivare. Basta guardare i tg della notte, e le corrispondenze sui fascisti sotto casa del ragazzo.

È responsabile lei di quella situazione? Sì, è anche colpa sua. Momo davvero non sembra cattivo, ma gli indizi lo schiacciano. Se fosse innocente sarebbe stata lei a cacciarlo nei guai. E d'altra parte, se fosse colpevole e pericoloso... Etica della responsabilità, Momo dentro; etica dell'intenzione, Momo fuori. Quanto le piaceva studiare filosofia al liceo, e quanto le piaceva il liceo. Portare un ragazzo in carcere per lei è come portarci parte di se stessa.

Scende dal tapis roulant, spegne la tv e apre il computer sul tavolo di cucina. Deve decidersi a comprare una tovaglia più seria di questa di plastica del supermercato con i limoni, in fondo sono già sette mesi che abita in questa casa. Ma le tovaglie le ricordano sua suocera, e tutto il resto.

Calma. Ragiona, Nilde, si impone. Clicca sul file in cui ha annotato quel che sa sui protagonisti di questa storia. Il caso è ufficialmente aperto, i rapitori, se ci sono dei rapitori, hanno più di quarantott'ore di vantaggio su di loro. Domani parlerà di nuovo con il ragazzo, Mansur, sperando che si tratti di una bravata e che la notte in carcere lo abbia un po' ammorbidito.

Pregando che si tratti di una bravata.

Domani deve parlare di nuovo anche con i professori. Ha l'impressione che la chiave di questo caso si trovi a scuola, Rossella non frequentava altri ambienti, in fondo. E forse i prof sanno più di ciò che pensano, forse da qualche parte nella vita della classe c'è l'indizio risolutivo, ma loro non sono consapevoli di averlo. Giuseppe Pastore è stato molto disponibile con gli inquirenti, però è inderogabilmente un coglione. Paolo Romano è strano: antipatico, supponente, decisamente malconcio, ma si vede che di fondo ama i suoi studenti.

È questo che non torna, pensa Nilde. Un professore come quello sa che tipi sono i suoi ragazzi. Quando ha nominato Malatesta e Gregoretti lui ha fatto una smorfia, come se non potesse impedirle di sospettarli, ma come se lo trovasse… un finale scontato. In fondo è un professore di letteratura.

Ha capito benissimo che Paolo Romano la considera la tipica «sbirra», pronta a gettare la croce addosso ai poveri. Ma lei non solo è nata a Bologna: è nata il giorno della svolta della Bolognina, il 12 novembre 1989, e il suo nome è stata la prima risposta di suo padre al trauma della dissoluzione del partito. Nilde: più che un battesimo, una dichiarazione programmatica. Ne sono seguite altre, suo padre non si è mai rassegnato. Per fortuna non ha mai scoperto che ho votato Renzi! sorride tra sé e sé, ma poi si bacia gli indici incrociati, giurando che non lo farà mai più.

Non è affatto la classica sbirra, lei: anzi, voleva essere una psicologa. Ma il destino ha preso una piega diversa, e in fondo le capita di lavorare con i ragazzi, come desiderava, anche se invece di portarli fuori dalle loro crisi il più delle volte ha finito per sbatterli dentro. Come nel caso di Momo.

«Sei una poliziotta, non una crocerossina» le avrebbe detto suo marito, quello stronzo.

Nilde assaggia controvoglia la sua insalata mista e prende un foglio di carta. Con un tratto di penna lo divide in due.

A sinistra i pro. A destra i contro. Contro: Momo ha precedenti, è un emarginato, si è dichiarato dell'Isis. Pro: il mio sesto senso.

Che ci fai col sesto senso, ispettrice? Stai ai fatti. Stai ai fatti!

Contro: Momo è un violento, e bullizza Rossella. Pro: Nilde si blocca. Può, proprio lei, giustificare un violento? Un bullo? Rossella ha poco meno dell'età che avrebbe suo figlio, o figlia, se anni prima lei avesse fatto una scelta diversa. Momo è di poco più grande.

Di Momo ne ha conosciuti tanti. Tristi, quindi alla continua ricerca del divertimento. Deboli, quindi violenti. Rossella invece, a stare ai racconti, dev'essere una di quelle che non si notano. Che non si notano al punto di sparire.

Dove sei, Rossella? Cosa ti stanno facendo? Se fosse un rapimento, qualcuno avrebbe già chiesto un riscatto. Eppure quelle come te non scappano di casa.

Nilde strappa il foglio e va a riaccendere il tapis roulant, ricomincia a correre. Forse muovere le gambe rimetterà in moto il cervello. Magari la stanchezza la aiuterà a essere più giusta nell'attribuire i pro e i contro. Sempre che essere giusti significhi non seguire il proprio istinto.

Ma non ha fatto nemmeno un chilometro quando suona il cellulare. È Presenti.

«Ispettrice, c'è un'emergenza. A casa del ragazzo.»

13

Il piazzale è ancora più brutto e desolato del solito, nonostante il velo pietoso del buio. La notte è quieta, adesso, a meno di considerare aggressivi – con qualche ragione – il terribile fetore che sale dai cassonetti e lo stridio dei gabbiani. Il vento solleva dalla strada cartacce e qualche incongrua mascherina, tutto ciò che rimane dell'azione dei facinorosi insieme a sanpietrini e sassi che non sono solo il residuo delle solite buche. Sono state sequestrate taniche di benzina e un paio di molotov fatte in casa. Si sono fronteggiati fascisti e forze dell'ordine, momenti di tensione e macchine ammaccate. Qualcuno è stato portato via, habitué della gazzarra.

Alzando lo sguardo sulle finestre sbarrate della palazzina, a Paolo Romano sembra di sentirsi fissare da decine di occhi. E probabilmente è così. Nessuno dorme, là dentro, di sicuro. Parecchi degli abitanti di questa zona non sono mai stati così contenti di vedere la polizia.

«Per fortuna siamo arrivati in tempo» commenta Nilde Fabbri, fissando a sua volta l'edificio.

«Ma quelli tornano» profetizza cupamente Francesca.

Si sente strana, lì in piedi tra un prof e una guardia, e sa che passerà l'inferno in sede quando si spargerà la voce. Anche con il buio, sa di essere ben riconoscibile. Spera solo non si venga a sapere che la soffiata è partita da lei. La butterebbero fuori e forse peggio. Ma Momo, il «mezzo negro», è amico suo, e va difeso.

Nilde accenna agli agenti messi di guardia all'edificio e apre la bocca per rassicurarla, poi cambia idea.

«Magari non tornano, se Momo è innocente e lo scagioniamo.»

«Lo sca...»

«Se dimostriamo che non è stato lui, Francesca» traduce simultaneamente Paolo, poi si rivolge a Nilde. «Dottoressa, mi creda, è impossibile che sia stato lui. Conosco bene quel ragazzo. È un bullo, magari anche un poco di buono, ma di sicuro non è un membro dell'Isis, e con ancora più certezza le posso assicurare che non ha rapito la ragazza. Non saprebbe neanche dove metterla.»

Nilde guarda il professore. Ha un che di convincente, nonostante l'aspetto devastato. Un viso scavato da chissà quale dolore, radi capelli ricci e chiari, mal tagliati, la barba di un paio di giorni. La voce è profonda ma stanca, quasi cantilenante, eppure in fondo (molto in fondo) agli occhi celesti c'è una luce che sembra proprio non volersi spegnere. Sembrerebbe un po' Falcão se il fuoriclasse degli anni Ottanta fosse invecchiato meglio.

Si volta verso la ragazzona tatuata: «Tu che ne pensi, Francesca?».

«Momo stava con me quella sera, dottoressa.»

Romano ha uno scatto di nervosismo e alza gli occhi al cielo.

«Quale sera, Francesca?»

«Quella... quella in cui è scomparsa Rossella...»

«E che sera era, scusa?» La Fabbri non molla l'osso.

«Eh... quella... quando non s'è sentita... che la mamma la cercava...»

«Peggio delle interrogazioni sul Manzoni» commenta Paolo.

«Lascia perdere, Francesca» taglia corto l'ispettrice. «Non dire cazzate e non metterti nei guai. Il professore sarà abituato a sentirti farfugliare di cose che non sai, ma testimoniare il falso è reato, lo sai?»

«No, perché, io davvero...»

«Smettila, Francesca!» sbotta Romano. «Così non aiuti Momo. Anzi, lo metti ancora più nei guai. E ti metti nei guai anche tu.»

Francesca capisce che sta andando contro un muro, e inserisce la retromarcia. «Mi scusi, professore, ma Momo non c'entra...» piazza una mano tatuata sulla spalla dell'ispettrice che sobbalza, perché le mani di Francesca non sono leggerissime. «Ma le pare che rapisce una? Ma non esiste!»

«Che le facevate a Rossella? Che vuol dire che la bullizzavate?»

«La prendevamo un po' in giro... Mai alzato le mani. Mai.»

«E non averla picchiata ti sembra sufficiente? Che le dicevate?»

«Ma no... Che non aveva l'uomo, che non scopava... che stava con Leopardi...»

«Con Leopardi?»

«Il gobbo...»

«Capisce il livello, Nilde?» interviene affranto Romano. «Capisce?»

Nilde lo guarda un po' scossa.

«Perché?» chiede perplessa Francesca. «Non era Leopardi... il poeta, quello gobbo?»

«E comunque lei almeno lo sa, che esiste Leopardi...» borbotta Romano.

«Tu vai orgogliosa di essere stata così cretina?» Nilde torna, dura, sempre su Francesca.

«No» risponde lei, ma senza convinzione, come una che dà la risposta richiesta. «Ma mo' che c'entra?» sbotta poi, più naturale, cioè aggressiva.

Paolo sogguarda nervosamente i poliziotti di guardia all'edificio e gli pare che abbiano la mano un po' più vicina alla pistola di ordinanza. Con molta calma, come si fa con gli animali selvatici, allontana la mano di Francesca, ancora sulla spalla dell'ispettrice. Nilde non ci bada.

«Sai se il tuo amico è islamico?» chiede invece.

«Boh?»

«Mangia maiale?»

«Non c'ho mai fatto caso...»

«Da McDonald's» Romano tenta la mediazione culturale «lo prende il bacon? La mangia la carbonara in trattoria?»

«Sì! Sì, la mangia!» esclama felice Francesca, come se avesse trovato la via per discolpare Momo.

«Mi sembra un po' poco per archiviare l'indagine...» commenta Nilde in un tono che cerca di mantenere severo, ma ha un sorriso nella voce e Paolo capisce che è fatta: l'ispettrice sta dalla parte loro.

«Dottoressa, ma che c'era nello zaino di Rossella, glielo posso chiedere?»

«Non le ha viste le foto ai tg?» Nilde cerca le immagini sul cellulare. «Guardi pure. Magari nota qualche particolare.»

Il cortile della scuola, lo zaino di Rossella, il pezzo di stoffa ficcato in mezzo ai libri e ai quaderni, il foglio dello slogan, con il suo sinistro messaggio. La bandiera dispiegata.

Il professore aggrotta la fronte e allarga le dita sullo schermo, a ingrandire l'immagine.

E scoppia a ridere.

«Che è, prof? Le barzellette dell'Isis?»

«Una specie, Francesca, una specie.» Paolo scuote il capo e mostra il cellulare a Nilde. «Dottoressa, questo magari sarà pure arabo» dice, indicando le scritte sulla parte superiore del drappo. «Ma questo di sicuro no» aggiunge indicando quelle in basso.

«Lei conosce l'arabo?»

«No, ma conosco Edgar Allan Poe.»

«Lo scrittore?»

«Sì. Queste iscrizioni vengono dal *Gordon Pym* di Poe. Sono iscrizioni fantastiche.»

La Fabbri afferra di scatto il cellulare.

«Queste? Queste sono scritte fantastiche?»

«Sì, prese tali e quali dal romanzo di Edgar Allan Poe» conferma Romano. «In cui si trovano delle iscrizioni fantastiche assolutamente identiche.»

Francesca sta seguendo con difficoltà. «Cioè?»

«Aspetta, Francesca» la ferma Romano. «Vede, dottoressa...»

Ma la Fabbri sta già facendo una chiamata.

«Galdòn, ma le foto, quelle della bandiera dell'Isis, le avete fatte vedere all'interprete?»

«Non ancora, ispettrice» risponde una voce esitante dal vivavoce. «Era via con la famiglia, torna lunedì... tanto quella è la bandiera dell'Isis, cosa vuole che ci sia scritto...»

«Ma che significa?» esplode la Fabbri. «C'è un ragazzino in custodia per una scritta in arabo che non è neanche in arabo!»

«Ma Boko... Boko...» balbetta la voce.

«Ma voi siete pazzi! Chiamatelo subito!»

«Di notte?»

«Di notte, certo, chissenefrega! Svegliatelo. Mandategli la foto via WhatsApp, chiedetegli subito la traduzione letterale delle scritte! Che non sono in arabo!»

«Ma, ispettrice, se non sono in arabo come fa a leggerle il traduttore dall'ar...»

«Mandategli le foto e basta!»

Nilde appoggia il dito sullo schermo abbastanza forte da rischiare di farci un buco e guarda Paolo Romano come se il colpevole fosse lui.

«E adesso voi due mi seguite al commissariato.»

14

Se stiamo al pubblico ristretto che lo segue, la vita di Giuseppe Pastore non è da buttar via. È un bell'uomo, single, ha un posto fisso e una casa di proprietà, compratagli dai genitori quando si trasferì a Roma per fare l'università. Da quei tempi l'arredamento è cambiato, ma neanche poi tanto, per esempio ha tenuto la carta da parati con il mare della Giamaica, che ancora piace ad alcune delle sue ospiti. Sia chiaro, lui non ha mai portato una sua alunna a casa. Perlomeno mai prima che fossero passati un paio d'anni dalla maturità.

Pastore però sa che il suo futuro non è racchiuso tra le quattro mura del Nicoloso da Recco. Non può campare in eterno arrivando a scuola in moto, scuotendo il ciuffo e togliendosi gli occhiali da sole a beneficio delle ragazze di quinta. Lui può e deve spiccare il volo, e questa vicenda del rapimento è indubbiamente la sua grande occasione.

Scola la pasta, a lui piace al dente. Ha fame, si è distratto sui social e si è dimenticato di mangiare fin quasi alle dieci, ora pregusta i rigatoni tonno crudo e limone che sono la sua passione. Veloci da fare, buonissimi da gustare, soprattutto se preceduti come antipasto dalle olive ascolane che gli ha mandato mamma. Una bella birra gelata ed è fatta.

Afterhours a palla.

Si siede al computer, torso nudo, ciabatte e mutande: Pastore è nel suo elemento. È bravo a dialogare con *followers*, amici, contatti, a discutere in toni anche accesi con alunni, con politici, istituzioni e accademici. Un mondo di cui Paolo Romano, con tutte le sue pretese culturali, non conosce nemmeno l'esistenza, pensa ancora gongolante dopo il trionfo di popolo su Duchamp.

Digita nel motore di ricerca «Boko Aran»: bisogna farsi venire un'altra idea, un angolo da cui raccontare, un taglio da dare alla storia. Bisogna anticipare gli avvenimenti, grazie a uno schema che per lui è collaudato: nulla accade per caso. Dietro ogni evento c'è un piano, una cospirazione, un complotto di chi ha il potere. E detiene il potere chi ha il denaro. Banchieri e finanzieri, per lo più. Lui nel suo blog li ha chiamati Illuminati ed è convinto di averli sfiorati più volte, nella sua vita: si occupano di cose più importanti di lui ma tengono d'occhio capillarmente anche blog come il suo, vite come la sua. Perché sono quelli come lui che andando a caccia della verità tengono i riflettori accesi su ciò che è successo veramente: a New York l'11 settembre 2001 come a Wuhan nell'inverno del 2019, o in Ucraina nel febbraio 2022 o su Marte, dove la sonda *Rover* di sicuro non è mai atterrata. Pastore si domanda anche se sia reale la paternità delle opere di Shakespeare, ma questo è un altro discorso.

Su Boko Haram è difficile offrire qualcosa di nuovo, purtroppo. Ma bisogna continuamente aggiungere qualcosa, i social digeriscono immediatamente tutto.

Rossella e Boko Haram. Che diciamo?

Ma mamma non aveva mandato anche la cicerchiata?

15

«*Storia di Arthur Gordon Pym*» comincia Paolo Romano «è l'alba dell'horror, dell'horror psicologico per essere precisi. È un libro di culto, il lavoro più celebre di Edgar Allan Poe, un manifesto, potremmo dire, della sua poetica. Si tratta dell'unico romanzo pubblicato in vita dall'autore, siamo nella prima metà dell'Ottocento. Il giovane Pym si imbarca clandestinamente a bordo di una baleniera e vive una serie di disavventure in mare. Scampa a un naufragio, viene salvato dall'equipaggio di un'altra nave diretta verso il Polo Sud, le terre inesplorate.»

Fa una pausa, guarda a uno a uno i membri del suo uditorio. Lo fissano tutti. Doveva finire in un commissariato, per fare lezione a qualcuno che stesse attento. Nella sala riunioni, con i suoi brutti neon e le sedie con il tavolino ripiegabile, non vola una mosca. Nilde e i tre agenti che Paolo ha già intravvisto a scuola l'altro giorno lo ascoltano, nonostante l'ora tarda sono corsi al gran completo a disperdere la marmaglia davanti a casa di Momo, e ora a notte fonda restano a sentire cos'ha da dire questo insolito testimone.

A questo gruppo non si può certo contestare lo scarso impegno.

L'agente più anziano (deve essere Galdòn, lo sventurato che ha risposto al telefono poco fa) è un signore piuttosto appesantito sulla sessantina, ed è in piedi accanto a un giovanotto in borghese con capelli lunghi, barba incolta e piercing all'orecchio sinistro. Seduto accanto a lui un tipo magrissimo, calvo, presumibilmente sulla cinquantina: Presenti, lo ha appena chiamato Nilde. Il suo sguardo saetta nervoso di qua e di là, mentre si rigira tra le mani una sigaretta spenta come fa chi sta smettendo molto a malincuore.

Francesca ascolta con il distacco di chi considera al di sotto della propria dignità sorbirsi una lezione di letteratura in mezzo a un gruppo di guardie. Ma ogni tanto sbircia lo sbirro più giovane, che ricambia. Di Tomasi, non resta che lui a guardare i nomi sulla porta.

«Pym, ricordiamolo, parte clandestinamente, all'insaputa della sua famiglia, e si nasconde a bordo della nave, aiutato dal suo amico, il figlio del capitano della baleniera» prosegue Paolo.

«Nascosto da un amico, come potrebbe essere Rossella?» si inserisce Francesca.

«Aspetta, Francesca, fammi continuare» le dice il professore. Ma Nilde la guarda fissa, e scrive subito qualcosa sul taccuino.

«Prego, professore, vada avanti.»

«Pym» ricomincia Romano «resta nascosto in uno spazio piccolo, disagevole, e dopo qualche giorno il suo amico smette di andarlo a trovare, non gli fa più avere cibo e acqua: Pym è convinto di morire. Sale sul ponte, scopre che l'equipaggio s'è ammutinato. Un enorme cuoco di colore uccide tutti a colpi d'ascia. Si scatena pure una tempesta. La nave va alla deriva, incontra un'altra imbarcazione, i naufraghi ci salgono credendo di trovare la salvezza ma scoprono che a bordo ci sono solo cadaveri. Continuano il loro viaggio, in balia delle onde. Estraggono il nome di uno di loro, lo uccidono e se ne cibano. L'amico di Pym muore per una cancrena al braccio. Vengono raccolti da una nave che prosegue il viaggio verso sud, ma più si avvicinano al Polo più la temperatura, inspiegabilmente, sale. Sbarcano in un'isola non segnata dalle mappe, dove tribù di indigeni neri, dai denti neri, uccidono tutti, tranne Pym e un altro. Scappano con una canoa, finiscono in una fitta nebbia grigia, appare all'orizzonte una gigantesca figura bianca, avvolta in un sudario.»

«E poi?» chiede Francesca, quasi suo malgrado.

«E poi niente, finisce così. Pym è tornato vivo, il romanzo è scritto in prima persona, ma dell'opera vanno perdute le pagine finali.»

«E nella seconda stagione?»

«Non c'è la seconda stagione, Francesca.»

«Però sembra una serie horror davvero» commenta Di Tomasi, solidale.

«Lo è: è *l'*horror» precisa Romano «non *un* horror. Qui ci sono tutti gli elementi che trovate ancora nelle serie di oggi. Poe, se fosse nato ai giorni nostri, sarebbe stato uno sceneggiatore coi fiocchi anche di *Lost*, a pensarci bene.»

«E ci sono tanti spunti anche per noi» osserva Nilde Fabbri, rileggendo i suoi appunti. «Nel libro, il cuoco assassino è nero. Potrebbe essere un riferimento a Momo. Il protagonista si ritrova rinchiuso in un posto piccolo e scomodo. È aiutato da un amico...» e guarda Francesca, che non se ne accorge.

«Sono tanti gli spunti, dottoressa» si inserisce Paolo. «Se accettiamo la chiave simbolica, se pensiamo che il rapitore utilizzi un codice metaforico, dobbiamo domandarci: gli uomini tutti neri potrebbero essere i fascisti? Il braccio in cancrena, che nel Pym è solo un dettaglio, magari invece è cruciale? Una metafora del male della scuola? Del decadimento del corpo insegnante? O Rossella si è fatta male? È nascosta in un luogo angusto dove è andata di sua volontà? Il sud è una direzione che torna in continuazione nel *Gordon Pym*, significa qualcosa anche per noi? E non è finita.»

«No?» esala Galdòn, che ne ha abbastanza da almeno dieci minuti.

«No, se consideriamo che questo romanzo fu di ispirazione per molti artisti. Per esempio, compare nella *Reproduction interdite*, un famoso quadro di Magritte, e questo, al netto di mia ogni antipatia, potrebbe essere un riferimento alle lezioni di quel deficiente di Pastore, così come bisogna ammettere che la passione di Baudelaire e Mallarmé per Poe potrebbe essere un riferimento alle mie, di lezioni...»

«Un vero professore» commenta Nilde non senza dolcezza.

«Sa cosa è sicuro?» conclude Paolo davanti al commissariato ammutolito. «È sicuro che l'interpretazione del segno letterario è un gioco pericoloso quanto incerto. È comunque possibile *vedere* per chi ha una cultura specifica, assolutamente impossibile per gli altri. E io le assicuro, come suo docente, che Momo Gregoretti non sa neanche dove sta di casa la letteratura e meno che mai gli verrebbe in mente un simile universo di simboli e riferimenti.»

«Ma 'nfatti, Momo mica ha mai aperto un libro!» chiosa Francesca con orgoglio, e stavolta Nilde non riesce a trattenere la risata.

«Come scegliamo tra tutte queste interpretazioni, professore? Cosa ci vogliono dire i rapitori?»

«Non lo so. Perché anche chi è colto ha un problema: vedrà solo quello che vuole vedere. O se no, gli serve un codice dall'esterno. Una chiave di lettura. Dobbiamo trovarla. Ma non mi viene in mente dove, per quanto mi sforzi.»

L'agente più anziano, che si è distratto a guardare il cellulare, a quel punto alza la mano.

«Galdòn, non siamo mica in classe… che c'è, deve andare in bagno?»

«Dottoressa, mi scusi. Mi scrive il traduttore. Con le frasi in arabo.»

«E che dicono?»

«"Buongiorno, buonasera, a che piano scende?" E poi è vero. Gli altri segni sono quelli del libro che ha detto lui» accenna a Paolo con riluttante rispetto.

«Chi ve l'ha detto?»

«Un professore universitario, uno che sentiamo spesso per queste cose. Tra l'altro andrà pagato, dottoressa… la considera una consulenza…»

«Va bene, va bene, Galdòn, grazie.»

«Allora lo vedete che Momo non può entrarci per nulla» interviene Francesca. «Non sa chi sia Edgar Allan Poe, e se non è neanche islamico…»

«Già. Perché mangia il McBacon» annuisce Nilde, con un'occhiata complice a quello strano professore, dall'aria nel contempo supponente e disagiata. «È innegabile quindi che siano gli stessi segni del *Gordon Pym*, ma cosa vogliono dire? E perché inserire Poe in un rapimento? Manca…»

In quel momento le squilla il cellulare, e lascia in fretta la stanza, scusandosi a mezza voce. A quest'ora, chi può essere? L'improbabile gruppetto resta in silenzio. E quando lei rientra, il suo sguardo è cupo.

«Che è successo, ispettrice?» Sono evidentemente cattive notizie e Paolo si sente mancare. «Rossella è…»

«Peggio» risponde lei, poi si corregge. «No, scusatemi, naturalmente non è peggio ma…» Cerca lo sguardo dell'agente sulla cinquantina, quello calvo. «Presenti, il ministero ci manda un commissario di rinforzo. *Ad adiuvandum*, dicono.»

«E chi ci dovrebbe aiutare? E perché?» chiede Di Tomasi, mentre Presenti sembra già essersi dato una spiegazione. Anche Galdòn mette via il telefonino, come in attesa di una notizia annunciata.

«Perché... chi può dirlo» risponde Nilde. È ben strano che piovano consulenti ministeriali, su un caso magari difficile ma in fondo banale. «Chi: un certo Rinaldo Santamaria.»

Con sua sorpresa, Presenti si incupisce più di lei e le mani gli si stringono a pugno. La sigaretta spenta viene distrutta. Lui sbotta: «Facciamo cambiare le serrature?».

«E mo' chi è questo Santamaria?» chiede Francesca, impaziente.

«Non lo so. Un commissario, un collega. Arriva da Milano» mormora Nilde, incuriosita dalla furia del suo sottoposto.

«Uno stronzo e una spia, un fascista vero» specifica Presenti. «Non si mette bene per il vostro Momo.»

16

Venerdì

Momo invece esce di galera a poco più di ventiquattr'ore dall'arresto. Un'associazione di avvocati che lavora *pro bono* si è attivata subito e ha ottenuto facilmente la scarcerazione: non c'è uno straccio di prova a suo carico, se non poche parole pronunciate in un momento di collera. Se si andasse in galera per le battute di cattivo gusto, ha fatto notare l'agguerrito legale nelle interviste televisive subito dopo aver ottenuto il rilascio, non ci sarebbe più nessuno a piede libero. Ed è ora di finirla con questa opinione pubblica che prima condanna, e poi si informa.

Dopo l'annuncio dell'apertura del caso, con la quasi-sommossa a Torre Bruciata e l'allarme terrorismo, l'attenzione dei media è definitivamente conquistata. Le frasi in arabo e le citazioni messe a casaccio, ormai di pubblico dominio dopo la scarcerazione di Momo, hanno scatenato il dibattito.

E questa sera proprio Paolo Romano, a poche ore dalla liberazione di quello che i giornalisti definiscono «il suo studente preferito», è stato invitato a un noto talk show. Dove ha deciso di andare, e mentre si siede sulla poltroncina si chiede perché.

«Cara Fabbri, mi dispiace davvero. Ti sono piombato tra capo e collo. Ma ti assicuro, non l'ho chiesto io. Sai tra quanto vado in pensione?»

«Chiamami Nilde, se vuoi. Tra quanto?»

«Cinquantadue giorni. Cinquantadue! E ti assicuro che avrei preferito passarli nella grigia routine lombarda.»

Nilde sorride, quindi forse quell'uomo dall'età indefinibile è più vicino ai settanta che ai sessanta? Di sicuro Rinaldo Santamaria ha molta esperienza, e sembra disposto a rendersi utile. Presenti le ha detto che la carriera l'ha fatta tra la strada, i servizi e gli uffici del ministero. Alla fine degli anni Novanta ha piazzato alcuni bei colpi contro il mondo dell'anarchismo insurrezionale, poi ha dato il meglio nei servizi segreti con la lotta all'estremismo islamico. Forse è stato messo in campo per via dell'attenzione mediatica richiamata dal caso, Nilde non riesce a immaginare un altro motivo. Eppure, le sembra un po' presto.

«Dove stai qui a Roma?» gli domanda.

«Ho preso un bed&breakfast vicino alla stazione. Sai come dicono i romani?»

«Come dicono?»

«Che l'unica cosa bella di Milano è il treno per Roma. Per me vale il contrario. Ma non lo dire ai tuoi colleghi, mi raccomando.»

Nilde sorride ancora. Figurarsi, manca solo che Presenti lo senta parlar male di Roma e rischiano la rissa. Già stamattina, quando lei gli ha detto che Santamaria arrivava alle dieci, ha sputato per terra in corridoio, con maleducazione davvero insolita, e si è chiuso nell'ufficio che condivide con Di Tomasi e Galdòn, non senza aver enunciato loro due punti fermi. Primo: lui con Santamaria non ci lavora, piuttosto restituisce il distintivo, come dicono nei film. Secondo: quello è un fascista, era a Bolzaneto, è un uomo dei Servizi, un criminale implicato in tutti i depistaggi degli ultimi decenni, manca solo che sia stato lui a far liberare Barabba invece che Gesù. Ma lei sa bene che chiunque si metta in mostra sul lavoro attira illazioni del genere: se donna, sei una sgualdrina, se uomo, sei un venduto. E poi Presenti è comunista, e c'è poco da fare. Testa dura. A Nilde ricorda suo padre, nel bene e nel male.

Rinaldo Santamaria sembra invece un collega esperto, calmo e preparato: si è fatto dare il fascicolo, evidentemente l'ha studiato, per tutto il giorno ha fatto telefonate su telefonate, a quelle che lui ha definito «le sue fonti». Ora è seduto con lei a ragionare per cercare una pista. Dio sa quanto ne hanno bisogno. Su suo suggerimento, subito dopo la scarcerazione hanno messo sotto controllo il telefono di Momo: tanto per la sua sicurezza quanto per raccogliere eventuali informazioni, ha sottolineato. Presenti ha commentato con una risata sarcastica, ma l'idea è obiettivamente giusta.

Lei, invece, ha deciso di dedicarsi a un mondo che non conosceva. Naviga tra i social e le testate online su cui si informano i giovani, Torcha, Will, Fanpage. Infuria il dibattito sul *Gordon Pym*, con quel professor Romano diventato in una notte l'idolo delle influencer. I siti e i giornali più qualificati hanno ricostruito un ritratto approssimativo dell'uomo, frugando in una biografia più tragica di quanto lei immaginasse. Il matrimonio con la compagna di università, naufragato dopo la morte della loro bambina in un incidente automobilistico, causato a quanto pare da lui. Le sue continue assenze a scuola, dove alcuni studenti non lo hanno praticamente mai visto (sottolineano i giornali di destra); la malattia autoimmune, un raro disturbo del sistema immunitario che attacca il sistema nervoso (lo scagionano i giornali di sinistra). Nilde pensa che lo aveva sottovalutato, non lo immaginava così efficace davanti alle telecamere. Brillante no, anzi goffo e riottoso, ma con un suo fascino.

«I luoghi dove cercare sono davvero pochi» pensa ad

alta voce, seguendo la linea suggerita da Santamaria. «Nessuna richiesta di riscatto che possa fornire un indizio. Nessuna palestra o locale, la ragazza usciva pochissimo. Anche quando sembrava fare qualche amicizia, questa naufragava subito. Negli ultimi mesi Rossella è stata quasi sempre chiusa in casa.»

«Non abbiamo neanche il nome di qualche amico?» chiede Santamaria.

«Poca roba.» Nilde sfoglia il suo taccuino. «Un'amica di penna, tale Nicoletta, che vive a Genova, una compagna delle medie. Frequentazioni sporadiche, un paio di compagni somari che quando erano proprio alla disperazione venivano a studiare da lei: Zazzi, Mainetti... mai Gregoretti o Malatesta. La madre mi ha parlato di una certa Morgana, una ragazza più grande che ha frequentato qualche anno fa, forse le dava ripetizioni (lei all'adulta, pensa tu!), e comunque quando questa tipa si è maturata non si è vista più. Su questo fronte non abbiamo piste.»

«Un fidanzato? Magari segreto? Qualcuno che le faceva il filo?»

«Niente.»

«Ma possibile non avere amici a diciott'anni? Non uscire, non fare niente?» l'uomo allarga le braccia. «Io a diciott'anni tornavo a casa solo per dormire. E a volte neanche quello.»

«Che vuoi che ti dica, Rinaldo, i ragazzi oggi vivono sul cellulare... Magari stanno insieme anche tutto il giorno, ma ciascuno a casa sua.»

«Non arrivo a capirlo» ammette lui. «Sono troppo vecchio... Le indagini le ho sempre fatte sul campo: nei locali, per strada, nelle sezioni.»

Uno che dice «sezioni» è vecchio davvero, pensa Nilde. E chissà che indagini ci faceva e come, per fortuna Presenti non è qui.

«Anche la rete è un posto, a modo suo» spiega al collega. «O almeno, i ragazzi la vivono come tale.»

«E poi c'è la scuola» Santamaria cerca di tornare su un terreno più solido, ma lei scuote la testa.

«Con i compagni non legava, gli insegnanti... Per ora l'unica traccia è il libro, e me lo sono persino comprato» solleva dalla scrivania un'edizione tascabile del *Gordon Pym*, che ha intenzione di leggere. Ma lui scuote la testa.

«Questa storia di Poe può essere fuorviante, non dobbiamo lasciarci trasportare» commenta in tono indulgente (dice «noi», ma intende «tu»). «Sono tutti uguali, questi prof di mezz'età... cercano la luce dei riflettori, è la loro unica chance. Sei proprio sicura che sia una persona a posto, questo Romano? Ne parlano come di un assenteista, un cinico.»

«Be', finora è l'unico che abbia fatto fare un passo avanti alle indagini.»

«Sempre che questa trovata del *Pym* sia davvero un passo avanti...»

«Cosa intendi?»

«Niente. Solo che non credo ci porterà da nessuna parte.» Santamaria alza le spalle e abbandona l'argomento. «Invece sai chi mi sembra interessante?»

«No, chi?»

«Il suo collega più giovane, quel professor Pastore. Ieri ha scritto una cosa nel suo blog che... Forse sa più di quel che sa di sapere.»

«A me pare un esaltato.»

«Sì, senza dubbio. Ma forse utile. Ci hai parlato, immagino?»

«Gli ho fatto delle domande, Rossella per lui era una studentessa come tante altre. Anzi...» la poliziotta fa una smorfia «meno interessante di tante altre.»

«È uno che va con le studentesse?» Santamaria drizza le

antenne. Un professore corrotto e ricattabile: forse promettente.

«Non credo... Mi sembra un tipo fatuo, ma non un delinquente» riassume Nilde e chissà perché le viene in mente suo marito. Il suo ex marito, si corregge in fretta. «Sicuramente, visto il blog, è un complottista.»

«I complottisti sono una risorsa, Nilde. Mai sottovalutarli» e prende il telefono.

18

Domenica

Quelli come Pastore, Santamaria li usa da anni: sono sempre informati, in genere respirano l'aria dei criminali senza esserlo, ma ragionano come loro e si informano dove si informano loro. In più sono degli esaltati: alla fine gli esaltati esagerano sempre, e quando esagerano si mettono nei guai. Si spaventano, e scendono a patti. È così dall'alba dei tempi, e Santamaria li adora. Non ricorda neanche più quanti ne ha «convertiti». Giornalisti, politici, estremisti, il ministero degli Interni dovrebbe mettere una targa a suo nome, proprio all'ingresso del Viminale: A RINALDO SANTAMARIA, CHE HA BATTEZZATO PIÙ SPIE DI JOHN LE CARRÉ.

«Professore» esordisce ora, seduto al tavolino di un bar di piazza Venezia, scelto per trovarsi ben confusi tra i turisti americani che si concedono una sosta prima di ciabattare verso il Colosseo. «Io in questo caso non ci capisco niente. Non trovo, come si dice, la quadra.»

Pastore inclina la testa di lato, dubbioso. Mai fidarsi di un poliziotto, tantomeno di un poliziotto anziano, ma questo sembra porla sul piano delle convenienze. E le convenienze sono trasparenti, tanto quanto le intenzioni sono opache.

«Io, caro Pastore, con questo caso chiudo la carriera, sto per andare in pensione, e non voglio ritirarmi inseguito da uno sputtanamento» prosegue Santamaria. «Il fallimento finale diventerebbe il mio orologio d'oro, la mia etichetta, il mio commiato. Verrei ricordato dai colleghi come il cretino che è venuto da Milano e non ha trovato la ragazza di Torre Bruciata.»

«Ma perché è venuto da Milano?» Pastore fa la domanda ovvia, quella che chiama sempre una risposta falsa. «C'era già la Fabbri, o sbaglio?»

«Perché il ministro è della Lega, professore. Parliamoci chiaro. L'Isis rapisce una ragazzina a Roma e a indagare mettiamo una novellina bolognese che si chiama come la Iotti? E che adesso sta pure a sentire un professore intellettuale di sinistra? Suvvia!»

Pastore ride, sente confermate le sue convinzioni, si rassicura.

«Guardi, le dico il vero. A me di chi trova Rossella non me ne frega niente. Se la trova Mao Tse-tung o se la trova Carlo Marx a me va benissimo.» Santamaria batte il dito sul tavolino a sottolineare le proprie parole. «Ma trovarla bisogna. Mi dia una mano. Lei ci mette la cultura, e io ci metto il mio mestiere.» Ordina altri due spritz, e poi secco: «Lei ha scritto un pezzo molto forte, su questo caso. Perché?».

Pastore si ritrae un po'. Poco. Esita, poi sibila: «Io voglio solo far sentire la voce della verità, commissario».

«Legittimo» annuisce Santamaria. «Legittimo e fattibile.»

«Vede, Santamaria» il professore tira un respiro profondo «i confini di questa vicenda, in realtà, sono chiari.»

«Se le va diamoci del tu.»

«Benissimo. Allora, Rinaldo: devi riuscire a leggere le

cose che stanno succedendo non per quello che dicono a te, ma per quello che dicono agli altri attori del dramma.»

«Cioè?»

«Cioè... Paolo Romano è bollito, ma sai perché era un bravo professore?»

«Perché?»

«Portava gli studenti nella mente dei poeti. Qual è una poesia che ricordi?»

«Una poesia? Di scuola?»

«Sì.»

«Be'... vado?»

«Vai.»

«*Che dice la pioggerellina*
di marzo, che picchia argentina
sui tegoli vecchi
del tetto, sui bruscoli secchi
dell'orto, sul fico e sul moro
ornati di gèmmule d'oro?
Passata è l'uggiosa invernata,
passata, passata!»

«Ok. Novàro. Benissimo. Cosa dice questa poesia?»

«Che piove.»

«Che piove, ed è arrivata la primavera. Non c'è dubbio, dice questo. Ora ti recito io una poesia. Sei pronto?»

«Pronto.»

«*Questo che a notte balugina*
nella calotta del mio pensiero,
traccia madreperlacea di lumaca
o smeriglio di vetro calpestato,
non è lume di chiesa o d'officina
che alimenti
chierico rosso, o nero.
Solo quest'iride posso
lasciarti a testimonianza

d'una fede che fu combattuta,
d'una speranza che bruciò più lenta
di un duro ceppo nel focolare.»

«Non ci ho capito un cazzo.»

«Appunto. Per capirla devi conoscere l'autore, sapere cosa pensa, in che momento storico scrive, su cosa ragiona e cosa lo tormenta. Cosa lo anima. In questo specifico caso, dovresti sapere cosa c'è nella testa di Montale.»

«E cosa c'è?»

«Troppe cose per parlarne adesso, commissario. Il punto è che per leggere questo caso devi conoscere chi lo sta montando.»

«Perché secondo te c'è qualcuno che lo sta montando?» Santamaria stringe gli occhi, attento.

«Ti sembra facile attrarre tanta attenzione su un crimine? Sulla mera scomparsa di una ragazza in un quartiere periferico di Roma? Invece qui abbiamo il riferimento al terrorismo, una spolverata di letteratura... Non è facile attirare i media, e questo caso, è evidente, è costruito per farlo.»

«Non hai torto. E chi ci sarebbe dietro? Romano?»

«Ma no» Pastore spazza via l'idea di Romano burattinaio dei media con un cenno sprezzante della mano. «Lui sarebbe solo una pedina. Destinata a essere divorata. Dietro questa storia c'è di più. Qualcuno che ha scelto Torre Bruciata per lanciare un segnale.»

«Ah» commenta deluso Santamaria. «Il "complottone".»

«Non lo liquidare così. Il complotto è reale, basta che ci creda chi lo ha immaginato, o chi è stato scelto per agire. O per esserne vittima.»

«Ah» stavolta Santamaria si è fatto attento. «Come negli anni di Piombo...»

«Esatto, Rinaldo. Proprio come allora. Immagino tu, come molti, considerassi la rivoluzione proletaria un'assurdità, ma questo non impediva ai brigatisti di uccidere. Alle vittime di essere uccise. E al Paese di precipitare nella psicosi. E quello che sta succedendo è secondo me una strategia, una trama, l'ordito di qualcuno.»

«Chi?»

«Non ho un nome, ho un concetto.»

Santamaria lo ascolta. Pastore si muove nella nebbia, ma i fari li ha accesi. Una chiave di lettura ce l'ha.

«Il concetto qual è?»

«Io ti dico che parliamo di élite. Élite destabilizzatrici.»

«Gli Illuminati del tuo blog?»

«Esatto. Lo hai letto?»

Santamaria alza le spalle, come a dire: le basi del mestiere. Ma Pastore ha già ripreso: «Non lo liquidare come un complottone, ripeto. Perché dietro piazza Fontana il complotto c'era, e quando se ne parlava il mainstream lo liquidava come un'assurdità, per nasconderlo. E c'era il complotto dietro piazza della Loggia, dietro all'*Italicus*, dietro a tutta la strategia della tensione. Era appunto, una strategia. Di qualcuno. E se parti dal fatto che la strategia sia possibile, non puoi pensare sia stata una casualità il ritorno dell'Isis. In una scuola romana. Pensaci, commissario. L'opinione pubblica italiana è come la rana nella famosa pentola. L'acqua si riscalda a poco a poco, e non si accorge di morire. Si abitua. Anche noi ci stiamo abituando in una pentola che raccoglie mille sapori: la guerra, la pandemia, il terrorismo. Tutto finalizzato a farci bollire, in vista di qualcosa».

«Che cosa?»

«Chiamiamolo un grande reset, per capirci. Anni con le mascherine, o chiusi dentro casa, mentre gli Stati correvano a vaccinarci con un siero mai conosciuto prima. Poi la pandemia scompare, arriva la guerra in Europa. Poco prima avevamo abbandonato l'Afghanistan, preannunciando una recrudescenza delle azioni dell'Isis che, guarda caso, arrivano qui, in quella che potrebbe essere la scuola di ognuno di noi, una scuola qualsiasi della periferia urbana. Guarda le sparatorie in America, i lupi solitari che tornano a ululare. Tutti casi isolati? Non credo.»

«Professore ma che...» Santamaria si trattiene in tempo. «Sei sicuro di quello che dici?»

«Non è l'Isis.» Pastore aspetta che il cameriere porti gli spritz e si allontani, prima di chinarsi verso il suo interlocutore. «È qualcuno che usa le persone come pedine. Che usa un ragazzo affiliato all'Isis, risveglia con Poe un professore cinico ma paladino degli ultimi, e ci mette in mezzo anche una giovane militante fascista. Qualcuno che li conosce, qualcuno che conosce la nostra realtà.»

Santamaria se lo guarda. Quest'uomo, pensa, è perfetto.

Driiin.

Un'occhiata distratta al display del cellulare, Santamaria prende la telefonata, si alza per parlottare un po' più in là. Quando torna al tavolino, alza un dito per chiedere il conto e intanto dice: «Giuseppe, scusami, ti devo proprio lasciare». Ma poi si interrompe, colto da un ripensamento. «Anzi, no. Che ne dici di venire con me?»

19

Nilde prende in mano il *Gordon Pym*, lo apre. Lo richiude. Guarda il telefono, irresoluta. Ma perché irresoluta? È evidente che deve chiamare Paolo Romano. La notizia è grossa, e il fatto potrebbe essere la svolta del caso. Ma lei rischia di non saperla interpretare. E allora perché non lo chiama? È anche domenica, non avrà nulla da fare. In realtà sarebbe più tranquilla se non avesse voglia di sentirlo. Vederlo in televisione ha in qualche modo cambiato il suo angolo di visuale su di lui. Non era così brillante, di persona. O sì?

«Professore... sono Nilde Fabbri.»

«Buongiorno, Nilde.»

Ma è sempre stata così sicura e profonda, la sua voce? La donna si dà una scrollata prima di proseguire. «Come sta? Ormai è un personaggio pubblico» mantiene un tono leggero ed è contenta di sentirlo sbuffare e commentare con quel velo di cinismo.

«La gloria è il risultato che ottieni adattando uno spirito alla stupidità nazionale.»

«Cioran?»

«Baudelaire.»

«Ah, certo. E questo mi dà lo spunto per chiederle quel che volevo chiederle, professore.»

«Ripetizioni di letteratura francese?»

«Magari...» Nilde pensa ai suoi studi e sospira. Pochi giorni a contatto col mondo della scuola e già si sente piena di nostalgia. Probabilmente nessuno cresce dopo i vent'anni. Si invecchia, piuttosto.

«Professore, è successa una cosa» continua con risolutezza. «Mi ha appena telefonato la madre di Rossella.»

«Brutte notizie?» la voce all'improvviso tesa.

«No. Forse, una pista. Un libro.»

«Un altro?»

«Lo stesso. Ma ne dobbiamo parlare di persona.» Nilde tira un respiro. «Professor Romano, vorrei che mi accompagnasse a casa dei Catrambone. Che mi desse una mano.»

C'è un'esitazione, un frammento troppo lungo perché la risposta che segue sia del tutto sincera.

«Volentieri, dottoressa.»

«Mi chiami Nilde, se può. E anzi, le seccherebbe se ci dessimo del tu?»

«Assolutamente.»

«Sì o no?»

«Sì, sì. Ovviamente non mi secca. Solo una cosa, Nilde. In tanti anni di insegnamento ho capito che c'è solo un modo di capire i ragazzi dell'età di Rossella. Farsi aiutare.»

«Da chi, professore?»

«Da loro.»

«E quindi?»

«E quindi non ti basto io. Dobbiamo farci aiutare... dai migliori che abbiamo a disposizione.»

«I due bulli?»

«Bulli, ma compagni di classe.»

«Professore, Mansur Gregoretti è uno dei sospettati» obietta l'ispettrice.

«Se vuoi una mano da me, devi accettarla anche da loro.»

«Professore, ricapitoliamo, ti va?»

«Sì, Nilde, ma guarda avanti, ti prego.»

La Panda dell'ispettrice Fabbri è come la sua scrivania. Pulita, ordinata, perfetta. Profumata. Questa, pensa Romano, è una donna che pratica l'autocontrollo, ma non ci ha ancora fatto pace. Seduto accanto a lei che guida, si massaggia continuamente polsi e caviglie, tormentati dai crampi. E domani deve presentarsi a scuola a tutti i costi: dopo essersela cavata con una reprimenda del preside per essersi presentato a scuola mentre era in malattia («Era un'emergenza? Quale emergenza, Romano? Le urgeva litigare con il collega Pastore?») non se la sente di mancare, ma stamattina faceva fatica a stare in piedi. Spera solo di non peggiorare ulteriormente, con questa gita a casa Catrambone. E ha chiesto a Nilde di venire a prenderlo alle poste di piazza Bologna.

Domenica sera, strade vuote, ci hanno messo poco ad arrivare dalle parti di Torre Bruciata. Sulla strada hanno caricato Momo e Francesca.

«Facciamo un riepilogo» dice l'ispettrice, decisa.

«Facciamo quel che vuole, basta che non mi risbatta in galera» ribatte Momo. Quando Paolo l'ha chiamato, lì per lì si è rifiutato: quella lo schiaffa in cella e poi gli chiede aiuto? Ma ha accettato dopo poche insistenze, come il suo prof sapeva bene: Momo il cattivo, Momo il bullo, è incapace di provare rancore. E poi è curioso come un gatto e partecipare a un'indagine è un'esca irresistibile. E infine: come se la perdeva, un'avventura con Francesca?

«Sei più che in galera, sei accanto a me!» un po' scherza, un po' no. Nilde è in gamba, pensa Paolo, e coi ragazzi ci sa fare a quanto pare. L'ispettrice lascia finire la risata a Momo e poi riprende, decisa a ripartire con il piede giusto. In fondo, il ragazzo non ha tutti i torti. «La ragazza scomparsa è studiosa e un po' timida» dice «famiglia seria e onesta, ma solitaria. L'unico indizio che abbiamo è il suo zaino. Nel cortile della scuola potrebbe averlo abbandonato lei, potrebbe averlo messo qualcun altro, di sicuro c'è dentro qualcosa che in uno zaino normale non c'è: una bandiera dell'Isis.»

«Quindi, pista islamica» prosegue Paolo. «Quel deficiente di Pastore richiama l'attenzione del mondo su questo campione qua alle mie spalle...»

«Daje, professò!»

«Ero ironico, Momo.»

«Ah.»

«... Momo Gregoretti, di padre italiano e madre nigeriana, nato a Roma e quindi immigrato quanto lo sono io, ma che a differenza di me è cretino e si atteggia a capo dell'Isis.»

«Ma l'avevo detto pe' scherzo, professò... che me frega a me... pensi che da McDonald's...»

«Mangi il bacon, lo sappiamo» taglia corto Romano. «E ti accompagni con 'st'altra campionessa seduta lì di fianco...»

«Presente, prof!» Francesca alza la mano come nell'appello.

«Di padre italiano e madre italiana, entrambi di Torre Bruciata, periferia romana talmente disagiata che forse era meglio la Nigeria...» prosegue Romano.

«Il padre, sia chiaro, nun ce l'ho!»

«... consumatrice occasionale di droghe – si tappi le orecchie, ispettrice – e di simpatie neofasciste perché... com'è che dici tu... non c'era altro. Bulla solo perché le spalle larghe se no Dio che gliele ha date a fare.»

«Mo' pure psicologo, professò?» s'indigna Francesca, ma con il sorriso.

«Tanto fascista che il suo migliore amico, e chissà se solo amico, è un "mezzo negro"...» insinua Nilde.

«Ma adesso pure le guardie ci pigliano per il culo, Francè?» fa Momo.

«Dai, su che è un bel ragazzo» l'ispettrice getta uno sguardo nello specchietto retrovisore a Francesca che ostenta un'espressione schifata e fa gesti di scongiuro.

«Ma è negro!»

«*Mezzo* negro, prego» la corregge Momo, facendole l'occhiolino.

A quel punto però Nilde li riporta sul pezzo, cautamente per non perdere quell'insperata atmosfera di confidenza.

«E Rossella...? Che tipo è?»

Scende il silenzio, per un attimo, nell'abitacolo.

«Boh? Una secchiona» dice infine Momo.

«Una secchiona che Francesca ha sempre preso di mira» aggiunge Paolo. «Perché proprio lei, Francesca?»

«Me sta sul cazzo, professò... me sta sul cazzo coi suoi modi da perfettina.»

«La invidi, Francesca?» provoca Nilde.

«No, dottoré, è che è falsa.»

«Falsa?»

«'Na gattamorta... Sta sempre zitta, parla con un filo di voce, ma quella è una iena. Secondo me manco l'hanno rapita, è scappata di casa. Momo, non voleva andare a Londra?»

«Ma che c'entra, Francè... allora pure io sono dell'Isis» la smonta Momo.

«Che diceva?» interviene Nilde.

«Che dicessi quel che volevo, tanto io restavo a marcire a Torre Bruciata e lei andava a fare l'università e a vivere all'estero... che c'ha uno zio ricco... con quella vocina da bambola assassina...»

«Bambola magari no, però non è neanche male» chiosa Momo.

«Rossella è una bella ragazza?» si informa Nilde, stupita da quella piega del discorso. Dalle foto le era sembrata piuttosto smorta.

«Ho detto non male, dottoressa.»

«E vabbè...» si imbroncia Francesca.

«Momo, ma se ti piaceva perché dicono che la bullizzavi?» continua la poliziotta.

«Ma niente, uno scherzo...»

«Che scherzo?»

«Una cazzata, ho messo in giro la voce che lo zio ricco è pedofilo. Lei è andata dal preside.»

«Me la ricordo, questa storia» Paolo s'affretta a gettare acqua sul fuoco, manca solo che l'ispettrice lo consideri pure un diffamatore, oltre che violento. «Una delle tue migliori fesserie.»

«Ma che, lo vai a dire al preside?» replica Momo. «Ma che, stamo all'asilo?»

«Professò, che poi adesso tutto è bullismo...» lo sostiene Francesca. «Le avesse dato una capocciata capirei...»

Paolo Romano si gira, ma proprio mentre sta per esplodere, Nilde gli mette una mano sul braccio per zittirlo. Sono arrivati davanti alla palazzina in cui abita Rossella. Una delle tante a due o tre piani che ancora sopravvivono, accanto ai palazzoni, in quell'ex quartiere operaio.

Il problema è che non sono i primi. Ci sono già due auto della polizia.

Nilde aggrotta le sopracciglia: «E questi chi li ha mandati?».

20

«Voi aspettate qui» Nilde scende dall'auto, mostra il distintivo ai colleghi di piantone ed entra nella palazzina. Al primo piano trova la porta aperta. «Con permesso?»

La casa dei Catrambone, per quanto ben tenuta, non è molto luminosa, dà un'impressione di angustia. Nella piccola anticamera c'è un quadro forse dipinto da qualche amico amatore, un atroce paesaggio campestre con qualcosa in primo piano che non si capisce se siano fiori o galline. Sovrasta il classico tavolino con lo svuotatasche di peltro, pieno di chiavi, monete, elastici, qualche biglietto da visita. Una foto di famiglia (padre, madre, Rossella) e un blocchetto per gli appunti forse rimasto da quando lì c'era il telefono fisso. Odore di caffè.

Seguendo un vago suono di voci, Nilde si inoltra in un breve corridoio, con una piccola libreria che sembra contenere soprattutto guide turistiche: varie città italiane d'arte – Firenze, Venezia, Palermo, Lecce – e poi alcune capitali, Vienna, Parigi, Londra. Niente di esotico ma sono tutte usate, segno che la famiglia qualche viaggio lo fa. Borghesia, magari piccola, ma non stanno male. Controprova, una vetrinetta accanto alla libreria contiene alcuni classici souvenir: un Colosseo in gesso, bolla con la neve a San Marco, una piccola Tour Eiffel, il David, il Mosè di Michelangelo e così via.

I rumori di voci vengono dal salotto. Che Nilde infatti trova affollato.

«Santamaria!» esclama stupita.

L'uomo è seduto a un tavolo rotondo coperto da una tovaglia di pizzo, in compagnia dei genitori di Rossella, Galdòn, Di Tomasi... e del professor Pastore.

«Ben arrivata, Nilde! Ti ho cercata ma mi hanno detto che eri andata da Romano» sorride Santamaria. Ha un sigaro spento in bocca e non si è particolarmente sforzato per questa visita, ha addosso i jeans, la giacca sempre più stazzonata. Almeno ha abbandonato l'impermeabile, pensa Nilde; al suo fianco Pastore, in pantaloni blu aderenti e camicia di lino bianca, sembra un damerino. O un agente immobiliare in pausa.

«Siamo tutti alla ricerca di consulenti, Rinaldo» risponde lei strizzandogli l'occhio, con un veloce cenno della mano al professor Pastore. Che non ricambia, perché è intento a sfogliare freneticamente un libro con i guanti in lattice in dotazione alla polizia.

«Vieni, vieni qui, Nilde» Santamaria si comporta con bonomia quasi eccessiva, neanche fosse suo padre, forse per rassicurare la famiglia. O forse perché è pur sempre parecchio più anziano di lei. «Immagino che anche tu sia qui per la notizia che ci hanno dato i signori Catrambone.»

«Dottoressa, si accomodi» la madre di Rossella, una signora piccola piccola, scura di capelli e abbronzata, sulla cinquantina, accenna a una sedia. «Vuole bere qualcosa?»

«No, grazie.»

Nilde si sente disorientata. Quando ha ricevuto la telefonata, non ha nemmeno pensato di chiamare Santamaria.

Ha pensato subito a Paolo, e ha messo in piedi quella specie di gita di classe... Mentre il collega – informato da chi? – correva sul posto. Anche lui con un professore, certo, ma Nilde si sente comunque in imbarazzo. Si è fatta accompagnare da Momo, un sospettato, per la miseria. Se lo vedono finisce nei guai. Che aveva in mente? Perché si lascia influenzare così tanto da Paolo Romano? Si sente colta in fallo ed è contenta di aver perlomeno lasciato in auto i suoi improbabili «consulenti».

«Mi parli di questo libro che è arrivato, signora» dice alla Catrambone, in tono un po' più brusco del necessario.

«Vede, Rossella è un'appassionata di computer, di fantascienza, di quelle cose lì» spiega la signora, con una spiccata cadenza calabrese, e indica uno scaffale. Nilde getta un'occhiata veloce alle copertine: William Gibson, Isaac Asimov, Robert Heinlein, e poi Arthur C. Clarke, Douglas Adams, Orson Scott Card. Segna i nomi a mente, chiederà a Romano, ma è evidente che la ragazza legge parecchio, e legge bene.

«Riceve spesso pacchi di Amazon con dei libri» continua la madre «ma a volte anche libri usati, li compra su un sito...»

«Maremagnum» interloquisce il padre, un uomo segaligno con i baffi, chiaramente di poche parole. Da come la descrivono, la figlia la socievolezza deve averla presa da lui.

«Quello» la moglie neanche lo guarda. «Comunque, la mattina in cui è scomparsa a Rossella era arrivato uno di quei pacchi. Non lo abbiamo aperto, non ci abbiamo nemmeno pensato... È una cosa così normale» le si rompe la voce. «Ma quando si è cominciato a parlare del libro, lì, quello dell'orrore...»

«Il *Gordon Pym*» supplisce il marito, sempre in massima sintesi.

«Quello. Allora abbiamo pensato al pacco che era ancora in corridoio. E abbiamo pensato di avvertirvi...»

Santamaria, anche lui coi guanti, toglie il libro dalle mani di Pastore e lo porge a Nilde. «E... sorpresa!»

Una copia del *Gordon Pym*. Infila rapidamente un paio di guanti e afferra il volume. Una copia nuova, edizione Bur. Intonsa, se si esclude un'unica parola evidenziata in giallo, le due o tre volte in cui compare. La parola è «marna».

«Marna?»

«Marna» annuisce Pastore.

«Cos'è "marna"?»

«La marna è una roccia, ispettrice. Una roccia argillosa» la voce arriva da dietro le sue spalle, ed è ovviamente quella del professor Romano.

Santamaria non sembra sorpreso di vederlo, ma contento. Lo accoglie con calore, gli va incontro quasi a braccia aperte.

«Professore, ben arrivato! Allora te lo sei portato dietro, Nilde?» aggiunge rivolto alla collega più giovane, con una punta di ironia. Poi torna a concentrarsi su Paolo: «Sono il commissario Rinaldo Santamaria, l'ho vista in tv. Si sta prendendo una vacanza dal piccolo schermo?». Il tono è affabile, ma Romano si irrigidisce. Stringe la mano che lui gli porge con una certa diffidenza. Avremo la stessa età? si chiede. No, quest'uomo è più vecchio di lui. E troppo amichevole per i suoi gusti.

«Conosce già il professor Pastore» prosegue Santamaria, indicandogli il collega.

«Ciao, Giuseppe» dice calmo Romano. L'altro risponde solo con un cenno della testa.

«Allora, con tutti questi cervelli riuniti forse riusciamo a tirar fuori qualcosa» riprende il milanese, che evidentemente si è dato il ruolo di animatore. «Secondo lei che vuol dire questa storia del libro, professore? *Gordon Pym* l'ha scoperto lei... Allora, che è questa marna?»

Non è troppo amichevole, si corregge Paolo, Santamaria è dotato di simpatia naturale, basta guardare come i genitori di Rossella gli sorridono, finalmente rassicurati, pronti a dirgli tutto, a ricordarsi dettagli che non sapevano di aver notato. Con quell'accento del profondo Nord suona efficiente ma familiare, ed è chiaro che è estremamente intelligente. Come tutte le persone intelligenti e simpatiche, induce le persone intelligenti ma non simpatiche come Paolo Romano a mettersi sulla difensiva.

«Non so che dirle, commissario» risponde cauto. «Non si tratta di un termine che Poe usi in modo particolare.»

«Nell'universo simbolico dell'autore la marna non c'è» conferma pomposo Pastore. «Quindi, per chi è simbolo? Di cosa è simbolo? Questo dobbiamo chiederci» conclude.

«Forse di niente» lo stronca Romano.

«Professore, può far meglio di così» lo prende bonariamente in giro Santamaria.

«Voglio dire che forse la marna rappresenta se stessa» Paolo si rivolge a Nilde, ignorando volutamente gli altri.

«Cioè?» chiede lei.

«Chi lo ha inviato ci potrebbe voler dare un'altra indicazione. Che non ha a che fare con Poe, ma forse con un luogo. Un luogo dove c'è una roccia di questo tipo.»

«Un tipo di roccia molto friabile, facile da scavare» puntualizza Pastore. «Potrebbe essere una caverna.»

«A Roma?» si stupisce Nilde.

«Una cava?» ipotizza Santamaria.

I genitori di Rossella sussultano. Nei gialli, nelle cave, si trovano i cadaveri. Santamaria si rende conto di aver esagerato, e lancia loro uno sguardo rassicurante. Come a dire non ci fate caso, sono solo parole in libertà.

«Mi sembra che qui stiamo perdendo tempo.» A sorpresa, Pastore si scuote, saluta brevemente i genitori di Rossella e si avvia alla porta. «Sono certo che l'idolo delle influencer, qui, saprà trovare la risposta» conclude come ultima frecciata a Paolo, e se ne va.

«Ha *rosicchiato*» commenta Santamaria. Tutti lo guardano perplessi. «Non dite così a Roma?» Gli agenti e Paolo scoppiano a ridere. I Catrambone e Nilde pensano evidentemente ad altro.

Pastore, uscendo, finge di non vedere Momo e Francesca ancora chiusi nella Panda dell'ispettrice, inforca la moto e corre a casa.

Prima delle diciannove, in tempo per gli ultimi lanci social della sera e per il giornale della mattina dopo, chiama un suo amico giornalista al «Messaggero», e va giù diretto: «Prendi carta e penna: ho capito tutto».

21

Lunedì

Rossella? Cerchiamo nelle caverne del Vaticano.

Titolo a effetto. Spalla di prima pagina. Foto dell'intervistato con occhiali da sole.

«Parla il consulente della polizia, professor Giuseppe Pastore.» Nell'intervista, colta e insieme suggestiva, Pastore rivela il dettaglio del libro ricevuto a casa Catrambone, menziona la marna e offre la sua soluzione al rebus della parola sottolineata. «Il riferimento» spiega dopo una breve introduzione, che solo i più attenti noterebbero avere come unica fonte Wikipedia, «è a una cava, e a Roma solo una cava di marna è esistita nei secoli passati. Ed era sotto il Vaticano.»

«Cosa vuol dire, professore?» chiede l'intervistatore.

«Vuol dire che dobbiamo cercare lì. Nel cuore dell'identità cristiana.»

«I rapitori sono estremisti islamici? Per questo si punta al Vaticano?»

«L'estremista islamico, eventualmente. Mi sembra più un cane sciolto, uno strumento nelle mani di qualcuno» risponde Pastore. «Dipanare questa matassa impone il ricorso a una costellazione simbolica più ampia. L'Islam, d'altronde, non è il solo nemico della Chiesa e non dobbiamo dimenticare il riferimento al *Pym* di Edgar Allan Poe. Deve sapere che il protagonista alla fine del racconto va verso una figura bianca, avvolta in un sudario.»

«E questo che vuol dire?»

«Sono convinto che *Pym* sia un riferimento alla saggezza, e la figura bianca a una qualche entità superiore. Un'entità illuminata.»

«A cosa pensa?

«A una sorta di setta. Il *Pym* è un libro cardine per molti.»

«Quale, professore, e che fine avrebbe fatto Rossella?»

«Se ho ragione, stiamo parlando di una setta molto antica. Una setta che ha ramificazioni nella cultura italiana, ma che l'Italia non riconosce. E, soprattutto, è evidente, una setta che ha ramificazioni anche nel mondo della scuola. Bisogna trovarne le tracce, e poi troveremo Rossella.»

«Viva?»

«Lo spero davvero.»

«E da chi sarebbe composta questa setta, professore?»

«Li hanno chiamati in tanti modi in tanti tempi diversi.»

«Nel suo blog lei li chiama "Illuminati".»

«Potremmo chiamarli Illuminati, sì. Ma il punto non è come li chiamiamo noi. È cosa vogliono loro.»

«Che cosa vogliono?»

«Temo che lo sapremo presto.»

Letto il giornale, Nilde telefona immediatamente a Paolo Romano. «Paolo, ma cosa combina il tuo collega? Se pensava di sapere a che cosa poteva riferirsi la marna, perché non lo ha detto prima a noi? E cosa sono questi Illuminati?»

«Non cosa sono, *cosa è*.»

«E cosa è?»

«È una cazzata, Nilde. La cazzata che da anni Pastore

propina ai suoi studenti. Ai quali, per fortuna, la cazzata entra da un orecchio ed esce dall'altro senza incontrare niente sul suo percorso.»

«Santamaria però dice che il ragionamento sul Vaticano torna.»

«Cioè?»

«Che se c'è l'Isis di mezzo è logico che ci sia anche la Chiesa.»

«Ma Rossella andava in chiesa?»

«Sto facendo controllare, ma la madre e il padre dicono di no. Non sono praticanti, non hanno contatti col Vaticano, in nessuna forma. Ma scusa, gli Illuminati chi sarebbero?»

«Storicamente, una società segreta nata in Germania nel Settecento. Una specie di massoneria, ma ancora più fumosa. Struttura piramidale, disegno noto solo ai piani alti, ognuno conosceva solo chi gli stava sotto, non chi gli stava sopra. Giuramenti, iniziazioni, soprannomi, simbologie... dentro c'erano il clero, la nobiltà, i magistrati, i nobili, i professionisti... tutto il solito armamentario alla Dan Brown.»

«E che facevano costoro?» Nilde non sembra particolarmente affascinata dalle antiche società segrete.

«Se vuoi la mia opinione, perdevano tempo. Se vuoi la loro, cercavano la sapienza. Comunque, mica c'erano solo loro. A definirsi "Illuminati" sono state un'infinità di organizzazioni, in varie epoche.»

«A oggi? Esistono ancora?»

«Qualche matto che si definisce "illuminato" ci sarà sempre, di sicuro c'è anche adesso. Ma più che altro gli Illuminati esistono nella mente dei complottisti come Pastore. Idioti che giocano ai poteri forti, ai disegni interplanetari, al grande reset. Ci trovano i colpevoli delle carestie, delle pandemie, delle crisi finanziarie, immaginano élite che vogliono tutto e il contrario di tutto. Secondo Pastore vorrebbero pure Rossella... Per farci cosa, poi...»

«Sì, ma secondo te devo mandare qualcuno nei sotterranei del Vaticano? Ma quali sotterranei del Vaticano, poi? Le catacombe? L'Archivio segreto?»

«Fossi in te di questo non mi preoccuperei, Nilde» all'improvviso Paolo Romano ha una voce molto stanca. «Lascia fare al tuo collega milanese. Vedrai che lui lo sa, dove sono i sotterranei del Vaticano.»

«Ora non cominciare anche tu come Presenti con la storia dei Servizi. Santamaria vuole solo risolvere il caso.»

«Era davvero a Bolzaneto, lo sai? Ho controllato. Ne è uscito pulito, ma c'era.»

«Certo. Ora però ho da fare, scusa...»

Paolo si riprende, capisce che sta esagerando: «Restiamo sui libri, Nilde. Non ci disperdiamo dietro un cretino in cerca di visibilità. Non abbiamo ancora trovato la teoria giusta, ma questo non rende giuste quelle sbagliate. Ti chiamo se mi vengono delle idee brillanti».

E mentre chiude la telefonata Paolo sa benissimo che non gliene verranno, e soprattutto sa benissimo cosa sta per succedere.

22

Mercoledì

L'intervista fa un gran rumore e, naturalmente, in tanti credono alla storia del Vaticano. I più si fanno sentire sui social. A quanto pare, ci crede pure Santamaria che perdona Pastore con un'impressionante velocità per la fuga di notizie e lo nomina consulente per le indagini «culturali». Poi si scusa con Nilde per non averla coinvolta nella scelta, ma le spiega che non c'è tempo da perdere: Pastore sarà pure un coglione, ma almeno una chiave di lettura la sta offrendo. Nilde accetta le scuse e non contesta la linea, soprattutto perché non sa più che pesci prendere.

Nei giorni seguenti Pastore compare a tutte le trasmissioni televisive del pomeriggio e della sera. Romano non lo chiamano nemmeno più, dopo che ha cominciato a rifiutare gli inviti. Alla fine era solo un professore burbero e riottoso, mentre Pastore è chiaramente fatto per stare sotto i riflettori, soprattutto quando dà fondo a tutta la sua arte oratoria. Giovane e bello, semplice e comunicativo: è evidente che la breve fama del professor Romano è già tramontata.

Adesso l'attenzione è tutta per le cave sotterranee degli Illuminati.

Ho fatto la fine del marziano, pensa Paolo. Il racconto di Flaiano che preferisce. A Roma atterra un'astronave marziana e scende un alieno. Ovviamente fa scalpore e tutti ne parlano, tutti vogliono conoscerlo, i giornalisti impazziscono, il papa lo riceve in Vaticano. Poi, però, il tempo passa. La novità scema, i romani si abituano all'extraterrestre. Nessuno fa più caso a lui, che se ne sta sempre solo. Poi cominciano anche a sbeffeggiarlo per strada: «A marziano!». E alla fine non gli rimane che ritornarsene tra le stelle.

Lui ci ha messo pochissimo a uscire di scena, mentre Giuseppe Pastore, per come lo conosce, è destinato a restarci a lungo. Facile prevedere che diventerà un opinionista richiestissimo (probabilmente anche retribuito) e molto più abile di quanto lui sia riuscito a essere, nei suoi quindici minuti di celebrità. Lui sì che ha un profilo Instagram e tutto il resto: i suoi *followers* sono già aumentati nell'ordine delle migliaia ed è comparso l'hashtag #ilbelpastore.

La polizia ha dovuto cordonare San Pietro, già a poche ore dall'uscita dell'intervista bande di archeologi dilettanti, complottisti e matti vari cercano una strada per introdursi nei famosi sotterranei. I più originali pagano i baristi per avere accesso alle cantine dei locali nei dintorni, in cerca di fantomatici passaggi segreti. Paolo è convinto che tra poco si metteranno a scavare. Lui no, lui nella vita ha già scavato abbastanza. E non ha trovato nulla.

Nilde è avvilita per la fuga in avanti di Pastore, che sottolinea il suo immobilismo. Le indagini non fanno passi avanti ed è già tanto se non ne fanno indietro. Dalla Digos non è arrivato nessun aiuto. Anche il telefonino di Rossella si è rivelato un vicolo cieco. Risultano solo telefonate e messaggi a casa, oltre che (pochi) alla chat di classe e all'amica di penna che sta a Genova. Inutile postulare l'esistenza di uomini del mistero, nemmeno un mezzo fidanzato. Lo zio a Londra esiste, è il fratello della madre, ma anche con lui non si vedono e sentono da qualche Natale. Questioni di famiglia, ha tagliato corto la donna, una lite che hanno avuto sull'eredità dei genitori. Ma non era ricco, il fratello? «Ricco, non generoso» ha riassunto il marito con il dono della sintesi.

Paolo, dopo la visita a casa Catrambone, è peggiorato. Stringe i denti e a scuola ci va, ma passa i pomeriggi a letto tormentato dai dolori. Spera di rimettersi in fretta per poter essere più d'aiuto alla povera ispettrice Fabbri, che evidentemente è una che si impegna, ma è chiaro che non sa dove sbattere la testa.

Per ora, può solo pensare: perché Rossella sarebbe andata via senza dire nulla, a poche settimane dalla fine della scuola? Poi c'è lo zaino nel cantiere, la bandiera dell'Isis... No, l'ipotesi della sparizione volontaria non sta in piedi. E questa strana pista del *Gordon Pym* sembra una specie di scherzo. Ma di chi?

Un crampo violento gli interrompe i pensieri e torna a letto con un forte analgesico. Prima che scivoli nel sonno, lo raggiunge il messaggio di Francesca: «Prof, ma questa Marna non era anche una battaglia? Non sarà che Rossella è finita in Francia?».

Potenza di Google, pensa Paolo Romano, esausto. I suoi due studenti più asini, a stento sanno che c'è stata la Prima guerra mondiale, ed eccoli pronti a partire per le rive della Marna.

23

A quanto pare, qualcuno domenica li ha visti in macchina.

È da tre giorni che riceve messaggi sul cellulare da parte dei suoi «amici» camerati: «amica dei negri», «comunista di merda», «puttana». Francesca li scorre velocemente. Avesse tempo da perdere risponderebbe per le rime, a uno a uno. Ma si è comprata il *Gordon Pym*. Lo legge, e piegata sul tavolo da pranzo prende appunti, cerca in rete le spiegazioni a quello che non capisce. Le fa anche male la testa, perché non riesce a concentrarsi. Ha sempre odiato studiare.

Si rollerebbe volentieri una canna, ma sa bene che in questo momento deve essere lucida. Lo deve a Momo, lo sa benissimo che quel Santamaria non è affatto convinto della sua innocenza, e forse non ne è convinta nemmeno Nilde. Il commissario milanese le fa paura: quando è uscito con Nilde da casa di Rossella le ha lanciato un'occhiataccia attraverso i vetri della Panda, e se avesse potuto portarla via in manette lo avrebbe fatto, ne è sicura.

«Ma quanto studi, bella mia» commenta sua madre ripiegando l'asse da stiro. «Hai deciso di salvare l'anno?»

«Ma'... ma tu lo sai cos'è la marna?»

La donna la guarda stupita. È alta quanto lei, con un viso squadrato e inciso dalle fatiche, con occhi da vecchio squalo intelligente: senza luce, ma in qualche modo accesi da un fioco lume battagliero. Francesca non lo sa, ma un tempo era arrabbiata come lei. E proprio per questo, perché le assomiglia, ha paura.

«La che?»

«La marna. Credo una specie di sasso.»

«Ma che sasso, marna è 'na via, Francè. Anzi era 'na via. Via Marna.»

Francesca chiude il libro di colpo. «Ma che stai a dì?»

«Via Marna, ci nacque nonna.»

«Nonna?»

«Nonna, eh, nonna, manco te la ricordi?» si spazientisce l'altra. «Ci sei cresciuta, co' nonna.»

«E sì che me lo ricordo, mica ho l'Alzheimer come te» alza la voce Francesca. La morte di sua nonna, tre anni prima, è stato il dolore più grande della sua vita. E la più grande rabbia. Se avesse fatto i controlli, se avesse fatto le cure, sarebbe ancora viva. Ma la salute è una cosa da ricchi, lo Stato pensa a curare gli immigrati e la sanità per gli italiani poveri non c'è. «Ma nonna stava qua vicino, mica in via Marna. Che dove sarebbe, via Marna?»

L'altra prende un respiro e decide di non litigare. Anche a lei manca, sua madre.

«Siccome l'Alzheimer non ce l'ho, mi ricordo bene che tua nonna da giovane viveva in centro... che era nata romana vera, a Campo de' Fiori.» Si siede, un evento raro, per condividere questo scampolo di storia famigliare. «Sua mamma, la mia nonna, stava a servizio da 'sta famiglia ricca, ma ricca davvero, che aveva un palazzo in quella via... alla tua bisnonna la fecero partorire là, e nacque nonna Lalla. Ma stavano a servizio, nun erano signore, eh.»

Francesca sta già su Google Maps. «Non c'è via della Marna, ma'... non esiste.»

«Non si chiama più così. Ma non so ora come si chiama. Ci ha pure portato una volta nonna, che non te lo ricordi? E poi l'Alzheimer ce l'ho io... Era a Campo de' Fiori, mi pare... o a piazza Navona, comunque intorno là.»

Francesca torna a cercare. Ex via della Marna, Roma, Campo de' Fiori.

«Ma perché vuoi sapere di...» La donna parla al vento, Francesca è già corsa fuori, giù per le scale e ha inforcato il motorino, mentre parla al cellulare.

«Momo, passo a prenderti. So che vuol dire "marna".»

24

Pastore, in bermuda batik arancioni, maglietta grigia con Snoopy e una vecchia mappa in mano, li ha portati in via della Conciliazione. Strano che abbia trovato il tempo, tra un programma televisivo e l'altro. Di faccia a San Pietro stagliata contro un cielo azzurrissimo, gesticola, si agita, indica la mappa e poi i dintorni, affollati di turisti.

«Ai tempi di Roma antica» spiega a Nilde e Santamaria «il *Mons Vaticanus* era periferia. Caligola ci costruì un circo, dove durante le persecuzioni uccidevano i cristiani, che qui venivano sepolti. Tra loro Pietro, che probabilmente è qui, sotto i nostri piedi. Una necropoli, insomma, una necropoli che già era in uso ai tempi di Augusto. Cunicoli, mausolei, cappelle, sepolcri sotterranei che furono coperti, non distrutti, e che a metà Novecento gli archeologi iniziarono a scavare. È qui sotto che dobbiamo cercare.»

Nilde ascolta interessata, anche un po' affascinata, sentendosi più che mai bolognese, una turista in mezzo agli altri. Lei questa città non ha nemmeno cominciato a conoscerla, a percorrerla. E forse non ci riuscirà mai. Santamaria, il milanese, è molto meno colpito, guarda la mappa ma sembra pensare ad altro.

Appena Pastore si distrae, dando indicazioni a Galdòn sul percorso da intraprendere, Nilde strattona Santamaria per un braccio. «Rinaldo, ma non lo ascolti? Sembra che non gli credi nemmeno tu...»

«Scusa, Nilde, ma da questa storia del Vaticano non esce nulla.»

«Ma se l'hai nominato tu consulente per le indagini "culturali"!» sbotta Nilde incredula. «Hai stravolto le indagini per andargli dietro!»

«Non ho stravolto le indagini e non voglio andargli dietro. Voglio farlo andare avanti.»

«Che intendi dire?»

In quel momento Di Tomasi li raggiunge con degli elmetti gialli, di quelli con la lampadina sul davanti.

«Andiamo, svelti» li invita Pastore.

«Ma dove?» chiede Nilde.

«Nei sotterranei, ora. Ora che abbiamo trovato una guida disponibile.» Un ragazzotto lungo lungo con gli occhiali spessi e l'elmetto già calcato sulla testa la saluta dall'altra parte del marciapiede.

«Bene, bene» Santamaria appare all'improvviso entusiasta. «Nilde, fai una cosa, scendi tu col professore, che io non ce la faccio. Mi muovo male, sono grosso, respiro poco. Vi sarei d'intralcio. Io mi fermo qua, a questo bar. Andate voi, andate. Che siete giovani.»

Nilde non ci vuole credere. Si trova lei a seguire le indicazioni del complottista, adesso? Per di più, dallo sguardo compiaciuto di Pastore, è evidente che la variazione dal programma è di suo gradimento. Manca solo che stia scambiando la discesa agli Inferi per una passeggiata romantica.

«Dopo di lei, dottoressa...» le fa, gettando indietro il ciuffo.

Nilde sconsolata si mette il casco, e si avvia. Getta un ultimo sguardo di rimprovero a Santamaria, ma il commissario non sta neanche andando verso il bar, sale in macchina mentre armeggia col telefonino.

25

Via Marna è una strada esistita per poco più di vent'anni nel Rione Regola, compresa tra Campo de' Fiori e piazza Farnese. Le origini di questa strada risalgono al 1918, quando il Consiglio comunale, con la Prima guerra mondiale che dilagava in Europa, decise di dedicare due strade di Roma a due fiumi teatri di importanti vittorie dell'Intesa nel conflitto: il Piave e la Marna.
Per quanto riguarda via Piave, venne individuata via Porta Salaria, mentre per la Marna, essendo un fiume francese, fu scelto il tratto di via dei Baullari compreso tra piazza Farnese e Campo de' Fiori, che si trova proprio di fronte a Palazzo Farnese, sede dell'ambasciata di Francia.
Nel 1940, tuttavia, il mondo era cambiato e le alleanze della Prima guerra mondiale erano state stravolte. Dal 1939, infatti, era in corso la Seconda guerra mondiale cui il 10 giugno 1940 si aggiunse anche l'Italia, alleata della Germania nazista in guerra con Francia e Regno Unito.
Fu, per questo, giudicato probabilmente inopportuno che venisse ricordata una vittoria franco-inglese contro la Germania, e la strada fu riassorbita da via dei Baullari.

Attualmente non ci sono strade di Roma dedicate alla Marna: neanche la ritrovata amicizia con la Francia ha portato il fiume a ottenere nuovamente una strada.

Momo, seduto dietro sul motorino, finisce di leggere e mettendo via il telefonino esclama: «Cazzo, Francè, sei una detective!».

Lei non risponde. Ha il cuore che pompa fortissimo e si sente inspiegabilmente felice, mentre guida per le vie del centro, infilandosi tra un'auto e l'altra, sgusciando tra i vicoli. Campo de' Fiori lo conosce bene, per qualche anno è stato un ritrovo della movida romana e in parte lo è ancora, anche se i più sono turisti. Ci ha bevuto tante birre e fumato tante canne mentre il tempo sembrava non passare mai. Quante serate buttate, prima di trovare una famiglia vera con i camerati... che purtroppo adesso la considerano una traditrice, ricorda con una fitta di dispiacere. Non vuole pensarci ora, però. Ora che corre libera per Roma, con Momo abbracciato a lei e il vento caldo del pomeriggio romano che le schiaffeggia il viso.

Entrano nella vecchia via Marna, oggi via dei Baullari, che collega piazza Farnese e corso Vittorio Emanuele II, incrociando Campo de' Fiori. La piazza dove, spiega a Momo, è stato bruciato Giordano Bruno. «Eccola, vedi? Quella è la statua.»

«Una statua a un centravanti, per di più della Lazio?» scherza (scherza?) Momo, che conosce la storia della filosofia quanto lei quella del calcio, quindi entrambi si guardano perplessi. Momo sta per spiegarle che «Giordano e Manfredonia...» ma lei è già corsa avanti.

«Cominciamo da quel palazzone con la bandiera... credo francese... e cerca di guardare bene.»

Momo non l'ha mai vista così eccitata. In classe o in cortile sta sempre buttata in un angolo, a fumare. «Ma che cerchiamo?» le chiede.

«Tu cerca, poi dimmi se trovi» risponde Francesca al colmo della riflessione filosofica.

Mentre andava in motorino verso casa di Momo, ha pensato alla storia del cigno. Gliel'aveva raccontata un qualche professore a lezione, magari proprio Romano, sembra una cosa delle sue. C'era questo cigno bellissimo, bianco, splendente, che cercava di volare ma non riusciva a lasciare un lago ghiacciato che lo teneva imprigionato. Lo avrebbe potuto lasciare in altre stagioni, aveva avuto tantissime occasioni di volare via, ma ora era troppo tardi. Tendeva il collo, cercava di muovere le ali, ma il ghiaccio lo imprigionava. Era incastrato. Francesca quella lezione l'aveva ascoltata, e aveva pensato: quel cigno sono io. Ci aveva pianto, tornando a casa, aveva pensato a tutte le volte che avrebbe potuto cambiare qualcosa della sua vita, e il giorno dopo si era fatta tatuare sulla spalla un cigno bloccato dal ghiaccio. Intrappolata dal suo mondo, dai suoi chili di troppo, dai suoi anni persi a scuola, dalla fatica di sua madre, dai pochi soldi e dai pochi sogni. Oggi, però, sta volando. In compagnia di Momo, ma non è lui il motivo. O meglio, non è solo lui. Momo le piace, lei lo sa, ma lui fa parte del vecchio paesaggio. È nel lago anche lui, e anche lui è trattenuto dallo stesso ghiaccio. Il volo non volato è Roma. Roma alla luce del sole, Roma in compagnia della persona che ti piace, Roma senza il fumo di mille sigarette attaccato alle dita e ai vestiti. Roma senza lo sporco, quello che si vede e quello che non. Roma da ammirare, studiare, scrutare, setacciare.

E tutto cambia anche perché stavolta c'è qualcosa da fare, ed è qualcosa di importante. Se non si muovono Momo finisce al gabbio, oppure Rossella muore. È obbligatorio agire, e Francesca sa che se non fosse obbligatorio lei non avrebbe il coraggio di farlo. La libertà è non avere scelta.

Come quando la classe voleva organizzare una gita scolastica durante il Covid, senza professori. Ma senza professori che gusto ci sarebbe stato? Se puoi scegliere se andare o no, dov'è la libertà? Non c'è gita senza la fuga dal museo. E non c'è libertà senza obbligo di partire. Lei oggi è obbligata, quindi libera. Libera di stare in compagnia di un ragazzo che ride sempre, che scherza, che ora le prende la mano trascinandola verso un bar, perché è da troppo che camminano e vuole una birretta.

Intorno non ci sono i giganteschi parallelepipedi di Torre Bruciata, ma palazzi antichi, belli, potenti, ricchi. Palazzi che oggi lei ha tutto il diritto di guardare. Pensa che nonna c'è nata, in uno di questi. Da ragazza ha bazzicato queste strade, anche lei magari per mano a qualcuno. Francesca oggi ha una storia; la sua storia. E non serve stamparsela sulla pelle, perché oggi ci sarebbe qualcuno ad ascoltarla.

Per Momo invece è tutto un gioco. Forse perché ne ha passate tante. Aveva solo sette anni quando il padre gli è morto davanti. Era romano e romanista. Era appena finita la partita all'Olimpico e correvano su ponte Duca d'Aosta, cercavano di arrivare in fretta alla macchina parcheggiata sul Lungotevere per non restare imbottigliati nel traffico del dopo-partita.

Era gennaio, faceva molto freddo, Momo doveva andare al bagno. Il padre non si voleva fermare. «A papà... me serve er cesso.»

«Ma no, dai. Cammina.»

«Papà...»

«Dai che nun te stai a cacà sotto... almeno er piscio lo puoi trattenè.»

Avevano fatto sì e no altri dieci metri prima che il suo papà crollasse a terra. Infarto, secco.

Uno shock terribile veder morire il padre a quell'età, ma soprattutto: che razza di ultime parole gli aveva lasciato?

Dai che nun te stai a cacà sotto... almeno er piscio lo puoi trattenè.

Forse è per quello che ride sempre.

Gli altri lo chiamano incosciente, ma lui sa di essere coraggioso. Al campo tutti hanno paura di tirare il rigore, a lui piace rischiare di sbagliarlo; gli piace quasi più quel momento rispetto a quello, frequente, in cui il pallone va in rete. Il prof Romano questa cosa la chiama con una parola greca che non si ricorda, tipo un modello di auto. Yaris, Uber, una cosa così. Comunque vuol dire superbia, tracotanza, eccesso... però suona come una specie di complimento.

Pure stavolta il rischio è alto, e il gioco è bellissimo. E anche Francesca oggi è bellissima. Non solo perché l'ha portato in gita a Roma, non solo perché, finalmente, c'è qualcuno che gli dice cosa fare, non solo perché lo ascolta e ride alle sue battute, sotto il sole, in una città fantastica. Ma anche perché, a guardarla bene, è bella davvero. Non è la ventenne che ne ha picchiati tanti, non è quella che vende pasticche. Non è il «Bomber», è una ragazza che si muove veloce, che lo guarda con occhi nocciola leggeri e splendenti. Se non avesse ancora un po' paura di lei, Momo l'avrebbe già baciata. Ma se poi lo fa e lei lo spinge via? Se si rompe questa bella atmosfera? Sembra strano, ma è l'unico rischio che lo terrorizza. Preferisce pensare che lo farà, come prima di tirare il rigore. Che lei non lo spingerà via, che magari la porterà allo stadio e le presenterà gli amici della curva.

Forse perché tutti e due stanno pensando ad altro, o forse perché interrotta da numerose birre, la loro ricerca dura ore, e non porta a nulla. Guardano dentro i bar, citofonano ai palazzi, esaminano sanpietrino per sanpietrino i dintorni dell'ambasciata francese, finché un carabiniere insospettito chiede loro i documenti. Glieli danno, ci mancherebbe, ma a quel punto decidono di andare via.

È l'ora di cena quando si ritrovano a dare manate alla finestra del professor Romano.

26

«"L'uomo medio oggi può imparare qualsiasi cosa. Qualsiasi cosa si insegni, possiamo impararla"» Paolo Romano legge ad alta voce.

Ha passato la giornata a letto. La sua casa è semplice: la stanza da letto, subito fuori la porta del bagno, un corridoietto che va in cucina. In mezzo al corridoio quella che sarebbe la stanza degli ospiti, e che nella cronica mancanza di ospiti è adibita a magazzino per gli scatoloni, ancora chiusi, del trasloco.

Quando Pinella se n'è andata a Piacenza, aveva pensato di rimanere nella casa al Salario, ma poi si era reso conto che non sarebbe mai riuscito a pagare l'affitto. Si è trasferito ai Federici soprattutto perché, per tigna, voleva pagarle gli alimenti, e continua a pagarglieli, anche se la mantiene senza problemi il fascinoso padre dell'ex alunno «rincontrato per caso in palestra». Alla fine ai palazzi Federici lui si è affezionato: sono quelli della giornata particolare, un esperimento architettonico e abitativo finito un po' tra sfascio e fascino, come tante cose di Roma. Una città nella città, dove una volta c'era pure un cinema, che è diventato ovviamente un supermercato.

Di tutti gli involucri nello sgabuzzo/magazzino, pieni di cose che non userà mai, Paolo ha aperto solo quelli dei libri. Ogni tanto, spesso quando il dolore lo costringe a casa, ne estrae uno che poi va ad abitare qualche altro spazio della casa, uno scaffale se va bene, o un mobile, il tavolo, il bidet, la metà vuota del letto matrimoniale. Oggi gli è capitato tra le mani Cyril L. James, uno storico genialoide che negli anni Settanta e Ottanta girava i Caraibi nell'intento di diffondere il pensiero di Karl Marx. I tentativi di Cyril lo avevano sempre affascinato: come poteva pensare di sposare il plumbeo determinismo economicista di Treviri con le roventi menti anarchiche di Trinidad e Tobago? *Non si scherza con la rivoluzione*: già il titolo valeva la spesa del libro introvabile, fatto arrivare, all'epoca, con un corriere da una libreria antiquaria.

«"L'uomo medio oggi può imparare qualsiasi cosa. Qualsiasi cosa si insegni, possiamo impararla"» ripete. In teoria è vero, ma in teoria funziona tutto, persino il marxismo. Paolo (e così Pinella, va detto) non credeva nella rivoluzione, ma in tante piccole teste rivoluzionarie, che avrebbero potuto cambiare ognuna il proprio mondo. Quella era la funzione della scuola per lui. Non sbagliava allora, che almeno in questa rivoluzione credeva. Non sbaglia adesso che non ci crede più. Chissà se esiste un mondo di mezzo in cui riuscire a svolgere non dico bene, ma dignitosamente, il proprio lavoro. Magari qualcuno lo scoprirà.

«Professore!» *Tang! Tang! Tang!* «Prof! Ci apre?»

La serranda è sollevata e Gregoretti e Malatesta, oltre a urlare, stanno battendo direttamente sul vetro. Non senza fatica, Paolo scende dal letto e si infila jeans e maglietta, prima che quei due guastatori gli sfondino la finestra.

Mezz'ora dopo, sono già a tavola.

«Questa è una storia di simboli, ha ragione Pastore» dice come parlando a se stesso Paolo Romano, mentre Momo scola la pasta. «Ma credo ci venga offerta una chiave letteraria, di pensiero, non politica. Forse è giusto partire dal simbolo più evidente. La statua di Giordano Bruno.»

Vista l'ora, quando i ragazzi hanno fatto irruzione in casa sua ha deciso di invitarli a cena. Anche per calmarli, dato che sono in uno stato di eccitazione incomprensibile rispetto a quel che è successo. Sono stati in centro, punto. Fatto niente, scoperto niente, se non che via dei Baullari per un periodo si è chiamata via Marna.

Anche Paolo, però, ora, si sente un po' emozionato per un motivo altrettanto banale. Aggiungere due piatti sulla tavola è normale per chiunque, ma non per lui, che non riceve ospiti da qualche millennio. Il problema è che ogni forchetta, ogni piatto, ogni bicchiere che mette a tavola gli sembrano sporchi, o sbeccati, o ridicoli.

Deve decidersi se farsi pena o no.

Sceglie la seconda, e conclude che a guardarla da fuori la cenetta può sembrare una quotidianità casalinga tra padre e figli, magari un padre separato e un po' arruffato, di quelli che sbagliano i tempi di cottura (anche se lui ci prende sempre). La sua cucina sgarrupata adesso gli sembra diversa, più umana e vissuta. Sembra anche più piccola perché in tre sono un po' troppi, e Momo deve scavalcare Francesca ogni volta che si muove dal fornello all'acquaio, cosa che a lei però non dispiace, è evidente. C'è come una nuova famigliarità tra loro e il professore si domanda cosa mai abbiano combinato in Campo de' Fiori, a parte andare a frugare dietro le sottane di Giordano Bruno. Di certo, Francesca sembra aver letto – ed entrambi sembrano aver riflettuto – di più negli ultimi due giorni che in tutta la vita.

«Leone XII» Paolo tiene in mano una *Guida ai misteri di Roma* recuperata dallo sgabuzzino, tra gli sghignazzi dei due («Ma prof! C'è Google!»), «definì la statua di Giordano Bruno “il simbolo della lotta ad oltranza contro la religione cattolica”.»

«Lo avevano bruciato perché bestemmiava, no?» chiede Francesca con più buona volontà che precisione.

«Glielo dica, professò, che si dice Bruno Giordano, e che un po' di rispetto gli va portato visto che ha vinto lo scudetto con Maradona...» interviene Momo senza né l'una né l'altra.

Romano gli lancia uno sguardo come quelli che una volta riusciva a lanciare in classe, quelli che zittivano immediatamente gli alunni impertinenti e – miracolo! – dopo tanti anni funziona ancora. «Giordano Bruno era un frate domenicano e un filosofo. Sfidò la Chiesa del suo tempo, affermando che l'universo è infinito, proprio come Dio.»

«Embè? C'aveva ragione.»

«Si veniva bruciati, nel Seicento, per queste cose, Francesca. Ve l'ho pure spiegato in classe. Se avessi letto la sua *Ars memoriae* o almeno sapessi che esiste, sapresti anche che l'educazione della memoria per lui è la base dell'intelligenza. E se sei intelligente rifiuti i dogmi, anche quelli della Chiesa.»

«Ma non era un frate?»

«Era considerato un eretico. Un po' se le andava a cercare: chiamò il papa “santa asinità”. Aggiungici che rifiutò la teoria geocentrica allora dominante, secondo cui la Terra stava ferma e tutti gli altri pianeti le giravano attorno, per sostenere che era invece la Terra a girare attorno al Sole.»

«C'aveva ragione» ribadisce Momo.

«Sì, ma fu incarcerato, sembrò accettasse di abiurare ma alla fine non lo fece mai davvero, fu arso vivo a Campo de' Fiori.»

«'cci loro...»

«Eh sì, era piuttosto testardo. E non ci andava leggero. Chiamò la Chiesa “la grande prostituta”.»

«Porca miseria... eh sì... un po' se l'è cercata» commenta Francesca.

«E le "ultime parole famose" che gli sono attribuite sono tra le migliori della storia: "*Maiori forsan cum timore sententiam in me fertis quam ego accipiam*".»

«Seh, vabbè, professò... In italiano?»

Paolo ride, e ride di gusto: qui la voleva! Curiosa di sentire la traduzione di una frase in latino. «"Forse tremate più voi nel pronunciare contro di me questa sentenza che io nell'ascoltarla"» dice. «Come sempre in questi casi magari sono apocrife, però rende l'idea, non trovate?»

«Sì, troviamo, però non abbiamo trovato niente» sottolinea Momo mentre condisce la pasta. «A noi Giordano Bruno non ha detto una parola e ne sappiamo quanto prima.»

«Però sembra quello giusto» riflette a voce alta Francesca. «Un nemico del papa... Pastore cerca sotto al Vaticano, noi tra gli eretici.»

Romano la guarda, colpito. Poi ricomincia, aiutandosi con la guida: «La statua fu eretta a fine Ottocento, per tanto tempo la Chiesa si era opposta, e divenne immediatamente il simbolo anticlericale nel cuore della Roma dei papi. L'avete vista. Al centro la figura di Giordano Bruno, ai lati otto medaglioni dove sono rappresentati altri eretici famosi, scene di vita del filosofo e la scritta di Giovanni Bovio: "A Bruno il secolo da lui divinato, qui dove il rogo arse"».

«Bovio chi è?» chiede Momo, facendo le porzioni nei piatti.

«Filosofo, napoletano, repubblicano. Si diceva a metà strada tra l'anarchia e la monarchia. "Definirsi o sparire." Non ci aiuta.»

«Ma la chiave è la Chiesa, professore? Buoni, Momo, davvero!»

«È pesto uscito da un barattolo, Francè.»

«Buoni lo stesso.»

«Non lo so. Non mi tornano i conti. Pastore ti farebbe notare che il monumento è nel luogo esatto dove il filosofo fu bruciato vivo. Si trova proprio alla fine di via dei Baullari, la nostra ex via Marna, e dove c'è la statua una volta c'era la cosiddetta fontana della terrina: il fuoco del rogo, l'acqua della fonte... riferimenti alchemici? Ma non mi convince. Il primo segno che ci hanno dato i rapitori è un segno letterario, ci hanno indirizzato su Edgar Allan Poe, non su QAnon.»

«Su chi?»

«È come se il regista di questa caccia al tesoro ci stesse dicendo: pulite la mente, liberatevi delle convinzioni, preparatevi all'inaspettato.» Come facevo io con le nuove classi quando ero un bravo insegnante, gli verrebbe da aggiungere. «Quale potrebbe essere l'indizio che vogliono farci trovare, intorno a Giordano Bruno o alla sua statua?»

«Qui dice che la statua fu voluta da Carducci, professore. Ci aiuta?» Francesca sta googlando incessantemente sul cellulare tra una forchettata e l'altra.

«Il primo italiano a vincere il Nobel per la letteratura» riflette Romano. «Momo, lo so che è pesto del vasetto, ma a me non vengono così buoni, davvero!»

«È che ci metto il parmigiano subito, professò, un sacco d'olio e giro forte.»

«Lo scudiero dei classici. Carducci idealizzava il tempo antico, l'identità nazionale, la visione eroica della vita. Ed era convinto che la poesia elevasse l'uomo. Certo, meglio di QAnon, ma non capisco come ci possa portare...»

«Ma qual è Carducci?» chiede Momo. «Quello che stava con la sorella?»

«No, quello è... quello *non* è Pascoli. Carducci è quello con il figlioletto morto. *Pianto antico*. "L'albero a cui tendevi la pargoletta mano..." Presente?»

«Oh, ma questi poeti è l'Accademia della sfiga, professò» commenta Francesca.

«Se non erano sfigati non scrivevano poesie» commenta Momo. «Uscivano con gli amici.»

«Ci sono un sacco di poeti che stavano in giro fino all'alba, pensa agli Scapigliati, o ai Beat... Ma che parlo a fare, ma come ci siete arrivati all'ultimo anno?»

«Il problema è uscirne, professò!» ribatte Momo impenitente.

Paolo ci rinuncia. «Avete visto qualcosa, notato qualcosa mentre eravate lì?»

«C'è un palazzone con la bandiera, credo francese... è il più grande di tutti.»

«L'ambasciata di Francia. Carducci e i parnassiani? Mi sembra flebile il collegamento. Lo sa il francese, Rossella?»

«Sa tutto, Rossella. Chi sono i parnassiani?»

«Altri amanti del classicismo, ma francesi. La poesia priva di emotività, ma perfetta. Fredda e impassibile, impeccabile.»

«Come Rossella» commenta Momo.

Di nuovo Romano si sorprende. I suoi alunni: intuizioni senza senso, ma le intuizioni sono così.

«È come se qualcosa ci sfuggisse, qualcosa che probabilmente è sotto gli occhi di tutti, nel bel mezzo di Campo de' Fiori» mormora. «Qualcosa che forse ha a che fare con la storia di Roma... anche se non capisco perché un rapitore debba mettersi a giocare a nascondino con le bandiere di Roma e con i tesori storico-artistici, invece di chiedere un riscatto.»

«Ci vorrebbe una guida turistica» sbuffa Francesca.

E questa volta Paolo non si limita a guardarla. Le batte una mano sulla spalla, colpito da un'idea.

«Una guida! Montecristo!»

«Il conte?» chiede Francesca, fiera di essere per una volta sul pezzo.

«No» ride Paolo. «Il bibliotecario.»

27

Nilde è distrutta. Ore e ore con la schiena piegata nell'umidità, a scrutare antri e percorrere cunicoli. Senza arrivare a nulla, ovviamente. Non che sperasse di trovare Rossella, ma almeno una traccia. In più sembrava la domenica a Porta Portese. Speleologi, giornalisti, blogger, poliziotti, al Vaticano c'era chiunque. Colpa sua, in realtà; avrebbe dovuto far transennare la zona, ma chi ci pensava che la teoria di Pastore avrebbe attratto così tanti, così in fretta? Lei non gli avrebbe dato un euro, era Santamaria che se ne occupava. Santamaria che ora, naturalmente, è scomparso.

«Dottoressa, vuole un passaggio in moto?»

Oddio, c'è ancora questo deficiente di cui liberarsi.

«No, grazie, professore, vado con l'auto di servizio, devo ancora passare al commissariato.»

«Come vuole, Nilde. Ma non si preoccupi: siamo sulla buona strada. Io vado a casa e mi metto al computer, ho un paio di idee su cui lavorare.» Il professore infila il casco, mette in moto la Bmw e sfreccia via, rischiando di trascinare con sé una suora che pensava fosse sicuro attraversare sulle strisce.

Gli dovrei mettere una multa, pensa Nilde, mentre sale

in macchina. Guida Galdòn, per fortuna, non deve prepararsi alla solita corsa con la sirena e lo stomaco in bocca.

Chiama Santamaria, ma il telefonino è staccato. È infuriata con lui, ma forse più con se stessa. Doveva ribellarsi, e lasciar scendere Galdòn e Di Tomasi con il professore scemo. Invece, come al solito, per non deludere, per non sembrare sgradevole e un po' perché non era sicura di avere ragione, si è sacrificata. Perché è sempre vittima di questa profonda, subdola, necessità di essere accettata? Perché si sente sempre inadeguata, sempre colpevole anche quando è lei la vittima? Chiaro che una vecchia volpe come Santamaria l'ha subito fotografata. Mette la ragazzina a portare in giro Pastore, mentre lui... mentre lui che fa? Il telefono è ancora spento.

E poi ragazzina un cazzo.

Mentre Galdòn si ferma al semaforo ancora quasi verde («Galdòn, va bene non correre, ma qui si esagera. Metti la sirena e andiamo»), lei prova a ragionare. Santamaria sta usando Pastore, a questo punto è ovvio. Ma usando per cosa? Forse far credere che si segue la pista degli Illuminati è un modo per far uscire allo scoperto i veri rapitori?

«E a me non lo dice? Non sono io la titolare dell'inchiesta? Ma come si permette questo vecchio panzone di prendermi in giro così?» sbotta senza accorgersi che sta parlando ad alta voce.

«Non se la prenda, dottoressa» le risponde Galdòn, mentre fa segno a un motorino di superarlo pure, «quella è gente dei Servizi. Ci ho già lavorato con loro. Impossibile stargli dietro.»

Gente dei Servizi, pensa Nilde, è vero. Professionisti, e lei invece si fa aiutare da un professore malato che ha letto tutti i libri del mondo e da due ripetenti che non ne hanno letto nessuno? Risultato, la sua prima inchiesta «seria» si è arenata nei sotterranei del Vaticano. Per quanto ci rimugini, non le viene in mente un'altra pista da seguire.

«Galdòn, ti prego. Supera la vecchietta. Così non arriviamo più.»

28

Giovedì

La biblioteca scolastica apre alle nove e i due ragazzi ci si avventurano al cambio dell'ora, dopo aver fatto non poca fatica per trovarla, nonostante le indicazioni della signora Luisa.

Dopo aver fatto tardi dal prof a cercare indizi nei più improbabili passati di Roma, sono andati anche a bere qualcosa insieme, continuando a parlare, e sono tornati a casa alle ore piccole.

Francesca ha litigato con la madre che l'aspettava sveglia. Le ha chiesto dov'era stata, sembra che si accorga adesso che a casa non ci sta mai, solo ora insiste per sapere se gira coi fascisti o col negro, che in effetti è un ventaglio di opzioni piuttosto ampio. In realtà nessuna delle due eventualità sembra preoccuparla quanto la terza, ovvero la scuola. La tv getta benzina sul fuoco dell'ansia, la polizia brancola nel buio e molti si chiedono apertamente chi sarà il prossimo studente a sparire. C'è chi parla a vanvera di un serial killer, anche se non c'è alcun cadavere e men che meno una serie di omicidi. I genitori della classe di Catrambone sono sul piede di guerra e si chiedono se non sia il caso di pretendere che i loro figli non tornino a scuola, tanto l'anno è quasi finito.

Momo invece è arrivato a casa quando la madre già dormiva; anche lei è preoccupata e lo ha svegliato alle cinque, prima di uscire, ha cercato di parlargli, ma lui si era appena addormentato e non ricorda nemmeno cosa si sono detti.

Adesso i due ragazzi sono nell'androne, ai piedi della scalinata che porta alle prime classi, e stanno per entrare. E chi lo sapeva che c'era una biblioteca dentro la scuola? A pensarci bene, dev'essere la prima biblioteca in cui entrano in vita loro, salvo forse qualche uscita di classe alle elementari o alle medie. E appena ci mettono piede, la prima cosa che pensano è di non essersi persi nulla.

È una grande sala dai muri ancora più scrostati che nel resto della scuola e con una vistosa macchia di umidità in un angolo del soffitto. I libri subito sotto sono visibilmente malridotti, ma anche gli altri allineati sulle scaffalature che tappezzano le pareti non sembrano passarsela bene. Hanno l'aria insieme usata e abbandonata, come quelli che si vedono ammucchiati sulle bancarelle a piazzale Flaminio, i dorsi delle copertine sono stinti dal sole che entra a fiotti dalle due grandi finestre. Nello stanzone, che è deserto, aleggia un odore strano.

«Se non sapessi che è muffa direi che è erba» annusa Momo.

«Ma secondo te li ha letti tutti, 'sti libri?» chiede Francesca guardando la porta sulla parete di destra, che immagina dia sull'altra stanza dove deve trovarsi il bibliotecario. Non è più sicura di avere voglia di incontrarlo.

«Sì, li ho letti tutti» dice una voce alle loro spalle, facendoli sobbalzare come nei film horror.

Un tizio piccolo, scuro e rugoso come una noce, occhi spiritati, barba incolta, denti malridotti, capelli lunghi e radi racchiusi in un'improbabile coda di cavallo li sta fissando e soprattutto si è messo tra loro e la porta. Non è chiaro da dove sia sbucato. Somiglia molto più al vecchio spacciatore che sta nella metropolitana che a un bibliotecario, ma è lui, Federico Montecristo.

«Sei... sei il bibliotecario?»

«Collaboratore scolastico. Bidello, insomma, come dite tutti. Non mi offendo di certo, anzi. Sono un bidello che svolge le mansioni di bibliotecario. E voi non siete venuti a prendere in prestito un libro.» Montecristo pone la domanda senza usare il punto interrogativo. «Venite di là e ditemi che cercate.»

Fa loro strada verso la porta nella parete di destra, dietro cui scompare prima ancora che loro si siano mossi per seguirlo. Si sentono un po' scombussolati. Non si aspettavano né questo luogo squallido e silenzioso né un bibliotecario dall'aria minacciosa. Ma se lo ha detto il prof, che quello può aiutarli... Si fanno forza e vanno verso la porta bianca scrostata che ha inghiottito Montecristo.

È una stanza angusta, con gli schedari contro le pareti e un lato, quello della finestra, occupato da una vecchia cattedra dietro cui siede il bibliotecario, che mastica una sigaretta fatta con la cartina. Il piano del tavolo è ingombro di carte che sembrano lì da decenni e dagli infissi alle spalle dell'uomo pendono delle ragnatele. Impossibile vedere attraverso i vetri.

«Se Luisa entra qui ci resta secca» commenta Francesca. La signora Luisa è una maniaca delle pulizie e manca poco che quando fuori piove chieda agli studenti di togliere le scarpe e mettere le pattine.

«Be'? Che fai lì impalata come la moglie di Lot? Siediti» la esorta Montecristo accennando a casaccio alle due o tre sedie presenti nella stanzetta. Sono tutte ingombre di faldoni e Francesca lo guarda interrogativa. «Mettili per terra, ragazza, un po' d'iniziativa» sbuffa lui con voce roca.

«La moglie di chi?» chiede Momo mentre si accomodano.

«Dio la trasformò in una statua di sale perché era stata troppo curiosa» riassume il bibliotecario. «E allora? Cosa vi porta qui?»

«Ehm... la curiosità» risponde Momo.

«Che dici, non è curiosità» lo rimbrotta Francesca. «Dobbiamo ritrovare Rossella, no?»

«E a voi che ve ne frega di Rossella Catrambone?» si informa Montecristo. «Anzi, se è per quello, cosa dovrebbe fregarne a me?»

Nella stanza cala un silenzio attonito.

Poi, tutti e tre scoppiano a ridere. Una risata strana, piena di disagio e di complicità.

Dopodiché i due compagni di classe scoprono quanto è facile parlare con Federico Montecristo. La testa di un ragazzo (pazzo) nel corpo di un vecchio. Non sono i primi a fare questa scoperta, e alcuni di quelli che l'hanno fatta prima di loro non sono più al mondo per raccontarlo, ma questo Momo e Francesca non lo sanno. Gli riassumono la questione: stanno facendo una specie di caccia al tesoro, per ritrovare quella gattamorta della Catrambone e scagionare Momo. Sembra che ci debba essere una traccia in via dei Baullari, ma non sanno dove. Devono cercare un indizio, ma non sanno quale. Parlano per diversi minuti dandosi sulla voce a vicenda e mischiando Giordano Bruno e Carducci, i parnassiani e la fontana della terrina. Montecristo li fissa da sotto palpebre così socchiuse che a un certo punto pensano si sia addormentato.

«Questa non è roba vostra, vero? Da chi siete stati prima di venire qui?» chiede infine.

«Be'... dal professor Romano. È lui che ci ha suggerito di venire da lei.»

Montecristo cambia espressione. «Il professor Romano, poveraccio... Quella storia della bambina...»

I ragazzi annuiscono, come tutto il resto della scuola l'hanno scoperto dalla televisione. Che dieci anni prima Paolo Romano ha perso la figlia di sei in un incidente, e guidava lui.

«Come fai a riprenderti? Se guidi tu e muore tua figlia... *Pianto antico*, ragazzi. Il pianto più antico e doloroso che c'è. Quello di un padre che perde il figlio» commenta Montecristo.

Momo e Francesca si guardano, in silenzio, e si sentono morire. Loro non hanno detto una parola al prof quando ha citato quella poesia di coso, sì, di Carducci, che proprio di quello parlava. Ci hanno scherzato pure... non avevano fatto il collegamento.

Li risveglia dallo sgomento Montecristo che all'improvviso batte una mano sul tavolo e si mette a declamare, in tono istrionico.

«*A Roma in Campo de' Fiori*
ceste di olive e limoni,
spruzzi di vino per terra
e frammenti di fiori.»

«Scusi?» chiede timidamente Momo.

«Un Nobel, ma uno vero. Non come il vostro Carducci, ragazzi. Un polacco, di nome Miłosz Czesław. Lui si chiedeva: come può essere che dove è stato bruciato il pensiero, dove è stato commesso un simile crimine contro la libertà, contro la cultura, contro il sapere, l'umanità possa continuare a fare commercio? Come si possono vendere tranquillamente olive e limoni in quello che dovrebbe essere un tempio della libertà, Campo de' Fiori?»

«È un mercato...» prova a rispondere Francesca.

«Brava. Ed è quella la chiave, ragazzi. Alle volte i professori si perdono in un bicchiere d'acqua. Chissenefrega di Giordano Bruno, dell'ambasciata di Francia, dello scontro tra la Chiesa e la scienza. È l'economia, ragazzi, che fa girare il mondo. Marx, altro che i parnassiani, altro che chiacchiere. Sapete perché si chiama via dei Baullari?»

«Perché prima era via della Marna...»

«No!» urla Montecristo, si alza e gira intorno alla scrivania con tanta foga che per un momento pensano voglia aggredirli. Ma lui con passo pesante esce da quella specie di sgabuzzino e si sbatte la porta alle spalle.

Francesca e Momo si guardano attoniti.

«Altro che aiutarci, questo è pazzo.»

29

Il commissariato di via Zonio Bartolo è in una palazzina a due piani che se intorno ci fosse il quartiere Trieste sarebbe una palazzina di valore. Ma è a due passi da Rebibbia, soffocata dal traffico della Tiburtina, e l'effetto è l'opposto. Al primo piano c'è la portineria, poi due piccole stanze (di cui una col computer) in cui quattro poliziotti si alternano per lavorare, e a volte anche dormire e mangiare qualcosa. In quella più lontana dall'ingresso, infatti, è stato montato un cucinino a gas e c'è una brandina, fondamentale per chi fa il turno di notte. Al piano superiore c'è l'ufficio di Nilde, con davanti quella che dovrebbe essere la segreteria, seguita nel breve corridoio dalla stanza di Presenti, Galdòn e Di Tomasi, dove Romano aveva tenuto la lezione sul *Gordon Pym*. Loro di computer, fissi, ne hanno uno a testa. Poi c'è uno sgabuzzino per le scope, e quindi il bagno.

Da quando è arrivato, Santamaria si è insediato nella segreteria, che in realtà era adibita a magazzino. Nilde bussa, è ora di avere un chiarimento col vecchio commissario su quello che è successo il giorno prima. Santamaria non risponde, lei apre piano piano la porta e lo trova che fissa il vuoto davanti a sé. Immobile, col computer spento, mille carte sulla scrivania nonostante sia lì da un paio di giorni appena e un bicchiere d'acqua in mano.

«Rinaldo... posso?»

Il commissario si riscuote, come se qualcuno lo chiamasse da un'altra dimensione, poi la mette a fuoco e risponde subito, con grande gentilezza: «Certo, Nilde, accomodati pure».

La collega più giovane si avvicina, fa per sedersi, non sa da dove iniziare.

«Tutto bene?» gli domanda.

Santamaria per un momento sembra non capire la domanda poi si apre in un sorriso, come al solito malinconico: «Sì, certo! Mi hai trovato assorto... Be', sto pensando ai documenti per la pensione... Scusa, ma passo il tempo tra le scartoffie non solo del caso, ma anche della mia vecchia vita. Ci sono cose... da mettere a posto». Abbassa lo schermo del portatile e piazza i gomiti sul tavolo. «Mi devo scusare con te, Nilde. Per averti lasciata sotto San Pietro con Pastore.»

«Sì, Rinaldo, in effetti ero venuta per parlarti di questo. Sei un mio superiore, ho stima di te, della tua carriera, ma sono la titolare di questa indagine, e...»

«Hai tutte le ragioni, Nilde, e io tutti i torti. E mi scuso di nuovo con te, perché non ci sto con la testa in questo periodo, ho qualche problema a casa, e speravo davvero di gestirli da Milano, non spaccandomi la testa in un'indagine così complessa.»

«Che succede, Rinaldo? Posso chiederti?»

«Ma no, guarda, tutto va a posto in fretta. Fortunatamente sono divorziato e la mia ex moglie vive in Russia, figurati. Non la sento da anni. Nulla di grave, insomma. Solo perdonami se ogni tanto svalvolo un po'.»

«Hai figli?»

«Un nipote. Mia figlia è scappata chissà dove con chissà chi appena nato Marcolino, e siamo rimasti io, un genero che fino ad allora neanche conoscevo e una culla. Sono messo bene, no?»

«Mi dispiace, non sapevo...»

«Evidentemente le donne non so né sceglierle né crescerle, Nilde.»

In qualche secondo di imbarazzo, nella stanza sembra andare in scena il film della vita di Rinaldo Santamaria: la vita grigia in una città fredda di un vecchio, un uomo e un bambino che cercano di cavarsela come possono, dopo che le donne sono fuggite via. Be', come se le donne non avessero diritto di scappare, si censura Nilde, combattiva e amara. Anche lei è fuggita. E ha fatto benissimo. Certo, però, non aveva un figlio.

«Insomma, ogni tanto mi faccio affogare un po' dai cazzi miei.» Santamaria rompe il silenzio in tono forzato, spigliato. «Ma non ti preoccupare. Troveremo Rossella, il merito sarà tutto tuo e ti promuoveranno. A me interessa solo la liquidazione... per quanto non basti.»

«Non basti perché?»

«Non basti per niente, bambina, vedrai. Ma tu non preoccuparti, pensiamo solo a chiudere questa indagine.»

«Tu però non lasciarmi più all'oscuro e non sparire» insiste lei.

«Hai ragione, te lo ripeto.»

«Ok. Chiusa qui» dice lei con un sorriso e offrendo la mano, che lui stringe con forza.

Fin troppo facile. È ovvio che il vecchio volpone continuerà a fare quel che gli pare. Ma già il fatto che abbia pensato di dover recitare la parte del contrito significa che sa di aver esagerato, e che le riconosce un ruolo. Fino alla prossima volta, almeno.

«Rinaldo... ti posso chiedere una cosa?»
«Certo.»
«Ma perché ti fidi di quel cretino di Pastore?»
Santamaria ride, di gusto. Poi prende una pausa, e le risponde: «Perché *in mancanza de cavaj se fan trottá i asen.* Capisci il milanese, Fabbri?».
«Sono padana anch'io, Santamaria!» ride lei, rasserenata. «Ora però lasciamo l'asino dove sta e ragioniamo un po' sul nostro prossimo passo, ti va? Non mi sono dimenticata quel che hai detto sui luoghi e ha molto senso. Ma tolti i sotterranei del Vaticano, in quale altro luogo possiamo cercare?»
«In quello dove non abbiamo cercato abbastanza, Nilde» risponde il collega. «La scuola.»

30

«Avete dimenticato la regola numero uno, ragazzi. Chi ha tanta cultura non è che debba usarla necessariamente tutta... Voi che ne avete zero, vi fate traviare dai professori?» ride Montecristo. «Ma perché non pensate semplice? Perché vi perdete in un bicchier d'acqua?»

Il bibliotecario, dopo l'uscita a effetto, è rientrato saettante soffiando via polvere da un vecchio volume illustrato che è aperto davanti ai ragazzi.

«Prima di chiamarsi via della Marna si chiamava proprio così. Via dei Baullari. Ha cambiato nome per un periodo, è vero, ma poi è stato ripristinato il nome originario: Baullari. E sapete perché? Perché è la via di quelli che fanno i bauli, le valigie. Tant'è che nel Seicento la chiamavano anche via dei Valigiari. Artigiani, ragazzi. Negozi di valigie. Cercate qualcosa? Se vi mandano a via dei Baullari, vi mandano a cercare una valigia. Nient'altro.»

«Chi... come...?»

«Come lo so? Perché ho la mente libera, come chiede il regista della vostra caccia al tesoro, che vi ha fatto respirare la critica al dogma, facendovi sfiorare Giordano Bruno.

Le strade letterarie le avete tentate tutte. Vi manca solo Kerouac e le valigie sul marciapiede... E sapete che diceva Guglielmo di Occam?»

«Un altro poeta?» sospira sconsolato Momo.

«Un filosofo. Diceva: "La pluralità non dovrebbe mai essere postulata senza necessità". Che poi, in realtà, lo aveva detto chiunque prima di lui.»

Silenzio assoluto di Francesca e Momo. Occhi nel vuoto.

«Significa che è inutile fare teorie astruse se prima non hai provato la via più semplice» traduce Montecristo. «Se si gioca con le parole dobbiamo ammettere che sotto la marna il vostro interlocutore ha nascosto la parola baule. Quindi via dei baullari = bauli. Cercate un negozio di valige, un artigiano della pelle, qualcosa. Secondo me, almeno. Poi fate come cazzo vi pare.» Detto questo abbassa il capo, e fissa lo sguardo sulla cartina, che comincia a rollare. Senza rivolgere loro più una parola.

Momo e Francesca si prendono a stento il tempo di ringraziare prima di scappare di corsa da quella biblioteca desolata e da quel tizio inquietante. Corrono fuori dalla scuola evitando con uno slalom la signora Luisa che urla: «Tornate in classe!». Loro sono già per strada, e partono a scheggia sul motorino di Francesca.

«Quando troviamo quella merda di Rossella mi dovrà almeno ripagare la benzina» commenta la ragazza fermandosi per l'ennesimo pieno.

«Ma questo Montecristo?» Momo dà voce ai pensieri di entrambi. «Ma lo sapevi che c'era uno squilibrato simile a scuola?»

«Macché, non ce l'avevo mai visto.»

«Ma hai visto che tipo? Un pazzo... ma come è finito qui dentro?»

«Sembra il diavolo! Forse ci abita, nella biblioteca...»

«Hai capito il prof Romano chi frequenta? E quello era odore di erba davvero, non di muffa.»

«Se me lo presentavano a inizio anno magari qualche presenza in più a scuola la facevo...» conclude Francesca. Poi ripartono e chiacchierano, ridono, scherzano, guidano per le vie della Capitale finché non arrivano in centro, e fermano il motorino di nuovo in via dei Baullari. «Ecco. Mi pareva di averne visto uno.»

Un negozio di borse, valigie e accessori in pelle, come in centro a Roma ce ne sono a centinaia, frequentati dai turisti. Entrano un po' incerti, senza sapere nemmeno cosa chiedere. Momo fa il disinvolto ponendo l'unica domanda possibile: se qualcuno ha lasciato qualcosa per loro. E, a sorpresa, il proprietario annuisce. È un omone alto, grosso, con un ciuffo bianco che gli svolazza sulla fronte e il volto gli si illumina, come per la soluzione di un rompicapo.

«Allora esistete!» esclama.

Ha qualcosa proprio per loro: Momo Gregoretti e Francesca Malatesta. Una busta. Gliel'ha mandata un cliente che ha speso molto, davvero molto in quel negozio, ma senza palesarsi. Inutile chiedere notizie sull'acquirente.

«Contatto per mail, ordinazione pure, cash consegnato da un rider, insieme alla busta per voi.»

«Ha speso tanto e ha pagato cash?» è intervenuto Momo.

«Se permettete, sono fatti miei» dice con un sorriso.

«Saranno contenti quelli delle tasse» commenta Momo.

«Faccio di tutto per deluderli» ammicca il negoziante.

«Cosa ha comprato il cliente misterioso?» si informa Francesca.

«Valigie, che però sono ancora qui. Non le viene a prendere nessuno.»

«Ma quando è successo tutto questo?»

«Tre giorni fa.»

«La voce?» insiste Francesca.

«La voce che cosa?»

«Com'era... aveva accenti?»

«Mai parlato. Tutto per mail.»

«Potrei vedere le mail?»

«Stai scherzando, vero? Chi sei, la figlia del tenente Colombo?»

«Come scrive?»

«Prego?»

«Nella mail, come scrive, come parla» Francesca si è calata nel ruolo di detective con una rapidità impressionante.

«Meglio di voi sicuro!» Il proprietario ride e dà una pacca sulla spalla di Momo, ma nessuno dei due ragazzi si unisce alla risata. È troppo strana questa situazione, Momo con la busta in mano, Francesca che fa domande, un'entità misteriosa che sa chi sono, come si chiamano, e manda messaggi con un rider... «Lo scambio di mail l'ho cancellato» il proprietario del negozio torna serio. Ovvio, pensa Francesca, è la prova di un'evasione fiscale. «E quando ho provato a scrivere perché venissero a prendersi la merce, il messaggio mi è tornato indietro. L'indirizzo non esiste più. Mi sa che 'ste valigie mi toccherà rivenderle! Le volete?» E dà un'altra pacca a Momo.

«Come informatore fai cagare» lo gela Francesca girando le spalle e prendendo secca la porta.

L'uomo allarga le braccia, si fa un'altra breve risata e strizza l'occhio a Momo, sussurrandogli: «Nun te la sposà questa...».

Lui segue l'amica fuori dal negozio e il proprietario, dietro di loro, chiude la porta e gira la chiave.

I ragazzi aspettano di arrivare davanti alla statua di Giordano Bruno, per aprire la busta. Dentro, due frammenti strappati da un libro.

Primo brandello di pagina:

Tu sei tutta qui. E non c'è altro.
Assisti a questo. E cessa di chiamare
amanti morti, madri morte.
Denudàti, più poveri ancora di te, loro non frequentano questa
né altre dimensioni. Ultima loro dimora
resta soltanto la tua memoria.

Secondo:

Vàttene contenta. Assolta, assolta, benché recidiva.
Buona sera, buona sera.
Anche questa domenica è passata.

«Che sarà?»

«Cerca su Google, Momo.»

«Aspetta... guarda!»

«Che c'è?»

«C'è un timbro, in fondo alla pagina.»

Il timbro della biblioteca della scuola.

31

«*La sera domenicale*, ragazzi.»

Momo e Francesca sono tornati subito da Montecristo, non senza qualche timore. Seduto dietro la vecchia cattedra nella stanzetta festonata di ragnatele, comunque, il burbero bibliotecario sembra più affabile di qualche ora prima. L'odore di erba nello stanzone sembra più intenso.

«Affabile» è comunque un'esagerazione. Di fronte alle loro espressioni vacue, il tizio sbotta: «Spegnete e riavviate il cervello, ragazzi! *La sera domenicale* è il titolo. Di Elsa Morante».

«Ah, lei! Ho visto la fiction, quella a Napoli» ribatte Momo, sapiente.

«Se l'hai vista, e sottolineo se, tu hai visto *L'amica geniale*. Elena Ferrante. Elsa Morante è un'altra persona» lo gela Montecristo.

«Ah. Se lo dice lei...» il ragazzo non appare contrito. «E chi è Elsa Morante?»

Francesca è già su Wikipedia: «"Scrittrice, saggista, poetessa e traduttrice italiana, tra le più importanti narratrici del secondo dopoguerra. Prima donna a essere insignita del Premio Strega nel 1957." Premio... Strega? Era brutta?».

«Era comunque antica...» argomenta Momo.

«Eh, sì... è morta nel 1985» aggiunge Francesca.

«Fermatevi per carità, sentirvi parlare in questi termini della letteratura mi fa veramente un male fisico» sbotta Montecristo.

«Ma mica è colpa nostra se non conosciamo tutte le scrittrici morte della storia» protesta Momo. «E il filosofo carbonizzato, e quello col figlio, e i francesi... non ci si sta dietro!» si gira verso Francesca. «Ma poi mi ripeti a noi checcefrega di chi ha rapito quella mezza sega della Catrambone?»

«Ci frega perché se non troviamo il colpevole vero Santamaria ingabbia te.»

«Ma io non ho fatto niente...»

«Vallo a spiegare a Santamaria.»

Montecristo alza le mani come a respingere l'ondata di sciocchezze che si sta riversando su di lui.

«Oh, oh, allora!» Il tono è così secco e autoritario che i due si zittiscono e lo fissano. All'improvviso sembra diverso, quasi più giovane. Come se non fosse un arcigno bibliotecario scolastico ma... una persona con del potere. Roba di strada. Poi l'uomo curva di nuovo le spalle e quella strana impressione scompare.

«Concentratevi» dice. «Lo so che è difficile. Provateci.»

Momo e Francesca si zittiscono, si mettono dritti sulla sedia. «La. Sera. Domenicale» scandisce il bibliotecario. «Non vi dice niente?»

«Oggi è giovedì» è tutto quello che viene in mente a Francesca. «Il tizio delle valigie ha detto che la busta è arrivata tre giorni fa... ma era lunedì...» lascia che la voce si affievolisca nell'irrilevanza.

Montecristo calca con il tono della voce le lettere iniziali di ogni parola, e scrive pure su un foglio: «*La Sera Domenicale*».

«Cazzo!» Momo scoppia a ridere. «LSD!»

«Cioè si drogava, la vecchia?» chiede Francesca.

Montecristo li guarda fisso e non risponde. Poi si alza così di scatto che i due ragazzi sobbalzano.

«Seguitemi.»

Esce dalla stanzetta, attraversa la sala principale e va dritto verso il muro di fronte, o almeno così pare. I due lo seguono perplessi.

«È strafatto, che fa, va a schiantarsi?» sussurra Momo.

Montecristo inchioda.

«Io da fatto sono più lucido di voi da sobri» ringhia senza voltarsi. Poi indica la parete davanti a sé.

Nell'angolo senza finestre, incassata tra gli scaffali e le ombre e quasi invisibile dalla maggior parte delle prospettive della stanza, c'è un'altra porta, piuttosto bassa. Ha l'aria di non essere stata aperta da tempo, è scrostata come quella di uno sgabuzzino.

«Secondo Elsa Morante» spiega il bibliotecario, scegliendo una chiave dal suo mazzo e infilandola nella serratura, «il mondo poteva essere salvato solo dai ragazzini. Da quelli come voi, pensa un po', anzi, da quelli ancora più piccoli. Perché hanno un altro sguardo, più fresco, ancora innamorato. Hanno la fantasia per vedere la verità in un universo di menzogna.»

La porta, aprendosi, cigola come da copione e dietro si vede solo buio.

«Avete una app torcia in quei vostri aggeggi?»

«Perché, non c'è la luce?»

«Se c'era vi chiedevo la torcia?»

Francesca, perplessa ma obbediente, accende la app e illumina il percorso a Montecristo che li precede in uno stretto passaggio, con i muri costellati di chiazze, si spera di umidità. La luce della tecnologia, per quanto abbagliante, sembra non farcela a sconfiggere quel buio che appare indisturbato da secoli. Eppure non può essere così, sono pur sempre a scuola, giusto?

«Pochi possono conservare quello sguardo, da adulti» prosegue il bibliotecario. «La Morante fa dieci nomi: Gramsci, Rimbaud, Spinoza, Giordano Bruno, Bellini, Giovanna D'Arco, Platone, Rembrandt, Simone Weil, Mozart.»

«Giordano Bruno?» esclama Francesca.

«Sì» conferma Montecristo. «A quanto pare tutto torna.»

Il percorso è in discesa, a un certo punto incontrano delle scale. E sono davanti a un'altra porta, che sembra comparire quasi improvvisamente davanti a loro. Rischiano il tamponamento a catena.

«Ma la droga che c'entra?» chiede Momo badando alla sostanza. «L'Lsd poi, chi lo prende più?»

«Lei lo aveva preso» Montecristo gira un'altra chiave nella toppa.

Questa porta non cigola e Francesca pensa che è pure peggio. Si apre silenziosamente a rivelare un altro corridoio. In cui stavolta Montecristo preme un interruttore. Il ronzio sordo del neon che prende forza anticipa la luce fredda, che illumina fioca l'ambiente.

È pieno di scaffalature misteriose su cui sono drappeggiati vecchi lenzuoli.

«È la lavanderia della scuola?» chiede Momo, ma a voce troppo alta, nervosa.

Montecristo non lo ascolta nemmeno. Fa qualche passo, si ferma davanti a uno di quei drappi, lo solleva. E Francesca tira un sospiro.

Cosa si era aspettata? Sono solo libri. Ancora libri. Che palle. Ma anche che sollievo.

Montecristo ne estrae uno dallo scaffale. Ha una copertina bianca un po' sporca e segnata, con in mezzo un disegno, o forse un quadro, non si vede bene, comunque qualcosa di rosso e arancione.

L'uomo legge: «"Nelle quattro poesie raccolte sotto il titolo *Un liquore amaro amaro che fa sudare*, io ho tentato di descrivere, con la massima esattezza e fedeltà, certi miei privati esperimenti che più tardi, purtroppo sono diventati di moda; e dichiarati, in seguito, da molti paesi, illegali. Così quelle poesie non si spiegano secondo una logica immediata; ma piuttosto, sono a chiave: però la chiave la si può trovare abbastanza facilmente nei loro singoli titoli dove io l'ho nascosta. La ritrovi chi può"».

«Noi l'abbiamo trovata?» domanda Francesca.

«La pagina strappata che avete in mano proviene da qui. Da uno dei libri della vecchia collezione della ex preside Riccobono» spiega Montecristo.

«La Riccobono? Ma dai. Se n'è andata che ero in seconda, credo.»

«Se n'è andata cinque anni fa. E adesso sei al quinto? Immaginavo non fossi una studentessa modello, ma tu punti al record» commenta sarcastico Montecristo.

«È che mi piace l'ambiente» risponde pronta Francesca.

«Che sarebbe 'sta collezione e perché siamo in una cantina?» interviene Momo in tono seccato. Non deve prendere in giro Francesca, quel vecchio stronzo.

«Perché questi libri non possono stare a disposizione dei ragazzi» risponde Montecristo altrettanto secco. «Non ne sentiremmo più la fine, delle proteste dei genitori. Sono libri sulle droghe, le controculture, le esperienze psichedeliche e altro» indica uno scaffale. «Sesso, violenza, naturalmente, e guerra. Il nuovo preside, quando è arrivato, li voleva regalare al carcere di Rebibbia.»

«Dove hanno proprio bisogno, di libri del genere» commenta Momo nel tono di chi conosce il posto.

«Io li ho fatti portare via, e li ho messi in salvo qua sotto» conclude Montecristo. «Ma non è questa la vera stanza segreta.»

«No, questo è un corridoio» puntualizza Francesca.

La loro guida fa strada per qualche metro ancora, fino a una terza porticina.

«Visto che siete così bravi e avventurosi» sogghigna. «Vi aprirò le porte del sapere.»

Mentre armeggia per l'ennesima volta con le chiavi, cade un silenzio inquieto. Devono essere passate le sei di pomeriggio e le lezioni sono finite, la scuola si avvia verso la chiusura. I due pensano che non sanno dove sono e quel che è peggio è che non lo sa nessun altro. Certo, è stato Paolo Romano a mandarli lì, ma se anche si preoccupasse, se anche (miracolosamente) muovesse il culo dal suo appartamento, se anche andasse a cercarli in biblioteca, troverebbe una stanza vuota e penserebbe che se ne sono già andati.

È così che è stata rapita Rossella? In effetti una come lei in biblioteca doveva andarci spesso, possibile che quello strano figuro l'abbia sequestrata e...

Francesca squadra le spalle e getta uno sguardo sghembo a Momo, che annuisce. Sono in due e non certo sprovveduti come la Catrambone. Se Montecristo tenta qualche scherzo, lo possono sopraffare. Lo tengono d'occhio mentre spinge la porta, entra, accende una luce.

Ma è solo un'altra stanza piena di libri.

Non sanno se esserne contenti o sconfortati.

Qui però, invece che scaffali ordinati, ci sono tanti volumi accatastati su vecchi banchi.

«Baudelaire, De Quincey, Freud, Leary e gli altri... Non c'erano scaffalature per tutti, non riuscivo a montarle da solo» spiega Montecristo.

«Sono altri tossici?» prova a riassumere Momo, e il bibliotecario tira il fiato come per dare una rispostaccia poi, inaspettatamente, fa un risolino.

«Tutti tossici» conferma.

«E quello cos'è?» chiede Francesca avvicinandosi all'unico banco che non è coperto di libri. Ha il ripiano in formica verde e un buco in un angolo. In mezzo, c'è un piatto con sopra quelli che sembrano due pasticcini al cacao, al suo fianco un foglio protocollo con una scritta in grafia infantile: MANGIAMI. Girando il foglio, chiuso in due come per la consegna del compito in classe, i loro nomi.

«Cos'è?» chiede Momo a Montecristo.

«Non lo so» fa lui piuttosto stupito. «Qua non ci viene mai nessuno... e quei cosi sembrano freschi.»

«Ma quindi dovremmo mangiare i biscotti?»

Montecristo sussurra: «Alice».

«Chi?»

«*Alice nel paese delle meraviglie*. È il titolo di un libro.»

«Te pareva!» sbuffa Momo esasperato.

«È una favola» puntualizza Francesca.

Montecristo la guarda con disprezzo, poi spiega: «Nel romanzo di Lewis Carroll, Alice si trova davanti proprio a un dolcetto con scritto MANGIAMI. E mangiarlo è la prova da superare per entrare nel Paese delle Meraviglie».

«Ho visto il film mi sa» commenta Momo.

«L'ho visto anch'io e quelli so' drogati» commenta Francesca. «I pasticcini sono drogati.»

Inutile farsi domande, Momo ne sta già masticando uno: «Francè, le sfide si accettano! Mi son fatto certa roba che il Grisbì, qui, non mi può certo fare un cazzo».

Francesca ride, e butta giù. In un attimo i pasticcini vengono ingurgitati. Montecristo non ci ha nemmeno provato a fermarli, e ora li osserva incuriosito.

«Buoni. Peccato che non ce ne fosse uno anche per te» commenta Momo rivolto al bibliotecario leccandosi le dita.

Un attimo prima che Francesca gli crolli priva di sensi fra le braccia.

32

«Buonasera, dottoressa, ancora in pista a quest'ora? O aspettava me?»

Un paio di giorni da «consulente» e il professor Pastore già entra al commissariato come in classe, riflette Nilde guardandolo che passa, le dedica un sorriso seduttivo e saluta per nome Di Tomasi, Galdòn e Presenti. Senza aspettare la sua risposta va dritto alla stanzetta di Santamaria. Il passo affrettato è quello di chi non ha tempo perché deve rispondere agli innumerevoli inviti che piovono dalle trasmissioni radio e tv. Trasmissioni che lo osannano come grande esperto (ma esperto di cosa?) mentre fanno a pezzi la polizia. Certo, le forze dell'ordine potrebbero fare meglio il loro lavoro se non fossero occupate a tenere a bada i cacciatori di segreti che, spronati dalla pista della marna lanciata da Pastore, brulicano intorno alle mura vaticane. Ma è inutile ragionare con la pubblica opinione, pensa rimettendosi a studiare i movimenti di Rossella, anche se ormai sono passate le otto di sera e le si incrociano gli occhi dalla stanchezza.

Forse è un bene per i suoi nervi che non possa sentire la conversazione nell'ufficio di Santamaria.

«Professore, eccoti. Allora? Cosa stanno combinando quei due delinquenti dei tuoi studenti? Perché Campo de' Fiori?» Il commissario è in piedi davanti al suo computer. Raccoglie e ordina in una cartelletta rossa i fogli che sforna la stampante. Sono tantissimi, e li raccoglie a uno a uno, per evitare che cadano dal vassoio.

«Non sarebbero certo gli unici delinquenti che frequentano Campo de' Fiori, Rinaldo» ribatte ironico Pastore, ma poi nota che il suo interlocutore ha uno sguardo fosco. Come se davvero farsi un giro in centro fosse un reato.

«Dal tracciamento dei cellulari risulta che sono andati a Campo de' Fiori, poi da Romano, poi a scuola, poi di nuovo a Campo de' Fiori e poi di nuovo a scuola» scuote la testa. «Non lo chiamerei un comportamento normale, tu sì?»

Pastore ci riflette un attimo ma la sua sicurezza non sembra vacillare. Risponde con un lieve sorriso: «Più normale di quanto sembri. Seguimi, commissario: Campo de' Fiori vuol dire la statua di Giordano Bruno, che sta nel luogo esatto dove il filosofo fu arso al rogo, e dove prima c'era una fontana. Acqua e fuoco. Una simbologia, una relazione alchemica. La statua, d'altronde, fu fortemente voluta fra gli altri da Carducci. E cos'era Carducci?».

«Un poeta.»

«Anche. Ma anche un massone, iscritto a una loggia bolognese» aggiunge Pastore con il tono delle grandi rivelazioni. «Molto, molto attivo: arrivò al 33° grado del Rito scozzese antico e accettato e fu sepolto con le insegne massoniche. Affiliò Pascoli, tra l'altro.»

«Quello della sorella?»

«"Il giorno fu pieno di lampi, ma ora verranno le stelle..."» cita Pastore, ispirato.

«Sì, sì. Ma questi poeti hanno a che fare col caso?»

«Quella statua glorifica la massoneria e i simboli alchemici. Quindi dobbiamo guardare alla Roma massonica. E questo ci facilita, abbiamo una pista chiara.»

«C'è qualche possibilità che la studentessa sia nascosta vicino a Campo de' Fiori?» Santamaria cerca di andare al sodo.

«Non è così semplice» il professore scuote la testa. Santamaria alza gli occhi al cielo. L'altro si inalbera: «Se vuoi farla semplice, potresti chiedere ai due bulletti».

«Un nero e una femmina, Pastore. E quest'ultima è fascista. Con l'attenzione mediatica che c'è intorno a questo caso, dobbiamo andarci cauti. Non può sembrare che li perseguitiamo.»

«E allora ragioniamo. La cosa positiva è che il cerchio si stringe» dice Pastore confortante. «Quei due delinquentelli non sono certo massoni, ma il loro mandante forse lo è. E li manda a Campo de' Fiori.»

«Ma perché tornare a scuola?»

«Forse fanno la spola tra qualcuno e qualcun altro.»

«Da stasera gli metto addosso Galdòn, li faccio seguire. Ma quindi secondo te insistiamo sulla pista massonica?»

«Certo. Tutto è collegato. La pista precedente portava al Vaticano. Ebbene, Giordano Bruno è l'eresia. Rappresenta la libertà del pensiero nei confronti della Chiesa oscurantista. Pensa che il corteo per l'inaugurazione del monumento a Giordano Bruno era aperto da due bandiere con l'effigie del diavolo. Carducci scrive l'inno *A Satana*... in questo contesto il diavolo è il simbolo della razionalità, che combatte ogni superstizione.»

«Una pista satanica... molto interessante, professore.» Santamaria ha finito di stampare. Si alza con decisione e Pastore, con un riflesso condizionato, lo imita. Si ritrova sospinto verso la porta senza neanche accorgersene. «Sei l'unico che ci capisce qualcosa... ci mettiamo subito a indagare, grazie di questa preziosa consulenza. Mi raccomando, acqua in bocca, se no su Satana la stampa sguazza. Non ti trattengo oltre.»

Dal suo ufficio, dove si è decisa a spegnere il computer per andare a casa, Nilde li vede passare nel corridoio. Poi sente Santamaria che chiama Galdòn. Con grande indignazione di Presenti, il collega ha sviluppato un buon feeling con l'uomo mandato dal ministero. D'altra parte, è per il bene delle indagini.

«Rinaldo, tutto bene?» chiama prima che l'uomo rientri nel suo sgabuzzino. Lui si affaccia.

«Tutto bene, Nilde. Tu? Qualche novità?»

«No. Ma non dirmi che Pastore ci ha portato delle rivelazioni.»

«Pastore è un idiota, adesso si butta sul diavolo. Serve solo a montare un po' di panna» sogghigna Santamaria. «Nel torbido si pesca meglio, mia cara Nilde.»

Non per la prima volta, lei avverte una punta di disagio. Vorrebbe condurre quell'inchiesta con trasparenza, in modo lineare, e senza tutto quel can can mediatico... ma trovare Rossella al più presto è l'unica cosa che conta.

«A me sembra che anche nel torbido non sappiamo più che pesci pigliare» dice sconfortata.

«Vai a casa, cara Nilde.» Santamaria le sorride, paterno. «Domani veniamo qui presto e ci ragioniamo a mente lucida.»

Lei annuisce grata. Prende le sue cose, e mentre esce dall'ufficio vede con la coda dell'occhio il commissario ordinare una cartellina rossa gonfia di fogli di carta, e lo sente chiamare Di Tomasi con l'interfono. Ma basta, non può diventare paranoica, ha deciso di andare a casa e a casa deve andare. Almeno dei suoi deve fidarsi. Se non dorme qualche ora sa bene che perderà definitivamente il bandolo della matassa. Se mai lo ha avuto in mano.

33

Ma dove stanno andando? Tutto intorno a lei è sfumato. Vede solo Momo, che ancora dorme al suo fianco. Sono sul sedile posteriore di un'auto. Fuori dal finestrino è notte. Quello che guida evidentemente è Montecristo, e grazie a Dio non sono legati.

«Dove ci porti?» riesce a biascicare, mentre a forza di scossoni anche Momo si sta svegliando.

«"Da un pezzo si tacquero i gridi…"» mormora in tutta risposta Montecristo guardando nello specchietto retrovisore, poi accostando a un marciapiede alza la voce, e indicando un edificio: «"Là sola una casa bisbiglia." Siamo arrivati. Ce la fate a scendere?».

Scendono tutti e tre con Francesca che sorregge Momo. È molto pesante contro la sua spalla, ancora il corpo non gli obbedisce e lei si sorprende a provare una certa tenerezza. Che uccide sul nascere.

«Stai su» ringhia. Momo si raddrizza e rischia di finire per terra, ma resta in piedi.

Ormai è buio. Dove sono? Palazzine di tre, quattro piani. Separate l'una dall'altra, le più con un cortile davanti, o un giardino. E un cancelletto per accedere. Una scuola con un parco, a una ventina di metri da loro, in cima alla salita. Qui non è periferia, ma non è certo il centro. La sirena di un'ambulanza, in lontananza. Poi dopo qualche minuto un'altra, ma non è un incidente, arrivano separate, non c'è chiasso. Forse sono dalle parti di un ospedale. Sono a un incrocio. Francesca guarda le targhe sui palazzi: largo Ravizza. Le sembra di ricordarsi questo posto, il parchetto della scuola. Forse era un Capodanno, avevano scavalcato. Come si chiamava il festeggiato... Probabilmente non lo conosceva neppure. Si era divertita? Mistero. Però ha capito dove sta. A due passi dal San Camillo.

«State bene?» chiede Montecristo. Non li ha bendati e ha lasciato loro tutto il tempo di orientarsi, non è chiaro se sia un buon segno o uno pessimo.

«Ma sei pazzo?» chiede Momo con tutta l'aggressività che può tirar fuori uno accasciato contro il muro. «Ci hai drogato?»

«Io? E cosa te lo fa pensare? Li avete presi voi i biscotti. E non reggete proprio niente, tu e la spacciatrice, qui.»

«Ci hai drogato» ribadisce Francesca accovacciata sulle ginocchia a riprendere fiato, mentre Momo ha conati di vomito. «Siamo vicino al San Camillo?»

Montecristo la guarda sospettoso: «Conosci questa via?».

«Sono già stata da queste parti.»

Montecristo alza le spalle. Francesca gli si avvicina e lo vede premere il dito sul campanello: RICCOBONO.

«Riccobono? La preside?»

Nessuna voce dal citofono – ma che ore sono? – comunque il portone d'ingresso si apre.

«Venite» fa Montecristo e li precede nell'atrio. Francesca resta un passo indietro, finge di avere un capogiro e manda velocemente un WhatsApp con la loro posizione a Paolo. Lei e Momo si guardano incerti.

«Francè, ma ancora gli andiamo dietro a questo?» sussurra Momo. «Ma perché? Ci ha drogati e poi rapiti, nun te basta?»

Ma Montecristo non li guarda nemmeno, sta dentro l'atrio e tiene il portone aperto, fissando in fondo al corridoio, dove si sta aprendo una porta.

«Non ci ha tolto nemmeno il telefonino e ci porta a casa di una preside... Non mi pare pericolosissimo» sussurra di rimando Francesca.

«Vi siete drogati da soli e non vi ho rapiti» Montecristo, evidentemente, li ascolta. «E potete venire con me oppure no, ma piantatela di fare le vittime. Che si fa, restate fuori?» chiede, mollando il portone.

Francesca fa uno scatto in avanti e fa cenno a Momo di seguirla. «E dai, se fa il matto lo gonfiamo, è un vecchietto» dice a voce alta e chiara. «E magari ci porta a vedere il cadavere di Rossella fatto a pezzi e messo in un congelatore...»

Momo entra con lei. «Giuro che il vecchio me la paga» chiosa, muovendosi lentamente mentre Montecristo si è già inoltrato nel corridoio.

Una figura piccola di statura è comparsa sulla soglia dell'ultimo appartamento.

«La preside!» strilla Francesca avvicinandosi.

«Ciao, Francesca. Ciao, Momo, credo che non ci siamo mai incontrati. Benvenuti. Entrate pure» li invita in tono calmo la donna. Francesca se la ricorda bene, la preside Adalgisa Riccobono, autorevole e rispettata. I suoi discorsi di inizio anno scolastico riuscivano quasi a far sembrare la scuola un posto interessante dove passare i successivi nove mesi di mattine. Poi, regolarmente, la realtà si incaricava di smentire quelle previsioni ottimistiche. Quando se n'è andata ed è arrivato il preside nuovo, è come se si fosse perso qualcosa.

Anche lei sembra aver perso qualche centimetro, e guadagnato più anni dei cinque che sono passati. I capelli corti, curati e in piega, sono bianchissimi; lei si appoggia a un bastone mentre fa loro strada in un panorama ormai abituale: uno stretto corridoio tappezzato di libri. Almeno questi non sono coperti da lenzuoli, pensa Francesca.

Tre stanze si affacciano sul corridoio secondo una disposizione tipica dei vecchi appartamenti borghesi, tutte hanno le porte aperte tranne una che deve essere il bagno. Una camera da letto, una camera per gli ospiti, la cucina... è tutto ben tenuto e pulito, ma in penombra, come se la Riccobono volesse risparmiare sull'elettricità. Di sicuro non ha mai risparmiato sui libri.

Arrivano nel salotto, in fondo al corridoio. Montecristo è già seduto su una poltrona. Riccobono si siede al tavolo centrale, coperto da una tovaglia in merletto, con un vassoio d'argento e fa cenno ai ragazzi di prendere posto sulle altre sedie.

«Sapete dove siete?»

«No, professoressa. Montecristo ci ha drogato.»

Montecristo sorride, Riccobono pure.

«Mi sembra più che altro che abbiate risposto a un invito» obietta, sorprendendoli. «Mi pare ci fosse scritto MANGIAMI... potevo aggiungerci "per favore", forse, o "se ti va", ma avrei tradito la citazione.»

«*Lei* ci ha drogato?» Momo sgrana gli occhi.

«Io ho solo aperto la porta» ridacchia la preside e non sembra più così vecchia. «Federico, prendi tu un po' d'acqua per i ragazzi? Devono avere una certa arsura.»

Mentre Montecristo obbedisce con una strana docilità, lei torna a concentrare l'attenzione sui due. Gli occhi sono così incassati dentro le orbite che quasi non si vede altro che uno scintillio, nota Francesca. Che c'entra lei con questa storia?

«Ragazzi, io so chi ha preso Rossella, e ve lo dirò. Ma li conoscete i professori, devono sempre fare lezione. Quindi, mettetevi comodi.»

34

«Cosa sapete delle droghe?»

«Che fanno male...» risponde Momo in una cantilena annoiata.

«A te sicuramente» lo rintuzza Montecristo.

«Conoscete i Doors, suppongo» la preside sceglie un altro angolo di attacco.

«Ho visto il film» annuisce Momo.

«Lui era un figo, però sempre fatto» aggiunge Francesca.

«Sapete perché Jim Morrison battezzò la band The Doors, ovvero "le porte"? Dal titolo di un saggio di un filosofo inglese, Aldous Huxley, *Le porte della percezione*. Huxley raccontava le esperienze vissute dopo aver assunto della mescalina, mangiando un peyote.»

«Il fungo allucinogeno» chiarisce Montecristo.

«Lo sappiamo cos'è il peyote» si offende Momo.

«Pensavo che la vostra generazione assumesse solo pasticche.»

«Pensavi male, perché sei vecchio.»

«Huxley parla del suo trip psichedelico come di un'esperienza sciamanica nel reale» riprende Riccobono senza badare al loro battibecco. «Quello che ha visto nei momenti di alterazione, dice, è la vera essenza del reale. Una realtà visibile solo a chi accetta di aprire le porte della percezione.»

«Invece era solo fatto» taglia corto Francesca.

«*Solo* fatto?» la ferma la Riccobono. «E ti sembra poco? Sapete, qualcuno una volta ha detto che la realtà è la stampella cui si appoggia chi non sa stare al passo con le droghe.»

Francesca scuote la testa come per liberarsi da un'allucinazione.

«Prof, guardi che qui la spacciatrice sono io» puntualizza, ma la preside per qualche motivo è concentrata su Momo. Forse perché lui la ascolta rapito.

«A quei tempi erano in tanti a cercare nella droga un metodo di conoscenza di se stessi e del mondo» continua a raccontare Riccobono. «Di più: una chiave di vita alternativa, mistica...»

«Noi staremmo solo cercando Rossella. Ha detto che sa dov'è?» Francesca cerca di riportare in carreggiata quella conversazione fuori controllo.

«Per vedere la realtà bisogna mettersi in viaggio» prosegue imperterrita Riccobono. «Il buon reverendo anglicano noto come Lewis Caroll fa entrare Alice nel Paese delle Meraviglie solo dopo aver mangiato un dolcetto che non era certo zucchero e farina. Esperienza che avete appena deciso di fare. Ma parliamoci chiaro: la droga ha stimolato il lavoro di molti artisti, e forse qualcuno lo ha creato. E non solo gli idoli rock, ma scrittori come Ginsberg, Burroughs, Kerouac, Ferlinghetti. Prima, molto prima di loro Rimbaud, Verlaine, Baudelaire, Gautier, de Nerval.»

Gli occhi di Momo la guardano vuoti. Ma di chi parla?

«Il Club des Hashichins» prosegue la preside. «I mangiatori di hashish.»

«Ma coi Poeti maledetti è facile» intervenne Montecristo. «Voi lo sapete che Shakespeare fumava marijuana?»

«Shakespeare si faceva le canne?»

«Edgar Allan Poe preferiva l'alcol, ma provò l'oppio dopo la morte della moglie. Hashish e morfina per Maupassant, oppio per lord Byron, laudano per Shelley, Scott, Keats e per Charles Dickens. Hashish per Alexandre Dumas e per suo figlio.»

«Louisa May Alcott, l'autrice di *Piccole donne*, fumava l'oppio» incalza Riccobono.

«Ma è un libro per bambine!» reagisce incredula Francesca.

«Stevenson scrisse in soli sei giorni *Lo strano caso del dottor Jekyll e del signor Hyde*. Sapete perché?»

«Droga?»

«Sì, allucinogeni. E poi cocaina per D'Annunzio e per Freud, erba del diavolo per Proust, morfina per Bulgakov. Lsd per Sartre, e ovviamente per la vostra Elsa Morante. E poi ci sono i personaggi, sapete bene che il celebre Sherlock Holmes aveva un problema di dipendenza da stupefacenti.»

«Nella serie usa i cerotti antifumo però!» ride Momo.

«E tutto questo secondo lei per cercare la realtà? Ma poi che se ne facevano della realtà se erano degli scrittori? Non lavorano con la fantasia, quelli?» domanda Francesca.

«Un'altra realtà, diversa da quella razionalmente raggiungibile» mormora Riccobono. «E vi parlo di letteratura, non entriamo neanche nel mondo della musica, o dell'arte figurativa. La verità è che senza la droga dovremmo dire addio a gran parte del patrimonio culturale mondiale.»

«Se prendi le droghe, gli unici che ci guadagnano sono gli altri. Della tua arte godono i sobri, i soldi li fanno i delinquenti, tu muori, o vivi l'inferno. E non percepisci più nessuna realtà.» È la voce di Paolo Romano.

Ormai ci ha fatto l'abbonamento, alle entrate a effetto. Francesca balza in piedi, è come se fosse entrata all'improvviso una ventata d'aria fresca a dissipare la strana atmosfera ipnotica creata dalla «lezione» di Riccobono. Lei ci è abituata a parlare di droghe, ci mancherebbe, ma non così... con questa fascinazione, questa oscurità. Non ha mai avuto tanta voglia di abbracciare un insegnante. Vede con la coda dell'occhio che Momo si scrolla, come se anche lui si risvegliasse da qualche incantesimo.

«La porta era aperta» dice Romano avanzando nella stanza.

«Certo che era aperta» la preside non si scompone. «Sei il benvenuto. È un po' che non ci vediamo.»

Lui, però, è concentrato sui ragazzi: «Tutto ok?».

«Ci hanno drogato!» lo informa Francesca in tono soddisfatto.

«Coi Grisbì!» le dà manforte Momo.

Paolo fa una smorfia e guarda prima Montecristo, poi Riccobono: non può escludere che i ragazzi dicano il vero. Lui sbuffa, lei assume un'espressione innocente.

«Ti sembra possibile che una vecchia professoressa droghi dei ragazzi?» sorride riuscendo ad apparire, all'improvviso, molto più innocua rispetto a un paio di minuti prima. Quasi fragile. «Secondo me lo hanno fatto da soli. E devo aggiungere che hanno fatto bene. La porta è aperta, lo hai detto tu... Siediti, Paolo. Stavo spiegando ai due virgulti come senza stupefacenti non avremmo neanche i tuoi amati decadenti.»

«Dai Baudelaire, ai Jim Morrison» sbuffa Paolo sedendosi al tavolo. Ostenta sicurezza nei movimenti ma Francesca, che comincia a conoscerlo, vede che le labbra sono strette come per tenere a bada i dolori. «La so, la cantilena del genio e della sregolatezza. In realtà è tutta gente che ha fatto la gioia di quelli che li hanno sfruttati, o che da loro hanno persino imparato. Ci hanno lasciato opere immense, magari composte anche con l'aiuto della droga. Ma gli altri ne hanno goduto, loro hanno pagato il conto. E chi ci dice cosa altro avrebbe potuto scrivere Rimbaud, se avesse vissuto meglio e fosse sopravvissuto? Invece, sono rimasti schiacciati. Noi citiamo schegge delle loro poesie sui social, balliamo le loro canzoni su un'isola greca dopo la maturità. Loro però non esistono più, e dalle droghe non hanno guadagnato altro che sofferenza e una morte prematura. Ian Curtis non sa quanto hanno guadagnato i New Order dopo che lui è diventato un mito.»

Momo e Francesca lo guardano interdetti. Ma di che parla? Paolo si accorge che si è lasciato trasportare e la fa semplice.

«C'è una cosa che dovete sempre ricordare dei miti maledetti, ragazzi. Sono morti. E voi, invece, vivi. Vivi anche i professori che ne parlano, vivi gli editori che li pubblicano.»

«La sentite, la voce della ragione?» si inserisce Montecristo in tono ironico, passando a Paolo un bicchiere d'acqua. «"Ci sono dei periodi storici in cui non c'è spazio per la droga: o meglio, tale spazio in altro non consiste che nel vuoto culturale 'interiore' di singoli individui": potevi citare il tuo Pasolini, saresti stato più incisivo.»

Adalgisa sorride e scuote la testa.

«Professore» Momo interviene prima che parta il dibattito «questi due matti dicono che sanno dov'è Catrambone.»

«*Chi ha* Catrambone» lo corregge Riccobono, stavolta in tono proprio da preside. «Dov'è, purtroppo, non lo sappiamo.»

«Chi sarebbe?» domanda Romano.

«Morgana» risponde secca Riccobono.

«La fata?» chiede Francesca, ormai pronta a tutto.

«Direi più che altro una strega» la corregge Montecristo.

35

«La storia comincia parecchi anni fa» racconta Montecristo. «Quando la vostra preside, qui, Adalgisa era a capo di… un gruppo.»

«Una cellula di rinnovamento culturale» lo corregge lei, benevola.

«… una cellula formata negli anni Settanta da un gruppo di giovani professori che aveva idee rivoluzionarie: insegnare ai ragazzi a conoscere se stessi e il mondo attraverso la libera sperimentazione letteraria, allontanandosi dai programmi ministeriali.»

«Sai che idea rivoluzionaria» borbotta Paolo. «La rivoluzione sarebbe riuscire a portarli a termine, i programmi ministeriali.»

«Non essere sarcastico, Paolo. Da te mi aspetto di più» lo blocca Riccobono.

«Tu lo sai che se oggi ci fosse un Montale noi non ce ne accorgeremmo» riprende il bibliotecario. «Non capiremmo le sue poesie. Non ne abbiamo più la capacità, il tempo, non siamo più in grado di prestare l'attenzione necessaria. In pochi anni abbiamo perso montagne di capacità intellettiva.»

«E pazienza non cogliere il genio del nuovo Montale: basterebbe saper comprendere un testo scritto» sbuffa Riccobono. «Cosa che un ragazzo su due oggi non sa fare, per tacere degli adulti. Risultato? Una società in declino, che produce una classe dirigente egoista e miope, che sceglie una classe politica improbabile, di cui io, francamente, mi vergogno ogni volta che apro il giornale.»

«E cosa vuoi votare? Un terrorista come Montecristo?» sibila Paolo.

«Terrorista?» sussurra Momo guardando Francesca, che restituisce lo sguardo, altrettanto preoccupata.

«Servono terroristi della cultura, non terroristi politici» lo rimbecca Montecristo. «Oggi più che mai. Serve una spallata, che raddrizzi il piano inclinato. Il declino produce declino. Un giovane che non sa scrivere e non sa parlare sarà un cittadino debole, pavido, conformista. Protagonista di un mondo asfittico, incolore. Pericoloso. Non saresti disposto a qualche scorrettezza pur di salvare il tuo Paese?»

Romano non vuole sentirsi d'accordo con loro. Lo sa che sono matti, e che il loro carisma è (quello sì) tossico. «Ricordate però che questi due campioni» e fa un gesto a includere Momo e Francesca «sono l'Italia di oggi, e non credo apprezzino il vostro approccio.»

«Non lo capiscono. Ed è colpa nostra, di noi professori, della scuola se sono finiti così...»

«Ahò...» interrompe Momo indispettito. «Ma che, parlate di noi come se non ci siamo?»

«Come se non ci fossimo» corregge Riccobono. «Comunque hai ragione tu... Ma lasciami spiegare un attimo da dove arriva questa storia.» Fa una pausa come per dargli modo di interrompere, ma lui non interrompe. Annuisce appena. «Quando ho iniziato a insegnare l'Italia era diversa, ma non per forza migliore. Era un Paese in gran parte conservatore e reazionario, chiuso e tradizionalista, con ampie sacche di patriarcato» Adalgisa chiude gli occhi, come se ricordare le facesse male. «Non pensate a Roma o a Milano, ai licei classici dove nascevano e morivano da decenni le opposizioni politiche, pensate all'Italia vera: il profondo Sud, il profondo Nord, il centro pontificio, le isole appese a un traghetto. Un Paese dove una certa cultura era sospetta, dove l'omologazione era la regola. Due Chiese al potere. La seconda, il Partito comunista, era soffocata da dogmatismo e moralismo. Con tutti i suoi sforzi di rinnovamento, era pur sempre un partito pesantemente dominato dall'ideologia, lo stesso che pochi lustri prima, guidato da Palmiro Togliatti, illudeva Pavese, ostracizzava Pasolini. E nascondeva la Iotti.»

«Ma che nome è Palmiro?»

«Non interrompere!» Francesca sembra più affascinata di Momo da quel racconto che sembra uscito dal Medioevo. O forse è solo che subisce ancora il fascino della ex preside. «E la scuola?» chiede.

«La scuola... Vecchie idee, vecchi programmi. Tutto funzionale alla conservazione» lo sguardo di Riccobono manda un lampo. «Noi reagimmo. Noi eravamo la Resistenza.»

«... la Resistenza!» sottolinea Paolo sarcastico.

«Non era senza rischi, all'epoca» gli ricorda Adalgisa, secca. «Ci voleva poco a essere accusati di traviare le giovani menti, forse persino di sovversione. Di certo non era previsto che un professore raccontasse le devianze dei grandi autori, né che spingesse i ragazzi all'autonoma ricerca letteraria. Né che lo facesse radunando di notte, in parchi e cantine, gli stessi studenti salutati in un'aula al mattino.»

«Che facevate?» chiede Francesca.

«Aprivamo loro le porte.»

«Ora sapete anche come» aggiunge Montecristo, strizzando l'occhiolino.

«Organizzavamo percorsi per portarli a vivere la letteratura, quella vera» riprende la preside. «Se a scuola li rimpinzavano di Manzoni e De Amicis noi li nutrivamo di bohème, di Poeti maledetti, di *lost generation*, della factory di Warhol e della paura di volare di Erica Jong, di Timothy Leary con i suoi esperimenti psichedelici, dei deliri di Queneau e dell'Oulipo e del Fluxus. Li formavamo con esperimenti e giochi letterari, li spingevamo a comprendere le controculture che mai e poi mai avrebbero studiato sui banchi.»

«La letteratura non è affatto lettera morta» interviene Montecristo, perché Adalgisa si è fermata. Sta guardando il vuoto davanti a sé, e potrebbe sembrare che stia per piangere. I vecchi lo fanno, pensa Paolo. «Ha a che fare con la percezione di sé, con l'espandere le proprie esperienze e sensazioni. È la vera droga e la vera pietra filosofale. Ma bisogna azzerare la tradizione, liberarsi dalle sue scorie. Di certo in quegli anni bisognava distruggere quella scuola e riprogrammare i suoi percorsi. Il sogno del nostro gruppo era formare cittadini più liberi attraverso il gioco della sperimentazione letteraria. Lo chiamavamo proprio così: il Gioco».

«Non state forse giocando, ora, voi? Non siete in una caccia al tesoro?» chiede Adalgisa ai ragazzi, poi si volta verso Paolo. «Ammettilo, questi due hanno masticato più storia, letteratura, pensiero in questa manciata di giorni che in tutta la loro vita.»

«Non ci provare...» la ammonisce Paolo.

«Non ricordi i classici?» insiste la Riccobono. «"Non insegnare le discipline con la costrizione, ma come giocando."»

Paolo, però, non si lascia abbindolare.

«Molto nobili» dice insistendo col sarcasmo. «Se poi vogliamo aggiungere che una di voi spacciava ai minori e l'altro stava con la banda della Magliana...»

«Non stavo in nessuna banda» si inalbera Montecristo, anche se quella frase gli ha conquistato uno sguardo di profondo rispetto da parte di Momo. «Ero un anarchico, io.»

«Lui forse voleva uccidere il chiaro di luna, io ero più attratta dal sole dell'avvenire» ammette piccata Adalgisa. «Ma sapevamo entrambi che per fare una scelta politica consapevole, quale che sia, bisogna avere una cultura. E noi pensavamo a formare quella. Lavoravamo sulla struttura culturale degli studenti, non sulle loro decisioni politiche.»

Paolo non sa più che ribattere. Questi due avevano a disposizione cinque ore al giorno, ogni giorno, per trasformare il Paese, e si perdevano tra canne e acidi nelle notti romane.

«E questo vostro gruppo come si chiamava?» chiede Francesca.

«Non avevamo un nome, ma uno spirito guida.» Poi, dopo una pausa: «Gordon Pym».

«Oddio!» sottolinea Francesca.

«Non l'avrete mica presa voi, la ragazza?» inorridisce Paolo.

«Sciocchezze» dice calma Riccobono. «Gordon Pym libera, non incatena. Pym è ossessionato dal viaggio, dal mare, dall'ignoto. E lo deve compiere in clandestinità. Eravamo noi, Gordon Pym. Un giovane, che sa quel che vuole. E viaggiavamo per il mare letterario, decisi a riprenderci i brandelli di cultura sacrificati al quieto vivere, alla reazione. Gordon Pym è nel contempo l'Ulisse di Omero, quello di Dante, l'Ulisse di Pascoli, l'Ulisse di D'Annunzio e quello di Joyce.»

Francesca guarda il prof come per dirgli: noi non li prendiamo sul serio, vero?

«Noi volevamo scardinare il sistema dall'interno» conclude Riccobono.

«Non io» precisa Montecristo. «Io ho alzato il tiro.»

«Tu lo hai abbassato, il tiro» lo contraddice amara Adalgisa. «Ti sei messo con quelli che sparavano.»

Momo si volta di nuovo verso il bibliotecario, che fa un gesto come per dire: fesserie.

«Ah, è per questo che sei stato in galera» commenta Paolo.

«Mai stato» ribatte lui, a mezza bocca. «Sono andato via dall'Italia, lo hanno fatto in tanti quando l'aria è diventata pesante.»

«E dov'è andato?»

«Alla fine degli anni Ottanta, quando Federico Montecristo ha lasciato l'Italia, la nostra compagnia di utopisti si è sciolta» interviene rapida Riccobono, a cancellare la domanda. «Non senza aver allevato, lo riconosco, qualche personaggio pericoloso. Qualche mela marcia: complottisti, manipolatori, persino spacciatori.»

«Persino» commenta ironico Paolo. «Sentite, il vostro Amarcord del Settantasette è molto commovente. Ma volete dirci che Rossella Catrambone è stata rapita da un qualche residuato del vostro geniale piano per drogarvi recitando poesie?»

«Un po' di rispetto, Paolo, se vuoi arrivare a sapere» lo redarguisce Riccobono, così sferzante che Romano si zittisce come gli studenti, davanti a lei, hanno fatto per decenni. «Che abbiamo fallito è evidente, basta guardare noi due, e basta guardare il Paese di oggi. Un Paese dove la cultura è reietta, dove la verità scientifica ha lo stesso peso di un'opinione da bar. Non stiamo discutendo del nostro fallimento. Vi sto raccontando che quando Montecristo è tornato in Italia sono stata io a fargli avere il posto di bibliotecario da noi, ed è lì che entra in scena Morgana.»

«Morgana vi ha dato retta» mormora Romano, e all'improvviso comincia a capire.

* * *

Adalgisa, Federico… e Morgana

Marzo 2015

1

«Si insegna alle persone, non agli studenti. E il vero insegnamento può essere solo clandestino.»

«Clandestino, perché?»

«Perché l'istituzione è per sua natura omologante: un programma uguale per tutti. Istruire qualcuno significa invece partire da ciò che a lui, o a lei, interessa davvero. E il desiderio è per sua natura rivoluzionario.»

«Quindi a scuola bisognerebbe fare la rivoluzione?»

«Quindi l'unica rivoluzione possibile è la scuola.»

La biblioteca d'istituto era vuota, sempre e comunque. Altrimenti, se qualcuno avesse visto questo sessantenne parlare ore e ore, ogni giorno, con una splendida diciassettenne che sembrava pendere dalle sue labbra, lo avrebbe subito accusato delle più turpi intenzioni. Ma se un uomo parla a una ragazza e nessuno li vede, le ha parlato davvero? Questo argomentava Montecristo all'unica persona che fosse a conoscenza delle lunghe conversazioni che intratteneva con Morgana Magni. Cioè Adalgisa Riccobono, che contava le infinite ore d'assenza della ragazza e vedeva sempre più vicina la sua perdizione.

«Guarda, Federico, che se non la smetti i genitori ti denunceranno per corruzione di minore.»

«Corruzione? Stai scherzando» si indignava il bibliotecario. «Io formo le menti, non approfitto delle ragazze.»

Nel senso più letterale era vero, Adalgisa lo sapeva benissimo. Conosceva Federico e non avrebbe mai approfittato di una studentessa. Non c'era l'ombra di un'intenzione erotica nel rapporto tra Montecristo e Morgana. Ma questo non significava che non ci fosse seduzione.

Il problema era che i destini di Montecristo e Morgana non avrebbero mai dovuto incrociarsi.

E forse anche per lei, Adalgisa, sarebbe stato meglio non incontrare mai Federico.

«Tu formi le menti... a modo tuo» gli disse con un'ombra di amarezza. «Lo hai sempre fatto.»

Lui fece un sorriso che apparteneva a un altro tempo e il gesto di prenderle la mano sopra il tavolo.

«Noi siamo sempre quelli di allora.»

Adalgisa spostò in fretta la mano sul grembo.

«I libri sono gli stessi» insistette Montecristo indicando le pesanti librerie in ferro contro le pareti. La collezione di libri «proibiti» della preside, che per fortuna nessuno sapeva essere proibiti. Nessuno si prendeva nemmeno la briga di spolverarli. E loro sonnecchiavano inoffensivi. Fino a che Federico non aveva aperto quelle ante, e li aveva risvegliati.

Adalgisa fissò il ritratto del presidente nella sua cornice. Forse erano davvero ragazzini, e lui un genitore.

Quando aveva incontrato Federico Montecristo, all'inizio degli Ottanta, era il momento della metamorfosi per tante cose. Per un'Italia che cominciava il percorso di transizione dal terrorismo all'edonismo. Per una criminalità romana che emergeva dall'ombra e cominciava a prendersi la città senza remore né vergogna. Per lei, che insegnava lettere al ginnasio, tornava a casa dal marito e dai due figli – un maschio e una femmina, come nelle migliori famiglie – e a neanche trent'anni già si chiedeva se la vita potesse essere tutta lì.

Il locale si chiamava Uonna Club, un posto dove pochi eletti potevano ascoltare la musica punk, la dark e l'elettronica, e vivere l'onda inglese che in Italia bagnava ben poche persone.

Federico aveva ventiquattro anni e voleva diventare un professore di filosofia, anzi, un filosofo. Studiava per il dottorato ma la borsa di studio non gli bastava a mantenere un vizio costoso quanto inconfessabile: le prime edizioni. Romanzi, poesie, testi teatrali dei grandi autori secondo lui caposaldo della cultura alta di destra, Ezra Pound, Cioran, Céline, D'Annunzio, Landolfi, Ionesco. Così, si era trovato un secondo lavoro come fiancheggiatore delle bande criminali.

Glielo aveva raccontato al bancone del bar, subito dopo averle sfiorato i capelli e sussurrato all'orecchio: «"Una creatura – così grande – tu sei. E tutto questo per il mondo è follia"».

Lui le avrebbe confessato mesi dopo che era una delle sue battute d'abbordaggio classiche e che aveva sempre funzionato. Fino a quella sera, quando lei senza voltarsi aveva ringhiato: «Ezra Pound è un fascista».

La loro storia d'amore era già tutta scritta in quella carezza e in quel ringhio, ma per accorgersene ci avevano messo mesi. Un tempo di vite scisse tra la vita e la letteratura. La vita erano scuola e famiglia per lei, università e malavita per lui. La letteratura erano gli incontri clandestini con un manipolo di anime affini, convinte che la vera cultura potesse essere solo clandestina, e il vero insegnamento solo privato. La scuola e le accademie consolidavano posizioni di potere. Leggere, apprendere, studiare era possibile solo nella posizione del desiderio.

«*Un desiderio, un alunno. Un'esperienza, un insegnamento*» scrivevano nei loro ciclostilati. Pagine prive di politica, cosa rivoluzionaria per quei tempi.

Sognavano un Paese in cui l'esperienza letteraria sarebbe stata affidata al libero scambio della cultura dei singoli. Un cittadino per ogni lettura. Un'esperienza di vita per ogni lettura, e viceversa. Niente cattedre, niente Chiesa, nessun partito. La formazione in mano alla lezione dei poeti. «Al singolo respiro del singolo poeta» come usavano dire nelle loro riunioni.

Così era nato il Gioco.

2

«Che ci fai in un tecnico di borgata, Morgana? Tuo padre è parlamentare, tua madre avvocato. Sei ricca. Come ci sei finita qui?»

Morgana era bellissima, appoggiata alla finestra aperta, esposta al sole del marzo romano. Da fuori entravano voci di strada e un venticello che avrebbe dovuto far uscire l'odore di hashish, ma che invece spandeva il fumo per la stanza, ad abbracciare la strana coppia che la abitava. Lei inspirò profondamente e si scostò la frangetta bionda dagli occhi, azzurri, attenti, e duri.

«Non sono i miei genitori, Federico.»

«Perché sei adottata? Falla finita. Non fare la maledetta con me» sbuffò Montecristo. «Pensa a quante tue coetanee in Bielorussia pagherebbero oro per vivere in una casa come la tua. Se ti domando come sei finita qui non voglio certo dire che a Minsk stavi meglio.»

«E chi la ricorda Minsk. Comunque mio padre mi ha iscritto qui perché era qui il suo collegio» la parola «collegio» quasi la sputò. «Se ne parlò molto, all'epoca: il giudice che andava a vivere sul territorio cui chiedeva il voto.

Fu un bel colpo, e funzionò. Certo ora ci tocca vivere in questa fogna, come la chiama mio padre quando gli elettori non sentono» rise passandogli la canna.

«Dice Adalgisa che rischi di non essere ammessa alla maturità.»

«E tu dici sempre che non è a scuola che si impara a vivere.»

«Sì, ma se impari a vivere non ti fai bocciare, Morgana.»

«Io sono fatta così, non posso cambiare.»

«Non è così che funziona. I comportamenti non dipendono dal carattere, è viceversa. Si possono cambiare e facendolo cambi te stessa. È facile.»

«Posso farti una domanda, Montecristo?» Lo chiamava sempre così, mai per nome. Lui, all'opposto, il cognome di Morgana non lo aveva mai usato. Come se non fossero persone, ma luoghi letterari. Un criminale e una strega. Ci stava.

«Vai.»

«Tu come ci sei finito, qui?»

«Avevo bisogno di un lavoro e Adalgisa me lo ha dato.»

«Lo so benissimo, questo.»

Quando era arrivato il nuovo collaboratore scolastico addetto alla biblioteca, tra gli studenti era circolato di tutto. Era un ex galeotto, uno spacciatore, un assassino... Ma nessuno aveva mai osato chiedere. Tranne Morgana, che era entrata in biblioteca, e aveva chiesto a Montecristo il *Tristram Shandy* e la verità. Aveva avuto entrambi.

«La vita che hai fatto, le esperienze che hai avuto...» disse ora con una certa crudeltà, quella di chi ha diciassette anni e alla vita dei cinquanta-sessantenni pensa solo al passato. «Come fai a passare le giornate a distribuire i libri agli studenti? E lascia stare che non li distribuisci, perché non te li vengono a chiedere nemmeno i topi. Ma non ti deprimi a fare il collaboratore scolastico?»

«Mi deprimerei se non avessi imparato nulla dalla mia vita» sentenziò Montecristo. «Mentre nella vita ho imparato che la guida non è quasi mai la persona deputata a esserlo. Nella mia formazione ha pesato più la gita di classe che la classe. Più il mister di calcio che il professore di filosofia. Più i libri passati sottobanco che quelli sul programma delle letture.»

«Quindi nella mia vita saranno più importanti gli spinelli con un collaboratore scolastico che le lezioni di diritto e legislazione turistica?»

«Si dice "bidello", Morgana. Per il resto, lo deciderai tu. Hai presente il Gatto?»

«Che gatto?»

«Quello di Alice, di Lewis Carroll. Ti ricordi cosa dice il Gatto?»

«Ma figurati, lo avrò letto a sei anni, è un libro per bambini.»

Lui tacque con un lieve scrollare di spalle e l'aria di chi chiude la questione. Dovette aspettare solo pochi secondi prima che lei si sporgesse in avanti.

«Embè? Cosa dice il Gatto?»

Montecristo sorrise appena.

«Alice gli chiede: "Quale strada dovrei prendere?". E il Gatto: "Dipende da dove vuoi andare". E Alice: "Ma io non so dove voglio andare".» Montecristo si allungò a prendere lo spinello dalle dita di Morgana. «E il Gatto: "Allora non importa quale strada prendere".»

3

Al Gioco avevano partecipato in tanti. Più di quanti Adalgisa avesse pensato all'inizio. Meno di quanti avrebbe voluto Federico. C'era stato un momento in cui tutto era sembrato vero. In cui si erano sentiti sull'orlo di una rivoluzione.

C'era stato un tempo in cui avevano creduto che il Gioco fosse la realtà.

Per anni Adalgisa aveva insegnato Manzoni la mattina per distruggerlo la sera: o meglio, per trasfigurarlo. Stessa sorte per Torquato Tasso e Dante Alighieri, per Giosuè Carducci ed Eugenio Montale. Di giorno, il canone. Di sera, la passione. Tornava Tasso, ma si parlava di Armida, della prigionia d'amore, della simbologia erotica del labirinto. Tornava Montale ma si declamava, tra il fumo, *La bufera* e ci si interrogava sulla complessità della condizione umana. La clandestinità tutelava le vite professionali dei docenti che avrebbero rischiato parecchio a radunare i propri studenti in lezioni fuori orario e fuori standard, per non parlare dell'uso di droghe. Gli incontri si svolgevano ogni volta in un posto diverso, le tracce dell'appuntamento venivano decriptate dai partecipanti rispondendo a indovinelli e quesiti, una sorta di test. Questi incontri erano diventati più frequentati, poi più numerosi, poi impossibili da controllare per il manipolo di fondatori originari e fatalmente, i gruppi erano andati ciascuno per conto proprio. La deriva dei testi, delle interpretazioni, dei desideri.

La deriva degli affetti, della relazione tra Adalgisa e Federico che da focosa si era fatta complessa, poi faticosa, poi uggiosa. Erano cominciati gli screzi. Montecristo non era d'accordo con l'uso di droghe sintetiche – soprattutto Lsd – che Adalgisa aveva sposato come via maestra all'illuminazione letteraria, ma non erano solo quelli i problemi. In mezzo c'erano le domande più vecchie del mondo: facevano sul serio? Era il caso che Adalgisa lasciasse suo marito? Che Federico lasciasse la banda? Aveva senso, per qualcuno, lasciare qualcosa? La decisione di non decidere si incartava in infinite discussioni filosofiche, ma intanto Adalgisa andava verso i quarant'anni ed era di nuovo maggio (e quello francese era passato da un pezzo; nel mondo di fuori, le ideologie finivano col Muro di Berlino preso a picconate, ma anche con infiniti uggiolii).

Poi, il destino aveva deciso per loro: Montecristo era rimasto coinvolto in una rapina finita col morto ed era scappato a Londra dove era rimasto diversi anni. Alla fine i suoi sodali non avevano tradito e lui non era stato incriminato, ma intanto aveva cambiato vita, era diventato un libraio. Per sostenersi (e per pagare il silenzio di tante persone) aveva dovuto vendere la sua preziosa biblioteca antica. Amareggiato, isolato, poco in sintonia con le Repubbliche in serie che stavano spazzando l'Italia, Federico era rimasto in esilio, finché l'era di Amazon non aveva ucciso la sua piccola libreria e il costo della vita non aveva finito di sotterrare l'utopia della Londra libera e cosmopolita.

«La libertà oggi c'è solo per chi può permettersela» aveva detto ad Adalgisa quando si erano ritrovati.

«Sembri un vecchio hippy suonato» aveva risposto lei. «Inabile al lavoro, questo è certo.»

Poi, però, si era fatta in quattro per trovarglielo, un lavoro, e alla fine era riuscita a farlo arrivare nella sua scuola. Bibliotecario, quale epilogo migliore per il suo romanzo criminale.

Poi lei intravedeva la pensione e lui era convinto di avere ancora vent'anni.

«È finita, Federico, devi lasciarla stare» gli disse nel cortile, il sole faceva scintillare i vetri, strappava bagliori dalla sporcizia. Era marzo, la maturità si avvicinava e per Morgana non c'era più tempo. Se continuava così, non c'era appello della preside agli insegnanti che potesse salvarle l'anno. E l'anno prossimo, e quello dopo? Quando lei non ci fosse più stata, e Montecristo sì?

«È finita per te, Adalgisa, sei tu che ti ritiri. Io so ancora dove devo andare, e non è in pensione.»

«Il Gioco è morto. L'insegnamento è della scuola, il programma è della scuola. Gli studenti sono della scuola.»

«Non Morgana. Non chi ha ancora il cervello in testa. Se ne potrò formare anche soltanto una alla libertà, le dedicherò tutto il mio tempo. Ne basta uno, d'altronde. Insegnare a una persona è insegnare al mondo, quando quella persona si spegne finisce l'universo» ribatté lui, combattivo. «E non sono sempre gli altri a morire. Non è sempre l'ultimo, che spegne la luce.»

La scuola si era abituata presto all'incredibile scena del bibliotecario arruffato che faceva lunghe conversazioni con la preside: in cortile, nei corridoi, al bar davanti alla scuola. Praticamente, se lui non era rintanato fra i libri, era con lei. Riccobono era troppo anziana perché si potesse parlare di una liaison, ma erano in tanti a chiedersi cosa avessero da dirsi quei due. Poi in qualche modo era circolata la voce che lei era stata sua insegnante, anagraficamente assurda ma che aveva accontentato tutti.

Adalgisa leggeva quegli sguardi indulgenti su di loro e le saliva in gola un indomabile magone. Dove sono le nevi di un tempo, maledizione.

«Morgana è molto intelligente, e ci darà grandi soddisfazioni» disse Federico, e la soddisfazione nella sua voce le fece rabbia.

«A Morgana stai vendendo roba tagliata male!» sbottò. «Teorie rivoluzionarie e antisistema scolastico, un futuro senza onore, l'azzeramento di ogni opportunità nel suo domani. Nemmeno l'ombra della libertà che insegnavamo.»

«La libertà è per chi può permettersela» insistette lui. «Lei può permettersela. È ricca. Morgana è un talento vero, e se prenderà un voto basso o verrà bocciata questo qualificherà la scuola, non lei. È drogata, sì, ma non da me. È drogata dall'oppio di un'adolescenza facile. Poi è entrata in biblioteca. Dove, grazie a Dio, ha trovato me.»

«Credo che Dio preferisca starne fuori» ribatté Adalgisa con l'antico ringhio. «Se ha trovato te è grazie a me, che ti ho rimediato un posto dopo tutte le cazzate che hai fatto. Ha avuto un'infanzia difficile e un'adolescenza facile, non è un buon motivo per rovinarle la maturità.»

«Non rovino niente, Adalgisa. Le sto solo aprendo una strada.»

«Ti illudi. Morgana è intelligente, è bella, è spregiudicata e crede di aver capito tutto. Sta sfidando il sistema e il sistema la punirà. Dopodiché la strada se la aprirà da sola, e non sarà nella direzione che pensi tu.»

Ma la bocca di Federico era serrata in quella piega ostinata che conosceva tanto bene e le ombre nel cortile si allungavano. Una volta non soffriva così tanto il freddo, pensò Adalgisa.

Si disse: siamo due vecchi che litigano. I profeti sono sempre vecchi. E i vecchi sono sempre impotenti.

* * *

36

Notte tra giovedì e venerdì

«Ovviamente avevo ragione io» conclude Adalgisa, dopo aver raccontato molto, ma non tutto, di una storia che nessuno capisce ancora dove vada a parare.

«Morgana...» La memoria di Paolo si è messa in moto, gli restituisce il ritratto della ragazza del secondo banco. Non nel primo, mai nell'ultimo. Nella fila di chi decide se vuole stare attento o no: di chi sceglie ogni giorno. «Era brillante, intelligente, profonda...»

«E bellissima» aggiunge Adalgisa.

«Non è stata bocciata» dice Paolo in tono cupo. «Ha preso un voto bassissimo.»

«Quasi peggio» annuisce la ex preside.

«Perché peggio?» protesta Francesca, per cui una promozione a calci nel sedere è l'opzione di default.

«Un'umiliazione» chiarisce Montecristo. «E le persone umiliate diventano pericolose. Guarda la Germania dopo il Trattato di Versailles.»

Francesca lo guarda vacua e Riccobono, per scongiurare lo spiegone storico, prosegue con il racconto.

«L'anno scorso Morgana mi ha contattato. Ma non con

una semplice telefonata, o un messaggio. Mi ha mandato un giornalino, un anime, con su scritto un numero di cellulare.»

«Un anime?» si risveglia Momo, che qualche anno fa dedicava intere giornate alle serie tv giapponesi.

«Sì, *Dororo*.»

«Non lo conosco» commenta lui deluso.

«È il primo anime della storia» spiega Montecristo. «Il protagonista è Dororo, un ladruncolo. Cerca di riscattare il proprio corpo, che il padre ha smembrato e consegnato ai demoni. Il suo maestro lo ha ricomposto con pezzi di corpo di cadavere, e lui ora combatte per riconquistare la propria identità.»

«Fico!» approva Momo.

«Ma che messaggio è?» chiede perplessa Francesca. «Voleva dire che l'avrebbe fatta a pezzi? Ma poi perché? Mica è stata lei a bocciarla.»

«Io non l'ho protetta» spiega Riccobono. «Dal suo punto di vista, almeno.»

«Ma l'hai chiamata?» chiede Paolo.

«Sì. Mi ha annunciato che voleva far ripartire il Gioco. E restituire l'identità ai tanti giovani che la scuola tratta come cadaveri smembrati, numeri a cui propinare programmi, senza curarsi di quello che sono, di quello che vogliono.»

«Un programma ambizioso» commenta Paolo. «D'altra parte, quadra con il suo comportamento dell'ultimo anno. Era diventata arrogante. Non studiava, liquidava i ragionamenti con citazioni buttate lì a caso.»

«Citazioni che ti spiazzavano» sibila Montecristo. «Non citazioni a caso.»

«Citazioni fatte a cazzo» rincara Paolo. «Brandelli di cultura appiccicati con l'approssimazione di chi crede di non aver più nulla da studiare. Il classico, seriale, prodotto di un cattivo maestro finito a farsi le canne in una biblioteca vuota.»

«Io ti...» Montecristo si slancia verso di lui con preoccupante agilità. Paolo rimane immobile sulla sedia ed è Momo a fermare il vecchio bibliotecario, che cerca di divincolarsi.

«Calmatevi!» l'urlo della Riccobono gela tutti. La vecchia professoressa ci sa ancora fare. «Adesso non importa cosa pensiamo, chi siamo e chi siamo stati. Adesso dobbiamo muoverci insieme, se vogliamo salvare Rossella.»

Momo, un po' deluso che la pausa manesca sia già finita, lascia andare Montecristo, regalandogli un'occhiataccia. Il bibliotecario la restituisce, ed è piuttosto spaventosa.

«Ma dov'è Rossella? E che c'entra con Morgana?» come al solito, Francesca va al sodo.

«Dopo la maturità Morgana ha tentato e fallito l'ingresso a Medicina» spiega Riccobono. «È stata all'estero, ho capito da qualcosa che ha detto. Poi è tornata, ma non studia né lavora.»

«Che fa?»

«Non lo sa nessuno. I genitori sono molto ricchi, la staranno ancora mantenendo. Magari fa qualche lavoretto, la rider o il call center. Quando mi ha detto che aveva riavviato il Gioco, in realtà, ho pensato anche che perlomeno tornava a sfidarsi.»

«Ce ne fossero, di persone giovani che partecipano. Che giocano con la cultura» borbotta Montecristo.

«Mi ha detto che avrebbe dimostrato che l'intelligenza vera non è nozionismo, ma capacità di risolvere i problemi, di connettere ambiti diversi del pensiero, di coltivare i propri interessi rendendoli cultura personale e condivisa.»

«Insomma, vuole dimostrare che la scuola aveva torto e lei ragione» riassume Paolo.

«Esatto» annuisce Adalgisa. «E mi ha anche detto che voleva dedicarsi solo a quello, aveva fatto la rinuncia agli studi all'università. Ho protestato, ma non c'è stato verso di convincerla e allora l'ho fatta chiamare da Montecristo.»

«E tu che le hai detto?»

«Che le ho detto... le ho detto che era un'idea idiota. Che doveva riprendere l'università e piantarla di leccarsi le ferite, solo per una maturità andata male. Che altrimenti mi sarebbe rimasto il rimorso di averle rovinato la vita con le mie cazzate. Le cazzate di un bidello che si fa le canne in una biblioteca vuota» fa un sorrisetto senza ombra di allegria e a Paolo ora dispiace di averlo attaccato. «Lei... non l'ha presa bene» prosegue Montecristo. «Si è infuriata. Ha insultato me, un traditore, e Adalgisa, che non l'aveva difesa all'esame. Non avrei mai immaginato che potesse accumulare tanta rabbia, che potesse odiare così tanto.»

«È diventata pericolosa, non vuole fare bene, vuole fare danni» commenta Riccobono. «E l'arma che ha scelto è una sua versione del Gioco.»

«Ma poi, in pratica, 'sto Gioco, che cazzo sarebbe?» interviene Momo.

«Sì, non è che lo abbiamo capito tanto bene» Francesca gli dà manforte, ma cercando un tono più diplomatico.

«*Un desiderio, un alunno. Un'esperienza, un insegnamento*, ricordi?» cita Montecristo.

«Uno vale uno, in pratica» riassume Paolo.

«Uno vale uno, proprio così. Abbiamo anticipato i tempi. Oggi si direbbe: la conoscenza è il maestro di tutti. Ognuno ora può arrivare al suo insegnamento. Senza intermediari, senza censure, senza strutture.»

«Solo che quando lo avete pensato voi non c'era internet» dice quasi tra sé e sé Paolo.

«Già. La rete» conferma Montecristo. «Morgana sostiene che il nostro gioco letterario era un passatempo per sfigati, il suo, invece, una rivoluzione. Basta programmi ministeriali, un algoritmo ti segue e ti aiuta a capire chi sei, cosa desideri, cosa imparerai.»

«Un algoritmo *ti aiuta*» Paolo sogghigna. «Che idea geniale.»

«Quindi niente più scuola?» Momo ha colto il nocciolo della questione.

Riccobono lo fulmina con gli occhi.

«E vabbè, però è fico...» insiste Momo.

«Ma chi ti dice che la rete ti insegni a essere te stesso, e non quello che vuole qualcun altro?» chiede Paolo a voce molto bassa. «Ma soprattutto: che c'entra tutto questo con il rapimento di Catrambone? Mi state dicendo che è stata Morgana?»

«Proprio così» annuisce Riccobono.

«E cosa ve lo fa pensare?»

«Pensa agli indizi. La finta bandiera, la citazione del *Gordon Pym*, Giordano Bruno, Elsa Morante... sta usando una delle tecniche di comunicazione che proprio Montecristo le ha insegnato.»

«La deriva interpretativa» sospira il cattivo maestro. «Un'interpretazione porta a un'altra e a un'altra ancora, in un gioco continuo di rimandi in cui si produce continuamente significato, ma la verità si allontana sempre più.»

«Le pagine di questa Morante, invece, ce le avete mandate voi?» chiede Francesca.

«No» replica secca Riccobono. «Ve le ha mandate lei. Mi sarei aspettata più William Burroughs, ma evidentemente mi sbagliavo.»

«Ma allora perché avevate pronto il dolcetto drogato?» osserva Momo. «Oh, e comunque siamo qui da sei ore... quando andiamo via ci dovete almeno un po' di fumo, eh.»

«Senza ritualità non c'è apprendimento» ribatte la preside, che continua: «A questo punto, ovunque avesse in mente di portarvi Morgana, dovevate passare per le porte della conoscenza. Elsa Morante voleva dire quello, e la Magni ci ha passato la palla: per sapere, dovevate venire qui. Naturalmente, abbiamo lasciato che il vostro prof vi seguisse».

E Montecristo mima a Francesca il gesto di una persona che manda un WhatsApp.

«Due vecchi pazzi» commenta Paolo. «Che gli avete dato?»

«Dovevano entrare nello spirito del Gioco.» Adalgisa fa un sorrisetto. «Anche tu, Paolo. Devi scrollarti di dosso un po' del cinismo e dell'inerzia a cui ti sei comodamente abbandonato negli ultimi anni. Da quanto non ti preoccupavi per qualcuno? Per uno studente, poi...»

Paolo apre la bocca per protestare, poi decide di soprassedere. «Sapete almeno il percorso di Morgana dove conduce? Dov'è Rossella?»

«Il gioco è come un libro, trascina ognuno in un posto diverso» la preside scuote la testa. «Se capiamo il messaggio di Morgana possiamo immaginare alcune tappe che ha in mente, non l'obiettivo. Dovunque voglia portarci, dobbiamo seguirla passo dopo passo.»

«Una maledetta caccia al tesoro» commenta Paolo disgustato.

«E il tesoro sarebbe Catrambone?» chiede Francesca nello stesso tono. «Ma poi, una volta che la troviamo, che succede?»

«Non ne ho la più pallida idea» riconosce Montecristo.

«Le hai proprio rovinato il cervello, a quella ragazza.»

«Sappiamo solo che è una sfida a noi. L'abbiamo masticata, lei ci sputa addosso.»

«Lavora da sola, secondo voi?» chiede Paolo.

«Chissà. Di sicuro non può aver raccolto un grosso gruppo.»

«Non con questa storia da pazzi» annuisce Paolo.

«Il Gioco partì da una cellula minima» gli ricorda Riccobono. «Il riferimento al *Gordon Pym* è chiaramente la citazione della nostra esperienza, la scuola che ha scelto per colpire è un messaggio e una sfida a noi. Ma il resto è tutto un mistero.»

«Ma perché proprio Rossella?» chiede Momo, spezzando la tensione.

«Non lo so» ammette Adalgisa. «Forse perché è la studentessa modello? O perché conosce la rete? Quale che sia, il piano sta funzionando.»

«Ha sollevato un bel polverone» annuisce Paolo. «Ma voi facevate i poeti maledetti nelle cantine, lei ha commesso un reato grave. Almeno questo, lo sa?»

«Te l'ho detto che è diventata pericolosa» ribatte la preside. «Però, se Rossella le è utile, forse non è...» deglutisce, non riesce a continuare.

«Forse non è morta» conclude secco per lei Montecristo.

37

«Come vi è potuto sfuggire uno così?» chiede furibondo il commissario Santamaria a Di Tomasi, che guida veloce come non ha mai guidato. Seduto dietro di loro, Pastore si gode lo sfogo.

«Non avevamo queste carte, commissario, l'ispettrice le aveva chieste alla Digos, ma non arrivava mai nulla e...»

«Un attimo! Ci ho messo un attimo ad averle!» urla Santamaria agitando la cartellina rossa e facendone cadere una neve di fogli.

Di Tomasi non sa che dire, cerca una risposta che non getti la croce sulla povera ispettrice.

«Lei, commissario, ha altre fonti, altre vie... la dottoressa ha fatto il meglio che poteva, sono sicuro...»

«Questo qui era uno della banda della Magliana!» il commissario non si lascia placare, mentre l'auto di servizio, a sirene spiegate, sfreccia per via del Forte Tiburtino. «Ha frequentazioni che in confronto Freda è un santo, è scappato per una ventina d'anni all'estero... Ma che volete di più? Ma Nilde non ha fatto il controllo del personale della scuola?»

Di Tomasi ha deciso di non rispondere. Inutile ripetere che l'ispettrice quelle carte le ha aspettate per giorni, e che giusto uno come Santamaria poteva averle «in un attimo». Il commissario è furente, non c'è una parola in questo istante che potrebbe cambiare il suo giudizio sull'ispettrice.

Questo Federico Montecristo è passato sotto tutti i radar. Vorrebbe sottolineare che anche quel campione del loro «consulente», invece di fargli fare le gite al Vaticano, poteva segnalare il bibliotecario criminale della scuola, ma ingoia la polemica e pesta il piede sull'acceleratore. Santamaria è un uomo potente, ed è già abbastanza arrabbiato.

Corrono verso via dei Durantini, il domicilio di Montecristo, mentre li chiama Presenti, che Santamaria ha spedito d'urgenza alla scuola nonostante siano già passate le dieci di sera.

«Sono qui, commissario» risponde l'agente. «Ho convocato la signora Luisa che gentilmente mi ha aperto.»

«C'è qualcuno o qualcosa lì?» ringhia Santamaria.

«Non c'è nessuno, ovviamente» replica piccato Presenti. «La scuola è deserta e la biblioteca pure. Ma la signora Luisa stamattina ha visto Gregoretti e Malatesta che uscivano da lì.»

«Dalla biblioteca?»

«Sì. Poi sono scappati via.»

«Montecristo? Montecristo lo ha visto, la bidella? Ha visto il bibliotecario oggi?»

«Non le pare, ma sta sempre rintanato là dentro...»

«Stavano da lui, sicuro, commissà!» urla da dietro la collaboratrice scolastica.

«Come si fa! Come si fa!» Santamaria chiude la telefonata. È sempre più paonazzo. «Andiamo a stanare questo bastardo. Corri!» incita Di Tomasi. Pastore non proferisce parola. Ma l'agente alla guida, che lo guarda dallo specchietto, capisce che se la sta godendo tutta. Un bibliotecario legato alle trame nere degli anni di Piombo è la tessera ideale per completare il suo puzzle.

Arrivano in via dei Durantini, tra Pietralata e la Tiburtina, una palazzina piuttosto ben messa. Il portone è aperto, salgono al secondo piano, bussano, nessuno risponde.

Il commissario si attacca al telefono, parla col magistrato che dopo una qualche resistenza accorda il mandato. Di Tomasi apre velocemente la porta con un passe-partout e i tre si ritrovano a casa di Federico Montecristo.

Due stanze: camera da letto, soggiorno con angolo cucina. Un bagno alla fine del corridoio che divide i due ambienti. Persiane chiuse, arredamento minimo, nessun quadro alla parete, un frigo praticamente vuoto. Tutto qui.

«Sembra il covo di un brigatista» commenta Pastore.

«Non ci sono libri» mormora Santamaria tra sé e sé. Poi ad alta voce: «Qui ci dormiva e basta». Si volta verso il giovane poliziotto. «Di Tomasi, chiama Nilde, chiedile come cazzo ha fatto a non attaccarsi subito a questo Montecristo. Anzi, no. Chiama Presenti e Galdòn, rintracciassero il telefono del bibliotecario. Romano, Malatesta e Gregoretti sono già controllati, scopri dove sono. E dopo aver chiesto a Nilde dove diavolo ha la testa, falla convergere da Montecristo appena lo troviamo. Tu, Pastore, siediti qua.» Santamaria si congratula con sé stesso per aver pensato di richiamare al volo il suo consulente, anche se ha dovuto strapparlo dall'ennesimo studio televisivo. «E dimmi tutto quello che sai su questo bidello.»

38

Com'era la frase del *Gabbiano Jonathan Livingston* che aveva cerchiato in rosso da ragazzo? «Spezzate le catene che imprigionano il pensiero, e anche il vostro corpo sarà libero». All'epoca i tatuaggi erano roba da marinaio, ma fossero già stati sdoganati se lo sarebbe fatto scrivere sull'avambraccio. Un inno alla libertà assoluta del pensare. La mente, unico anfratto in cui nessuno può controllarti.

E quando, appena passate le dieci di sera, Paolo Romano apre la porta a Nilde Fabbri può tranquillamente pensare che la divisa nascondeva un corpo insospettabile. Sembra una pin-up degli anni Cinquanta. Si rende conto che è la prima volta che la vede in borghese. Jeans, maglietta, una giacca blu leggera: non potrebbe essere vestita in modo più normale, e allora perché gli fa l'effetto di una pin-up?

Non importa, perché tanto nessuno può guardargli i pensieri.

Mentre è lì che ragiona e ridacchia tra sé come un idiota, lei dice: «Pensavo scherzassi quando mi hai dato questo indirizzo».

«Perché?» si riscuote lui, ma Nilde non risponde, gli passa accanto e si inoltra nel corridoio, come se sapesse benissimo dove andare. Probabilmente ha solo sentito le voci dal salotto, ma a lui fa un effetto strano.

Montecristo balza in piedi vedendo entrare la sconosciuta. Adalgisa la inquadra sospettosa. Momo e Francesca la salutano con più cordialità di quanta ne abbiano mai riservata a uno sbirro.

«Mancava solo lei!» esclama Momo. «Come vanno le indagini?»

Ma Nilde non sorride.

«Fai poco lo spiritoso, tu» lo redarguisce. «Santamaria è solo un passo dietro di voi... e quando scoprirà che siete venuti a ficcarvi proprio qui, figurarsi cosa andrà a pensare.»

«Perché?» chiede di nuovo Paolo.

«Ma lo sai dove sei?»

«Cioè?»

Nilde lo scruta attentamente. Ci fa o ci è? Poi prosegue, passando lo sguardo da Momo a Francesca. «La vostra situazione sta precipitando.» Si gira a puntare un dito accusatore contro il petto di Paolo. «E anche la tua!»

«La mia?»

«Già. Santamaria sospetta che siate tutti in combutta. E forse pensa già che io stia dalla vostra parte. Senza contare Pastore.»

«Pastore?»

«Già. Il commissariato è come se fosse casa sua» commenta Nilde acida. «Ma non è questo il vostro problema. Il vostro problema è che dovete andarvene da qui prima che vi trovino!»

«E perché dovrebbero trovarci?» chiede Francesca con aria di sfida.

«Perché avete i telefoni sotto controllo, ecco perché» la gela l'ispettrice. «Ma forse ho ancora un po' di tempo per tirarvi fuori da qua.»

«Perché mai è così ansiosa di aiutare dei ricercati?» si informa Montecristo, chiaramente sospettoso.

Nilde fissa Federico. Il bidello della scuola, quello della biblioteca. E lei è la preside, evidentemente: Paolo le ha fatto un rapido riassunto al telefono, prima di precipitarsi lì. «Perché sono innocenti fino a prova contraria, non colpevoli a prescindere. Anche se quando Paolo... quando il professor Romano mi ha dato l'indirizzo, ho faticato anch'io a non pensare male.»

«Ma si può sapere perché?» sbotta Paolo. «Dove siamo?»

«Voi lo sapete dove siamo?» domanda Nilde guardando Adalgisa e Montecristo.

«Certo che sì» replica gelida l'ex preside.

«Questo non vi aiuterà.»

Paolo guarda Montecristo che però sta guardando Nilde, che guarda Adalgisa. Francesca e Momo guardano tutti gli altri senza capirci granché.

«È un caso che siamo qui?» insiste Nilde rivolta a Montecristo.

«Nulla è un caso, dottoressa.»

«Non fare il filosofo da due soldi con me» reagisce Nilde, passando brusca al tu.

Montecristo ammette: «Di certo qualcuno ne potrebbe approfittare per incastrarci».

«Mi sembra di sentire Pastore» commenta Paolo, poi prende Nilde per un braccio con una determinazione del tutto inconsueta e la fissa negli occhi. «Ma dove siamo?»

«Giù le mani» ringhia lei.

«Dove siamo?»

Per un attimo l'aria si fa tesa.

«Ho comprato apposta questo appartamento» è Adalgisa a rompere il silenzio.

«Perché?» Nilde parla senza staccare gli occhi da quelli di Paolo.

«Perché amo le citazioni, per omaggio a un'epoca, e forse...» rivolta a Montecristo «a un uomo. E perché questo posto garantiva vie di fuga... come lei sa bene.»

Paolo infila l'ennesimo «dove siamo?», ma stavolta solo con gli occhi.

«Largo Ravizza» gli ricorda Nilde. «È un covo storico della banda della Magliana.»

Paolo molla il braccio di Nilde e sbuffa. Non ha parole.

Nilde aggiunge: «Mille testimonianze di mille collaboratori portano a questa palazzina. Renatino De Pedis, le collusioni oscure, la criminalità più selvaggia, il concetto stesso di mistero e, sarebbe contento Pastore, le trame vaticane. Siamo nella Chiesa degli intrighi. Nel Mausoleo».

«Ma... voi due siete pazzi...» Paolo si mette le mani nei capelli. «Montecristo, col passato che hai... sei tu che hai trovato questa casa? E lo avete pure preso apposta, l'appartamento? Ma voi ve lo meritate, Santamaria.»

Il passato che hai? Un brivido corre lungo la schiena di Nilde: il bidello della scuola ha un passato e lei non lo sa? Paolo Romano ne è al corrente e lei no? Chi è Montecristo?

«L'appartamento è un altro, solo la palazzina è la stessa» spiega Montecristo, quasi a giustificarsi. «Qui sotto è un labirinto di cunicoli sotterranei, che arrivano al San Camillo e oltre. Collegati alla *Cloaca Maxima* romana. Da qui si arriva ovunque. Quando la polizia fece le ispezioni non riuscirono neanche ad arrivare alla fine della rete.»

«Non arrivano solo all'ospedale San Camillo» precisa Nilde. «Arrivano a San Pietro.» Cerca di mostrarsi sicura mentre si chiede cosa fare. Non può domandargli «tu chi sei», perderebbe il controllo della situazione. Deve pensare, pensare in fretta.

«Ma da che cazzo dovreste scappare? Dall'Ispettorato dell'Inps? Ma potete giocare ai terroristi alla vostra età? Due idioti...» Paolo, seduto su una sedia, gomiti sulle ginocchia e mani sulle tempie, non riesce a dire altro. «Due idioti... avete messo il collo nel cappio... a Pastore non resta che stringerlo, capirai quante stronzate può scrivere ora nel suo profilo Instagram sul complotto degli insegnanti...»

«Non c'è nulla di male nel conoscere le vie segrete della clandestinità» commenta imperterrita Adalgisa.

«Segrete non tanto» dice secca Nilde. «La polizia quei sotterranei li conosce e, credetemi, Santamaria li conosce meglio di tutti.»

Come se lo avesse evocato, le vibra il cellulare ma non è una telefonata. È una raffica di WhatsApp: uno dopo l'altro, nevrotici, veloci. Gli ultimi con diverse pagine allegate, un rapporto della Digos. Nilde legge in fretta, e mentre gli altri continuano a parlare, si sente raggelare, e alza gli occhi verso Montecristo.

Le carte della Digos: sono arrivate, e non a lei. Doveva insistere per averle, adesso le deve aver ottenute Santamaria. Montecristo è il sospettato perfetto.

La testa le pulsa, la cervicale si è contratta. Si sente come una bambina che scopre prima dell'interrogazione che non ha studiato un capitolo fondamentale. È fottuta, Santamaria la farà a pezzi. Lei non ha il complesso di essere inadeguata, pensa: lei è inadeguata.

Tira fuori la pistola, e la punta verso Montecristo. «Ora basta scherzare» dice, sentendo che è arrivato il momento di un gesto risolutivo. «Lei è un criminale, eversore di destra, che adesso si trova con dei sospettati di rapimento in un ex covo della banda della Magliana. Alzi le mani, subito.»

«Ecco» sogghigna Montecristo «mi sento ringiovanito» e solleva le braccia.

«Ma no, Nilde! Questo è una carcassa» interviene Paolo. «Io Montecristo lo conosco da anni. Ha un passato, è bizzarro, ma non farebbe male a una mosca. Ce li ho mandati io i ragazzi in biblioteca da lui.»

«Devo farti i complimenti per le tue doti di educatore» sibila Nilde, sempre tenendo sotto tiro il sospettato.

Momo fischia sottovoce.

«Ok, cominciamo a tenere i punti» sussurra a Francesca. «Tu su chi scommetti?»

«Ma con chi è in combutta, con la pensionata Riccobono?» Paolo rincara la dose. «Ha delle strane idee, è vero, ma è stata persino un'ottima preside.»

Nilde alza la voce. «Ma davvero non ti rendi conto di cosa sta succedendo fuori di qui? E levati di mezzo!»

Paolo istintivamente si è frapposto all'ipotetica linea di fuoco che passa dalla pistola di Nilde a Montecristo.

«Non mi sembri lucida, Nilde. Stai puntando la pistola a un vecchio.»

«Vecchio o non vecchio, se lui e la sua socia» accenna brevemente con la testa a Riccobono «sanno qualcosa, bisogna che parlino. Tra social e talk show, Pastore ha scatenato i complottisti di tutto il Paese. C'è una petizione su Change.org per chiudere le scuole fino a quando questa loggia nascosta non sia stata scoperta e debellata, e alcune associazioni di genitori hanno firmato un appello al ministro. Dicono che abbiamo lasciato a casa i ragazzi per molto meno, durante il Covid.»

«Per molto meno? Una pandemia mortale sarebbe "molto meno" di questo profluvio di scemenze?» trasecola Paolo.

«Due o tre personaggi della cultura hanno già dichiarato di essere affiliati alla setta» lo informa Nilde. «E un ex terrorista è il cacio su questo piatto di maccheroni.»

«Ma quale setta?!» tuona Paolo.

«Be', però» Francesca accenna con un filo di imbarazzo a Montecristo e Riccobono. «A essere proprio sinceri una setta esiste... O è esistita, almeno.»

«Come sarebbe a dire, esiste?» pronuncia Nilde, esterrefatta.

39

Nella stanza è calato il silenzio. I cinque congiurati si guardano a vicenda, incerti su cosa rivelare a Nilde. Che è sempre più nervosa.

«Mi avete fatto venire fin qui» scandisce. «Ora mi dite la verità. O giuro su Dio che lo racconterete a Santamaria, ma a Rebibbia.»

Riccobono interviene: «Ora non facciamo confusione: noi siamo il contrario degli Illuminati. Non seguiamo certo le follie di Pastore».

«Ma lui sapeva di voi?» le domanda Paolo.

«Colpa tua» sibila Riccobono a Montecristo. «Io ti avevo detto di stargli lontano.»

«Non credo sapesse più di tanto» borbotta Montecristo.

«Sapere che cosa?» insiste Nilde.

«Abbassa quella pistola e ti spiego» offre Paolo. Lei esita un momento poi obbedisce. Magari sarà costretta a portarli tutti dentro, ma in effetti comincia a sentirsi un po' ridicola, in posa da ispettore Callaghan davanti a quella specie di gnomo rugoso.

Paolo si incarica di spiegarle in breve la storia. Al termine della quale lei scuote la testa.

«Accendete la tv» ordina indicando l'apparecchio. Adalgisa esegue.

Ed è tutto vero. Della setta degli Illuminati parlano tutti i talk show serali. Da quella mattina è diventato il tema del giorno. Su Rete 4 un famoso psichiatra sta spiegando che sì, la setta è attiva e lui è uno dei capi, ma che non immaginava di fare nulla di illegale. Sulla Rai, invece, si parla di una scheggia impazzita che deve essersi staccata dalla setta degli Illuminati, magari legata al terrorismo islamico. Per questo hanno preso Rossella e la tengono prigioniera. «Bisogna trovarla» dice un generale dei carabinieri in pensione «prima che li facciano saltare.»

«Chi è che vuole far saltare i sotterranei del Vaticano?» chiede Momo perplesso.

«E con la Catrambone dentro, per di più» rincara Francesca.

Ma a entrambi passa la voglia di ridere quando un altro ospite della trasmissione si chiede: «Dov'è il sospettato numero 1, il compagno di classe bullo e musulmano? Pare abbia smesso di andare a lezione, ma qualcun altro lo ha visto nei dintorni della scuola. La madre non ha voluto parlare con i media. È lui il colpevole? E se è innocente come qualche insegnante sostiene, dov'è?».

«Tranquillo, tua mamma ha le spalle larghe» mormora Francesca vedendo Momo che fissa lo schermo e stringe i pugni.

«Bisogna chiedersi se gli insegnanti stessi siano innocenti» sta osservando il direttore di un quotidiano. «O almeno se lo siano *tutti*...»

«Ma senti che razza di stronzo!» esclama Paolo rivolto al video.

In quel momento, il telefono di Nilde squilla. Lei aggrotta le sopracciglia e risponde. Poche battute, poi riattacca.

«Era Di Tomasi» annuncia. «Mi avverte di convergere in largo Ravizza: Santamaria sta arrivando qui. Hanno tracciato i cellulari fino a questo indirizzo e, pensate un po', Santamaria lo ha riconosciuto.»

«Due più due fa sempre quattro per gli imbecilli» commenta Montecristo.

«Due più due fa quattro per chiunque» replica Nilde.

Ma lui le punta il dito contro, improvvisamente sospettoso: «E chi ci dice che non sia stata lei a chiamare i suoi?».

«Forse avrei dov...» ma Montecristo si avventa su di lei, la colpisce con un pugno e la manda a terra.

«Che cazzo fai?» Paolo si lancia a sua volta sul bibliotecario che però è più veloce e molto più forte di quanto la sua età lascerebbe pensare: un colpo al fegato e lo mette ko con ancora più violenza di quella utilizzata sull'ispettrice. Poi si affretta verso la porta gridandosi dietro le spalle: «Momo, Francesca, venite con me, presto!».

I due ragazzi rimangono inchiodati sulle sedie, senza sapere cosa fare.

«Non muovetevi!» ringhia Paolo piegato in due, mentre cerca di aiutare Nilde ad alzarsi.

«Non muovetevi!» conferma lei con un filo di fiato. Cerca la pistola, ma è finita sotto il divano. «Se scappate avete chiuso! Finirete nei guai!»

«Siete già nei guai, lo siamo tutti!» Montecristo non aspetta che Nilde afferri la pistola. «Peggio per voi, allora» e prende la fuga lungo il corridoio.

Nilde cerca di rialzarsi, scivola. Poi tenta di prendere la pistola, rinuncia e fa per inseguirlo; ma adesso è Adalgisa a trattenerla per un braccio.

«Lo lasci andare, non lo riprende ormai. E poi vuole o non vuole trovare Rossella?»

L'ispettrice si blocca: «Lei sa dove trovarla?».

«No. Ma so come cercarla» dice la ex preside, con tanta determinazione che tutti e quattro ora pendono dalle sue labbra.

In lontananza cominciano a sentirsi le sirene.

«Santamaria sarà qui tra poco, non c'è più tempo per scappare» dice Nilde amareggiata. E poi pensa: Perché penso ad alta voce? Possibile che io cerchi di giustificarmi con dei sospetti?

«Vieni con noi, Nilde, il tempo c'è sempre» ribatte Adalgisa passando al tu. «Cosa gli dici al commissario, che eri con degli amici e tra un bicchiere e l'altro ti sei fatta sfuggire il principale sospettato? Seguimi. Seguitemi.»

Riccobono ha un piano di fuga, ce l'ha da quando ha acquistato l'appartamento, tanti anni fa, ed è quasi felice che le serva, finalmente, anche se è anziana e fa fatica a camminare. Guida i suoi ospiti verso le cantine. Una porta in legno, una grande umidità, un vecchio lucchetto che si apre. La porticina dà l'accesso a una sorta di caverna, dalla quale partono diversi cunicoli. Paolo, a occhio, ne conta una decina. L'ingresso alle fogne più antiche del mondo, la *Cloaca Maxima* romana.

«Da qui si entra nel mondo di sotto, ragazzi» Riccobono si sposta per lasciarli passare e richiudere la porta alle loro spalle, sbarrandola dall'interno, stavolta. «Spegnete e lasciate qui i telefonini intercettati. Sotto non prendono, sopra sono pericolosi. Se mi date una mano a camminare, vi porterò nel cuore del Gioco.»

40

Inadeguata. Deludente. Non professionale. Scarsa. A Nilde viene da piangere. Solo da piangere. Non è questo il modo di lavorare, deve ammettere con se stessa che ha sbagliato tutto. Ha passato giorni a interrogarsi sulla sincerità di ogni singola persona con cui è entrata in contatto, ma le è sfuggito sotto al naso Montecristo. Santamaria avrà pure i Servizi dalla sua, ma le carte alla Digos c'erano, e lei doveva ottenerle prima di lui.

Cogliona. Cogliona!

Pigra, superficiale, emotiva, inadatta anche a gestire gli altri, non solo se stessa. Aveva ragione suo marito, nonostante tutto.

Ha cinque chiamate di Santamaria sul telefonino. Quant'è passato da quando si è mostrata risentita con lui per essere stata messa da parte? Quello è un poliziotto vero, e aveva capito subito che lei non è adatta a questo lavoro. Adesso sta scappando lei dalla polizia insieme a quattro sospettati che cercano di riunirsi al quinto, un vecchietto che l'ha messa ko. Uno che risponde al perfetto identikit del rapitore di Rossella.

Terroristi degli anni Ottanta. Terroristi, per così dire, culturali. Ma che cambia?

Il corridoio che stanno percorrendo è ampio, anche piuttosto alto, potrebbero essere quasi tre metri. L'acqua scorre di lato, e una sorta di piccolo marciapiede permette loro di non bagnarsi completamente le scarpe. Fa freddo, è molto umido e soprattutto è molto buio. L'unica luce la fanno gli accendini di Momo e Francesca, ma intermittente, perché a un certo punto si scottano e imprecano. La preside guida il gruppo sotto le gallerie della Roma antica.

Mentre camminano in silenzio dentro quei condotti millenari, anche Paolo si tormenta: e se avesse ragione Montecristo? Lo conosce da anni e non gli è mai mancato l'intuito. Il buonsenso forse, l'istinto di autoconservazione di sicuro, ma l'intuito no. È vero che Santamaria li ha trovati con una rapidità sospetta. Ok, i cellulari sotto controllo. Ma è davvero così? Nilde cammina davanti a lui ma è stranamente silenziosa, nell'atmosfera umida e ovattata di quel passaggio segreto.

Questa è una storia di segni da interpretare. E come interpretare Nilde? È inferno o paradiso? Amica o spia? Paolo lo sa che sta a lui decidere, Nilde non può aiutarlo. Inizia a temere di non averla capita. È sincera? È andata al tappeto fin troppo in fretta. Avrebbe potuto rispondere al colpo di Montecristo, o almeno schivarlo: è giovane, è addestrata. È anche piuttosto bella, anche se adesso questo non c'entra. Anzi: c'entra troppo, ed è quello che non gli permette di comprenderla. Ancora non sa proteggersi dal fascino di una donna? La vita non gli ha insegnato abbastanza?

Di certo Nilde è simpatica, ma basta per potersene fidare? O è esattamente il contrario? Forse ha lavorato per conquistare la sua fiducia proprio perché non ne è affatto degna.

Scopre ora che a scuola lavora un tipo con i precedenti di Federico? Lui a un coinvolgimento di Montecristo non aveva neanche pensato, ma lei avrebbe dovuto. E se Santamaria viene dai Servizi, ti pare che non sapesse nulla del Gioco e del cosiddetto terrorismo culturale di questi due fuori di testa? Se le cose stanno come pensa Montecristo, se Nilde ha due parti in commedia, forse lui è già stato catturato. E magari Montecristo è davvero il colpevole, e ha già detto dove si trova Rossella. E Nilde li sta seguendo in questa fogna solo per scoprire qualcosa di ancora più compromettente su Adalgisa e su di loro.

Guarda le sagome di Momo e Francesca davanti a sé e pensa a che guaio ha combinato. Prima li ha mandati dritti nel covo di un bibliotecario criminale che li ha drogati e adesso sono inseguiti dalla polizia.

Complimenti, professor Romano.

Riccobono cammina appoggiandosi al muro, di tanto in tanto Momo, che procede dietro di lei, allunga un braccio a sostenerla. La strada è complicatissima, i bivi da affrontare sono tanti, ma la ex preside non esita mai, come se questo percorso lo avesse fatto tantissime volte. Ma come mai una donna colta e anziana ha una frequentazione così intensa delle fogne?

È proprio lei a rompere il silenzio: «Lo sapete, ragazzi, che Victor Hugo nei *Miserabili* cita proprio la *Cloaca Maxima* come esempio più alto della civiltà romana? Anche Jean Valjean scappa per le fogne».

«Ma ti sembra il momento di fare lezione?» la rimbrotta Paolo.

«Non la faccio io, questo viaggio *è* una lezione. Comunque la fine dei condotti è vicina, non temete» la voce di Adalgisa rimbalza rassicurante tra le pareti di pietra e in effetti, poco più avanti sulla destra, è comparsa una nuova porticina. Lei tira fuori una chiave e uno dietro l'altro li fa entrare in una nuova infilata di cantine. In una di queste, ingombra di mobili, in un angolo c'è una botola.

«Da Hugo a Verne» commenta Paolo mentre imboccano una rampa di scale verso il basso. «Andiamo al centro della Terra?»

«No, Paolo, non dobbiamo scendere ancora molto.»

Nilde sta zitta. È finita completamente al margine. Non sa dove si trova e non saprebbe come chiamare aiuto. Ma che razza di forza dell'ordine è? Debolezza dell'ordine, piuttosto.

La porticina di ferro alla fine di quell'ennesimo corridoio, a quanto pare, è l'ultima.

Non cigola aprendosi, sembra sia stata oliata ieri, e forse è così.

«Benvenuti nel Covo, la nostra sede» dice soddisfatta Adalgisa facendo strada nel nuovo ambiente. Dal modo in cui echeggia la voce, sembra grande. Poi, il *clic* di un interruttore, la luce che si accende.

Paolo si guarda intorno. È un unico ambiente molto vasto. Un paio di grate, in alto, si affacciano su un marciapiede, e nel silenzio si sente il rumore delle rapide del Tevere. Un seminterrato. È arredato in modo stranamente confortevole; Paolo fa appena in tempo a notare qualche poltrona, scaffali pieni di libri e una branda, e su quella il suo sguardo si ferma.

Sulla branda infatti c'è Montecristo.

L'uomo fa per alzarsi, ma Nilde stavolta non ha intenzione di lasciarsi prendere alla sprovvista. In un secondo gli è addosso, lo colpisce con una violenta e rapida testata sul naso, lui finisce a terra e subito dopo viene ammanettato.

«E adesso, se vuoi, parliamone» dice l'ispettrice.

41

«Sono mortificata, Rinaldo. Rientro subito.»

«...»

«Sì, sono a Bologna, ti ho detto.»

«...»

«Lo so, lo so, è patetico e mi sto giocando subito il bonus, ma anche tu non mi avverti mai dei tuoi spostamenti.»

«...»

«Montecristo è solo colpa mia. Dovevo insistere con la Digos. Su quello non sono giustificabile. Evidentemente mi sono persa il dossier più importante. Non sono giustificabile, te lo ripeto.»

«...»

«Spero solo non vorrai... segnalarlo... sono appena arrivata qui a Roma, posso solo chiedertelo per favore...»

«...»

«Rinaldo, grazie. Davvero grazie. Perdonami. Non ti deluderò di nuovo.»

«...»

«Sì, sì. Domattina sarò al commissariato. Siete a largo Ravizza, ora?»

«...»

«Sicuro che non li trovate nei cunicoli?»

«...»

«Be', se c'è qualcuno che lo sa quello sei tu di sicuro. Lascia due dei ragazzi a cercare magari...»

«...»

«Ok. Ora corro, torno in macchina già stanotte. Domattina al commissariato. Scusa ancora e grazie, Rinaldo, grazie davvero.»

Nilde rientra nello stanzone, non avrebbe mai pensato di dire così tante bugie alla polizia, né di dirle sottovoce da un anfratto della *Cloaca Maxima*, in modo da non farsi ascoltare dai sospetti che dovrebbe invece trarre in arresto immediatamente.

Apre la porta, rientra nel Covo, e quasi inciampa in una tartaruga dorata, enorme. Con dei brillanti sul carapace.

«Non ti preoccupare» le urla Montecristo da un angolo dello stanzone; ammanettato al termosifone, fortunatamente spento, in un angolo, cerca di tirare su il sangue dal naso rotto. «La tartaruga è morta, come da copione!»

Quanto le sta sul cazzo, questo tipo. E la statua della tartaruga sarà un'altra citazione di merda di questi secchioni settantenni. Adesso di loro comincia a non poterne davvero più. Paolo con voce dolce le sussurra: «È una citazione di *A ritroso* di Huysmans. Evidentemente è piazzata all'ingresso come un monito per chi entra: si può provare a adeguare la natura al proprio piacere, ma la natura non si lascia vincere. Al più, muore».

«Che fai, suggerisci?» reagisce rabbiosa Nilde.

Paolo rimane gelato, mentre dall'angolo con il divano si sente la risata sorprendentemente giovane di Riccobono. Nilde cerca di calmarsi, in fondo essere lì sotto è una sua scelta, deve approfittare del poco tempo a disposizione per capire qualcosa di più su questi strani personaggi: vittime o carnefici? Ma se sono vittime, di quale congiura? Non l'abbandona il pensiero che la povera Rossella Catrambone si possa trovare magari in una cantina come questa, terrorizzata.

A dire il vero, proprio come questa è impossibile. Quello che chiamano il Covo è, a suo modo, una meraviglia. Un riassunto di tutti i tentativi fatti dagli artisti per trionfare sulla natura e sullo scorrere del tempo. È Paolo a invitarla a curiosare assieme a lui, comprendendo che ha bisogno di calmare la mente, di pensare ad altro. E lì, di altro, ce n'è tanto.

Prime edizioni autografate degli autori della Beat Generation, addirittura qualche foglietto manoscritto incorniciato, ma anche poster, manifesti politici, vinili. Gli hippie e gli anni Sessanta, la politica e gli anni Settanta, il punk e gli anni Ottanta. Al muro Bowie nel 1973. Marley & The Wailers, 1978. Bauhaus Mask, il tour del 1981. The World Tour dei Dire Straits, sempre 1981. L'ultimo poster è dei Nirvana e il grunge, a quanto pare, chiude la storia. Da una trentina d'anni a questa parte si è quantomeno smesso di appendere poster.

I libri però no, quelli hanno continuato ad affluire anche dopo gli Ottanta, è evidente. C'è Tondelli, ci sono gli scrittori Cannibali, ci sono David Foster Wallace e Franzen e Coe e Roth, c'è Patrizia Cavalli e poco lontana Carmen Yáñez. Nilde acchiappa un cognome ogni dieci, ma Paolo cammina lungo lo scaffale e quei libri li tocca, li sposta, li sfoglia. Qui c'è tutto o comunque c'è tanto. Ammucchiato, trascurato, vissuto.

«È la biblioteca di Alessandria» commenta la preside dal divano.

Regna un indubbio disordine mentale eppure una strana armonia.

Ai piedi del divano: *Doppio sogno*, *La Cripta dei Cap-*

puccini, *La macchia umana*, *Trilogia di New York*, *Alla ricerca del tempo perduto*, *Lo scherzo*.

Sul tavolino: *Finnegans Wake*, *Cent'anni di solitudine*, *L'urlo e il furore*, *Gita al faro*.

Vicino al frigo: *Lolita*, *Il grande Gatsby*, *Il processo*, *L'uomo senza qualità*, *Viaggio al termine della notte*, *Siddharta*.

Dentro al frigo: birra. Almeno lì, libri non ce ne sono. Ma sono in tutto il resto della stanza. Per terra, sui mobili, sulle poltrone, in scaffali ordinati e in scaffali improvvisati. Sparsi sui tappeti, bellissimi tappeti come sono belli i drappi dalla fattura orientale che coprono i muri e danno all'ambiente un calore da tana. L'arte figurativa occupa un angolo a parte, con qualche poster di mostre e tutti stranamente dello stesso decennio: Magritte nel '92 a New York, Kandinskij a Roma nel '91, l'humor nero a Berlino nel '99, il Surrealismo al Metropolitan, senza data.

Gigantesca, sopra al divano, la riproduzione della Salomè di Moreau, che Nilde riconosce perché forse era la copertina del suo libro di arte del liceo.

«Ma a questi je piace tutto, professò?» chiede sottovoce Momo, che in quel contesto ha relativamente pochi riferimenti culturali, ma riconosce un marasma quando lo vede.

«L'arte è una, Momo, una sola» risponde sempre sottovoce Romano. Ma Riccobono, con l'orecchio bionico delle presidi, lo sente benissimo.

«Ha ragione il tuo professore, Gregoretti» lo chiama per cognome come in classe. «Siamo noi che la classifichiamo. Lei non ha categorie; l'arte racconta e non mente. Racconta come vuole, non pensa all'orario di scuola, né alla pagella. Per te esistono la pittura, la letteratura, la filosofia. Per l'artista sono classificazioni che non significano niente.»

«Guardi che non significano niente neanche per lui»

scoppia a ridere Francesca, e tutti la imitano tranne il povero Montecristo, che in quella posizione comincia ad avvertire terribili crampi alle gambe.

L'imbarazzo di trovarsi tutti insieme in un luogo così strano si stempera un po'. Ma nessuno è a suo agio. È chiaro che quello è solo un rifugio temporaneo, mica possono restare sottoterra all'infinito. E anche se per arrivare hanno percorso una strada molto tortuosa, nessuno è davvero sicuro che Santamaria non li troverà. Paolo getta occhiate di sguincio a Nilde, che appare concentrata sul suo telefono. Lei l'ha tenuto, quindi. Cosa sta digitando? Cos'ha intenzione di fare con Montecristo?

Adalgisa Riccobono prende da un cassetto una scatola di latta e la porge a Francesca.

«Pensaci tu» le dice. «Io con l'artrite non sono più brava come un tempo a rollare.»

«A rollare?» ripete Francesca, come se fosse un verbo strano. E sì che ne conosce pochi altri altrettanto bene.

«Ma come a rollare?» insorge Paolo. «Ma cosa ti viene in mente, non li hai drogati abbastanza?!»

Ma Momo e Francesca si sono già impossessati della scatola e sono evidentemente entusiasti di quello che ci hanno trovato dentro.

«E tu non dici niente?» protesta Romano rivolto a Nilde. «Non saresti la forza dell'ordine?»

Nilde getta uno sguardo disinteressato al contenuto della scatola. «È solo erba» commenta.

«Idroponica» specifica Adalgisa. «Ormai è l'unica che mi concedo.»

«Fulgida figura di educatrice» dice sarcastico Paolo, guardando di nuovo Nilde che però è tornata a cercare chissà quali informazioni sul cellulare. Tutti gli altri telefoni sono rimasti all'imboccatura del primo cunicolo. Paolo non si è mai sentito così indifeso, ogni contatto con il resto del mondo interrotto. Doveva essere lui il cinico, si comporta come un'educanda. Chissà come devono stare Momo e Francesca che senza telefonino non hanno vissuto mai fin da piccoli, pensa. E in quel momento capisce. Guarda i ragazzi felicemente distratti dalla scatola di latta. Incontra lo sguardo sardonico della preside.

Cosa credi, dicono quegli occhi, io già lavoravo con i ragazzi che tu stavi ancora alle medie. Questi due hanno bisogno di non preoccuparsi e di non fare cazzate.

Dilettante, dicono quegli occhi, che capiscono tutto eppure sono spietati come non ricorda di averli mai visti.

E Paolo, guardando da lei a Nilde, ha l'impressione che solo loro, lì dentro, sappiano quello che stanno facendo. Proprio un dilettante si sente, in effetti.

Dilettante, inutile, e anche un po' in trappola.

42

Venerdì

Quant'è che non chiama la madre? Un paio di giorni? Ma era davvero solo ieri che sono andati a scuola a conoscere Montecristo? Sembra passato un secolo.

Momo si sveglia, l'orologio segna le quattro. Gli altri sembrano dormire, sistemati qua e là per il Covo. Cosa è peggio, si domanda, essere ricercati o non essere ricercati? Da una parte la polizia che ti cerca, e una notte passata in un seminterrato pieno di libri in compagnia di una ragazza che, inutile girarci attorno, ti piace (più il prof di italiano, un malvivente ammanettato, una preside drogata e una sbirra bona). Dall'altra il nulla. Giornate passate a pomparsi i muscoli e serate al muretto, oppure da solo a casa. Mattinate di umiliazioni a scuola, impartite dai professori o dai compagni tipo Rossella, che ti guardano dall'alto in basso.

Cosa è meglio? Sapere che domani finirai in galera senza avere colpe o sapere che domani sarà uguale a oggi, e che oggi è una giornata di merda?

«Però...» si dice soddisfatto. «Due giorni con questi e già sono diventato un filosofo.»

«Sei sveglio?»

Francesca, per fortuna. Agli altri non avrebbe saputo davvero che dire.

«Sì, da un po'. Stavo pensando... Tu dici che i tuoi si preoccupano?»

«Chi?»

«I tuoi. I tuoi genitori.»

«La mia. Mia madre, intendi. Padre non ne ho.»

«Morto? Pure il mio.»

«No, non lo so se è morto. L'ho visto l'ultima volta che ero ragazzina. Era ubriaco, litigava con mamma.»

«Le menava?»

«No, no! Gli menava lei!»

Momo ride, lei gli mette una mano sulla bocca.

«Zitto! Svegli tutti!»

«Bella tipa, tua madre.»

«È una coatta. Ma m'ha fatto studiare.»

«Be'... c'ha provato...»

«Sì, c'ha provato!» Francesca ridacchia, poi diventa pensosa. «Sarà preoccupata che non sono tornata a casa.»

«Pure la mia. Pure coi giornalisti fuori dal portone, poveraccia.»

«Ma quando sei a casa ci parli?»

«Ma va', è sempre a lavorare. Quando torna, non ci sono io.»

«Incredibile come scompaiono i parenti dalla tua vita» Francesca si solleva e appoggia la schiena al muro. «Prima ci sono solo loro. Poi... *puff*. Continui a volergli bene, ci mancherebbe. Ma non ci sono. Non ce n'è bisogno, non sai cosa dirgli, non sai cosa chiedergli. E loro di te non capiscono un cazzo. Se ti dice bene sanno solo preoccuparsi.»

«Joy veramente capisce tutto, e si preoccupa proprio per questo.»

«Joy si chiama tua madre? Non la chiami "mamma"?»

«La chiamo Joy perché è un bel nome, anche se gliel'hanno dato in quel posto di merda sperduto della Nigeria dov'è nata. Che poi di gioia ne ha avuta ben poca, sia a casa sia in Italia.»

Francesca abbassa lo sguardo, imbarazzata.

«No, no, non ti preoccupare. Non faceva la mignotta. Non è che se una è nigeriana...»

«No, no, scherzi? Non intendevo...»

«*Intendevo*... ma come parli? Comunque ne ha sofferte tante nella sua vita, non sarebbe stato neanche il peggio. Quando ha conosciuto mio padre vendeva libri per strada. Li sa tenere sulla testa, senza mani, dritta come una regina. M'ha pure insegnato.»

«Non ti ci vedo, con una pila di libri in testa.»

«Sempre meglio che davanti agli occhi!» È più forte di lui, la battuta gli piace.

«Quanti anni ha? Tua madre, dico.»

«Va per i cinquanta. È brava, è simpatica, ma quando ascolto i racconti delle madri degli altri... boh?»

«Resti *basito*, si dice.»

«Eh?

«Si dice: *resto basito*.»

«Ahò! Ma che t'ha preso? Hai mangiato un dizionario?»

«Fatto sta che resti basito.»

«Ok, so' basito! Comunque lei racconta che in Africa, quando studiava, era la prima della classe.»

«Ti sta addosso?»

«Macché! E quando la vedo? È da quando facevo le medie che mi cucino da solo a pranzo e a cena. Prima mangiavo dai vicini. Lei arriva tardi, guardiamo insieme Gerry Scotti, poi si butta a letto, perché la mattina alle cinque è già in piedi, va a fare le pulizie. Una volta, però, che era tornata distrutta e le ho domandato cosa ci avesse guadagnato a venire in Italia, mi ha risposto: "Ci ho guadagnato te". E mi ha abbracciato. Bello, no?»

«Bello, sì» e Francesca si alza perché quel momento di intimità la mette a disagio, troppa intensità, si sente soffocare. Non è abituata alle emozioni. Non a quelle positive, almeno.

Anche Nilde in realtà è sveglia. Non ha chiuso occhio tutta la notte. È rimasta nel Covo, con l'intenzione di presentarsi al commissariato di prima mattina, sostenendo di aver viaggiato tutta la notte. Non poteva andarsene lasciando Montecristo ammanettato, ma soprattutto non poteva andarsene senza un piano da seguire. Per tutta la notte, col telefonino, ha cercato notizie su questa Morgana Magni. Anche il suo nome era già saltato fuori, ma lei aveva subito scartato la pista. Non è una buona poliziotta, ormai ne è convinta: ma se quella pista è finalmente giusta, e lo sembra, forse potrebbe comunque salvare Rossella.

Morgana: ha trovato molto sul padre onorevole, poco o niente su di lei. Un vecchio profilo Facebook, un profilo Instagram con un unico post, anche quello di anni prima. Possibile, per una della sua generazione? I profili potrebbero esser stati ripuliti, e questo sarebbe un elemento a favore di questi quattro disperati con cui ha passato la notte.

Quattro, perché sul quinto bisogna sospendere il giudizio. Le carte della Digos parlano chiaro: la storia di Montecristo è quella classica di un ragazzo degli anni Ottanta che si è rovinato la vita. Mai una condanna, ma pare che nella rapina dove ci è scappato il morto lui aspettasse in auto i complici fuori dalla banca, anche se la circostanza non è mai stata provata. Processato in contumacia è stato assolto per mancanza di prove. Non era fascista, a quanto pare era piuttosto un anarchico, e anche dalle accuse di associazione a delinquere è sempre stato assolto. Fedina penale pulita, tant'è che adesso lavora in una scuola. Parliamo comunque di una persona con un brutto passato, fuggito a Londra per evitare la giustizia, e tornato dall'Inghilterra con le pezze al culo, probabilmente salvato da quella vecchietta che dorme laggiù sul divano. Vecchietta evidentemente (ancora?) innamorata di lui.

Se non fosse per questo elemento inaffidabile, un colpevole da manuale, non avrebbe dubbi: la pista è quella del Gioco, per quanto bizzarra possa suonare, e questa Morgana Magni è la persona da cercare per trovare Rossella. Montecristo è la variabile che non le torna.

Non ha chiuso occhio neanche Paolo Romano. Si domanda cosa gli è saltato in mente: non ha sofferto abbastanza? Proprio ora che aveva elaborato un suo mediocre *modus vivendi* deve rischiare di finire anche in galera? Lui è Enrico IV. Aveva individuato la recita in cui nascondersi, ma il caso Catrambone lo ha rigettato nella mischia della vita, dove sa benissimo che si può solo perdere. Adesso gli è tornata quella insopportabile, ottusa, irrazionale voglia di vincere. Cosa impossibile. E sul serio si sta pure prendendo una cotta? Svegliati, Paolo. La vita è finita. Da mo'...

Montecristo piange. Nessuno lo vede, ma lui piange. Re Mida al contrario: distrugge tutto quello che tocca. È così quando sbagli le premesse: le conclusioni non possono mai esser giuste. Non ha capito il mondo quando era ragazzo, non si è voluto correggere dopo, adesso è tardi, tardissimo. Ha trasformato una brava ragazza in una criminale, e alla sua età gli tocca una notte ammanettato a un termosifone, col naso rotto. Dovrebbe solo scomparire, prima di fare altri danni. Ma anche per farsi fuori serve una visione lucida, e lui non ce l'ha.

Adalgisa invece è l'unica che dorme. Dorme beata.

43

La mattina si apre con Giuseppe Pastore ospite di una trasmissione su La7. L'irruzione della polizia nell'ex covo della banda della Magliana è l'apertura di tutti i giornali. Rossella, i fantasmi del passato e il nuovo tragico mistero romano. «L'ex terrorista nero» Federico Montecristo viene indicato come il sospettato numero uno, il nome di Riccobono comincia a circolare su internet. I due ragazzi vengono descritti come il braccio armato di professori violenti ed ex terroristi. Il nome di Romano non viene fatto, ma Pastore spiega preoccupato «che di cattivi maestri a quanto pare era o è pieno anche il mio istituto».

Da un'oretta sono tutti svegli, la vecchia moka ha fatto il suo lavoro e Momo ha acceso la tv.

«Siamo fottuti» balbetta Francesca.

«No, Francesca, non devi mai pensare di essere in trappola» la redarguisce Adalgisa, ma gentilmente. «Mai nulla è deciso: questo è uno svantaggio quando le cose vanno bene, perché non c'è nessuna garanzia che continuino ad andare bene. Ma è un grande vantaggio quando le cose, come adesso, vanno male.»

«Come fa a essere un vantaggio?»

«Perché tutto può cambiare. Anche se ti sembra impossibile. Anche se pensi che continuerà sempre ad andare tutto bene, o tutto male.»

«E allora che facciamo?» chiede Francesca.

«Pensiamo, bella.» Adalgisa fissa il posacenere, come se i resti delle canne della notte potessero fornire un'indicazione per il futuro, come folli fondi di caffè. «Pensiamo a cosa fare.»

Momo ha messo un vinile nel giradischi, e lo osserva affascinato: non ne aveva mai visto uno dal vero, solo nei film. Peter Murphy annuncia la morte di un divo dell'horror.

E a Paolo, nel sentirlo, si chiude lo stomaco.

Va verso il frigorifero, per prendere qualcosa da bere, oltra alla birra ha visto dell'acqua. Ma si blocca prima di aprirlo.

«Da quanto non venite qua sotto?»

«Settimane... forse mesi» risponde Adalgisa.

«Qualcuno c'è stato ieri» pronuncia lentamente Paolo.

Il gruppo si riscuote dal torpore. Persino Montecristo, accasciato accanto al termosifone, si tira su.

«Cioè?»

«Qui c'è il giornale di ieri.»

«Qui dove?»

«Qui sul frigo. Con un Post-it appiccicato sopra.»

La più veloce a raggiungere Paolo è Nilde, che era già sulla porta, pronta a correre da Santamaria per rimettere a posto le cose. Il quotidiano in effetti c'è, è una free press, edizione del giorno prima. Il Post-it campeggia giallo al centro della prima pagina.

Dove metteresti la lettera?

«A scrivere è una donna» dice subito Nilde.

«Quale lettera?» chiede Momo.

Paolo Romano si rivolge a Riccobono.

«Tu hai capito, vero? È chiaro dove va messa la lettera.»

«Nascosta in bella vista...» mormora l'ex preside.

«Nascosta o in bella vista?» protesta Francesca. «Sono due cose diverse.»

«Di nuovo Poe» borbotta da terra Montecristo. «Piuttosto fissata, la ragazza.»

«*La lettera rubata*» risponde Romano. «Un altro racconto di Poe.»

Nilde pensa che li odia, davvero. È di nuovo tagliata fuori. Ma è un'indagine questa o un super Trivial?

«Nella *Lettera rubata* la lettera nascosta si trova dove nessuno la cercherebbe mai, nel posto più ovvio e visibile» spiega Riccobono. «Nel portacarte attaccato al muro, in Poe. Ma qui, portacarte non ce ne sono.»

«E neanche lettere» aggiunge Momo, che ha già iniziato a cercare in giro. Nilde lo guarda: persino lui è più adeguato. Lei si lamenta, lui si dà da fare.

«Se mi liberate vi aiuto a cercare» si offre Montecristo, e quando Nilde lo guarda con sospetto sbuffa: «Ma dove vuoi che vada? Sono troppo stanco per rifare a ritroso tutti quei cunicoli e comunque il quartiere sarà pieno di guardie.»

Senza dire una parola, Nilde va ad aprire le manette.

«Non fare scherzi» lo ammonisce.

«Agli ordini, ispettrice Callaghan» sogghigna lui e le strizza l'occhio. Nilde si ritrova a pensare, in maniera del tutto incongrua, che nella sua epoca d'oro deve essere stato un seduttore, quel mostro accartocciato dal tempo. Strano come una scintilla rimanga sempre, sotto gli anni che passano, sotto le sconfitte che si accumulano. La natura forse non si sottomette, di certo non cambia.

«La scrittura è di Morgana» osserva Montecristo, nella voce qualcosa che forse è rammarico, o forse affetto.

«Lo immaginavo» commenta Riccobono e su quel che vibra nella sua voce, invece, non ci sono dubbi possibili: è gelosia. «L'hai portata qui?»

«Ha vissuto qua per qualche settimana dopo essersene andata di casa.»

«Le hai dato le chiavi» accusa Riccobono.

«Certo, Adalgisa. Ricordi? Condividere la conoscenza era la nostra bandiera.»

«Hai condiviso solo quella?»

«Solo quella» dice netto Montecristo. «Ma per chi mi prendi, è una ragazzina.»

«No, ora non è più una ragazzina. È una rapitrice, a quanto pare» interviene Nilde. «E si diverte pure a giocare agli indovinelli.»

«Dobbiamo pensare alla cosa più ovvia» riprende a ragionare Romano. «Cosa succede nel racconto di Poe? Che vengono sovvertiti i meccanismi automatici con cui ragioniamo. Cerchi qualcosa che è stato rubato nei posti dove nasconderesti il bottino di un furto. Devi invece cercarlo dove non metteresti mai qualcosa di rubato, ma dove, con naturalezza, appoggeresti qualcosa di tuo.»

«Ma noi non sappiamo neanche cosa cerchiamo» gli ricorda sconfortata Francesca.

«Sì che lo sappiamo!» si illumina Montecristo. Indica il Post-it. «Noi cerchiamo Morgana. E dove sta Morgana? Nel posto più semplice di tutti, almeno qui dentro. Il posto dove sta tutto: tutto ciò che conta.»

Nilde e Paolo ci arrivano insieme: «In un libro!».

Oddio, ragiono come loro, pensa l'ispettrice.

«Benvenuta nel Gioco» sorride Adalgisa.

44

«Cosa cerco, *Merlin*, come la serie? *Excalibur*?» chiede Momo, già in piedi e pronto ad affrontare una delle tante librerie.

«Non esiste il romanzo *Excalibur*, Momo.»

«Ma Morgana non è la fata che cura Merlino?»

«Ospita re Artù, Momo» lo corregge Romano con una vena di esasperazione.

«Non lo tratti così prof, comunque qualcosa si ricorda» insorge Francesca.

Nilde sorride alla prontezza con cui la neofascista difende il «mezzo negro», ma non dice niente.

«E quindi che cerco?» chiede Momo senza prendersela.

«Cerca *I romanzi della Tavola Rotonda*» suggerisce Romano.

«No, no, cerca *Vita Merlini*» corregge Montecristo. «Ora non ricordo in che edizione lo abbiamo qua dentro però... potrebbe chiamarsi *La follia di Mago Merlino*.»

«Ma è lo stesso libro con due titoli diversi?» Momo scuote la testa. «Che è, si son sbagliati a stamparlo?»

«È un poema medievale inglese» spiega paziente Riccobono. «Era scritto in latino e ci sono diverse traduzioni, anche del titolo.»

«Ma nel Medioevo gli inglesi scrivevano in latino?» chiede il ragazzo.

«Perché i romani avevano un impero, Momo, allora eravamo i padroni del mondo» lo catechizza Francesca.

«Se fai il saluto romano ti butto nel Tevere» ammonisce Montecristo.

Francesca, prontamente, fa il saluto romano. Paolo blocca la mano a Montecristo che sta armando un ceffone.

«Tu per fortuna che non hai mai fatto l'insegnante» gli dice. «Avanti, basta con il siparietto di regime e mettiamoci al lavoro, prima che arrivi Santamaria. Tanto stronzo quanto simpatico, quello» ammette con se stesso, e Nilde annuisce, guardandolo di sbieco.

Dopo un'ora di ricerche, però, sembra proprio che classici medievali e miti bretoni non siano la strada giusta, anche se sembra essercene grande abbondanza. C'è persino qualche versione fantasy della storia di Morgana che nessuno ricorda di aver portato lì.

«Evidentemente la nostra studentessa ha cercato di crearsi un suo mito personale...» commenta Paolo. «Morgana, un po' fata, un po' strega, padrona delle arti magiche. Forse sorellastra di re Artù, forse amante, forse entrambe le cose.»

«Forte!» interloquisce Momo.

«Tu se incontri una del genere sei morto» commenta il professor Romano.

«Ecco, prof, glielo dica» approva Francesca.

«Morgana, contro Artù, ci combatte» interviene Riccobono, in un tono metà racconto, metà lezione. «Poi lo salva, gli offre riparo. Lo ama e lo odia. Morgana è una figura eterna del femminile combattente e ambivalente, è la greca Medea che uccide i suoi figli per vendicarsi di Giasone, è l'irlandese Mórrígan, la divinità guerriera, è la fata che appare per liberare la Sicilia dai musulmani e forse, come il fenomeno cui dà il nome, è un miraggio. La luce spettrale che circonda l'olandese volante, la nave fantasma che non può tornare a casa. Morgana è il caos.»

«Se non altro i genitori adottivi avevano azzeccato il nome» commenta amaro Montecristo.

«Questo però non ci aiuta a trovare Rossella...» puntualizza Nilde. Poi si illumina. «Ma certo! Rossella!»

Gli altri la guardano senza capire.

«Noi non stiamo cercando Morgana... stiamo cercando Rossella!»

A sorpresa, è Francesca a scattare in piedi.

«*Via col vento*!» esclama, poi notando lo sguardo stupefatto di Momo. «Be', che c'è? È il film preferito di mia madre. C'ha pure il libro, voleva che lo leggessi ma è un mattone di millemila pagine. Voi ce lo avete, qua, il mattonazzo?» chiede a Riccobono.

«Se c'è, non può essere che...» Nilde si guarda intorno, poi va dritta verso il frigo. «... in bella vista» conclude, prendendo il volume.

Era sempre stato lì. Visibile, quasi esposto, proprio come la lettera rubata.

È una vecchia edizione. Ma non sembra contenere indizi. Nessuna parola evidenziata, nessuna sottolineatura né commento a margine. «Il messaggio è nel libro stesso?»

«Rossella di *Via col vento* è una ragazza superficiale, che le circostanze rendono forte» prova a decodificare Riccobono. «Spregiudicata e tosta, sopravvive a tutto ma si rovina la vita sperando nell'amore di uno che ama un'altra.»

«Si lascia scappare Rhett» aggiunge Nilde. «Che invece la ama per quello che è.»

«E in più è un figo» puntualizza Francesca. Assume un'espressione alla Clark Gable e butta lì: «“Francamente, mia cara, me ne infischio”».

Riccobono e Nilde ridono. I tre uomini le guardano perplessi.

«Mi sembra di essere tornato ai tempi del collettivo femminista» sospira Montecristo. «Uno dei migliori motivi per andarsene a Londra.»

«E io che pensavo ci fossi andato per evitare la galera» lo rintuzza subito Riccobono.

«Vogliamo poi parlare della libreria di Chelsea?» aggiunge Nilde, fresca della lettura dei documenti inviati da Santamaria via WhatsApp.

«Quale libreria di Chelsea?» chiede Paolo, interessato.

Ma lo sguardo di Montecristo è duro mentre fissa Nilde e dice: «No. Non vogliamo parlarne. Se vuoi, me lo domandi quando mi porti dentro».

«Scusate, ma tra Rossella O'Hara e quel manichino della Catrambone io non ci vedo somiglianze» interviene Francesca. «Non è che questa vostra Morgana ci sta semplicemente prendendo per il culo?»

«Questa è sempre una concreta possibilità» ammette Montecristo. Torna a sfogliare il libro, meditabondo. Poi ferma lo sguardo sul frontespizio. «Sì» annuisce. «Ci sta prendendo per il culo.»

«In che senso?»

Il bibliotecario gira il volume e mostra il timbro sulla pagina. È quello della biblioteca del Museo Barracco, corso Vittorio Emanuele II angolo via dei Baullari.

«Vuole semplicemente che torniamo al punto di partenza.»

45

«Santamaria? È nell'ufficetto con Pastore» le dice Presenti con la prevedibile smorfia. Nilde gli ricambia la smorfia: non per Santamaria, lei, ma per Pastore. O è in televisione o è al commissariato, ma quando lavora questo?

Col commissario vuole parlare da sola, ma è impossibile non essere visti. Soprattutto dal commissario stesso, cui sembra proprio non sfuggire niente.

«Ispettrice, vieni, vieni qui per favore.»

Rinaldo è un suo superiore, e comunque con lei è sempre gentile. È solo irritante la sua scaltrezza, ma su quello c'è poco da fare. Speriamo solo, pensa Nilde, che non parli dei dossier davanti a quel bellimbusto. «Dimmi, Rinaldo.»

«Ti sei persa un bello spettacolo, ieri, sulla Gianicolense.»

«Lo so, mi dispiace, ero dovuta correre a Bologna, un problema con mia madre. Dovevo avvertirti, scusa. Ma adesso sono qui.»

«Figurati, Nilde, non ti preoccupare. Solo che sei mancata al nostro consulente, qui...» e Santamaria strizza l'occhio a Pastore, che allarga i palmi delle mani come a dire «E che ci posso fare?».

Nilde sa bene come divincolarsi tra le battute sessiste e li prende in contropiede: «Ma, Rinaldo... l'abbiamo adottato quest'uomo?».

«Non ti piace, Nilde, il prof?» ride Santamaria e stringe il mento di Pastore tra le dita della sua enorme mano destra. «Guarda che bel *fieul*!»

Pastore si unisce alla risata, ma forzatamente, sente che quel trattamento non è all'altezza del suo ruolo di consulente. Nilde sorride appena, tesa. Si sono bevuti la storia di Bologna, quindi non è seguita né controllata: ma se persino a Santamaria può sfuggire qualcosa, non bisogna comunque abbassare la guardia.

«Allora, Nilde, direi che abbiamo fatto passi avanti.»

«Avete trovato qualcosa a casa Riccobono?»

«Lsd.»

«Lsd?» lei trasecola, forse un po' troppo. «A casa di una vecchietta?»

«Quella è una pazza, ispettrice» chiarisce Pastore. «Io l'ho avuta come preside. Aveva raccolto una biblioteca di libri di scrittori drogati. Stava con Montecristo, il bibliotecario fascista. Lo sapevano tutti.»

«Credo fosse anarchico, non fascista. E comunque questo che c'entra?» ribatte Nilde.

«Vedo che hai studiato il dossier» Santamaria calca sulla parola per riportarla in riga. «Allora saprai anche che ha un passato a dir poco discutibile. Se quella donna si è fatta in quattro per fare assumere un avanzo di galera, e spaccia Lsd, i loro rapporti c'entrano eccome con la scomparsa di una studentessa in quella scuola.»

«Hai ragione, Rinaldo» ammette Nilde a denti stretti. Santamaria è duro, logico, le qualità di un buon poliziotto. È dura ammetterlo, ma deve solo imparare, da lui.

Intanto l'uomo si alza, prende un blocchetto giallo di Post-it, ne stacca sei. Mentre Nilde e Pastore stanno in silenzio, chiedendosi cosa stia facendo, scrive qualcosa su ognuno di questi. Poi si alza, libera un angolo di muro dalla tenda e li attacca uno sopra l'altro. Indicando un Post-it per volta, ricapitola.

«Uno: scompare una ragazzina. Due: viene lasciata a scuola una rivendicazione evocativa dell'Isis. Tre: un suo compagno di classe ha espresso la sua vicinanza, quantomeno ideale, all'Isis. Quattro: il collaboratore scolastico, già eversore nero, incontra lui e una fascistella di zona.»

«Fascismo e islamismo, connubio non nuovo» lo interrompe appassionato Pastore rivolgendosi a Nilde. «Mussolini venne nominato spada dell'Islam dal capo berbero. In seguito, fascismo e islamismo si trovarono dalla stessa parte nella lotta contro il giudaismo e l'imperialismo occidentale. Molti pensatori di destra hanno approfondito i rapporti con la cultura islamica: Julius Evola elogiò la fede mussulmana, René Guénon addirittura si convertì, e...»

«Va bene, professore, grazie» lo interrompe Santamaria dopo averlo, sapientemente, lasciato parlare. «Abbiamo detto che stiamo ai fatti.»

Nilde però lo ha ascoltato, e si è spaventata. Lei ce lo vede Montecristo, mentre dice queste fesserie a Morgana. E lei lo ha appena lasciato libero in un seminterrato con due ragazzi, una vecchia folle e un professore cinico ma ingenuo, e soprattutto sciancato.

«Cinque» riprende a enumerare il commissario. «I sospettati si nascondono in un ex covo della banda della Magliana. Sei: l'ex covo è abitato dalla vecchia preside dell'istituto, con la quale evidentemente il criminale ha avuto una relazione.»

«Sette» interviene Pastore. «Un docente che era molto affezionato alla preside, Paolo Romano, protegge ossessivamente i peggiori elementi della classe... Tutto punta a una corresponsabilità di alcuni membri del corpo docente.»

Santamaria annuisce, Nilde è senza parole. Le teorie e i complotti di Pastore possono essere discutibili ma il comportamento di Paolo, visto sotto questa prospettiva, è davvero strano. Nilde viene assalita da un'ansia che le chiude il petto. Se avesse sbagliato a giudicarlo? Si è persa il dossier su un possibile colpevole e si è lasciata incantare da un altro? In effetti, non sarebbe la prima volta che sbaglia clamorosamente a giudicare le persone. Gli uomini. E anche stavolta si metterà in guai grossi: davvero sta cercando di salvare i sospetti ignorando elementi reali a loro carico?

«Nilde, che ne pensi?» Santamaria ci sta provando in tutti i modi a salvarla.

«Il tuo discorso fila...» balbetta lei. «Ma ha dei punti deboli.»

«Dimmi pure quali.»

«Non è una questione di logica: lo schema regge, ma ti sfuggono le persone. Paolo Romano, per esempio, è un brav'uomo.»

«E che c'entra!» scatta Pastore.

Santamaria gli appoggia una mano sullo sterno, come a trattenerlo.

«È un cinico e un uomo distrutto» osserva il professore. «Forse, anche disperato. Chi dice che non abbia covato per anni un senso di rivalsa?»

«Ha perso la figlia» gli ricorda accorata Nilde.

«E magari, dopo anni a istruire le figlie degli altri, ha deciso di prendersene una» replica gelido Santamaria.

«Mansur Gregoretti e Francesca Malatesta sono due ragazzi normali...» riprova Nilde.

«Hanno precedenti, spacciano, sono due bulli. Nilde, è manovalanza criminale perfetta, lo sai.»

«E non si spiega la citazione di Edgar Allan Poe.»

«Il vezzo di un uomo colto» spiega Santamaria «e frustrato.»

«Non abbiamo prove, comunque» chiosa Nilde.

Pastore ride nervosamente guardando Santamaria, che di nuovo lo stoppa con la mano, e fissandola negli occhi le domanda: «Nilde, ma che t'ha preso?».

«Siete intolleranti. E ognuno è innocente fino a prova contraria.»

«Intolleranti?» Pastore ride ancora forzatamente, sopra le righe. «Questa poi...»

«Professore» Santamaria lo dice con tono quasi minaccioso. «Stai buono. Lasciaci soli, anzi, che è meglio.»

Pastore mugugna, strozza una risata quasi isterica. Si alza e se ne va, prendendo il suo giubbotto dalla sedia.

«Chiudi la porta» gli intima il commissario, che resta solo, al tavolo con Nilde.

«Spiegami che succede, ispettrice Fabbri.»

«Se ti riferisci al dossier io...»

«Non mi riferisco a quello. Te lo sei perso, non dovrebbe capitare, ma capita. Ma il problema non è questo, è che ti sei fatta prendere. Sei entrata nel mondo degli indiziati, invece di osservarlo dall'esterno.»

Nilde accenna alla porta da cui è uscito Pastore. «Noi non possiamo seguire quel pazzo. È ideologico, insegue le sue follie, è un narciso...»

«Tutto vero, Nilde, ma noi dobbiamo stare ai fatti. E i fatti ci dicono che quantomeno dobbiamo portare qui Federico Montecristo e gli altri. E interrogarli.»

«Pastore è un opportunista» insiste lei, forzando il groppo in gola che le impedirebbe di parlare. «Usa come bersagli Gregoretti e Malatesta perché sono degli emarginati, così come ce l'ha con Romano perché va alla deriva... Non parliamo poi di reietti come Montecristo e della vecchia pazza che va ad abitare in un covo della Magliana.»

«Non dico che ti sbagli, Nilde, perché Pastore lo fotografi alla perfezione. Però può farci comodo.»

«Ma perché?»

«Perché i narcisi sono utili. Basta far intravedere loro una gratificazione e mettono il turbo, fanno il lavoro di quattro persone.»

«Però se mettono il turbo, ma partono nella direzione sbagliata...»

«Va maneggiato con cautela, è vero» annuisce Santamaria. «E ancora più cautela dobbiamo metterla nell'evitare di sposare le cause perse di gente come Romano, Gregoretti e Malatesta. Sei giovane, Fabbri, ma dovresti già sapere che si può ispirare compassione ma nel contempo essere colpevoli; il più delle volte anzi, purtroppo, è così. E se posso permettermi, per quanto ti riguarda, difendere tutto e tutti, anche l'indifendibile, magari ti fa sentire bene, magari è anche una cosa corretta, ma non è segno di equilibrio. Non è così che si sta nel nostro mondo e che si fa il nostro lavoro. Meno che mai in questo caso. La natura è violenta e anche le persone.»

Nilde guarda Santamaria sorpresa. Si presenta come un uomo senza pretese ma ora pare un filosofo, o perlomeno un uomo di notevole buonsenso. Anche i suggerimenti non può che accettarli. Vengono da un superiore, oltre che da un collega più anziano. E sono offerti con garbo e tatto.

Santamaria riprende: «Nel nostro lavoro devi aspettarti il peggio dagli umani, e sperare che il peggio lasci il posto al meglio. Non puoi fare il contrario».

«Non possiamo trascurare il tratto umano degli indagati» sussurra Nilde.

«Questo è certo, ma ripeto: i Romano, i Gregoretti, i Malatesta... possono fare pena, ma possono anche essere colpevoli.»

Nilde respira a fondo. «Grazie della lezione sullo stato

di natura» dice infine con dolcezza. «Devo dire che da te non me lo aspettavo.» Santamaria sorride, e allarga le mani come a chiedere scusa. «Ma ti ricordo che oltre allo stato di natura esiste anche lo Stato di diritto. In cui, lo ripeto, tutti sono innocenti finché non proviamo che sono colpevoli.»

«Certo, Nilde, hai ragione» la placa Santamaria. «E come te, sono un uomo dello Stato, e rispetterò ogni virgola dei codici. Ma bisogna anche essere pragmatici. E non possiamo mostrarci deboli, in questa indagine. Abbiamo individuato degli indiziati, sembra che siano tutti scomparsi dalla circolazione, hanno spento i cellulari per far perdere le proprie tracce. A me non sembra un comportamento da innocenti. Dobbiamo trovarli.»

46

A ponte Marconi c'è un tipo che affitta motorini. Se alzi il contante si accontenta di una fotocopia del documento, e Francesca, in quella fotocopia sbiadita, è irriconoscibile. Né è visibile la falsificazione del cognome, storpiato in Malavenda di copia in copia. Così ora due Kymco scassati (che non valgono metà della caparra versata da Paolo) lasciano Ostiense, direzione via dei Baullari. Su uno c'è il professor Romano, che approfitta del suo giorno libero per un'avventura che si chiede dove lo porterà. Sull'altro Momo e Francesca, sempre più abbracciati. Hanno lasciato al Covo Riccobono e Montecristo. Senza telefonini non hanno modo di comunicare, si ritroveranno là stasera.

«Peccato che Nilde arriverà con Santamaria...» ha commentato aspro Montecristo, non appena l'ispettrice se n'è andata.

«Lei sta dalla nostra parte» lo ha contraddetto Paolo.

«Tu sei stato da solo troppi anni e ti fai incantare da un paio di tette.»

«Federico, diamole il beneficio del dubbio» Riccobono è intervenuta prima che il clima si scaldasse di nuovo. «Tanto i casi sono due: o l'ispettrice è, come dici tu, una spia, e ci sta dietro solo per rimanere al passo delle nostre indagini, o non è una spia e teme Santamaria quanto lo temiamo noi. In entrambi i casi con uno schiocco di dita ci può portare dentro, quindi perché non l'ha ancora fatto?»

«Perché vuole catturare quante più prede possibile.»

«La lezione degli anni Settanta, eh? Ognuno ha la specializzazione che si merita» rintuzza Romano.

«Ora smettetela. Prima troviamo Rossella e prima usciamo dai guai. Andate a cercare questo benedetto indizio.» Riccobono ha sempre la voce dell'autorità e Paolo è uscito con i ragazzi senza fiatare. Il covo dà su un cunicolo che diventa il corridoio di una cantina: si salgono le scale e ci si trova nel cortile di un palazzone popolare, cui si accede aprendo un cancelletto senza serratura.

«Spero di riuscire a ritrovare questo buco nella terra, stasera» ha commentato uscendo.

«Spera di non trovarti in galera, stasera» è stato il saluto finale di Montecristo.

Ora, nel caldo mattino romano, tutte le loro preoccupazioni, quella storia stessa, appaiono irreali. Rivedere la luce del sole fa un effetto straniante, come se fossero rimasti sottoterra un mese, invece che poche ore. Non c'è traffico su Lungotevere degli Artigiani, la strada è tranquilla, in compenso il fiume è torrenziale e furibondo mentre passano su ponte Testaccio. Paolo Romano si rende conto di sentirsi stranamente felice. Il rumore delle rapide gli risuona in testa, e gli dà energia.

Sul motorino di fronte a lui, guidato da Francesca, Momo si gira e gli fa cenno di accostare, di fermarsi sul ponte. Così fanno anche loro, e senza dirgli nulla i due ragazzi scendono dal mezzo e scendono lungo l'argine di Testaccio, fiancheggiando la struttura del vecchio mattatoio. Paolo si affaccia alla balaustra e guarda giù. Poi rimpiange di averlo fatto, mentre tutta l'euforia di pochi istanti prima si dissolve di colpo. Le figure dei due ragazzi sembrano brillare per un istante nel sole che filtra tra la vegetazione selvatica, poi mutarsi in altre due figure, una più grande e una più piccola.

Lui si ferma, e guarda giù dal ponte.

Qui ci veniva con Chiara. Partivano con le bici da ponte Duca d'Aosta, davanti allo stadio, e con la ciclabile arrivavano più o meno da queste parti. Forse un po' più giù, e sull'altro argine, perché risalivano verso l'Ostiense. Quanto si divertiva Chiara, e quanto era felice Pinella.

«"Nessuno, mamma, ha mai sofferto tanto..."» mormora. Il problema del dolore non è risolvibile, pensa. Puoi solo andare avanti, in sua compagnia. «"E discorro, lavoro, sono appena mutato, temo, fumo... Come si può ch'io regga a tanta notte?"» Anche questo Ungaretti lo aveva quasi dimenticato, mai toccato in classe. Persa Chiara, non gli è più importato di perdere anche tutti gli altri: gli studenti affidati a lui, i colleghi, sé stesso.

Respira a fondo per scacciare la morsa che gli si è stretta intorno al petto, cerca di riportare nel proprio campo visivo Momo e Francesca. Sono all'ingresso dell'ex centro sociale. Il Villaggio Globale, gli sembra si chiamasse alla fine degli anni Ottanta. O era inizio Novanta? Gli altri compravano il fumo, lui aveva paura. Dentro risuonava la musica delle Posse, in genere. O il reggae. Non faceva parte della sua cultura musicale, il reggae, ma gli piaceva. Lo rilassava. Qualche anno dopo alcuni di loro sarebbero pure partiti per la Giamaica, e poi per il Messico. Ma non tutti, solo in due o tre. Gli altri si erano già dispersi. *L'urtimo amico va via... domani se va a sposà...*

«Da Ungaretti a Califano» si prende in giro da solo, sottovoce. «Non male, resto un eclettico.»

Di gran parte degli amici di allora ha perso le tracce, con qualcuno è rimasto in contatto, non è passato molto tempo dall'ultima volta che li ha visti. Non molto tempo? Si accorge che saranno almeno cinque anni, forse sei. Non sono pochi, alla fine. E sembrano mille.

Gli sembra impossibile essere stato giovane, come i due ragazzi che adesso tornano verso di lui, alti, sorridenti e sconsiderati.

La vita dovrebbe essere un loop. Vent'anni, e si torna a sedici. Così, all'infinito.

Momo gli porge trionfante un cellulare Nokia vecchio modello, il mitico 3310 gli pare, o forse uno ancora antecedente. Francesca ne sta infilando altri quattro nello zaino.

«Tenga professò... Questi non li intercetta neanche l'Fbi. Poi ne diamo uno a Nilde e uno alla preside. Di Montecristo meglio non fidarsi. È dal biscottino drogato che mi sta sul cazzo.»

«Di Nilde invece ti fidi?» chiede curioso Paolo.

«Certo, professò. È 'na sorella. Lo sa pure lei.»

Paolo non ne è così sicuro, ma gli sorride.

47

«Te la senti di entrare?» scherza Paolo rivolto a Momo, quando parcheggiano davanti all'edificio in cui ha sede la biblioteca del Barracco. «Non è che esposto alla cultura fai come i vampiri con la luce del sole?»

«Guardi, professò, che io qua ci sono già stato» lo informa il ragazzo, sussiegoso.

Francesca fa due occhi larghi come piattini. «Qua dentro?»

Lui annuisce solenne. Poi fa un gran sorriso dei suoi. «Cercavo un bagno.»

Il professor Romano li spinge dentro come un pastore con le pecore, e si prepara a fare l'adulto responsabile; chissà quel libro quando è stato preso in prestito e da chi, ci sarà da pagare qualche multa.

Ma la bibliotecaria è molto gentile. Ritira *Via col vento*, controlla sul computer e non fa alcun rimprovero. Si allontana e torna con un libro tra le mani.

«È lei Rossella Catrambone?» chiede a Francesca.

«Ma per carità» risponde lei, ruvida. Il silenzio della biblioteca la mette a disagio e ha l'impressione che la guardino tutti.

«Rossella è una mia alunna ma... non è potuta venire» dice Paolo, cercando di mascherare il brivido che gli ha percorso la schiena e pregando che la donna continui a non ricordarsi il nome della ragazza sparita di cui parlano i tg. Dev'essere una che non segue la cronaca nera. Ma considerato il rumore che sta facendo questo caso, forse non segue proprio la vita in generale. Che Dio la benedica. «Ha chiesto a me... a noi di riportare il libro, per non tardare...»

Incrocia le dita dietro la schiena e sorride nel suo modo più rassicurante. Quella storia fa acqua da tutte le parti, lo sa lui e lo capisce di sicuro pure la bibliotecaria.

«Perché, c'è qualche problema?» prova a difendersi passando in attacco, sogguarda il volume tra le mani della bibliotecaria.

«No, no, la ragazza ha telefonato per dire che sarebbe venuto lei a riportare il libro» sorride la donna. «E ha chiesto di tenerle da parte questo, ma le ha dato una delega per ritirarlo?»

Dietro di sé, il prof sente Momo che sibila una parolaccia.

«No, mi dispiace, deve essersi dimenticata» risponde sobrio Paolo, pensando: col cavolo che Rossella ha telefonato. Quella era Morgana. È un passo avanti a noi. Sapeva che saremmo venuti... che sarei venuto io. Gira lo sguardo nella stanza, come se da qualche angolo Morgana potesse vederlo, poi lo riporta sul libro. E sobbalza.

Niente di nuovo sul fronte occidentale di Erich Maria Remarque. Quasi gli escono le lacrime. È uno dei suoi libri preferiti.

Cos'è questa storia?

La bibliotecaria lo sta osservando un po' perplessa, non si spiega l'evidente commozione di quell'uomo arruffato.

«Sì, noi... stiamo facendo un lavoro di classe sui conflitti. Sulla guerra. Di questi tempi, può immaginare... Lo sapeva che tra la pubblicazione di *Via col vento* e quella di *Niente di nuovo* passano solo pochi anni? Ma in pochi anni è tutto cambiato. Pochi anni bastano. O pochi minuti...»

La bibliotecaria annuisce ma è sempre più perplessa, Paolo si rende conto che rischia di rovinare tutto ma non può farci niente. Ora non gli resta che afferrare il libro, girarsi e scappare.

«Lo prendo io» sente una mano sulla spalla, è Francesca che lo sposta con decisione e si piazza davanti al banco prestiti. «Faccio la tessera, lo prendo e... lo porto alla mia amica Rossella e risolviamo, no?» guarda la bibliotecaria, ipnotizzata dalla croce celtica che Francesca ha tatuata sull'avambraccio. «La posso fare la tessera anche se so' de destra, ve'?»

«E mo' ci cacciano fuori» pronostica Momo sottovoce, da dietro.

Ma la bibliotecaria, a sorpresa, scoppia a ridere. «La tessera della biblioteca e quella del partito sono due cose diverse, non preoccuparti!» la rassicura. «Sei maggiorenne?»

«Da un po'. Ho ripetuto un paio d'anni che mi erano piaciuti» ribatte Francesca ricambiando la risata.

«Ti sei fatta una nuova amica» commenta il professor Romano poco dopo, a un tavolino di una saletta interna di un bar. Francesca non smette di stupirlo. Si atteggia a nemica della civiltà e invece sa comunicare con tutti. Se solo fosse nata in centro...

«Mica per caso vinciamo le elezioni, professò» lo sfotte la ragazza. «Ma 'st'altro libro ora che è?»

«Un libro sulla guerra, ma anche sull'influenza che i docenti possono avere sugli studenti» dice lui rigirandoselo tra le mani. «Parla di un cattivo maestro.»

«Come Montecristo?» chiede Momo, cui evidentemente il bibliotecario proprio non va giù. Ma Paolo adesso è perso dentro alle pagine di *Niente di nuovo*.

«Molto peggio, Momo. Questo è un professore che distrugge i suoi alunni.»

«Cioè?»

«"Un ometto severo, vestito di grigio, con un muso da topo." Dovrebbe guidare i ragazzi verso il progresso, verso l'età matura, verso la vita. Invece li convince ad andare al fronte.»

«Ma magari era necessario andarci? Come in Ucraina?» obietta Momo.

«Questa è un'ottima domanda... a cui non ho risposta» ammette Paolo, sincero. «Ma di una cosa sono sicuro: un docente che si serve della propria autorevolezza, della propria cultura, per manipolare gli studenti non è un buon professore.»

«Tipo Pastore?»

«Proprio tipo Pastore.»

Francesca gli prende il libro e lo rigira, legge la copertina.

«"Questo libro non vuol essere né un atto di accusa né una confessione. Esso non è che il tentativo di raffigurare una generazione la quale – anche se sfuggì alle granate – venne distrutta dalla guerra"» legge, quasi solenne.

Lo apre, Momo le legge da sopra le spalle, sembrano assorti. Paolo Romano li fissa, e loro non se ne accorgono. La guerra è entrata nelle loro vite, nelle cronache quotidiane, così all'improvviso: perché non ha pensato di leggere Remarque con loro? Da quanto tempo racconta ai ragazzi sempre le stesse cose? Da quanto tempo si è impigrito, fa quello che gli interessa, fa solo ciò che gli riesce facile, e non si chiede quali sono i loro possibili percorsi di lettura, i loro bisogni culturali?

Poi si rende conto che è esattamente questa la teoria di Riccobono e di Montecristo.

Li hanno costretti a partecipare, e il Gioco funziona.

«E questa?» Francesca lo risveglia dalle sue elucubrazioni. Ha in mano una foto.

«Dov'era?» scatta Paolo, prendendogliela.
«Dietro qua» risponde lei mostrando il risvolto di copertina. «Ma chi è?»
Barba bianca, occhialetti. La riproduzione su cartolina di una foto d'epoca.
«È Freud, ragazzi. È Sigmund Freud» risponde Paolo. Gira la foto, nella solita calligrafia qualcuno ha scritto: «*Ciò che vediamo non è l'inizio di un'azione violenta, ma ciò che resta di un movimento che si è già verificato*».
«Cioè?» fa Momo.
«Non lo so. Proprio non lo so, Momo.»
«Cazzo, con questi telefonini preistorici non si può neanche andare a cercare su Google» si lamenta lui.
Si guardano persi, mentre il cameriere sudamericano si avvicina con i caffè.
«"Ciò che vediamo non è l'inizio di un'azione violenta, ma ciò che resta di un movimento che si è già verificato"» rilegge Paolo, cercando di spremersi le meningi. Ha letto Freud, non lo ha letto tutto.
«È il saggio su Mosè.»
Il professore alza lo sguardo, stupefatto.
«Sono laureato in Filosofia e Psicologia» spiega il cameriere sudamericano. «Prego, fanno sette euro e cinquanta, la consulenza la offre la casa.»

48

«Ispettrice, posso farle una domanda?» Il professor Pastore raggiunge Nilde alla macchinetta delle bibite.

Lei era sgattaiolata fuori dalla sua stanza solo per agguantare una bottiglietta d'acqua e una barretta al cioccolato e riso soffiato... ha bisogno di una piccola pausa, la ramanzina di Santamaria l'ha davvero scossa, ma Pastore è come una mina vagante. Lui e pure Romano sono sempre in mezzo, come il prezzemolo. Cos'hanno, in quella scuola, lo smart working?

«Mi dica, Pastore» risponde in tono di resa.

Lui si avvicina un po' troppo, come se il via libera appena ottenuto significasse in realtà semaforo verde a ben altro. «Mi permetta» e infila i due euro nella macchinetta al posto suo. «Cosa prende?»

«F2, la barretta, e B3, l'acqua.» Sul serio Pastore sta facendo il galante con due euro?

«Eccola qui» il professore sorride a mille denti bianchi e le porge acqua e cioccolata. «Servita la dottoressa.»

«Grazie, professore. Ora, mi scusi, ma devo...»

«Sa, ispettrice» la interrompe lui con voce sicura, certo

che il tono perentorio e suadente le possa impedire la fuga. In effetti non ha torto perché Nilde, che aveva già girato sui tacchi, si ferma e si volta a guardarlo. «Io l'ho osservata, e mi sono fatto un'idea.»

«Quale?»

«Lei mette tutto in ordine.»

«Sono ordinata, è vero.»

«No, lei è ostinata.»

«In che senso, scusi?» Nilde adesso è un po' seccata.

«Lei è convinta che la razionalità metta a posto tutto.»

«Ah. Un altro maestro di vita. E invece non è così, professore?»

«A volte è così» annuisce Pastore sicuro, premendo i tasti per prendere una Coca-Cola. «Ma non possiamo fidarci della logica.»

«Non possiamo fidarci della logica? E di cosa dobbiamo fidarci?»

«Di nulla, ispettrice. Non possiamo fidarci di nulla, soprattutto se vogliamo risolvere questo caso. Mi segua: lei pensa che l'essere umano sia razionale?»

«Non sempre. Ma a volte lo è, sì.»

«È razionale uno che si rovina i polmoni fumando le sigarette?»

«Questo rientra tra i comportamenti irrazionali.»

«Si sbaglia. L'essere umano è razionale anche in quel momento.»

«Cioè?»

«Mi spiego» Pastore le tocca un braccio. Nilde fa per ritrarsi, ma adesso è incuriosita. Capisce bene che lui pensa di affascinarla come potrebbe fare con una studentessa, ma il bello è che un po' ci riesce. Un momento dopo l'ha presa sottobraccio e guidata lungo il corridoio. «La razionalità si può valutare solo rispetto a un obiettivo. Se l'uomo che fuma vuole vivere a lungo, accendersi una sigaretta non è un atto razionale. Ma se l'obiettivo è solo il piacere momentaneo allora sì, fumare è un'azione più che logica.»

«Il suo discorso fila, Pastore» ammette lei. È un matto, ne resta convinta, ma un matto lucido.

«Certo che fila» il tono è quasi stupito. I dubbi su sé stesso non sono la specialità di quest'uomo. «Ma non è così semplice.»

«Non lo è?»

«Non lo è. Perché lo stesso essere umano quasi sempre ha più obiettivi, magari confliggenti tra di loro. Per esempio, in genere, vuole sia fumare la sigaretta sia vivere a lungo.»

«La botte piena e la moglie ubriaca» semplifica Nilde. «Ma, mi scusi, questo cos'ha a che fare con la nostra indagine?»

«Direi tutto. Vede, sia lei sia Santamaria seguite degli schemi di indagine. Ma non conoscete le persone che state inseguendo. Quali sono i loro obiettivi e qual è l'ordine delle loro priorità, ve lo siete mai chiesto?»

«La domanda è dove sia Rossella Catrambone e come trovarla al più presto, professore.»

«No» lui scuote la testa. «La domanda importante è: perché l'hanno rapita quando l'hanno presa? E la trattengono per lo stesso motivo?»

Nilde si stupisce di nuovo. Non è una domanda stupida.

«E lei ha la risposta?»

«La risposta» sospira Pastore «cambia a ogni ora che passa. Perché, vede, per prevedere o comprendere le azioni di una persona non basta sapere quali sono i suoi obiettivi e la sua scala di priorità. Devi sapere quali sono nel preciso momento in cui ci interessiamo a questa persona, perché per ognuno di noi obiettivi e priorità mutano continuamente, un po' come la tromba delle scale nella scuola di Henry Potter.»

«Harry» lo corregge Nilde. «Come il principe.»

«Giusto» sorride Pastore, sicuro del suo fascino. «Come a Hogwarts. Quindi, anche il nostro *perché* cambia faccia. C'era un motivo per rapire Rossella e proprio lei. C'è un motivo per trattenerla. Siamo sicuri sia lo stesso per entrambe le azioni? E che le azioni siano state commesse dalle stesse persone? O magari un ragazzo ha iniziato, poi altri hanno voluto dire la loro... O magari il tempo, gli eventi, stanno convincendo i rapitori a cambiare i piani? Se non sappiamo analizzarli ci resteranno sempre imprevedibili e le loro azioni impenetrabili.»

«Perché parla di rapitori al plurale? È così sicuro che siano stati i suoi colleghi e quei ragazzi?» Nilde intanto si guarda intorno, sono arrivati alla finestra del corridoio e guardano la strada fuori. È una bellissima giornata, nel cortile della palazzina alcuni bambini stanno giocando a pallone. La scuola è quasi finita, i pomeriggi sembrano già anticipi di vacanza.

«Ne sono sicuro, e so che per voi è una fortuna. Perché avete me.»

«Abbiamo lei» ripete Nilde chiedendosi: è una fortuna?

«Io conosco il loro universo concettuale. La loro piattaforma ideologica, la loro costellazione valoriale.»

«Professore, la faccia più semplice.» Ma non le sta troppo vicino questo tipo? Nilde fa per allontanarsi, ma dietro a lei c'è lo scuro aperto, e rimane bloccata. Lo guarda negli occhi chiedendosi se cercherà di baciarla e se sì, come evitare una scenata nel corridoio del commissariato. Già così, non vuole pensare alla faccia di Presenti se uscisse proprio ora dal suo ufficio.

«Infatti è molto semplice, ispettrice» a sorpresa lui si allontana con un veloce colpo di reni, lasciandola sola nell'angolo. «Se in mezzo c'è Montecristo, obiettivi e valori mi sono chiarissimi. Così come il *modus operandi.*» Pastore scuote la testa. «Non sapevo che ci fossero dentro anche Romano e i suoi ripetenti. Ma probabilmente lui ha pensato a un suo vecchio Gioco...»

«Cioè?» si allerta Nilde.

«Fesserie da vecchio cialtrone, fissazioni di un poveretto. Palingenesi cosmica affidata a una pratica ingenua. Nulla che ci possa dire nulla, ispettrice. Solo che evidentemente, dietro le spalle di quel vecchio pazzo, c'è una mente lucida, che approfitta del suo ciarpame. Una mente molto lucida...»

Nilde lo guarda attonita, ma lui non risponde, gira le spalle e si allontana verso l'ufficio di Santamaria, borbottando tra sé. Le pare stia sgranocchiando un pezzo della sua cioccolata. Ma quando glielo ha dato? E che fa, non la saluta?

49

Momo, dopo il terzo caffè, è passato alla birra. Sono seduti a quel tavolino da un'ora e non riescono a cavare un ragno dal buco. Hanno valutato l'ipotesi di chiedere l'aiuto del cameriere ma raccontargli tutta la storia sarebbe imprudente.

«Allora chiediamo l'aiuto da casa, prof» suggerisce Francesca.

«Chiamiamo Nilde» propone Momo.

«Ma Nilde mica ne sa di letteratura, meglio Montecristo e la preside» obietta Francesca.

«Guarda che Nilde sa un sacco di cose.»

«Ragazzi, oh, non litigate. Avete ragione tutti e due: Nilde magari non sarà una letterata, però lei sì, può cercare su internet.»

L'ispettrice è al commissariato, e quando le spiegano la situazione si chiude nella sala riunioni con il computer portatile e loro in vivavoce.

«Remarque e Freud. L'insegnamento e la psiche. La Prima guerra mondiale. E Mosè. Cosa tiene insieme tutto questo?» chiede Paolo, pensando mentre lo dice che anche con

Google a disposizione non è facile impostare una ricerca in questi termini.

«La traccia dev'essere letteraria» ragiona Nilde. «Finora lo è sempre stata. Non storica.»

«Freud chiama il surrealismo...» azzarda Romano. «Forse Breton?»

«Perché Breton?» chiede Nilde.

«Potremmo immaginarlo come punto di contatto tra la guerra, Freud e la trama di Remarque. Fu chiamato alle armi, costretto a lasciare gli studi in Medicina, scoprì Freud, elaborò la teoria surrealista.»

«Ma non può essere semplicemente Freud, l'indizio? Alla fine, la foto è la sua, no?»

«No, le tracce sono tante, non riguardano solo lui. Prova con Breton, surrealismo» insiste Paolo.

Sentono Nilde digitare. «*Manifesto del Surrealismo*, ecco qui: "Dettato del pensiero, in assenza di qualsiasi controllo esercitato dalla ragione".»

«Il pensiero senza ragione?» chiede Francesca, perplessa.

«Il pensiero secondo i surrealisti è dentro l'uomo» spiega Paolo. «E l'inconscio è fruibile attraverso il sogno, che non segue una logica. È pensiero libero, che si manifesta attraverso i simboli, in un flusso monologale di coscienza...»

«Lasci perdere, prof, la prego» lo blocca Francesca.

«Sentite qui, sempre Breton: "Fatevi portare di che scrivere, dopo esservi sistemato nel luogo che vi sembra più favorevole alla concentrazione del vostro spirito in se stesso. Ponetevi nello stato più passivo, o ricettivo, che potrete. Fate astrazione dal vostro genio, dalle vostre doti e da quelle di tutti gli altri. [...] Scrivete rapidamente senza un soggetto prestabilito, tanto in fretta da non trattenervi, da non avere la tentazione di rileggere. La prima frase verrà da sola, tanto è vero che ad ogni secondo c'è una frase estranea al nostro pensiero cosciente, che chiede solo di esternarsi"» legge ancora Nilde.

«T'ho perso alla prima frase, Ni'» la informa Momo.

«Mi sono persa anch'io» ammette Nilde. «Provo a cercare Freud?»

«No... forse ci sta indicando un metodo. La soluzione già la sappiamo, dobbiamo arrivarci senza seguire la logica... Di getto: Mosè di cosa è il simbolo?» chiede Paolo a bruciapelo.

«Della Bibbia?» tenta Francesca.

«Guida gli ebrei fuori dall'Egitto... della forza? Della capacità? Della leadership?» Nilde va per tentativi.

«Il duce?»

«Francè, piantala!»

«Aspettate!» urla Nilde dal telefonino. «Mosè non è un simbolo... è una statua! Anzi, è un souvenir!»

«Cosa?»

«Un souvenir... il *Mosè* di Michelangelo, Rossella lo aveva a casa, dietro la vetrina» spiega l'ispettrice. «Ho una memoria fotografica, io... ne sono sicura, aveva una di quelle statuette nel corridoio dell'ingresso.»

«E se il pensiero è *dentro* l'uomo, *dentro* il simbolo...» mormora Paolo. «La prossima traccia la troveremo lì dentro.»

«Dobbiamo tornare a casa di Rossella» conclude Momo.

Francesca, a sorpresa, avvicina la bocca al telefonino, dice «Grazie, Nilde!» e chiude brusca la comunicazione.

«Ma che t'è preso? Le hai buttato il telefono in faccia» si arrabbia Momo.

«Ragiona, maledizione. Lo dice lei che c'è una statuetta del Mosè a casa di Rossella.»

«Eh, è lei quella con la memoria fotografica.»

«Stava dentro al commissariato, maledizione. In vivavoce. Chi ce lo dice che era da sola?» Francesca guarda Paolo e poi Momo, intensa, quasi disperata. «Ma voi davvero vi fidate? Chi ce lo dice che non è una trappola? E se a casa di Rossella ci troviamo Santamaria?»

50

Su una cosa Federico Montecristo e Rinaldo Santamaria sarebbero d'accordo: le ipotesi complicate sono sempre l'ultima spiaggia, e le prime da vagliare sono sempre le più semplici. La differenza è che per argomentare questa tesi Federico citerebbe il rasoio di Occam e Santamaria *Montalbano*.

Il commissario ha trovato una bella panchina al sole di piazza Mazzini, nel quartierone borghese di Prati, e sta aspettando il suo appuntamento. Il giardinetto al centro della piazza è un luogo che gli ha sempre fatto comodo: schermato dagli alberi e dai cespugli, non tanto frequentato, con le panche di pietra ben distanti e il suono della fontana. È vero che fa un po' caldo, la stagione dell'aria condizionata comincia presto quest'anno. Ma l'importante è la discrezione.

E il kebab, ché l'ora di pranzo, almeno per un milanese, è passata da un pezzo. Come sarà questo kebab romano? Santamaria lo osserva prima di affondarci i denti. Non sembra niente male, bisogna finirlo prima che arrivi il suo appuntamento, non è dignitoso parlare masticando e sbavando salsa. D'altra parte, mangiare un kebab in modo dignitoso è impossibile.

Driiin.

Ovvio, pensa Rinaldo, maledicendo il giorno in cui suo genero gli ha messo quella stupida suoneria d'epoca. Apre la salvietta di carta, la stende sulla panchina e ci appoggia sopra il kebab, non prima di averlo richiuso nella stagnola.

È proprio suo genero.

«Vincenzo, come va?»

«...»

«Sì, sto ancora a Roma... Dimmi.»

«...»

«Non ti preoccupare, ti ho detto che li trovo io.»

«...»

«Sì, sì, lo so. Ma c'è ancora tempo per l'operazione, no? Ha avuto altre crisi?»

«...»

«Non ti preoccupare, allora. Pensa a lui e stai tranquillo. I soldi te li do io. Vedrai che la liquidazione arriva in tempo.»

«...»

«Ma che scherzi? Ciao, tranquillo, ciao.»

Tranquillo un cazzo. Per trovare tutti quei soldi non c'è liquidazione che tenga. Che neanche l'ha capito bene il nome della malattia di Marcolino, ma che si gioca tutto con l'operazione in America, quello l'ha capito. Se almeno quella stronza della madre si rifacesse viva. Ma dopo anni di indifferenza, perché dovrebbe ricomparire ora?

Che merda la vita, pensa. Si guarda rapidamente intorno e afferra il kebab. Dovrebbe avere il tempo quantomeno di assaggiarlo.

Basta un morso per capire che è decisamente il più buon kebab che abbia mai mangiato.

Purtroppo, da uno degli ingressi del giardinetto, è appena comparso il giornalista. Invecchiato, come sempre mal vestito e con la sigaretta in bocca, ma sempre con quello sguardo acceso, come tanti anni fa.

Santamaria rinfila veloce il kebab nel sacchetto e non senza fatica si alza dalla panca di pietra.

«Mio caro» esordisce appena l'uomo arriva a portata di voce. «Come va?»

«Molto bene, commissario» il giornalista gli stringe la mano, ormai dopo la pandemia non lo fa più quasi nessuno ma bisognerà pur riabituarsi, o no? «Bello rivederti nella capitale. Dopo tanti anni. Come stai?»

«Benissimo. Mi stavo gustando un kebab squisito, al sole della città eterna, che posso volere di più?»

«Se ricordo bene, hai sempre preferito Milano...» L'altro si accomoda sulla panca e anche Rinaldo si siede. Istintivamente, si sono messi molto vicini e abbassano il tono della voce. È come andare in bicicletta, le vecchie abitudini non si perdono mai. «Allora? Che abbiamo fatto di male a Roma per farci mandare il castigamatti?»

«Tu sei sempre in Rai, no?»

«Lo sai bene, Rinaldo. Tu sai sempre tutto.»

«Il conduttore fa sempre quello che dici tu?»

«Sono l'autore capo, Rinaldo. Ma non cercare risposte che già hai. Che fai qui?»

«Lo sai bene anche tu. Seguo il caso della ragazza scomparsa.»

«Lo so bene sì» annuisce il giornalista. «Quel che non so è perché. Un caso di cronaca di periferia... vuoi venire in trasmissione a spiegarlo agli spettatori?»

«Mi hai mai visto in televisione?»

«C'è sempre una prima volta» insiste lui, insinuante. «In fondo sei prossimo alla pensione...»

«Ma piantala!» Santamaria ride.

«Almeno dimmi qualcosa di meno assurdo rispetto a

quello che abbiamo mandato in onda negli ultimi giorni» l'uomo abbozza, ma non molla. «I sotterranei del Vaticano, gli Illuminati... cosa c'è sotto? Perché questa ragazzina è così importante? Pedofilia? Riscatto? Ricatto? Lo zio di Londra è ricco, ma è solo uno dei tanti che ha fatto i soldi con la rete. Che magari è amico di Bill Gates e la mia redazione non ha cercato bene?»

«Lo zio di Londra non c'entra niente» scuote il capo Santamaria. «Ha tagliato i ponti con la famiglia anni fa, la nipote a stento sa che esiste.» Poi fissa il giornalista e scandisce: «Si tratta di droga. Droga nelle scuole. Ma non il solito spaccio. Un giro grosso».

L'altro drizza le antenne: «Sono coinvolti i professori?».

Santamaria si guarda alle spalle, scruta nella distanza, manca che si chini a controllare sotto la panca.

«Ieri abbiamo fatto una perquisizione a casa dell'ex preside della scuola. E abbiamo trovato una caterva di Lsd.»

«Trovato?» il giornalista alza le sopracciglia.

«Perché usi quel tono?»

«Perché conosco i vostri metodi.»

«E che ragione avremmo di inguaiare una ex preside?» si spazientisce il commissario.

«Ma che ragione avrebbe una ex preside di spacciare Lsd? E perché rapire una studentessa?»

«L'ipotesi, ora, è che la ragazza avesse scoperto qualcosa... che minacciasse di denunciare il giro di spaccio. E quindi potrebbe non essere stata solo rapita.»

«Poveri genitori...» mormora il giornalista.

«Esatto» si incupisce Rinaldo. «Bisogna dare un'accelerata a questo caso, indurre i rapitori a uscire allo scoperto. Alzare il fuoco sotto la pentola, insomma. Lo sai meglio di me come funziona.»

«Ma questa cosa dell'Lsd possiamo dirla?»

«Possiamo farla dire.»

«Ai genitori?» si illumina il giornalista.

«A Giuseppe Pastore.»

«Il professore belloccio?» sbuffa l'altro. «Ancora lui? È inflazionato e poi è prolisso, non ha i tempi televisivi... si accorgeranno tutti che è un coglione nel giro di una settimana.»

«Però ha una grande dote» gli fa notare Santamaria. «Dirà tutto ciò che gli diciamo di dire, senza nemmeno chiedersi il perché.»

51

Sabato

C'è poco da dire, ormai sono ufficialmente ricercati. La droga a casa Riccobono si è meritata il tg e ha rotto gli argini. La polizia non ha confermato, ma il magistrato si è deciso ad andare avanti, e l'opinione pubblica vuole sapere se davvero la scuola italiana è pericolosa. I giornali più aggressivi ormai parlano apertamente di istituzione *deviata*.

«Venite in commissariato» dice Nilde al telefono con Paolo, accorata. «Vi procurate dei buoni avvocati, le indagini fanno il loro corso... io posso garantirvi la massima correttezza. Ma non posso più nascondervi.»

Non ha avuto richiami formali, ma ormai è accusata dalla *vox populi* di aver condotto le indagini in modo sciatto. Nessuno la sospetta di connivenza con i fuggiaschi, per fortuna. O sì? Santamaria le ha espresso tutta la sua solidarietà ma ha anche aggiunto: «Te lo avevo detto. È un mondo adulto, bisogna giocare da professionisti».

«*Sbagliare* da professionisti» ha corretto la citazione Nilde, ma ora non sa che fare. Non può rovinarsi la carriera per quello strano gruppetto di persone. Non sa nemmeno se siano davvero innocenti.

«Dovete uscire allo scoperto e farvi interrogare» dice ora. «Non posso aiutarvi, altrimenti.» Sa che li può solo convincere, loro potrebbero rovinarla.

«Suona come una minaccia. Se non veniamo in commissariato, viene il commissariato da noi, esatto?» la aggredisce Montecristo. «Già sta per strada, il tuo scherano?»

«Non è il mio scherano e non lo so dove sta, ma se vi trova non potrò fare proprio niente per voi.»

«Tu non puoi fare più niente per noi già ora» ringhia Montecristo.

«Non è vero» interrompe Adalgisa. «Nilde, c'è una cosa che solo tu puoi fare.»

«Cosa?»

«La statuetta. Ti prego, portaci la statuetta del *Mosè*. Poi decideremo se uscire allo scoperto.»

Quando chiudono la conversazione, Paolo guarda Riccobono con un certo rispetto.

«Bella mossa» commenta. «Se la statuetta esiste, se non era una trappola...»

«... Nilde ce la deve portare. E se era una trappola, siamo fottuti lo stesso» conclude Francesca. «Brava, preside! Mi dispiace aver scritto nei bagni quelle cose contro di lei!»

«Tutto è perdonato» risponde Riccobono serafica.

«Guardate un po'... ma sei tu da giovane, quello?» all'improvviso, Momo indica il televisore e si rivolge a Montecristo.

Oggi è la sua giornata, sui media. Pastore ieri sera ha fatto davvero un bel ritratto del misterioso bibliotecario della scuola. Nessuno può provare che sia coinvolto nella vicenda ma è un fatto che sia sparito, e proprio in questo momento. Si vocifera di una storia con una studentessa, ma chi si è lasciato intervistare a scuola non ricorda niente di simile, mentre tutti hanno ben presente la sua amicizia con la ex preside. Nessuno è ancora arrivato a rivangare la loro antica relazione, ma il resto del suo ambiguo passato è già venuto a galla. Provocando una nuova ondata di sgomento e rabbia. Possibile? Non solo le scuole cadono a pezzi, ma a quanto pare sono piene di ex terroristi. Chi si nasconde dietro chi vende il panino ai loro figli durante l'intervallo? Cosa potrebbe esserci, dentro a quel panino?

Un noto programma di satira ha fatto uno sketch sulla scuola dove il bibliotecario è il Libanese di *Romanzo criminale*, la pillola video è diventata subito virale.

«Per fortuna in biblioteca non ci è entrato mai nessuno» commenta Paolo.

«E hai visto che j'è capitato a quella che c'è entrata... Entri studente, esci delinquente...» rincara la dose Momo.

Dopo essere tornati nel Covo il giorno prima non ne sono più usciti, quell'ambiente inizia a diventare angusto. Devono sforzarsi di andare d'accordo. Ma senza poter far altro che aspettare, e guardare Pastore e i giornalisti che vivisezionano le loro vite – anche in modo fantasioso, bisogna ammetterlo – la giornata sembra non passare mai. I nervi si tendono.

È sera, e Riccobono si è appisolata sulla poltrona quando sentono bussare alla porta. Montecristo prende una scopa e si mette dietro all'uscio, pronto a vender cara la pelle, anche se Paolo gli fa cenno di non essere ridicolo.

La porta si apre.

È Nilde. Ha una statuetta in mano. Nell'altra ha un cartone di pizza perché non c'è niente da fare, quando hai il cuore tenero ti preoccupi anche dello stomaco, e ha pensato che Momo e Francesca, in mano a quegli adulti scriteriati, chi li nutriva?

«Il *Mosè*!» Paolo, di slancio, l'abbraccia. Lei protesta ma flebilmente e più che altro per paura che faccia cadere il cartone della pizza. Quando la lascia, cioè quasi subito, un po' le dispiace.

«È stato facile, ho chiesto di poter vedere i quaderni di Rossella e l'ho presa mentre li andavano a cercare» spiega in tono fin troppo pratico, mentre lui si rigira la statuetta tra le mani. «Ma farà presto Santamaria a scoprire che sono passata di là. Devo tornare subito in commissariato per dare una spiegazione.»

«La scusa dei quaderni reggerà» la rassicura Paolo, ottimista.

Montecristo afferra la statuetta con malagrazia. Gli secca dover ammettere che forse la guardia non sta facendo il doppio gioco. Ma ancora non ne è sicuro.

«Bene, vediamo se è davvero il nostro indizio» dice, e butta il Mosè per terra.

Dodici occhi si fissano a terra a guardare tra i frammenti di gesso. Tra la polvere bianca appare una chiavetta usb.

«Ve lo avevo detto di lasciarmi andare a prendere un computer!» esclama Momo, è tutto il pomeriggio che si lamenta della mancanza totale di videogiochi.

«Io ce l'ho.» Nilde apre lo zaino e tira fuori il suo laptop. Nemmeno il ragazzo osa fiatare mentre aprono l'unico file contenuto nella chiavetta. È un filmato. Un documentario su Italo Calvino.

«Dura due ore!» esclama Francesca atterrita. «Dobbiamo guardarlo tutto?»

«Eddai, Francè, almeno stavolta non è un libro» la consola Momo.

A Paolo, calviniano di ferro, bastano pochi minuti di girato (una noiosissima raccolta di interviste a esperti sulla figura dello scrittore) per capire che l'indizio non è lì. «È l'ennesimo scherzo di Morgana» si sorprende lui stesso di quanto gli venga istintivo, ormai, capire i movimenti della ragazza. È come se potesse vederla ridere, mentre li immagina a sorbirsi quel mattone, inutilmente. «La chiave deve essere sempre Michelangelo… e abbiamo *Palomar e Michelangelo*, il saggio del '75 di Calvino.»

«Michelangelo lo abbiamo appena fatto fuori.» Riccobono accenna ai frammenti sul pavimento. «Non resta che Palomar.»

«E che è Palomar?» si informa Momo. «Una persona? Un posto? Simbolo o cosa concreta? Animale, vegetale, minerale?»

«Nomi, cose, città?» ride Francesca.

«Un luogo no, scartiamo l'osservatorio in California» suggerisce Montecristo.

«Palomar è un uomo» ragiona Paolo. «Un uomo tranquillo, ma che non si ritrova nel mondo intorno a sé. Lo indaga nei suoi più piccoli particolari. È il protagonista di un romanzo in tre parti: descrizione, racconto e meditazione. "I fatti minimi della vita quotidiana in una prospettiva cosmica" dice Calvino. Per lui la storia di Palomar si riassume in due frasi: "Un uomo si mette in marcia per raggiungere, passo a passo, la saggezza. Non è ancora arrivato". Rinuncia al sapere, volontà ma incapacità di conoscere. Il sapere come vanità. Il silenzio come dimensione obbligata nell'incapacità di intendersi e spiegarsi.»

«A volte spiegarsi non è mica facile» interloquisce Francesca e con sorpresa Paolo si accorge che lo stava ascoltando. Lui era convinto di star ragionando con se stesso.

«Morgana, Morgana… che studentessa modello» sussurra Riccobono.

«Che intendi?» Nilde si fa attenta.

«Non vedi cosa ci sta facendo fare?» domanda Riccobono. «La nostra ricerca è un cammino. Ci sta portando nel pensiero dell'uomo, ci sta facendo scoprire la verità, attraverso la pratica della letteratura. Il *Pym*, la ricerca. Giordano Bruno, la critica ai dogmi. Morante, la crescita e il passaggio. Remarque, la formazione. Freud e Breton, la coscienza e la comprensione. Ora Calvino, la conoscenza.»

«Ha rapito una ragazzina» la riporta sulla terra Nilde. «E rischia di mandarvi tutti in galera, questo sta facendo.»

Intanto, Momo si è messo ad armeggiare sul computer di Nilde e alza lo sguardo.

«Daje!»

«Che c'è, hai vinto a Minecraft?»

«Guardate che stavo lavorando per voi» gira il computer per mostrare loro il monitor. «Palomar è un centro culturale. A Testaccio. Qui dietro.»

Tutti fissano Nilde.

«Io non posso andare... devo tornare al commissariato, se non voglio finire nei guai. Già mi toccherà spiegare perché sono andata a casa Catrambone.»

«Grazie, Nilde.» Paolo la afferra per le spalle, con un gesto da film che con quella faccia da sonno e i vestiti di due giorni appare del tutto fuori luogo. «Lo sappiamo che stai facendo un grosso sacrificio.»

«E comunque, se anche questo indizio non porta da nessuna parte venite a costituirvi.»

«Intanto speriamo che ci porti da qualche parte.»

«Tutti a Testaccio?» Momo è euforico al pensiero di uscire di lì.

«No, tutti insieme è meglio di no» lo blocca Nilde. «Vai tu con Francesca» dice a Paolo.

«Io so' troppo nero, ve? Me riconoscono?» Momo capisce al volo.

«Sì!» Nilde scoppia a ridere. «Non me ne volere...»

«No, no... hai ragione tu, Nilde! Nun me metto a fa' battaje!»

«Non volevo discriminarti» precisa Nilde un po' faceta.

«Ma no, Ni'» sorride il ragazzo, accennando alla sua amica. «La fascista è lei, tu si vede che sei compagna!»

Nilde gli fa l'occhiolino, Francesca prende per un braccio Paolo e lo stacca da Nilde, trascinandolo verso la porta.

«Andiamo, va'. Che se 'sto centro culturale è appena appena decente mi sa che io ve mollo tutti e resto là.»

52

Palomar in realtà non è un centro culturale, o almeno non più. È un bar tabaccheria, con i gratta e vinci appesi accanto alle sigarette, tovaglie altamente infiammabili con le bruciature delle cicche coperte dai posacenere e un paio di tramezzini del Paleolitico accartocciati nel banco refrigerato. Per qualche motivo, a questo arredamento consueto è stato aggiunto un acquario in cui però non sembra nuotare alcun pesce. Francesca fissa ipnotizzata le alghe che ondeggiano nell'acqua, e si immagina là dentro.

È l'ora di punta, evidentemente, e i tavoli fuori sono pieni. Il cinese burbero dietro al banco grida ordini agli studenti universitari che vanno avanti e indietro con i piatti pronti scongelati nel microonde.

«Ma le sembra normale che un cinese comandi a bacchetta tre italiani?» si scuote Francesca, nemmeno tanto a bassa voce.

«Perché, a te sembra normale l'opposto?» ribatte Paolo. «O cinesi con cinesi e italiani con italiani? Qual è la combinazione giusta per lo sfruttamento?»

«Seh, seh, la butti pure sui massimi sistemi, tanto per voialtri va sempre tutto bene» sbuffa Francesca. Va a grandi passi verso il bancone e si rivolge al proprietario scandendo le parole come se dovesse farsi capire da un sordomuto.

«Senta, qualcuno ha lasciato un pacco da ritirare qui? Una busta... magari un libro?»

Quello la fissa un momento, poi si rimette a preparare il vassoio di bibite per i tavolini fuori.

Certo, la domanda è strana, ma due parole potrebbe anche dirle, pensa Paolo e si getta nella breccia.

«Magari qualcuno ha lasciato detto che saremmo passati a ritirarlo? Il pacco, dico. O la busta.»

A lui, il cinese, non lo guarda nemmeno. Quindi non era questione di maschilismo. Esce dal bancone reggendo il vassoio e va a fare il suo lavoro.

«Adesso esco e gli spacco la faccia» annuncia Francesca e fa per avviarsi, ma il prof la prende per un braccio.

«Lascialo perdere. Non dobbiamo farci notare, ricordi? Manca solo che qualcuno chiami la polizia.»

Francesca si blocca.

«Ok, guardiamoci intorno.»

Sono soli nel locale e possono facilmente ispezionare ogni angolo. Qualcosa del centro culturale è rimasto: un paio di poltrone comode su cui si sedevano quelli che volevano fare gli intellettuali, una bella lampada degli anni Settanta in metallo e smalto bianco. E nelle nicchie delle pareti in pietra intonacata sono appoggiati dei libri, dimenticati lì da tempi remoti.

«Sa, prof, qual è la cosa strana?» dice Francesca.

«Quale?»

«Che adesso vedo i libri. Cioè, li noto. Ci ha fatto caso a quanti ce ne sono in giro? Nelle vetrine, negli uffici, nei bar...» enumera lei dirigendosi verso una nicchia.

Paolo quasi si commuove. Tutto quel casino per farle vedere i libri. Quasi quasi ne valeva la pena.

La ricerca è veloce, e soprattutto fruttuosa. Nella nicchia più grande e piena, che probabilmente era una specie di spazio per il bookcrossing, c'è una copia di *Palomar* di Calvino. I due la prendono, la infilano furtivamente nello zaino di Francesca e se ne vanno dopo essersi fatti servire, non senza fatica, due caffè.

Paolo riesce a vedere con la coda dell'occhio il cinese che prende rapidamente il cellulare. Ma non vuole diventare paranoico, e allora non dice niente.

Aspettano di essere di fianco al motorino, parcheggiato all'imboccatura di un vicolo un po' riparato, prima di tirar fuori il volume. Stavolta sfogliandolo vola fuori un foglietto, nella solita calligrafia ordinata: «"Vi accorgerete che ognuno, senza saperlo, sta dipingendo questo mondo, sia nel creare e produrre nuove forme e figure sia nel costruire e occupare lo spazio con edifici e case dipinte"».

«Che vuol dire?» sbotta Francesca. «Ma che indizio è?»

«Aspetta» replica Paolo «dobbiamo pensare.»

Ma la pazienza di Francesca ha un limite: «Ma che aspetta, che vuole pensare, 'sto biscotto della fortuna è solo una presa per il culo!». Dà un calcio al motorino, che ondeggia pericolosamente. Paolo lo blocca con un gesto troppo rapido e sente una fitta al braccio. «E adesso chi glielo dice, alla sua amica guardia? Tornerà a insistere perché andiamo a farci arrestare.»

«Non ci arresta nessuno, Francesca. La polizia sta solo facendo il suo lavoro. Indaga.»

«A lei, non l'arresta nessuno» lo corregge Francesca. «A Momo buttano via la chiave. E quando esce, esce delinquente per davvero.»

Paolo la osserva pensoso.

«Ci tieni parecchio, a Momo, vero?»

«Qualcuno deve pur tenerci» risponde lei burbera, e forse sta per aggiungere qualcosa ma in quel momento quasi li sfiora un'auto della polizia. Si ferma davanti al bar, dal posto dell'autista scende un tizio che Paolo ha l'impressione di aver visto al commissariato da Nilde, ma forse invece no, forse con la divisa sembrano tutti uguali.

«Cerca noi?» chiede Francesca tra i denti.

«Non aspettiamo di scoprirlo.»

53

«Stiamo a zero. Ci scoppia la testa, ma non ne usciamo. Stavolta Morgana non la capiamo» getta la spugna Paolo quando ormai è notte. Sono rientrati in tutta fretta al Covo senza sapere se davvero Santamaria era stato così vicino a trovarli. Secondo Francesca la polizia, dal cinese, cercava loro. Se è così, vuol dire che qualcuno ha fatto la spia. Morgana? O Nilde? O forse il barista li ha soltanto riconosciuti? In fondo i loro volti sono in tutti i tg. Momo e Francesca sono riusciti a chiamare le loro madri: pochi secondi, senza dare indicazioni di luogo o contesto. Per fortuna non avevano ancora denunciato la scomparsa, ma sono preoccupatissime. La corsa contro il tempo non è più solo per salvare Rossella.

Si guarda intorno. La ricreazione è finita. Per togliersi i vestiti in cui macerano da due giorni si sono lavati a turno nel bagnetto del Covo, poi si sono cambiati con quello che hanno trovato in una vecchia cassapanca. Francesca si è messa una enorme salopette di jeans da lavoro, di quelle che andavano negli anni Ottanta, rimboccata sette o otto volte alle caviglie, ed è assurdamente sexy, come una modella al contrario. Paolo si sente un relitto in una tuta Adidas di acrilico, anche quella almeno trentennale, con dei colori da mal di mare. Approfittando del vinile dei Bee Gees, Momo in pantaloni rossi e camicia verde anni Settanta con le punte del colletto esagerate si è scatenato alla John Travolta in una pista immaginaria, apprezzato particolarmente da Francesca che se lo guarda con gli occhi lucidi. La preside ha partecipato divertita – lei e Montecristo hanno pescato una maglietta e una camicia quasi sobrie – e davanti al nuovo abbigliamento dei suoi compagni di prigionia ha riso come una pazza commentando: «Se quei vestiti potessero parlare».

Poi però Momo ha tirato fuori un computer. A quanto pare non è rimasto chiuso nel Covo come si erano raccomandati Nilde e il professore, e su mandato di Montecristo e Riccobono è tornato dalle parti del mattatoio e ha rimediato un laptop rigenerato. «Offre la preside» ha detto, e si è messo subito al lavoro: in mancanza degli smartphone è l'unico modo per cercare qualche indizio.

Il testo del foglietto caduto dal libro di Calvino a quanto pare è una citazione che fa l'autore: un brano dei *Dialoghi romani* di Francisco de Holanda, in cui l'artista portoghese fa parlare Michelangelo. «Addirittura!» ha commentato Riccobono stessa; nulla di comprensibile neanche per lei. Le ore passano e i complici parlano sempre meno. Adalgisa non si lamenta mai: dorme su un materassaccio buttato in terra, condivide lo spazio vitale con quattro semisconosciuti senza la minima privacy, e l'unico commento che fa ogni tanto è che le sembra di essere tornata ragazza.

Paolo, invece, darebbe un braccio per poter andare a casa. La spedizione al bar lo ha molto provato, già stamattina gli faceva male dappertutto, ora sente arrivare una crisi. Vorrebbe mettersi a letto: il *suo* letto, nella *sua* stanza, non un divano sfondato tra il realismo magico e la saggistica marxista.

Va nell'angolo più in fondo, su una vecchia poltrona a fagiolo che puzza di muffa e che fino ad allora hanno tutti disdegnato. Poi fa una cosa da adolescente: telefona a Nilde. Tanto non risponderà mai, pensa. "Sarà fuori con le amiche". E gli viene da ridere.

Invece lei risponde. Dalla brandina.

«Ci sono novità?» gli chiede. «Siete ancora là?»

«Un altro indizio incomprensibile... ancora Calvino. Stiamo cercando di capire.»

«Paolo, non potete restare sottoterra all'infinito» dice lei, accorata. «Io comprendo tutto ma... Pensa ai genitori dei ragazzi.»

«Ci penso, infatti» Paolo lancia lo sguardo verso il quartetto che studia, chiacchiera e battibecca raccolto intorno al divano su cui si è piazzata Riccobono. Francesca le siede praticamente sui piedi, Montecristo su una poltrona a fianco e Momo è seduto per terra con il laptop sulle gambe.

«Lo sai che i figli di Adalgisa non le parlano da anni?» chiede piano Paolo.

«No, non lo sapevo.»

«Decenni, veramente. Da quando scoprirono di Montecristo. Hanno vissuto soli, sia lei sia lui.»

«Dev'essere dura.»

«Mi fanno una rabbia. Perdersi così, stupidamente. Come se avessero la vita eterna, ma poi il rimpianto arriva sempre.»

«È la vita, Paolo. Sono le loro scelte.»

«Scelte sbagliate. Ma se tu la vedessi ora... con quei due disgraziati di Francesca e Momo. È felice, Nilde.»

«Non sono figli suoi.»

«Sembra la nonna. Il giro da madre lo ha perso, ormai.

Forse fa solo la professoressa. Ma in questo momento è felice, sai? Almeno lei.»

Nilde fa un lunghissimo respiro come chi deve andare in apnea, e poi si butta.

«Pensi a tua figlia, vero?»

Riattacca, subito. L'istinto grida nella testa di Paolo. Attacca questo telefono, non farti male.

«Come lo sai?» dice solo.

«Sono una poliziotta, Paolo. So molto di te. Prima di darti fiducia ti ho studiato.»

«E che hai capito?»

«Che è stato un incidente.»

«Il primo attacco della malattia. Peccato che stessi in curva, sulla Roma-L'Aquila» chiude gli occhi, ma chiusi o aperti è uguale, l'immagine è lì, indelebile. Chiara sbalzata dal sedile. E che incredibilmente, quando la macchina smette di rotolare, sembra normale, sembra quasi respiri. C'è solo quel sangue che cola dal naso e all'angolo della bocca. «Sai, alle volte mi capitano in mano le foto di quando eravamo in tre» dice. «Cerco il mio volto, ma non mi trovo.»

«Perdere una figlia... Non riesco a immaginare nulla di più terribile. Perché non ti sei fatto aiutare?»

Sa anche questo.

«Io? Ah... ma sai, io sono un depresso asintomatico! In tanti mi hanno suggerito di andare in analisi. Ci ho provato, anche con Pinella, glielo dovevo. Stavamo insieme da sempre, ci sembrava un tentativo da fare. Ma non è servita, ovviamente.»

«A tanta gente serve.»

«Dipende chi sei, da quanto profondo e strutturato è il tuo malessere. Se è una convinta percezione della vita... Manderesti Leopardi in analisi? O Pavese?»

«Be', probabilmente convincerebbero l'analista a buttarsi dalla finestra» nella voce di Nilde si sente il sorriso, ma amaro. «Però tu non sei né Leopardi, né Pavese. Senza offesa, eh.»

«Ma la vita è la stessa... È la stessa per tutti. Il dramma scatta se la capisci. Ed è illusorio pensare che il ricordare la cambi. O che la cambi il dimenticare.» Paolo si guarda intorno nella grande sala che dei ricordi è quasi un museo, ma stranamente vivo. «Ne sento il fascino, sai. Della memoria. Ma so bene che è inutile. Il passato non spiega, e quel che è più importante non si spiega. Vedi? Se fossimo in classe citerei Montale. "Si deforma il passato, si fa vecchio, appartiene ad un altro..."»

Nilde non vuole sentirsi in soggezione anche in questa conversazione, e decide di tagliargli la citazione. «La distanza però non ti separa dal tuo passato. Il tuo passato ti accompagna. Magari sta in silenzio, ma ti accompagna» il suo tono è deciso e insieme dolce. «Guarda quei due anziani con cui sei rinchiuso là dentro. Cosa sarebbero senza il loro passato? Li definisce. Ma se stanno cercando di riportarlo indietro, faranno solo danni.»

«Ah. È qui che vuoi arrivare, ispettrice?» chiede Paolo, improvvisamente in allerta. «Stai cercando di capire se quei due guidano il Gioco? Riccobono che ci manda in overdose? Montecristo che tira fuori dalla cassapanca una reliquia della banda della Magliana e ci stermina come in un film di Tarantino?»

Lei tace un attimo e quando parla è in un tono ancora più aspro di quello che ha usato lui.

«Me lo merito, Paolo? Di', me lo merito? Non mi pare.»

«E allora parla tu» ribatte lui, per niente placato. «Dimmi tu qualcosa, tanto per cambiare. Che noi, sai, su di te, indagini non ne abbiamo fatte.»

Il silenzio stavolta è lungo e Paolo sa che lei sta per riattaccare. Ma non lo fa.

«Ero sposata anch'io.»

«Eri? Sei separata?»

«Sono scappata.»

«Chi era?»

«Un collega, a Bologna. Mi picchiava, l'ho denunciato. E sono andata via. Due volte traditrice: come moglie, che doveva capire, sopportare, perché in fondo "lui mi amava troppo". E come poliziotta, perché ho rovinato la carriera a un collega. Forse tre volte traditrice: perché ho abortito. Non volevo ipotecare la mia vita. Adesso ne sono proprietaria, ma non so se ho fatto un buon affare» butta fuori lei in un fiato, aspra.

«Mi... mi dispiace.»

«E allora cerca di essere meno stronzo. E credimi quando dico che ti capisco. Magari non mi sarà successo niente di altrettanto terribile, ma ho perso molto e il dolore so cos'è.» Poi Nilde si ricorda di aver frequentato dei corsi di psicologia, tira un respiro e cerca di tornare in acque più sicure. «Tua moglie, che fine ha fatto?»

«Vive a Piacenza, col nuovo compagno. Un avvocato, ricco.»

«Ti manca?»

«No. Non potevamo reagire alla morte di Chiara, non in coppia almeno.»

«La coppia preesiste ai figli.»

«Hai ragione. Noi non potevamo. I problemi con lei erano iniziati prima. Lei voleva vivere, a me bastava ripetere la vita che facevamo.»

«Che differenza c'è?»

«C'è una grande differenza. Molti cercano di cambiare la propria vita perché non li soddisfa, e questo è giusto» mormora Paolo. «Ma quando ti soddisfa, almeno un po', te la devi tenere stretta. Perché sarà lei a cambiare, quando meno te lo aspetti. E non è detto che cambi in meglio.»

«Io la mia vita l'ho voluta cambiare, Paolo, perché era un inferno.»

«Scappare dall'inferno ha senso. Cercare il paradiso vuol dire non sapersi accontentare.»

Poi si sentono dei rumori, Nilde che dice qualcosa, un'altra voce nella stanza dove lei si trova.

Dev'essere un agente. L'ispettrice chiede: «Perché un buco nell'acqua?» e riattacca senza salutare.

Intanto Francesca chiama dal divano.

«Prof, venga! Lo sa che Pastore ha creato un gruppo Facebook per cercarci?»

54

«Perché un buco nell'acqua?» ripete Nilde.

«Al bar di Testaccio non c'era nessuno» risponde Presenti. «Il cinese ha descritto due che potevano sembrare Malatesta e Romano, ma poi ha guardato le foto e non era così sicuro.»

«Va bene, lasciate perdere. Tornate a cercare intorno a casa Riccobono. Quelle mi sembravano segnalazioni più attendibili.» Nilde si chiede se sia giusto quello che sta facendo, ma per ora non le viene in mente nessuna idea migliore. «Su Morgana Magni avete trovato qualcosa?»

«Magni... questa chi era?»

«La studentessa di cui vi ho detto ieri.»

«Ah, sì. Se ne occupava Galdòn. Mi sembra che ne stesse parlando prima con Santamaria.»

Porca miseria, pensa Nilde.

«C'è Santamaria in commissariato?» chiede. Oggi non l'ha visto del tutto.

«No, oggi no.»

«Ok. Mandami Galdòn.»

Nilde prende il telefono, chiama Santamaria. Staccato.

Ed ecco l'agente anziano. È una sua impressione o ha lo sguardo sfuggente? Non essere paranoica, si redarguisce Nilde.

«Mi cercava, dottoressa?» eppure nella voce sembra proprio esserci una sfumatura di scusa. Decide di far finta di niente, come se Santamaria, in quell'indagine, fosse solo un accessorio. Deve riprendere il controllo della situazione.

«Sì. Hai trovato qualcosa su Morgana Magni?»

«Intanto, che non è italiana. Non di nascita, almeno. Bielorussa, adottata da una famiglia italiana quando aveva nove anni. Bellissima, dalle poche foto sui social.»

«La famiglia?»

«Padre deputato, madre mental... mental... cuch.»

«Mental coach? E di chi?»

«Di una serie di atleti, qualcuno anche di buon livello.»

Nilde sorride. Pensa alla chiacchierata che stava facendo con Romano, e pensa alla moglie del parlamentare mental coach di Cesare Pavese. Dai Cesare, dai che ce la puoi fare! Lo avrebbe convinto a pensare positivo?

«E con quel reddito stanno a Torre Bruciata?»

«Motivi di immagine, lui faceva il paladino del popolo, la politica che deve riscoprire la base, quelle balle lì.»

«Proposito nobile. In teoria» lo rimbecca Nilde. «E la figlia frequentava Rossella Catrambone?»

«Qua c'è una cosa un po' strana» osserva Galdòn. «Sui social non c'è niente di loro due, foto in giro, in spiaggia o a fare shopping come fanno di solito le ragazzine. Però a scuola hanno notato che Magni veniva all'uscita e si metteva a chiacchierare con Catrambone. Sembrava strano a tutti, perché questa Magni a scuola era un mito, mentre la Catrambone... ecco, lo era meno, diciamo.»

«La più bella e la più sfigata» riassume Nilde. «E questa amicizia a quando risale?»

«Sicuramente si parlavano qualche mese fa.»

Il piano, quindi, era pronto da prima. Morgana puntava Rossella da tempo.

«Sui social, come le ho detto, nessuna traccia, ma d'altra parte Morgana Magni non posta più da un anno e molti post vecchi probabilmente sono stati cancellati» aggiunge Galdòn.

«Come se fosse entrata in clandestinità.»

«Esatto.»

«Amici dell'una o dell'altra?»

«Catrambone amici non ne aveva. Magni aveva un sacco di giri. Poi sarebbe andata all'estero, e sembra che l'abbiano persa di vista tutti.»

«All'estero dove?»

«Qualcuno dice Parigi, qualcuno Berlino, qualcuno Tokyo. Altri che non è andata all'estero ma a Milano. Gliel'ho detto, la Magni era un mito nell'istituto, le leggende fioccano.»

Succede sempre così alle più belle della scuola, pensa Nilde. Magari stanno chiuse a casa, ma tutti le immaginano a vivere le avventure più glamour. «Ma deve pur esserci qualcuno che abbia mantenuto i contatti!» protesta. «Nemmeno i terroristi dell'Isis sono così bravi a far perdere le loro tracce, e questa è una ragazza... cercate meglio.»

Il tono è così perentorio che Galdòn quasi si mette sull'attenti, e Nilde sorride. Forse in fondo ce la può fare, a riprendere il controllo dell'indagine. Ma in quel momento, come a rovinarle la festa, squilla il cellulare. Santamaria.

«Ciao, Rinaldo, stavo facendo il punto con Galdòn prima di andare a casa.»

«...»

«Sì, la Magni.»

«...»

«Certo, non solo lei. Sto facendo controllare anche altri compagni. Su Mainetti e Zazzi, gli unici che andassero a studiare a casa della scomparsa, non abbiamo trovato niente, ma...»

«...»

«Sì, certo. Non mi fisso. E cautela massima. Non sapevo fosse figlia di un ex parlamentare. Figuriamoci. Ci manca solo quello. Procediamo anche con gli altri compagni di scuola, uscisse fuori qualcosa di particolare. Tu dove sei?»

«...»

«Ok, allora ci vediamo domani.»

«...»

«Ciao, grazie a te.»

Ok. Pure questa volta sembra andata. Anche se ogni volta che cerca di nascondere qualcosa a Santamaria Nilde ha l'impressione che sia lui a farla fessa.

55

«Venga, prof!»

La conversazione con Nilde ha lasciato dentro Paolo una strana inquietudine. Che gli è saltato in mente di aprirsi? Magari proprio in questo momento lei sta ridendo del suo sfogo coi tre poliziotti che le stanno sempre dietro, compreso quello giovane, Di Tomasi. Cosa gli è saltato in mente di mettersi a rivangare il passato, a filosofeggiare come quando aveva vent'anni? Sta perdendo la testa, chiuso là dentro?

«In realtà ci cercano in tanti» osserva Momo, mostrando loro varie schermate sul computer. L'entusiasmo pragmatico del ragazzo è rassicurante, lui è sempre concentrato sull'ultimo problema, che ora è quello di decifrare l'indizio di Morgana. Ma anche gli altri pensano a Calvino; a quanto pare, l'unico a cui quella strana caccia al tesoro sembra del tutto irreale è lui.

«Su Facebook, su Insta... sono nati perfino dei gruppi per dare notizie» riferisce Momo. «E ci hanno visti in tantissimi posti, considerato che stiamo sottoterra da due giorni. Neanche avessimo il teletrasporto.»

«Che ne sai, magari questa stanza è un varco spaziotemporale» lo stuzzica Francesca.

«Tipo *Dark*, o *Interstellar*.»

«No... tipo Calvino!» si illumina Paolo.

«Calvino cosa?»

«Lo spazio-tempo... Calvino!»

«*Le Cosmicomiche*!» lo segue Riccobono.

«Che è, uno scioglilingua?» domanda Momo. «Come i trentini?»

«Italo Calvino diceva che il cosmo è comico, intendendo per comico quello che è lontano dall'ordinario, estraneo all'abitudine. Usava la geometria, la teoria della relatività, insomma quelle che consideriamo scienze "dure" per creare favole buffe» spiega Paolo.

«Le geodetiche...» butta lì Montecristo.

«Cosa?» chiede Francesca.

«A scuola studiate le rette su un piano» Paolo prende carta e penna e attacca a disegnare. «Vanno dritte, per due punti dati passa una sola retta, e le parallele non si incontrano mai. Esatto?»

«Esatto» annuisce Francesca a sorpresa. La matematica non l'ha mai studiata, come non studia il resto, ma si ricorda le cose.

«Ma se la retta la disegnassimo su un pallone» prosegue Paolo, avvicinando i due lati corti del foglio per creare una figura tridimensionale, «sarebbe un arco di cerchio, e se su un piano il percorso più breve tra due punti è una linea retta, in una sfera diventa un arco di cerchio massimo. Un cerchio massimo, all'infinito, è appunto una geodetica.»

«Tipo l'equatore?» fa Momo.

«Bravo, proprio tipo l'equatore.» Paolo lancia uno sguardo a Riccobono e in quei piccoli occhi infossati vede brillare una risata. Gli sembra di sentirla pensare. Credevi che questi ragazzi avessero il cervello atrofizzato, eh? E invece magari andava solo annaffiato, come certe piante grasse che sembrano secche e poi fioriscono.

«E quindi, a noi che ce ne viene?» chiede Momo.

«Einstein ci dice che lo spazio non è piatto, ma in qualche modo curvo, come se fosse punteggiato da affossamenti, piccole vallate. Quindi, se vogliamo, è il regno dei cerchi, non delle rette. Calvino raccoglie questa suggestione, disegna lo spazio sulla base della geometria non euclidea, e in un racconto delle cosmicomiche Qfwfq, un essere che si aggira per l'universo dal Big Bang a oggi, si muove su linee parallele che si intrecciano. Proprio in una nicchia dell'universo curvo incontra la sua amata.»

«Quindi?»

«E quindi... se parlasse a noi?»

«Chi, Calvino?»

«No, Morgana. Se usasse le parole citate da Calvino per dare un'indicazione a noi?»

«Cioè?»

«"Vi accorgerete che ognuno, senza saperlo, sta dipingendo questo mondo, sia nel creare e produrre nuove forme e figure." Potrebbe voler dire che stiamo disegnando noi stessi la figura che cerchiamo.»

«Quindi ci starebbe semplicemente dicendo quello che ci sta dicendo...» riflette Montecristo. «Sarebbe proprio da lei.»

«Sarebbe proprio una novità!» lo contraddice subito Momo. «Finora ha parlato solo per indovinelli, è peggio dei quiz di Amadeus.»

«Ma a me non sembra tanto chiaro» obietta Francesca. «Cosa sarebbe questa cosa che ci sta dicendo?»

«Che il percorso lo abbiamo fatto noi. E che per incontrarci basta intrecciare le rette del mondo che abbiamo disegnato.»

«Noi non abbiamo disegnato proprio niente» ribatte Momo.

«Ma di strada ne abbiamo fatta parecchia» Paolo si guarda intorno. «Tra tutta questa roba c'è una mappa di Roma?»

«Sì... credo, un vecchio "Tuttocittà"» dice Riccobono quasi in tono di scusa. Ma a Paolo si illuminano gli occhi. Il «Tuttocittà». La mappatura di Roma tavola per tavola. Una volta erano allegati alle «Pagine Gialle», lui e i suoi amici li usavano per trovare gli indirizzi delle feste, ricorda, e poi ce n'era uno in ogni taxi, naturalmente.

Alla fine il «Tuttocittà» salta fuori, e pure una mappa completa della Capitale. Paolo la dispiega sull'unica porzione di pavimento ancora parzialmente sgombra. «Ecco i percorsi che abbiamo fatto: Torre Bruciata, via Zonio Bartolo, via dei Baullari, casa di Rossella, largo Ravizza, il covo, il bar Palomar... Se costruiamo una figura simmetrica usando questi punti, la prossima tappa è... Circa qui.»

«Ops.»

«In mezzo al Tevere?»

«Controlla sul "Tuttocittà".»

«Sì. In mezzo al Tevere, ma a due passi da qua...»

«Ma non ha senso!»

«Andare a vedere non ci costa nulla.»

«Sì, ma domattina, se no a quest'ora ci cascate, nel Tevere» interviene Riccobono, dato che questi incoscienti sembrano pronti a inoltrarsi sulle rive del fiume nel cuore della notte.

«Ci andremo domattina, sì» Paolo si accorge di essere quasi eccitato.

«Bello il Gioco, eh professore?» ride Montecristo.

56

Domenica

«Nilde, secondo te quanti anni ho?»

Anche se è domenica, Santamaria ha convocato Nilde nel suo ufficetto, e adesso sono seduti uno davanti all'altra ai due lati del tavolo, occupato dal laptop del commissario e da tante, tantissime carte.

«Non lo so Rinaldo... so che sei a un passo dalla pensione, quindi...»

«Mettiamola così: ho fatto tantissimi anni in polizia. Sai a che mi sono serviti, soprattutto?»

«A cosa?» Nilde inizia a capire dove vuole arrivare, e ad avere paura. Paura vera e propria.

«Mi sono serviti a comprendere l'anima delle persone. La capisco, la intuisco. Capisco cosa sanno, cosa fanno e perché» l'uomo si sporge un po' verso di lei. «E io so che sei una brava persona, Nilde, e che puoi essere una brava poliziotta. Ingenua, poco esperta, ma brava.»

«Rinaldo, ma perché...»

«Ma adesso sei a un bivio» la interrompe il commissario. «Sei al bivio tra il torto e la ragione. Tra il lecito e l'illecito. Sappiamo tutti e due che questo bivio lo hai già passato, in realtà, ma io farò finta di non saperlo. E ti chiedo: dove sono i ricercati?»

«I...»

«Romano, Gregoretti, Malatesta, Montecristo e Riccobono» elenca lui, parole veloci come spari. «Attenzione, Nilde: queste persone sono in pericolo e il pericolo non sono certo io. Una donna anziana, un professore malato e due ragazzini, nelle mani di un ex criminale: la situazione può precipitare da un momento all'altro. E chissà cosa sta patendo Rossella Catrambone, se pure è ancora viva. Ormai sono passate quasi due settimane dalla scomparsa.»

«Ma perché Federico Montecristo avrebbe dovuto...»

«E perché non avrebbe dovuto? È l'unico indiziato, Nilde. Tutto torna, tutto si tiene. L'unica cosa che non tiene è la tua posizione. Se in questa fuga senza senso ci scappa il morto, questo che è già un casino diventerà un disastro.»

«Ma io, Rinaldo...»

«Nilde, non mi devi dire dove sono. Ti ho detto che te lo sto chiedendo, ma non mi devi rispondere. Diciamo che non lo sai. Io ora uscirò da questa stanza, uscirò dal nostro commissariato e andrò a provare le brioche che fanno a via di San Basilio, di cui ho sentito tessere grandi lodi al compagno Presenti il quale però le chiama "cornetti"» Santamaria si alza, sembra incombere su di lei, torreggiare. «Io uscirò, e proprio mentre starò per affondare i denti nella mia colazione mi squillerà il telefono. Sarai tu, che mi dirai che stai correndo col tuo staff a un determinato indirizzo che ancora non so, ma che saprò presto, diciamo tra una ventina di minuti.»

«Ma io...»

«... perché una soffiata, particolarmente credibile a tuo giudizio, ti avrà messo sulle tracce dei cinque ricercati.»

Nilde non sa cosa dire, si sente tra terrorizzata e ipnotizzata. Il collega severo ma bonario si è come trasformato e ora la sta gestendo come se fosse una terrorista. Magari con loro usava maniere più forti, in effetti. Ma comincia così, si dice Nilde. Comincia tutto con questa voce.

«Io, cara Nilde, sono convinto che alla fine, nel più profondo di ognuno di noi, ci sia un unico principio guida: la convenienza. Ascoltami, fai quello che ti conviene. Tu ora non rischi solo la carriera, rischi un'indagine e un processo. Rischi il carcere, Nilde. E il carcere è peggio di tutto. Un professore che somiglia a un calciatore degli anni Ottanta vale il costo di una vita?»

Santamaria va alla porta, ma prima di aprirla si gira e conclude, con un sorriso spiazzante: «Sia chiaro: fu un grandissimo giocatore. Lasciatelo dire da uno dell'Inter».

57

Lui ha messo
Il caffè nella tazza
Lui ha messo
Il latte nel caffè
Lui ha messo
Lo zucchero nel caffellatte.

Se può essere considerato un indizio, quello è l'unico. Volendo, sul muro coperto di graffiti accanto alla sponda del Tevere c'è un'altra scritta, stessa grafia:

A quest'ora che fai? Tosti il caffè.

È una riva tra le meno frequentate, quella dove si sono ritrovati dopo aver «unito i puntini» dei loro percorsi attraverso la città. Questa è la loro nicchia nello spazio curvo, a poche centinaia di metri dal Covo, pochi metri dalle rapide convulse del fiume. Le ciclabili sulle sponde del Tevere permettono di fare splendidi percorsi, ma in certi tratti, come quello, non bastano a togliere al fiume la sua aria inquietante. Il Tevere, in questo mattino con un po' di foschia, qui si rivela per ciò che è e che è sempre stato: una forza della natura che, passati i quartieri bene, il suo territorio se lo riprende tutto intero, tra rovi incolti e resti sanguinanti di topi divorati da gabbiani. Un fiume in cui è annegato un dio, dopotutto, un fiume che la cultura, da Virgilio a Pasolini, ha sempre cercato di capire, cantare, addomesticare, ma senza mai riuscirci.

«"Tevere fatale"» mormora Paolo fissandolo, a disagio. Il silenzio è invaso solo dal ruggito dell'acqua. Momo e Francesca si guardano l'un l'altra, nemmeno loro si sentono al sicuro. È perché sanno di essere braccati da Santamaria? O è il fiume?

«Fatale... ora non esageri, diciamo sporco.» Momo imposta un tono allegro, deciso a dissipare quell'umore strano. Ma non è così facile.

«È una delle poesie più belle di Ungaretti.» Paolo non smette di fissare l'acqua. Si massaggia polsi e caviglie, tormentati dai dolori.

«Quello della Prima guerra mondiale?» chiede Francesca, impegnandosi.

«Quello. Solo che questa è la seconda, si parla dell'occupazione nazista di Roma. Ungaretti dice che il male peggiore è l'attesa... L'attesa di un male imprevedibile» distoglie lo sguardo dalle rapide ma è solo per saettarlo in alto, verso il viale su cui scorrono le auto. Come se da là dovesse venire una qualche soluzione. Ma il viale sembra lontanissimo, come se nulla che provenga da quel mondo possa comunque arrivare in tempo per salvarli.

«"Fiume boiaccia"» sentenzia Paolo, ancora tra sé e sé.

«Professore, queste cose le ha scritte Morgana o un matto qualunque?» Francesca cerca di riportarlo sul pezzo indicandogli le scritte sul muro.

«Non lo so, ma sono poesie» risponde lui. «La prima è Prévert, la seconda è Gozzano.»

«E che vogliono dire?»

«Non lo so» ripete Paolo, sempre in quel tono arreso. I ragazzi non riescono a capire perché abbia cambiato umore così all'improvviso, finora andava tutto bene... la malattia, forse?

«Dai, prof, si concentri» lo esorta Momo con un clamoroso ribaltamento di ruoli. «Di che parlano queste poesie? Chi sono i personaggi, che fanno?»

«La prima è una donna che viene lasciata dal marito, il secondo è il poeta, che si confronta con una donna un po' banale, che in qualche modo gli fa la corte.»

«Cosa hanno in comune?» domanda Francesca, dando manforte all'amico.

«In comune... l'amore mancato? In un caso finisce, nell'altro non può sbocciare.»

«Cheppalle» sbuffa Francesca.

«Professore, scusi» tenta Momo. «Però a me sembra più la colazione... il caffè... il picnic?»

«Un picnic qua?» Francesca si guarda intorno schifata.

«Magari è facile» insiste Momo. «Magari dobbiamo cercare in giro.»

I due ragazzi si mettono d'impegno, prima esplorano l'argine, la vegetazione sparsa, le pietre smosse del muro, poi scendono con cautela sulla specie di isolotto incolto e sabbioso attorno a cui vorticano le acque.

«Quando l'avete fatta l'ultima antitetanica?» grida Paolo dalla riva. Stamattina si sentiva pieno di energia ma è come se la poca strada fatta fin lì gli avesse fiaccato i muscoli. Gli fanno male le gambe, sa benissimo che a breve farà fatica anche solo a camminare ed è escluso che si metta a giocare a Robinson Crusoe.

«L'antiche?!»

«A posto» sospira il professore sedendosi per terra. Getta un'altra occhiata al viale soprastante, quasi sperando che non trovino nulla, per potersene andare. Ma una manciata di minuti dopo vede ricomparire i suoi due eroi, trionfanti. Momo regge una grande scatola di biscotti, di quelle in alluminio, con un'illustrazione d'altri tempi. Sembra uscita dritta dritta dalla casa di nonna Speranza.

«Guardi, professò!» gliela tende trionfante.

«Non è arrugginita né ammaccata, non può essere qui da molto» osserva Francesca. «Tu metti questo, però» aggiunge porgendo all'amico un tubetto di gel disinfettante.

«Sì, mamma» borbotta lui, ma le sorride.

Paolo intanto ha aperto la scatola, sperando che non si tratti del dubbio tesoro di qualche senzatetto. Ma non sembra proprio.

Contiene delle carte. Documenti incomprensibili, a occhio roba legale, notarile. Atti di vendita, planimetrie, ma di luoghi qualsiasi. Angoli di strada, ponti, piazze. Non tutti di Roma ma tutti luoghi pubblici, di certo invendibili.

«Cos'è 'sta roba? Non sono libri» Francesca ne prende in mano un paio, li guarda. «Prof, ma qualcuno si vuole comprare via dei Serpenti?»

«Di sicuro è ricco» commenta Momo.

«No, non si può comprare via dei Serpenti. Né Villa Borghese, né il Colosseo... Niente di quello che è documentato qui è commerciabile. A occhio è una provocazione... ma a cosa si riferisca non lo so. Mi viene in mente solo Totò che si vende la Fontana di Trevi, ma Morgana non ha mai usato il cinema...»

Momo ha già in mano il telefono.

«Preside, ci aiuti!» esordisce spigliato, mettendo il vivavoce. «Il prof mi perde colpi... ha gettato la spugna e ora sul ring ci deve salire lei.» Paolo è sorpreso dalla confidenza che si è instaurata tra quei due, nelle lunghe ore passate nel Covo li ha visti parlare fitto fitto. Di cosa?

«Eh, è una scatola con dentro dei documenti» Momo gliela descrive per bene. «Poi c'è della roba di Gozzano sul muro, o forse è Ungaretti, non so, e...»

«Momo, lascia tranquilli i poeti, stavolta il riferimento è artistico, non letterario» dice la voce di Riccobono. «Quella scatola allude a una provocazione artistica. Di' a Paolo che l'indizio porta alla *Zone de Sensibilité Picturale Immatérielle*.»

Francesca e Momo si scambiano un'occhiata sgomenta: ora anche il francese?

«Buzzati e Klein!» urla da dietro Montecristo.

«Ma certo» lo sguardo di Paolo si rischiara. «L'acquirente compra l'azione dell'artista, un'azione immateriale destinata a scomparire. La dematerializzazione dell'arte, di cui solo resta memoria.»

«Bravi che avete tutti capito, ce lo spiegate anche a noi?» chiede Momo, un filo acido. Intanto Francesca ha riposto le carte nella scatola, le sembra chiaro che bisognerà andare a decodificare tutto al Covo.

«Scusa, Momo, hai ragione» c'è un sorriso nella voce di Riccobono, perché dev'essere la prima volta che quel ragazzo chiede una lezione di storia dell'arte. «È una performance artistica: prima nel 1959, poi nel 1962 Dino Buzzati e l'artista francese Yves Klein vendettero pezzi di patrimonio "invendibile" (piazze, angoli delle vie, fiumi) in cambio di oro che poi, ritualmente, gettarono nel fiume stesso.»

«Nel Tevere?»

«Nella Senna, a Parigi.»

«Vabbè, meglio il Tevere» commenta Francesca, patriottica.

«Guardate meglio il fiume. Vedete niente?» chiede la voce di Montecristo.

«Là... Cazzo, c'è una boa!» esclama Momo.

«E a quella come ci arriviamo?»

«Nuotando?» propone Francesca.

«È escluso, Francesca, il fiume è pericoloso. In questo punto, poi» la blocca Paolo. E nel telefono: «Ora torniamo al Covo e ci pensiamo».

Mentre chiude la comunicazione, dall'alto arriva la voce di Nilde.

«Ehi voi, laggiù!»

I tre alzano lo sguardo. C'è la poliziotta affacciata alla balaustra, agita un braccio per chiamarli.

«Nilde, giusto tu!» Paolo non sembra sorpreso. «Qua ci servono i sommozzatori fluviali, vieni a vedere!»

Momo fa un largo sorriso e saluta. Francesca si irrigidisce, preoccupata.

Ha ragione Francesca. Un istante dopo, accanto a Nilde compare Santamaria.

«Maledetta stronza. L'avevo detto io» sibila Francesca.

«Ragazzi, stiamo calmi» li esorta Paolo a denti stretti.

«Ci vuole arrestare!»

«Ne veniamo fuori.»

«Prof, no, il milanese non può rubarci l'indizio!» e un attimo dopo *splash*... Momo si è buttato nel fiume.

Nuota verso la boa. Ma la cosa non è semplice.

«Momo, maledizione!» Francesca fa due passi verso la riva. Paolo guarda il ragazzo che combatte con le rapide e poi le scalette da cui stanno scendendo di corsa Nilde, Santamaria e i tre agenti. Hanno davvero le pistole in mano?

«Francesca, non fare cazzate anche tu.»

Lei prende la scatola di biscotti, la apre. Ci mette dentro il telefonino e ficca tutto nello zainetto. «Lei li tenga occupati, prof. Ci vediamo di là.»

E in un momento è nell'acqua anche lei. Raggiunge in poche bracciate straordinariamente forti e fluide Momo, che si è aggrappato alla boa. Armeggiano con qualcosa. Paolo li guarda con il cuore in gola mentre Nilde con i tre agenti lo raggiunge.

Di Tomasi lo prende per un braccio.

Nel mezzo del fiume, Momo e Francesca gettano uno sguardo alla riva, poi mollano la boa.

E scompaiono lungo la corrente, tra le rapide.

58

«Allora, spiegatemi perché siete partiti in tre e tornate in due.»

Momo e Francesca hanno raggiunto la riva poco oltre il punto dell'imboscata e hanno chiamato la preside e Montecristo. La scatola di latta è più stagna di quanto sembrasse e incredibilmente il contenuto ha retto al tuffo. Ora sono tutti e quattro lungo l'argine sottostante il vecchio mattatoio e i ragazzi si stanno asciugando con un paio dei soliti stracci arrivati dalla cassapanca del Covo. Le loro voci concitate si sono sovrapposte per lunghi minuti di confusione prima che Riccobono, con il suo migliore tono da preside, riuscisse a rimettere ordine nel caos e farsi raccontare per bene cosa era successo.

Nilde li ha traditi. Il professor Romano è stato arrestato. Hanno ripescato dal Tevere quello che è probabilmente il prossimo indizio, ma adesso che si fa?

«Soprattutto: quanto è pericolosa ormai Morgana?» chiede Montecristo, più a se stesso che a loro, alla fine di quella torrenziale ricostruzione degli eventi.

«In che senso?» chiede Francesca.

«Nel senso che qua non si trattava di recuperare un libro in un bar. Qui potevate lasciarci la pelle» fa notare il bibliotecario. «E non credo che lei non ci abbia pensato. È che non le interessa. E se non le interessa chi ci lascia la pelle...»

«Non penserai... che farebbe del male a Rossella?» Adalgisa aggrotta la fronte e per un momento dimostra tutti i suoi anni.

«Non si preoccupi, preside» Momo le prende una mano in un gesto rassicurante d'altri tempi. «Ci arriveremo prima noi, da Rossella.»

«Sai chemmefrega della Catrambone» borbotta Francesca strofinandosi i capelli.

«Ora seguitemi.» Riccobono stronca sul nascere l'inevitabile battibecco. «Dentro la busta che avete recuperato c'è un lingotto luccicante che porta il numero 16.»

«È oro?»

«No, è plastica, Momo. Non serve avere dieci in scienze per capire che quella borsa era troppo leggera per contenere un lingotto vero.»

«E che ne so» fa Momo ridendo. «Magari aveva ragione Pastore e in questa storia ci stanno pure gli alchimisti...»

La Riccobono, tra lo stupore generale, si unisce alla sua risata e per un momento i due sembrano... Francesca scocca un'occhiata a Montecristo. Sì, sembrano davvero madre e figlio. O nonna e nipote, va'. Per strano che possa apparire.

«Per il momento diciamo che hanno trasformato le parole in plastica, al giorno d'oggi non è una grande impresa» commenta Riccobono. «Ora vediamo. Con il contratto n° 16, fra i tanti che riempiono la scatola di biscotti, è stato venduto non un luogo ma un brano:

Uno straccetto rosso, come quello
arrotolato al collo ai partigiani

e, presso l'urna, sul terreno cereo,
diversamente rossi, due gerani.
Lì tu stai, bandito e con dura eleganza
non cattolica, elencato tra estranei
morti...»

«Pasolini. *Le ceneri di Gramsci*» dice subito Montecristo. «Fin troppo ovvio, stavolta.»

«Ovvio che? Dobbiamo andare al festival dell'Unità?» chiede Francesca.

«Dobbiamo andare al cimitero acattolico di Testaccio» corregge Montecristo.

«Dobbiamo?» si aggronda Riccobono, nello stesso momento in cui Momo chiede: «Il cimitero *che*?».

«Acattolico» gli spiega la ex preside. «A Roma le norme della Chiesa vietavano di seppellire i non cattolici in terra consacrata. Attori, prostitute, peccatori venivano sepolti lungo il muro torto, tra il Pincio, piazza del Popolo e villa Borghese. Gli ebrei invece finivano all'Aventino. Alla fine del Seicento, si stabilì che i non cattolici non dovessero subire l'onta di finire al muro torto, e furono indicati i "prati del popolo romano" per le loro sepolture. Era un'area che oggi definiremmo da picnic, dove si beveva vino, si passava il tempo, si pascolava il bestiame, vicino a un monumento all'epoca molto visitato. La Piramide Cestia.»

«E lì c'è Gramsci?» chiede Francesca.

«Ci sono tanti. Keats, Shelley, Gadda, Emilio Lussu. Anche Camilleri e Dario Bellezza. Oltre a Gramsci, sì.»

«Tutti nella piramide?»

«Nel cimitero, Momo. E il testo che ci manda Morgana è una poesia in cui Pasolini racconta di aver fatto visita al sepolcro di Gramsci.»

«Pasolini andava sempre in una pizzeria di Pietralata, ci sono stata e ho visto le foto» interviene Francesca.

«Brava, Malatesta» sorride Riccobono.

«Quindi la nostra prossima tappa è di nuovo a pochi passi da qui» dice Montecristo. «A Testaccio, dall'altra parte del ponte. Oltretevere.»

«Non vorrai uscire allo scoperto?» si preoccupa Riccobono.

«Non possiamo certo lasciare andare i ragazzi da soli. Non sanno nemmeno come si scrive, Gramsci.»

«Ma chi lo scrive, Gramsci» insorge Francesca.

Montecristo lancia a Riccobono un'occhiata significativa e per un momento hanno entrambi di nuovo vent'anni.

«Tu non puoi tornare a casa, però» dice lui con una punta di ansia.

«Non preoccuparti per me. Andate.»

Mentre li guarda allontanarsi, Riccobono pensa a tutte le scene come questa che ha visto nella sua vita. E si dice con un sorriso che quella sua storia fatta di addii con Montecristo proprio non vuole saperne, di finire.

59

Al commissariato, l'interrogatorio di Paolo («Una semplice chiacchierata, per ora» ha detto Santamaria) si sta trasformando in una lezione di lettere. Nemmeno tanto per colpa sua, bisogna dire. Il commissario, dopo aver provato a estorcergli una qualsiasi rivelazione, è andato a pranzo con Pastore, nella speranza di farsi rivelare qualche punto debole di quel sospettato così ostico. Non che il professor Romano sia scortese, ostile o reticente, no. È semplicemente... disinteressato alle domande. Fa finta di rispondere ma in realtà non dice niente. E lo fa sentire, lui, Santamaria, con i suoi quasi settant'anni e la sua esperienza, come uno studente impreparato.

Nilde è rimasta con Paolo nella saletta del commissariato, con il solo conforto del caffè e dei wafer della macchinetta. Lei sa cosa Paolo non sta dicendo, ma non può certo confessare a Santamaria il ruolo che ha avuto. Ha provato a indirizzare il professore verso la sincerità, ma non è riuscita a farlo parlare del Gioco.

«Perché non gli dici quello che sappiamo?» sussurra.

«E finire dentro per aver ostacolato le indagini? No, grazie. Portiamogli Rossella, poi se ne parla. Hai fatto male a tirarli dentro, hai fatto male.»

«Non potevo fare altro, finivo dentro io.»

«È un maledetto casino» ammette lui scuotendo la testa, evidentemente spaventato.

«Ma Morgana secondo te segue uno schema?» gli domanda Nilde, sempre a bassa voce.

«Cioè?»

«Intendo dire: per ogni indizio prende un autore o l'altro alla rinfusa? O si potrebbe cercare di anticipare le sue mosse? Ogni volta le tracce erano fresche, come se fosse stata lì pochi giorni o addirittura poche ore prima... se riuscissimo a capire quali saranno le successive, potremmo coglierla sul fatto.»

«Belli tutti questi plurali» commenta Paolo. «Sembra quasi che ti consideri ancora parte della squadra.»

«Io *sono* parte della squadra» lo rintuzza Nilde. «E piantala di fare il ragazzino. Nessuno ha intenzione di arrestarti, rimani a disposizione e non succede niente. Ora finiamo qui, aspettiamo il via libera di Rinaldo e te ne vai a casa a dormire nel tuo letto. Ti sei visto? Non ti reggi in piedi.»

«È per questo che hai deciso di portarmi qui con la volante? Perché pensavi che non fossi all'altezza?»

«Ma all'altezza di cosa?» Nilde sbatte la mano aperta sul tavolo e Paolo sobbalza: non se l'aspettava. «All'altezza di correre su e giù per Roma inseguendo la caccia al tesoro di quella pazza? La vuoi finire con le scemenze? Qua c'è una ragazzina che è sparita, la sua famiglia che non dorme da giorni, più quelle poverette delle madri di Momo e Francesca, che però mi fanno meno pena perché se hanno tirato su degli scriteriati del genere... ma comunque no, mi fanno pena pure loro!»

«Ti fanno pena tutti tranne me, insomma.»

«No che non mi fai pena! Tu mi fai rabbia!» e sporgendosi al di sopra del tavolo che li divide, Nilde avvicina il viso a quello di Paolo e con estrema determinazione appoggia le labbra sulle sue.

Quando si separano, non è chiaro quale dei due sia più attonito.

È Paolo il primo a parlare.

«Il programma dell'ultimo anno del classico» dice fissandola negli occhi come se parlasse di stelle.

«Scu... eh?» Nilde ricade sulla sua sedia, con aria non è chiaro se più di imbarazzo o di sfida.

«Penso che segua quello che per tanto tempo è stato il programma dell'ultimo anno del liceo. Vedi, il primo anno si fa antologia: *Eneide*, *Iliade*, *Odissea*... Il secondo anno si spreca tutto con Manzoni. E lei Manzoni lo ha saltato. Mai una parola, mai un accenno.»

«Si spreca?» Nilde cerca di snebbiarsi il cervello e si chiede se lui la stia davvero guardando in quel modo ma stia parlando di Manzoni.

«Si spreca, si spreca. Manzoni è un assurdo. Se ci pensi, da studenti abbiamo passato un intero anno a leggerlo, commentarlo, riassumerlo. E mi dicevo: perché Morgana lo salta?»

«Lo aveva saltato?»

«Di sicuro snobbato. Seguimi.»

«Ok.» Nilde decide di passar sopra a quello strano bacio che sembra aver cambiato tutto, o niente.

«*I promessi sposi*» Paolo si accalora «andrebbero studiati all'ultimo anno di liceo, insieme alle altre opere dell'Ottocento. Dedicare così tanto tempo all'opera di Manzoni è una scelta basata su un principio formale e su uno sostanziale, entrambi errati.»

«Sarebbe?»

«Il principio formale è quello secondo il quale Manzoni sarebbe un modello di lingua italiana: in realtà scrive nella metà dell'Ottocento e non occorre sottolineare come la lingua italiana, da allora, si sia evoluta. Il principio sostanziale è un'idea di società tutto sommato accettata a lungo in questo Paese, secondo cui le classi dirigenti hanno in mano le soluzioni se agiscono in armonia con la Provvidenza divina. E il potere spirituale alla fine è quello che conta.»

«E non è ancora così?» si inserisce lei, con una battuta. Come capita in Emilia, è cattolica per parte di madre e atea per parte di padre e si è sposata in chiesa, ma da allora ci sarà entrata forse un paio di volte.

Paolo, comunque, non la sta ascoltando.

«Ovvio che non possiamo giudicare Manzoni né nessun autore con i criteri degli anni Duemila. Ma disegnare ancora i programmi con un occhio a questi due principi non è giusto per gli studenti, per i docenti, per i programmi e nemmeno per il Manzoni, che riposi in pace. Ma scusa, mi sto lasciando prendere» si sporge in avanti sul tavolo e stavolta sembra che sia lui a voler baciare lei. «Dove eravamo rimasti?»

«Al secondo anno» farfuglia lei, appoggiandosi allo schienale per chiarire che è lei a non essere disponibile ad altre mattane. Ne ha già fatta una di troppo e quel che è peggio ha una gran voglia di rifarla, ma immagina se fosse entrato in quel momento Santamaria. O anche Galdòn, se è per quello. «E a Morgana che lo salta.»

«Giusto. Fatta una bella scorpacciata di Manzoni, al terzo anno si torna indietro, e si passa al Medioevo, si comincia a ripercorrere la storia della letteratura.»

«Eh già, si parte pure con Dante» ricorda lei.

«Esatto, a questo punto si va in parallelo con Dante, una cantica l'anno, e con la storia della letteratura, terzo anno fino al Cinquecento. Tutto questo Morgana l'ha saltato.

Quarto anno si arriva alle soglie dell'Ottocento e quinto anno...»

«Ci si inoltra nell'Ottocento – e ci si ribecca Manzoni – e si finisce con il Novecento» conclude Nilde.

«In teoria, Nilde. In teoria.»

«Perché in teoria?»

«Perché in genere non ci si arriva, o ci si arriva di corsa. Ed è qui che Morgana sembra... voler rimediare.»

«Cioè sta portando avanti un programma ministeriale tutto suo?»

«Una specie. Tutto suo, e in parte tutto mio. Vedi, io con il Novecento comincio fin da subito. Lo faccio anche al Tecnico, da quando sono al triennio, e quindi comincio dalla terza. Lo porto parallelo al programma, una volta a settimana. Comincio dai decadenti francesi: Baudelaire, Rimbaud, Mallarmé. I ragazzi mi seguono perché lì c'è la ribellione, il maledettismo, l'alcol. Poi le avanguardie: futuristi, dadaisti surrealisti, qua non capiscono più un accidente ma è un non capire affascinante, li coinvolge.»

«E italiani niente?»

«Be', certo, i futuristi che sono? Ma anche Ungaretti, poi Montale, poi Quasimodo.»

«E Calvino...»

«E Calvino, certo, ed Elsa Morante, e ora Buzzati e le avanguardie artistiche... Morgana è come se con questa corsa assurda attraverso Roma ci stesse facendo "fare il Novecento". E non solo.»

«Cioè? Cos'altro?»

«Sta formando Momo e Francesca. Sta facendo vivere loro la letteratura. Non solo in una prospettiva cronologica, ma anche tematica: la ricerca, la coscienza, la conoscenza... Un vero e proprio percorso formativo a più dimensioni. E il Gioco è proprio questo... o almeno doveva esserlo, nella mente di quei due pazzi di Montecristo e

Riccobono: la letteratura intrecciata con la vita, con la passione.»

«Ma non imparano niente se non brandelli di informazione su qualche autore. Non è la stessa cosa che istruirli.»

«Ma stimola il desiderio di imparare, che è la chiave per formare una persona.»

«Ma perché loro?»

«Perché sono i peggiori. E ci ricorda cosa deve fare la scuola: formare tutti, non accontentarsi delle eccellenze.»

«Sia pure» Nilde alza le mani, chiaramente poco convinta. «Ma devi scusarmi, tutta questa storia della caccia al tesoro letteraria mi sembra sovrastruttura, come dice sempre mio padre.»

«Tuo padre è Carlo Marx?»

«Mio padre è un comunista emiliano, e bada alla sostanza. E qua la sostanza è che una ragazzina di diciotto anni è stata rapita» dice Nilde, seria. «Perché, e soprattutto come, una ragazza come Morgana avrebbe dovuto non solo ordire un gioco così complicato, ma commettere perfino un reato? Per educare due bulli di periferia? Non ha senso, Paolo. C'è qualcosa di molto più grosso.»

«Anche perché altrimenti non sarebbe piombato qui Santamaria» annuisce lui. «Che però, con tutta la sua esperienza, non sta cavando un ragno dal buco e si lascia incantare da Pastore.»

«Santamaria ha un gioco tutto suo... Mi sembra che gli unici a non essere in partita siamo noi» commenta Nilde sconfortata. Poi aggiunge: «La chiave è Morgana. Dobbiamo riuscire a capire le sue intenzioni, il suo gioco. Che ruolo si è data, che personaggio ha scelto di essere in questo suo racconto».

«*Race, milieu, moment*. Se solo capissimo...» Paolo ragiona a voce alta.

«Ma che stai dicendo?»

«I naturalisti» risponde Romano mentre l'ispettrice alza gli occhi al cielo davanti all'ennesima citazione letteraria «pensavano che il personaggio letterario deve essere costruito rispettando tre coordinate: il patrimonio ereditario, l'ambiente in cui vive e il momento storico in cui agisce. Dovremmo ragionare al contrario: partire dalle sue coordinate e ricostruire Morgana.»

«Mi sembra una ricetta troppo semplice» ribatte lei

«Già. E comunque noi questi elementi non li abbiamo. Io almeno» sottolinea con tono affranto «non li ho, non li ho più.»

Il tempo dei ragazzi dell'età di Momo, Francesca, Rossella, Morgana, lui non lo conosce. È stato sempre a contatto con loro, ma da quando non c'è più Chiara li ha visti passare, senza guardarli. Non è sui social, non ci sa entrare, non vuole esserci. Li vede caotici, ignoranti, superficiali, stupidi, fascisti. Cosa c'è da guardare in loro? È già abbastanza faticoso doverli vedere, giorno dopo maledetto giorno.

Il luogo di Morgana, poi, qual è? Torre Bruciata? La biblioteca dell'istituto? O forse è dove possono arrivare i libri e la rete, cioè ovunque?

L'ambiente invece, quello forse lo comprende, perché in fondo non è cambiato. È lo stesso che attorno a Morgana ha disegnato Montecristo, quello degli intellettuali, che possono arrivare ovunque senza andare da nessuna parte. Tutto è alla loro portata, e tutto sfugge alle loro mani. Lui sta con Corazzini, che si rendeva conto: «Io non so, Dio mio, che morire». Quelli come Montecristo, come Morgana, come Adalgisa invece non si rendono conto. Pensano di avere un ruolo, importante perdipiù, e finiscono vittime del pensiero, che deforma la realtà. L'universo si restringe attorno a loro, arriva a coincidere con loro stessi, e li schiaccia. Li fa scomparire dalla realtà. Li rende ininfluenti e tradisce il valore stesso del loro pensiero, li cancella.

«Non lo so quale sia il prossimo passo di Morgana, davvero» dice, arreso. «Sembrano tanti, tutti incassati uno nell'altro. Il punto di partenza era Poe, poi i decadenti. Adesso abbiamo due strade: la prima, che il punto di arrivo possa essere Montale. Un percorso esistenziale, filosofico: l'asciuttezza del ragionamento, la durezza della logica, il poeta che mostra solo la strada sbagliata, che guarda la propria ombra sul muro. La seconda è più probabile, e più rischiosa.»

«Qual è?»

Paolo esita per un attimo. Può fidarsi di lei? Fino a pochi minuti fa era certo di no. È bastato solo un bacio, goffo per di più, a fargli cambiare idea? E soprattutto: se anche potesse fidarsi di lei... Si gira verso la porta a vetri, controllando che Santamaria non sia di ritorno dalla sua pausa pranzo e che nessuno degli agenti del commissariato li stia guardando. Ma sono soli, come in un acquario.

Esita ancora. Poi si decide, e parla: «Silone, Vittorini, Pratolini, Moravia, Pasolini. La letteratura e l'impegno politico, nelle sue tante imprevedibili forme».

Poi si decide, e le mostra sul vecchio Nokia il messaggio che gli è appena arrivato. Una sola parola: Gramsci. «L'ultimo indizio pare porti a Gramsci. E lo sai cosa diceva, lui?»

«Che diceva?»

«Diceva: "Istruitevi, perché avremo bisogno di tutta la nostra intelligenza. Agitatevi, perché avremo bisogno di tutto il nostro entusiasmo. Organizzatevi, perché avremo bisogno di tutta la nostra forza".»

«Quindi...»

«Quindi siamo nella teoria per cui il sapere serve ad agire. Il punto è: agire in che direzione?»

«Gramsci… La rivoluzione?»

«Speriamo di no, Nilde. Speriamo di no. I ragazzi che giocano alla rivoluzione li abbiamo già conosciuti» dice Paolo serio. «In questo caso magari è terrorismo culturale, ma fa ugualmente paura.»

«E infatti abbiamo a che fare con un rapimento. Anche l'ultima volta tutto iniziò da lì» ribadisce Nilde.

E come se la parola «terrorismo» lo avesse evocato, in quel momento apre la porta della saletta Rinaldo Santamaria.

«Nilde, puoi uscire un attimo?»

Nilde esce, Santamaria la prende per un braccio e le sussurra all'orecchio: «Non stare a perder tempo con questo sfigato. Pastore ha una pista».

60

«Molti lo chiamano ancora il cimitero degli inglesi. Alcuni il cimitero dei poeti. Sapete perché?» chiede Montecristo, procedendo seguito dai ragazzi verso il cimitero degli acattolici.

«Perché ci stanno sepolti dei poeti inglesi?» butta lì Momo con grande senso logico, mentre si avvicinano al cancello del cimitero.

Montecristo vorrebbe parlargli di un nome scritto nell'acqua, di una moglie che si narra volesse essere seppellita con il cuore del marito, del maestro di danza di David Bowie e della sinagoga degli iconoclasti, poi pensa che se per qualcuno la vita è una cosa semplice forse bisogna scegliere quando complicargliela.

Risponde solo: «Sì».

La tranquillità della domenica mattina, che si respira per le strade che conducono al cimitero, è strana come trovarsi su un pianeta alieno. Davvero da giorni stanno cercando una loro compagna di classe scomparsa, seguendo la più bizzarra delle cacce al tesoro? Davvero si sono nascosti sottoterra, in un covo che sembra una macchina del tempo? Davvero la polizia li sta cercando? Ma basta guardare la schiena rigida e i passi circospetti di Montecristo, oltre al rigonfiamento sul fianco dove si è infilato la pistola nei jeans, per capire che sì, davvero. La realtà supera la fantasia, nel loro caso.

«Francè» Momo si rivolge all'amica. «Ma ci hai fatto caso a dove sei finita?»

«Perché, dove sarei finita?»

«Come perché... una camerata come te – Dio, patria e famiglia... hai presente? – che va con un negro a visitare le ceneri di un comunista in un cimitero acattolico!»

«Mezzo negro, eh» lo corregge lei, prendendolo sottobraccio con uno sfoggio di affetto del tutto atipico. «Comunque, sai che c'è? Io non sono fascista perché so' fascista.»

«Cioè? Che vuoi dire?»

«Io so' fascista perché so' diversa dagli altri.»

«Ma se siete tutti fascisti, a scuola!»

«Vabbè, certo» annuisce lei, come se fosse ovvio. «Perché vogliamo essere tutti diversi.»

«Ah, mbe!...»

«Ti metti come gli altri per essere diversa dagli altri. Stai messa bene...» commenta senza voltarsi Federico, che continua a camminare.

«Che vuoi tu?» gli urla Francesca, piuttosto risentita.

«Se gli altri non ti piacciono, ti basterebbe non rotolare dietro a loro» scandisce Montecristo, che si ferma, si gira verso di lei, le solleva il pendaglio a forma di croce celtica che ha al collo e sentenzia: «Tipo che butti via questa roba».

«È un simbolo antico» protesta lei, sorpresa dall'atteggiamento del bibliotecario, che approfitta della sosta per riprendere fiato. Se la sono fatta tutta a piedi, pure un po' di corsa.

Momo lo guarda, innervosito. Non gli piace come sta trattando Francesca, ed è un po' che ci vuole discutere.

«Ma tu che parli tanto, chi ti credi di essere?» squadra le spalle. «Che hai risolto?»

«Niente, lasciami in pace.»

Ma Momo non lo molla, la rissa lo tenta. Questo vecchietto dovrebbe imparare ad abbassare la cresta. «Hai quasi settant'anni e l'unica cosa che hai fatto è inventare un Gioco in cui non si capisce un cazzo.»

«Tu» anche Montecristo squadra le spalle. «*Tu* non ci capisci un cazzo.»

«Se è un gioco» gli soffia in faccia Momo «che cosa si vince?»

Montecristo tace abbastanza a lungo da far cadere la risposta come piombo. «Vinci che impari.» Poi si gira e riprende a camminare.

«Imparo cosa?» gli corre dietro Momo. «Che cosa imparerei? Dei pezzi di poesie di gente morta? Bell'affare.»

«Impari come si diventa una persona, non l'animale che sei» gli ringhia Federico senza voltarsi.

Momo lo agguanta, gli mette una mano sulla spalla, lo costringe a girarsi: «Animale sei tu, vecchio barbone...».

Ma Montecristo lo prende in controtempo, è più basso di lui di venti centimetri ma lo sfida con una voce che quei centimetri li annulla, li appiana: «Non lo capisci? Tu puoi solo studiare, caro mio. È la tua unica salvezza. È l'unica arma che hai per uscire dal buco del culo del mondo. Non hai soldi, non hai amici o parenti che ti aiutano, anzi, tu non hai proprio parenti. Tu non hai nulla».

Momo è ammutolito. Vorrebbe replicare, forse dargli un cazzotto in faccia, ma una vocina dentro di lui gli sussurra: «Aspetta. Senti che ha da dire».

«Quelli come voi hanno solo una speranza» riprende Montecristo guardando entrambi. «Potete solo studiare. Se no il vostro destino vi farà a pezzi.» E poi accelera, lasciandoli fermi sul posto. È Momo che lo insegue, e lo riprende subito. Gli mette di nuovo una mano sulla spalla, per fermarlo. Ancora non sa se dargli una capocciata o lasciarlo parlare.

«E che ci faccio con lo studio, vecchio? Che ci faccio?»

Francesca prende l'amico per un braccio e lo tira a sé, ma si inserisce sarcastica: «Che famo, Federì? Magnamo cultura? Ma secondo te se stiamo nel buco del culo del mondo è perché siamo ignoranti? O perché non c'ho una lira, mio padre è scappato di casa, e mia madre fa le pulizie come sua madre e come la madre di sua madre?».

Montecristo apre la bocca per dare una rispostaccia, poi li guarda meglio. Sono tesi, impauriti, offesi, e insicuri come non sono mai stati. In pochi giorni sono stati trascinati fuori dal loro mondo: frustrante, sì, insoddisfacente, sì, però rassicurante. Hanno perso tutte le coordinate vecchie e ancora non riescono a capire quelle nuove.

Federico Montecristo non ha mai fatto l'insegnante. Ma sulla soglia del cimitero acattolico di Roma, decide di provarci.

«Se ce l'hai col mondo che ti circonda, Bomber, hai ragione» le dice calmo. «Però chiediti perché. Io vivo dove vivi tu, e guadagno anche meno di tua madre. Ma la condanna non è vivere nel posto in cui vivi: è non capire nulla del mondo intorno a te.» Passa a guardare Momo. «Non siete *ignoranti* perché non sapete le poesie a memoria. Lo siete perché non sapete farvi capire dagli altri e non riuscite a comprenderli, perché non sapete interpretare un contesto complesso e questo vi rende prede di chi fa finta di poterlo semplificare. Non siete gli unici. Persone che hanno studiato, e studiato parecchio, sono ignoranti quanto voi.»

«Allora non si salva nessuno, però» borbotta Momo, tutta la sua rabbia all'improvviso sembra evaporata.

«C'è sempre una via d'uscita» Montecristo scuote la testa. «Uno di cui voi non sapreste neanche pronunciare il nome diceva che i capolavori sono sparsi per il mondo come segnali di avvertimento in un campo minato. Il Gioco serve a questo. Vi fa trovare i segnali e... *boom!*» allunga una mano a battere leggermente le nocche sulla fronte di Momo. «Vi esplode la testa. E magari scoprite che non siete i coglioni che credete di essere. O che fate finta di essere.»

Si gira, fa pochi metri, raggiunge il cancello: «Siamo arrivati».

61

«Cos'è la Sedia del Diavolo?» chiede Nilde incredula a Santamaria e Pastore. Si sono spostati in corridoio e uscendo hanno chiuso la porta alle loro spalle. Sussurrano, in modo da non essere sentiti da Romano.

«È il rudere di una tomba, quella di un liberto dell'imperatore Adriano» risponde Pastore. «Secondo secolo dopo Cristo. Non è lontana da qui, è nel cuore del quartiere Africano. Una volta era una sorta di tempietto, ma da sempre la chiamano così perché con il crollo della facciata sembra un seggio vescovile. È sulla Nomentana, sopra una collinetta. Era usata da pastori, prostitute e viandanti come rifugio. Accendevano il fuoco, i bagliori rossastri si vedevano da lontano, era un vero e proprio horror nelle notti antiche.»

«E che c'entra con Rossella?»

«Il rudere aveva dato il nome alla piazza, ma gli abitanti del luogo si ribellarono, e nel 1958 la piazza prese il nome di piazza Callistio, il liberto di cui sopra.»

«E quindi?» insiste Nilde, particolarmente innervosita.

«E quindi si fanno le ricerche, dottoressa» replica stizzito Pastore «e se non le fa la polizia le fa il professore di arte e territorio. Il commissario» fa un gesto di gratitudine verso Santamaria, che ricambia con un cenno della testa, «mi ha suggerito di scavare nel passato dei nostri cinque amici, e sono partito ovviamente da quella con più passato, la preside Riccobono. E nel 1958 qual era la famiglia più arrabbiata di tutti nel quartiere, quella che voleva cambiare il nome alla piazza?»

«La famiglia Riccobono, immagino» replica Nilde, ma con il tono spiccio di chi non capisce dove voglia andare a parare l'interlocutore. «Ma che c'entra? Nel 1958 la preside non era neanche alle elementari!»

«C'entra che il frutto non cade mai troppo lontano dall'albero, e c'entra che da sempre questo posto, nel quartiere, ha attirato le attività più strane. Nel Medioevo alcuni pensavano che la facciata l'avesse buttata giù il diavolo in persona, per sedersi più comodamente; altri invece lo consideravano un luogo sacro, e arrivavano in pellegrinaggio per chiedere miracoli. Ancora negli anni Settanta ci si svolgevano riti di sette sataniche, e probabilmente anche oggi qualcuno, la notte, lo va a visitare. Lei non lo sa, e non posso perdere tempo a spiegarle, ma questi pazzi stanno conducendo un gioco. Una specie di caccia al tesoro che parte da Giordano Bruno, passa a Carducci, alla massoneria, alla prima Loggia sorta sulle rive del Tevere, al ruolo di Satana secolarizzatore... La Riccobono, ne sono sicuro, ci vuole là.»

«Ma basta! Perdio, Rinaldo, non mi farai perdere altro tempo con queste cazzate?» sbotta Nilde perdendo definitivamente la pazienza. «Già mi hai fatto girare a vuoto per ore sotto al Vaticano!»

«A me sembra che a girare a vuoto sia lei, Nilde» contrattacca Pastore. «Se è stato l'ex terrorista a rapire la ragazza, ed è stato lui di sicuro, allora Riccobono potrebbe essere complice. E se fanno parte di una loggia massonica...»

«Ma smettila, coglione!» Nilde perde ogni controllo, fa

un gesto di stizza e manda all'aria il bicchierino che Pastore teneva in mano. Il caffè era ormai finito, ma qualche goccia vola per aria, e cade in pieno sulla camicia azzurra del consulente.

Santamaria si mette in mezzo fra i due per evitare che la lite degeneri in rissa. Con una mano ferma Pastore, con l'altra allontana l'ispettrice e scandisce: «Nilde, tu resti qua. Siamo tutti troppo stanchi. Di Tomasi, Galdòn, per favore accompagnate il professor Pastore al quartiere africano».

Pastore si allontana sconvolto cercando di pulire la camicia con la pochette, e sbirciando nell'ufficio degli agenti Nilde scorge Presenti che trattiene a stento le risate.

Ma lei adesso è furente ed esterrefatta.

«Rinaldo, ma davvero credi che i rapitori possano voler usare Rossella per un rito satanico? Come in un B movie?»

Santamaria, che sta entrando nel suo ufficetto, si volta a guardarla.

«Non bisogna trascurare nessuna pista, Nilde» dice serio. «E almeno le sparate di Pastore sui media tranquillizzano i rapitori, no?»

«A me sembra che faccia solo un sacco di confusione. E pensa ai poveri genitori, ogni giorno con un incubo diverso e uno più assurdo dell'altro.»

«Se hai delle idee migliori per ritrovare i sospettati prima che facciano del male alla ragazza, tirale fuori, Nilde» quasi abbaia Santamaria. «Nel frattempo... Ho degli archivi anche qui a Roma, fammici andare a dare un'altra occhiata.»

E si chiude nell'ufficio, lasciandola sola con il professor Romano, che attirato dalle urla è uscito dalla stanza degli interrogatori e la guarda sconcertato.

«Ma sul serio vanno alla Sedia del Diavolo?»

Nilde ricambia lo sguardo, e allarga le braccia. Vorrebbe mandare affanculo pure lui, ma perde l'attimo.

62

Il cimitero sta per chiudere, avvisa la ragazza che all'ingresso chiede un contributo volontario per il mantenimento. Fondi di bottiglia, cappelletto rasta, è una classica «zecca», pensa Francesca infastidita, proprio adatta al posto. Sta seduta su una seggiola, dietro a un tavolo pieghevole, con la ciotola per le offerte davanti al muso del gattone che tiene sulle ginocchia. Montecristo la scuote, lei si è quasi incantata a guardare la ragazza, poi lascia qualche euro e guida il gruppo verso il sepolcro di Gramsci.

Ci sono.

CINERA ANTONII GRAMSCII, e che è latino lo capiscono anche Momo e Francesca. Aspettano che un gruppetto di ragazzi si allontani, e restano a guardare. Momo si china, cerca negli angoli, dietro ai fiori lasciati dai visitatori. Niente. Rose, margherite, il messaggio non sembra essere neanche in quelli.

«Il messaggio non è materiale» conclude Montecristo.

«Allora, che ci dice 'sto comunista?» chiede Francesca, cercando di risollevare il clima.

«Gramsci ci dice tante cose» risponde. «Che lo studio è un mestiere, la scuola è un lavoro. Richiedono sforzo e disciplina, capacità di apprendere e di adattarsi. La cultura non è nozionismo, ma è la chiave per comprendere la vita, e...»

«Ma il succo?» lo interrompono quasi in coro i due ragazzi.

Montecristo sta per rimbrottarli ma poi pensa che hanno ragione, qua non c'è tempo da perdere. Scopre che la superficialità che sempre ha combattuto può essere anche un dono. La capacità di andare al cuore delle cose.

«Il succo, credo, è il concetto di egemonia culturale. Le classi dominanti non hanno solo i soldi e il potere: hanno anche i mezzi culturali. E impongono i propri valori, il proprio modo di vedere la vita, a chi i mezzi non ce li ha. È così che le classi subalterne rimangono subalterne.»

«Stronzi borghesi» riassume Francesca.

«E l'egemonia a noi che ci dice?» chiede Momo, che sembra aver messo una pietra sopra alla mezza rissa di qualche minuto prima (il superpotere dei maschi, pensa Francesca: dimenticare). «A parte che rimarremo per sempre ignoranti, dico.»

«Ignoranti e poveri, Momo» lo corregge Montecristo, poi si mette a riflettere ad alta voce. «È un termine greco. Il verbo *eghestai* significa: condurre, guidare. L'*eghema* per i greci era il comandante dell'esercito. E anche in Gramsci la metafora militare è forte: la piccola borghesia è per lui una "ufficialità subalterna", capace di obbedire e comandare al tempo stesso. Senza quella, tutto si disfa. Perché si cancella la fascia intermedia di una struttura sociale concepita come una...»

«... piramide» conclude Momo.

E siccome è escluso che conosca gli scritti di Gramsci, a Montecristo non resta che seguire la direzione del suo sguardo e del dito con cui indica.

La punta di una piramide. Pochi metri più in là. Nel cuore di Roma.

63

«Gramsci a Roma potrebbe essere dovunque. Via Gramsci, ai Parioli. La Fondazione Gramsci, al quartiere Trieste. La sua tomba, a Testaccio. Senza contare la miriade di organizzazioni culturali a lui intitolate.»

Nilde e Paolo sono di nuovo nella Panda, ma non sanno dove andare. Vanno verso il centro, ma non riescono a mettersi in contatto con gli altri del gruppo. Paolo si mostra concentrato sul recuperare i passi del Gioco, ma ora che si trova nel chiuso dell'abitacolo con lei si sente in imbarazzo. Continua a pensare a quel bacio e nello stesso tempo si vergogna di pensarci. È stato più un gesto impulsivo che un gesto erotico. E lui non è un ragazzino. Dovrebbe far finta che non ci sia stato, o addirittura dimenticarselo, come lei. Il superpotere delle donne: dimenticare. Invece, lui si sente un pezzo di marmo, e ogni possibile mossa gli sembra goffa e ridicola.

«Chiama loro, fatti dire» dice lei sgusciando veloce, in mezzo al traffico della Tiburtina.

Paolo prova e riprova, finché Adalgisa risponde.

«...»

«Ma sì, sono libero. Non mi hanno arrestato.»

«...»

«Sì, sono con lei.»

«...»

«Puoi parlare, ti assicuro.»

«...»

«Nilde sta dalla parte nostra, Adalgisa, fidati.»

«...»

«Niente» Paolo si rivolge a Nilde. «Non vuole parlarci, non si fida di te.»

«Passamela, dai.»

Paolo le appoggia il telefono sull'orecchio, mentre lei continua a guidare.

«...»

«Adalgisa, era l'unica cosa da fare, non capisci? Vedi che ora Paolo è libero, sta con me? Facci raggiungere gli altri, è l'unico modo, l'unica speranza di ritrovare Rossella.»

«...»

«Ma no, Santamaria sta dietro alle cazzate di Pastore, non è con noi.»

«...»

«Ma ti assicuro...»

«Adalgisa, no!»

Clic.

«Ha attaccato» dice Nilde guardando fissa davanti a sé. «Ha attaccato.»

«Ma ti ha detto qualcosa? Dove sono?»

«No. Non si fida. Non si fida.»

«Quindi possiamo solo tirare a sorte» conclude Paolo. «O tirare a indovinare. Quale luogo gramsciano aveva in mente Morgana?»

64

«Lo so che c'è da sempre... ma che ci fa una piramide a Roma?»

«Intanto, per quel che interessa a noi, ci hai preso: è senza dubbio un simbolo del potere, quindi potremmo dire dell'egemonia» risponde senza rispondere Montecristo.

«Sì, ma che c'entra con Gramsci?» insiste Momo. «E che ci fa a Testaccio?»

«L'egittomania è stata una moda come tante, in vari secoli» risponde lui. «Anche nell'antica Roma, per cominciare.»

«Una cafonata da ricchi» Francesca, sempre riassuntiva.

«Ovviamente qui non c'era il quartiere Testaccio, in quei tempi» continua Montecristo. «Te l'ha detto la preside: qui intorno erano i prati del popolo, si passavano le giornate di festa. C'era una specie di discarica, laggiù. Un ammasso di cocci, le *testae* in latino, detriti che si accumularono e formarono una collinetta, appunto il *mons testaceus*.»

«L'avrò vista cento volte, 'sta piramide, c'è la stazione per Ostia, ma... non l'avevo mai vista» Momo squadra il monumento con uno stupore meditabondo.

«Ve l'ho detto, che non capite il mondo» ribadisce Montecristo, ma senza acredine. «Questa è una tomba vera e propria, la tomba di un romano importante. Andavano di moda le piramidi in quel periodo, e di uomini altolocati che le vollero come sepolcro ce ne furono almeno tre: una è questa, a piazzale Ostiense, dove inizia la strada che porta al mare.»

Suona quasi incongrua, una lezione di storia tenuta scavalcando un cancello e cominciando a forzare l'ingresso di un monumento pubblico. Momo ci mette pochissimo ad aprire la porta. Troppo poco, pensa Montecristo a disagio. Sono davvero le sue abilità extrascolastiche o qualcuno è già stato lì?

Sono dentro.

Alla luce fioca degli schermi accesi dei cellulari, percorrono uno stretto cunicolo che li conduce alla cella sepolcrale, una stanza affrescata dove avrebbero dovuto riposare i resti del defunto.

«'Ndo sta la bara?»

«Non c'è, Francesca. Non l'hanno mai trovata. Forse a un certo punto fu rubata.»

«Hanno rubato una bara?»

«Ma allora come si sa che è Cestio?»

«È scritto fuori, Momo. Adesso concentratevi. Guardate in giro se trovate qualcosa.»

La stanza sepolcrale è di una ventina di metri quadri, e molti degli affreschi che decorano le pareti e la volta a botte – ninfe, vasi, fregi, Vittorie alate – sono intatti. La tomba, murata una volta sepolto Caio Cestio, è stata violata secoli dopo: uno squarcio testimonia il cunicolo scavato dai tombaroli probabilmente nel Medioevo. È completamente vuota e davvero non è difficile perquisirla.

«C'è un sacchetto!» è Francesca la più veloce a individuare l'indizio.

Lo raccolgono. È in panno, sembra uno di quelli in cui un tempo si mettevano i numeri per la tombola. Ma contiene solo parole: ritagliate una a una da giornali. Articoli diversi, le parole più disparate.

«Che so'? Coriandoli?»

«È... sì, non può che essere... sì...» Montecristo prende in mano una parola dopo l'altra, alcune lo fanno sorridere.

«Cosa?»

«Dada.»

«Cioè?»

«Cioè: niente.»

Ma in quel momento si sente un tonfo, e la poca luce che filtrava dal cunicolo di ingresso scompare. La porta della piramide si è chiusa di schianto.

«Cosa succede?»

«Ci hanno chiuso dentro!» esclama Momo, più incredulo che spaventato.

«Oddio no, chiusa in una tomba no... Io soffro di claustrofobia» dice Francesca. Momo si fa una mezza risata ma poi la vede barcollare, appoggiarsi alla parete. «Non sto scherzando. Io... non respiro.»

Montecristo si lancia nel cunicolo ma la porta è proprio chiusa. Inutile batterci delle manate contro. Da dentro, non si apre. A meno che il talento di scassinatore di Momo non sia ancora maggiore di quel che sembra. Torna nella stanza per chiedergli di venire a provare, ma ci è appena entrato quando sente un rumore. Un sibilo all'inizio, poi un soffio, più forte, continuo.

«C'è odore di gas» Francesca, appoggiata al muro, parla in tono stridulo. «Oddio. Sono io o c'è odore di gas? Ci stanno gasando?»

Nel buco da dove un tempo si calarono i tombaroli, all'improvviso si leva una fiamma. Alta, vivida. La sala interna con gli affreschi di sacerdotesse egiziane all'improvviso è rischiarata a giorno.

«Ci vogliono bruciare?» ora è Momo a urlare.

«Spegni, spegni!» lo prega Francesca, prossima a un attacco di panico.

«Francesca, calmati. Così fai peggio» cerca di calmarla Montecristo ma lei non fa che urlare: «Spegni!».

Momo ci prova, ad avvicinarsi, ma la fiamma è potente, dietro si intravede un lungo, sottile tubo in acciaio che sicuramente non è stato messo lì dai romani.

«Spegni!»

«E come faccio?!» protesta Momo. «Il gas viene dall'esterno, è una specie di enorme fiamma ossidrica, la azionano da fuori!»

«Ci vogliono asfissiare!» tra le labbra di Montecristo sfugge una bestemmia. Stringe in mano la pistola, ma si rende conto di quanto possa essere inutile. La fiamma consumerà velocemente l'ossigeno della camera. «Nel cunicolo, presto. Momo, vedi se riesci a scassinare quella maledetta porta anche da dentro!»

I tre scappano nel corridoio di uscita bloccato, si addossano alla porta della piramide. Urlano, cercano nelle fessure qualche refolo d'aria che riesca ad arrivare. Spingono sulla porta, la colpiscono, Momo cerca di forzare la maniglia, ma qualcosa la sta bloccando da fuori. Il fumo avanza, inesorabile, tossiscono tutti e Francesca peggio degli altri. Momo prova a tornare nella sala, per cercare di nuovo di spegnere il fuoco, ma ormai la temperatura è salita troppo, gli occhi bruciano, l'aria è irrespirabile.

«Montecristo! Francesca! Momo!»

Una voce da fuori. La voce di Nilde.

«Nilde, aprici! Stiamo soffocando!»

«Aspettate, c'è un masso davanti alla porta!» C'è anche Paolo.

Un sibilo, la fiamma nella cripta si spegne, ma il fumo continua inesorabile ad avanzare. I tre sono schiacciati contro la porta, a Francesca cedono le gambe e si accascia. Momo e Montecristo continuano a spingere, fino a che la porta si apre.

«Professore!» esclama Momo, felice.

Francesca prende grandi boccate d'aria, è contenta anche lei di vedere il prof ma al momento salutarlo non è una priorità.

«Come avete fatto a trovarci?» chiede invece Montecristo, risistemando in fretta la pistola in tasca, prima che Nilde se ne possa accorgere.

«Ci è arrivato un messaggio... Non era vostro?»

«Che messaggio?» chiede Momo.

«Questo» fa Paolo mostrando il cellulare: «"Correte alla Piramide"».

I tre si guardano.

«Noi abbiamo mandato solo "Gramsci". E questo non è uno dei nostri numeri, non li avevi registrati?»

«Ho pensato che magari ne avevate preso un altro...»

«Prova a chiamare il numero che l'ha mandato.»

«Provato: inesistente.»

«Sta bruciando tutto» taglia corto Francesca. «Se ne volemo annà?!»

Le sirene della polizia. In lontananza, ma in avvicinamento.

«Ma non erano andati alla Sedia del Diavolo?» chiede Paolo esasperato. «Come ci sono arrivati qui?»

«Li avrà chiamati lei» dice Francesca indicando Nilde.

«Io non ho chiamato nessuno!» si indigna lei. «Ma ti pare che se non stavo dalla vostra parte questo qua era ancora a piede libero?» indicando Paolo.

«Forse è arrivato un messaggino anche a loro» ipotizza il professore.

«Ma da chi?» si interroga Montecristo. «Neanche Adalgisa sa della Piramide, non abbiamo fatto in tempo ad avvertirla.»

«La finite e ce ne andiamo prima di prendere fuoco?» li chiamano Momo e Francesca. Che sono già lontani sulla strada. Superano una grossa bombola del gas nei pressi dell'impianto elettrico, e nemmeno la guardano. Corrono via, e si tengono per mano.

Nilde pensa che dovrebbe studiare il marchingegno, ma capisce che è un'altra volta dalla parte sbagliata. Alla bombola penseranno i poliziotti in arrivo: a lei non resta che scappare coi ricercati.

65

«Professore, che facciamo?» Momo lo chiede con sollievo, in quei giorni si è abituato a essere guidato da Paolo Romano e in quelle poche ore gli è mancato. Si accorge di essersi sentito responsabile per tutti.

«Non lo so, Momo. Tante cose non tornano. Perché Morgana che finora si è limitata a giocare con noi avrebbe cercato di uccidervi? E chi ci ha mandato quel messaggio?»

Sono rientrati al Covo. Nilde ha salvato la vita a tutti, Paolo garantisce e, come se non bastasse, hanno la prova che del loft seminterrato non ha parlato con nessuno: si ritrovano là, e li raggiunge anche Adalgisa, che aveva passato quelle ore su una panchina al parco. In bella vista, dove nessuno la avrebbe potuta trovare.

«Una cosa è salvarvi la vita, una cosa è fare la spia» ha detto Nilde, e Adalgisa l'ha abbracciata. Agli altri il gesto della matriarca è bastato.

Solo Francesca prima di cedere ha ribattuto: «Che differenza ci vedi, se hai provato a mandarci tutti dentro?».

«Non credo che siate colpevoli, e non mi sembra che

Paolo stia in guardina. Credo solo che vi metterete nei guai, e che andiate salvati.»

«Ci vogliono uccidere...» commenta a bassa voce Momo.

«Non ha senso, Nilde, non ha senso» continua a ripetere Paolo.

«Cosa? Che si sia cambiato passo? Che il gioco rischi di finire in tragedia?»

«No, Nilde. Non ha senso che Morgana abbia attirato i ragazzi dentro la Piramide per poi...» scuote la testa. «E poi chi pensava di prendere in trappola? Lo sapeva che io non c'ero? Quanto sa e quanto finge di sapere?»

«Comunque dentro la piramide c'era questo» Francesca solleva il sacchetto con dentro le parole. Adalgisa lo guarda, ma non sembra capire.

«Me l'ero dimenticato, certo!» esclama Montecristo. «Il sacchetto dei dadaisti!»

«Ma per l'amore del cielo!» sbotta Adalgisa.

«E che sarebbe quel sacchetto?» chiede Nilde. Francesca alza le spalle.

«Lo abbiamo trovato nella piramide. Un sacchetto pieno di parole ritagliate dai giornali. Parole alla rinfusa.»

«E che significa?

«Momo, prendi il computer e cerca: Tristan Tzara, poesia dadaista» dice rapido Paolo.

«Sì, prof.»

«Seguimi, Nilde. Sai cosa è il dadaismo?» chiede poi Paolo.

«Be', sì... un'avanguardia artistica.»

«Bene. I dadaisti volevano arrivare alla distruzione completa di tutto. Della poesia, della parola, degli oggetti. Il dada è niente, dicevano. Anarchia intellettuale. Agli oggetti viene tolta la loro funzione, alle parole il loro significato. Dov'era il sacchetto?»

«Nella Piramide...»

«Quello che loro avrebbero definito "un oggetto spaesato". Un oggetto fuori contesto, che perde il suo significato: come un ferro da stiro con dei chiodi sotto, un attaccapanni poggiato per terra in cui non si possono appendere gli abiti.»

«Come una piramide egizia a Roma...»

«Sì. Come la Piramide Cestia. Bene. Ora seguimi» Paolo prende il portatile che intanto Momo gli ha passato, e legge.

«*Per fare una poesia dadaista.*
Prendete un giornale.
Prendete le forbici.
Scegliete nel giornale un articolo della lunghezza che desiderate per la vostra poesia.
Ritagliate l'articolo.
Ritagliate poi accuratamente ognuna delle parole che compongono l'articolo e mettetele in un sacco.
Agitate delicatamente.
Tirate fuori un ritaglio dopo l'altro disponendoli nell'ordine in cui sono usciti dal sacco.
Copiate scrupolosamente.
La poesia vi somiglierà.»

«Il sacchetto delle parole!» esclama Momo.

«Esatto.»

«Ma ora che facciamo?» chiede Nilde. «Le estraiamo a caso come dice quel tipo?»

«No, non avrebbe senso neanche questo» Adalgisa scuote la testa e afferra il sacchetto, ne rovescia il contenuto sul tavolino. «Ma un messaggio qui c'è. Il significato ci deve essere. Sta a noi trovarlo. Cercate una parola che si noti rispetto alle altre. Che vi dica qualcosa di letterario.»

Dopo alcuni minuti di ricerche infruttuose («Cardigan va bene?» «No, Francesca, qualcosa di letterario...») Momo sbuffa: «Roba di cucina va bene?».

«Cioè?»

«Ho trovato "Pasticciaccio".»

«Che cazzo c'entra?» replica ridendo Francesca. «Mica è *Masterchef*.»

«Pasticciaccio?!» Paolo quasi gli strappa il foglietto dalle mani.

«Difficile che sia un caso...»

«Che è?» si sorprende Momo.

«Presto, ragazzi, cercate le parole "brutto" e "Merulana"!» esclama Paolo.

«Merulana la via?»

«Proprio la via. Cercate!»

In pochi secondi il messaggio è quasi completamente composto.

Pasticciaccio brutto / via Merulana.

«Il giallo senza soluzione» chiosa Adalgisa.

«Siamo fottuti.»

66

Notte tra domenica e lunedì

Hanno deciso di riposare qualche ora, ma Paolo non riesce a dormire. Montecristo è crollato esausto, non ha più l'età per certe avventure ma ha abbastanza pelo sullo stomaco da riuscire a addormentarsi. Adalgisa, Momo e Francesca, dopo la canna della sera, si sono buttati vicini – e nel caso di Momo e Francesca molto vicini –, la preside sul divano e i ragazzi sul tappeto. Paolo, sulla branda, si rigira tra le mani una bottiglietta d'acqua e pensa.

Nilde è tornata in commissariato, dirà di averlo lasciato andare a casa, in fondo non si può trattenere più di tanto un cittadino senza uno straccio di prova di colpevolezza. È convinta che qualcuno andrà a cercarlo, ma Paolo si chiede chi mai potrebbe essere. Morgana, Pastore, Santamaria? Presenti è stato mandato a piantonare discretamente la sua abitazione, ma se anche qualcuno si presentasse, a quale scopo? Chi ha voluto attentare alla vita di due ragazzi e di un bibliotecario? Lo sguardo si posa su Montecristo: e se più che sul suo passato letterario fosse il caso di indagare meglio sul passato criminale?

Quando Momo e Francesca si svegliano, Paolo fa loro

segno di uscire, senza svegliare gli altri. Si concedono una tappa al bar con il cappuccio tirato sulla testa e la mascherina chirurgica sul viso, che non sarà più di moda ma risulta comoda quando c'è da non farsi riconoscere. Il barista li guarda in modo strano e si ritirano a un tavolino in un angolo prima di toglierla per ingurgitare in fretta caffè e cornetti.

«Nilde ci raggiunge a via Merulana, la nostra prossima tappa» dice Paolo chiudendo il telefonino. «Prendiamo i motorini. E concentratevi: il gioco si fa pericoloso e serio. State attaccati a me e Nilde. Se ci prendono: voi eravate nascosti in qualche posto che deciderete. Mi avete chiamato, io vi ho dato appuntamento a via Merulana. Ok?»

«Ok» ride Francesca. «Sincronizziamo gli orologi?»

Spiritosa, ma fuori luogo. Paolo la guarda fissa: «Non parlate di Adalgisa né di Montecristo. Voi eravate per conto vostro. Del Gioco voi non sapete nulla. Le tappe, se ci prendono, le ricostruirò io all'interrogatorio, va bene?».

«Va bene, prof. Ma perché via Merulana?» chiede Momo.

«*Quer pasticciaccio brutto de via Merulana* è un romanzo di Gadda, un giallo. La storia di un omicidio di cui è impossibile trovare il colpevole.»

«Bella fregatura di giallo. Da farsi ridare i soldi.»

«Ma è una metafora, Francesca. Rappresenta l'impossibilità di dare un significato alle cose, al mondo che ci circonda. Abbiamo appena lasciato Calvino e la volontà di conoscenza. Poi Gramsci e la politica. Poi il nulla dei dadaisti. Per la dimensione non cronologica del Gioco, Gadda potrebbe essere il passo successivo.»

«Professò, quanta roba che s'impara! Qua finisce che alla maturità pigliamo cento» dice Momo tutto allegro. «Se non moriamo prima, eh.»

«Tu ci scherzi, Momo. Ma forse è questo che ci sta insegnando il gioco di Morgana. In fondo funziona.»

«Morgana ha cercato di ucciderci?» chiede la ragazza.

«Non credo, Francesca. Non credo sia stata lei.»

«Ah no? E allora chi?»

«Che senso avrebbe avuto, per Morgana, lasciar dentro la piramide una traccia che porta in via Merulana e poi uccidere chi l'aveva scoperta?» Paolo risponde con una domanda.

«Ma nulla ha un senso, professore. Non dicevano così quelli di ieri, i dadaisti?»

«Dicevano. Ma in fondo la loro arte era una cosa molto seria. Avevano un piano per passare alla storia, anche se quel piano passava dal nonsenso» spiega Paolo. «E anche Morgana ha un piano, quello ormai è chiaro. Ricordate quel che ci hanno raccontato Adalgisa e Montecristo? Il progetto e la pratica del loro gruppo era la sperimentazione letteraria e quella porta alla consapevolezza, non alla morte. Devo dire in effetti che con voi sta funzionando.»

«Ma la consapevolezza di che cosa?»

«Questa, Momo, è la domanda più sensata che mi hai fatto da quando ti conosco. E una riposta non ce l'ho. Morgana forse ti direbbe che la puoi avere solo tu.»

«E Rossella, prof?» Francesca li riporta al punto. «Ancora non sappiamo dove sta. E neanche se è viva» aggiunge con sovrana indifferenza. «Ma erano violenti i dadaisti?»

«No. Loro no. Altre avanguardie furono usate dai violenti. Dai tuoi fascisti, per esempio, che strumentalizzarono il futurismo. La letteratura, dicevano i futuristi, è azzerare la tradizione, liberarsi dalle sue scorie, distruggere la scuola, riprogrammare gli insegnanti.»

«Vabbè, ma allora Morgana è futurista, altroché.»

«Eppure, almeno finora, i futuristi non li ha citati. E comunque dicevano riprogrammare, mica soffocare o bruciare vivi. Finora Morgana ha seguito un filone esistenziale, ha rapportato cultura e natura, con una breve, pericolosissima escursione nella politica, che quasi vi è costata la vita. Adesso siamo a Gadda: la lingua, lo stile, la sovrapposizione continua di codici diversi. L'analisi quasi scientifica della realtà borghese. Il principio di indeterminazione, l'impossibilità di dare una linearità alla trama: niente è del tutto prevedibile, impossibile segnare un nesso tra causa e conseguenza.»

«Eh?»

«Uccidere qualcuno non c'entra niente. E comunque, per tornare al livello che interessa a noi, Montecristo era il maestro di Morgana, non ci credo proprio che lo volesse morto.»

Si alza dal tavolo senza dire altro, è inutile stare ad arrovellarsi. Meglio vedere dove li porta il prossimo indizio o meglio, cosa troveranno nella prossima destinazione. Via Merulana, quartiere Esquilino. Il colle più alto, il rione multietnico amato da intellettuali e studenti, chiuso tra San Giovanni, Santa Maria Maggiore e la stazione Termini. "Tutta Roma ce passa": il vecchio detto popolare lo fotografa alla perfezione. Pastore si concentrerebbe sulla porta magica di piazza Vittorio, che il Marchese di Pietraforte fece incidere nel Seicento con formule alchemiche. La leggenda vuole che il Marchese sia scomparso attraversandola, lasciando dietro di sé una pagliuzza d'oro, simbolo del successo delle sue ricette.

Ma Paolo non è Pastore, e sa che l'unica formula da decifrare è quella che il Gioco affida a Gadda.

Nilde li aspetta proprio sotto la lapide che omaggia il palazzo del *Pasticciaccio*. Paolo parcheggia il motorino, poi fa cenno a tutti di proseguire ancora un po' lungo la via. La struttura del palazzo, infatti, è cambiata dai primi del Novecento, e ora al posto della portineria c'è un negozio di tessuti.

«Tra l'altro non è sicuro che il numero civico fosse il 219» inizia a spiegare Paolo «è più probabile fosse il 119, perché nella prima stesura...»

«Che si fa, professore?» lo interrompe Francesca.

«Si parte dalla lapide e si fa quello che fece l'ispettore Ingravallo» li istruisce Paolo. «Si chiede al portierato.»

La portinaia è una signora filippina molto simpatica. Il palazzo risponde alla descrizione di Gadda, ed è rimasto così dagli anni Venti. Tante scale, tanti appartamenti, ma la loro interlocutrice capisce subito che i quattro cercano l'«anomalia». E così vengono a sapere che da poco una bellissima ragazza bionda, presumibilmente una slava, ha affittato un mezzanino dove va sempre di notte, tanto che qualche condomino si è lamentato, e inizia a sospettare che... La portinaia non riesce a finire la frase che si sente un urlo dai piani alti.

Corrono tutti su per le scale. Al mezzanino, la porta di un appartamento è aperta: entrano e lo trovano, subito, nel corridoio.

Un corpo buttato a terra, scomposto, una mano ad artigliare il pavimento. Il corpo di una ragazza, bionda, che respira ancora seppure a fatica. C'è sangue dappertutto.

Romano si precipita verso di lei.

«Morgana!»

«Là» ha solo un filo di voce e non lo guarda, ha gli occhi fissi sulla porta da cui sono entrati.

Momo e Francesca capiscono al volo e si lanciano fuori, all'inseguimento di chissà chi. Paolo e Nilde restano con Morgana e l'ispettrice si attacca al telefono, chiama una pattuglia e un'ambulanza, sorregge la testa della ragazza e le parla per mantenerla cosciente. Ha una ferita di coltello all'addome, le serve una trasfusione, se non arrivano in fretta all'ospedale è spacciata.

«Chi è stato, Morgana?» prova a chiedere Paolo, ma la

ragazza non riesce a parlare. Sembra anzi proprio che non capisca la domanda.

«Ci hai mandato tu il messaggio su Gramsci, Morgana?» insiste Paolo, e la ragazza sembra far cenno di sì.

Lui fa per porre un'altra domanda ma Nilde gli stringe il braccio, scuote la testa, severa.

«Non parlare, tieni duro, Morgana. Non parlare. Ma resta sveglia.»

Morgana prova a dire qualcosa, ma evidentemente il dolore è troppo forte. Guarda fisso Paolo, lo guarda negli occhi, poi alza il pugno che artigliava il pavimento. Paolo, istintivamente, appoggia la mano intorno alla sua. E si sente passare un foglietto, appallottolato.

Morgana perde conoscenza.

Dal piano terra si sente la sirena, poi gli infermieri che corrono su per le scale. Paolo apre con cautela il biglietto macchiato di sangue, cercando di non strapparlo.

«Cos'è?»

«Probabilmente il messaggio che ci voleva lasciare, prima che la colpissero. Il prossimo indizio.»

Il disegno è un cerchio attraversato da una saetta. E poi cinque lettere CATR. La gamba della R è un lungo tratto di penna che scende lungo nel foglio.

«Qui è quando l'hanno colpita, Paolo. Adesso dobbiamo proprio fermarci» lo ammonisce Nilde. «Il gioco è diventato davvero troppo pericoloso, lasciate fare alla polizia.»

Ma Paolo non la può ascoltare. Il male lo coglie all'improvviso, più violento di quanto sia mai stato. I muscoli delle gambe si contraggono tutti all'improvviso, crolla a terra.

Proprio mentre due poliziotti entrano nella stanza, trascinando con sé Momo e Francesca, ammanettati.

67

Martedì

E ora Paolo è qui, sdraiato nel letto di ospedale, a guardare una tv 16 pollici appesa al muro. Sa che fuori dalla stanza, su una seggiola che non può essere comoda e certo non per ore, c'è Di Tomasi di guardia. Quando entra un medico o un'infermiera, entra pure lui, e ogni tanto mette la testa dentro per controllare.

Nessun altro è venuto a trovarlo. E non perché è lì solo da un giorno, purtroppo. Poche cose come una permanenza in ospedale ti danno la misura del deserto in cui sei riuscito a trasformare la tua vita, pensa Paolo.

Certo, qualcuno che vorrebbe vederlo c'è: i giornalisti, che si aggirano attorno all'ospedale e che hanno persino provato a entrare, ma sono stati dissuasi da Di Tomasi.

I tg parlano di lui in continuazione. In mille modi e con mille sfumature: come vittima delle circostanze, come cattivo maestro che avrebbe trascinato due studenti in una pericolosa indagine non autorizzata, addirittura come rapitore della Catrambone. Se guardando quei servizi la sua identità non è chiara a lui, che sa di non essere nessuna delle tre cose, si chiede che confusione possano avere in testa i telespettatori.

Quasi tutti i programmi di approfondimento evocano una sorta di setta cui sono probabilmente affiliati diversi insegnanti su tutto il territorio nazionale. Non si sa quanti, forse addirittura centinaia. Guidati da Montecristo, che sulla carta ha il profilo più adatto per un capo, anche se tra lui e Adalgisa Riccobono a comandare è sempre stata lei. Che poi, comandare cosa?

Si chiede come stiano e li immagina nel Covo, ormai soli, ormai consapevolmente vecchi, a guardare i tg. Nessuno ha parlato, nemmeno Nilde. Sono al sicuro, là sotto. Al riparo da tutto, tranne che dai sensi di colpa.

Cambiare canale non aiuta. Nelle infinite discussioni in prima e seconda serata, giornalisti, psicologi, filosofi si chiedono se la classe docente italiana sia davvero affidabile. I genitori tuonano che le menti suggestionabili dei loro figli sono a rischio. I politici portano acqua al mulino di riforme della scuola più o meno improvvisate, che hanno una cosa in comune: parlano tutte di cambiare i programmi, di depotenziare gli insegnanti dando più potere alternativamente «agli utenti» o «alle famiglie», a organismi improvvisati di studenti, di genitori, oppure direttamente al governo.

L'idea che sembra andare per la maggiore è comunque quella di far votare gli argomenti da studiare su una piattaforma di democrazia partecipativa. Al ministero ci stanno pensando e pare siano già stati convocati tecnici e imprenditori del ramo.

Tutto questo mentre, nella stanza accanto, Morgana sta morendo.

E in quel momento entra Pastore.

68

«Ehi! Come hai fatto a eludere il poliziotto?» salta su il professor Romano, drizzandosi nel letto.

«L'ho superato sul piano culturale» Pastore fa un sorrisetto.

Paolo si lascia ricadere contro il cuscino, con uno sbuffo. «Woody Allen? Credevo conoscessi solo Paracelso.»

«Paracelso era un genio. Per questo l'hanno ucciso. Un colpo in testa e via.»

«Guarda che quella frattura è perché al becchino è cascato per terra il cranio. Mani di burro, questi becchini.»

«Questo è quello che vi dicono... e che voi credete. Ti sembra un caso che abbiano disseppellito i suoi resti almeno sette volte?»

Meglio lasciar perdere. Pastore è irrecuperabile.

«Cosa vuoi?» sospira Romano. «Dovresti essere contento: io sono in ospedale, quei due poveri ragazzi in galera.»

«Macché in galera, sono a casa con le loro madri. Che spero gli abbiano dato un sacco di legnate.»

«Li hanno lasciati andare?» Paolo si sistema sui cuscini.

«Santamaria li ha interrogati e poi mandati a casa, tanto da quelli non si cava nulla. Forse è pure vero quello che dicono, che sono rimasti tutto il tempo infrattati a Villa Ada prima di mettersi a giocare con te a Sherlock Holmes.»

«Niente di più facile» Paolo chiude gli occhi e congela il viso in un'espressione impassibile, ma avrebbe voglia di cantare. Quindi Nilde non li ha traditi!

«La Fabbri è stata esonerata dall'indagine» aggiunge Pastore come se gli avesse letto nel pensiero.

«Perché?» Paolo lo provoca facendo l'ingenuo.

«Perché? Ti sembra normale per un poliziotto farsela con un sospettato alle spalle della polizia? Deve solo sperare che non la espellano, o di non finire dentro, lei sì.»

«Non se l'è fatta con nessuno. Perlomeno con nessuno dei sospettati» precisa Paolo. «E adesso chi indaga? Tu?»

«Santamaria. Con la mia consulenza, certo» il tono di Pastore è sussiegoso. «Ormai gli sono indispensabile, dice.»

«Non mi sembra però che abbiate trovato la Catrambone. Né che siate di un passo più vicini a trovarla rispetto alla settimana scorsa.»

«Ormai persino tu avrai capito che siamo di fronte ad avversari molto potenti.» Pastore si siede sul bordo del letto e si sporge verso di lui. «Sono ovunque, Romano, non lo vedi? Sono tanti, forti e astuti. Infiltrati dappertutto e a tutti i livelli, dalle nostre scuole fino alle istituzioni. Sono una rete, magari collegata alla massoneria deviata, come insegna la storia del nostro Paese. E stanno corrompendo le menti di intere generazioni. E tu sei solo un loro strumento, e forse, davvero, non lo hai neanche capito.»

Paolo si ritrae leggermente, fissa gli occhi ardenti del collega più giovane e si chiede se sia sempre stato pazzo.

«Di certo hanno la mia benedizione» commenta secco. «Se riescono a far entrare qualcosa nelle teste di queste generazioni. Qualsiasi cosa. E adesso mi dici che vuoi, o devo chiamare il poliziotto?»

Pastore continua a fissarlo come se volesse ipnotizzarlo.

«Voglio che tu mi dica dove si nasconde Montecristo» dichiara infine, con la dovuta solennità.

Paolo ricambia lo sguardo con altrettanta solennità.

Poi scoppia a ridere.

«Montecristo? Ma quindi credi davvero a questa storia del bidello-bibliotecario a capo di una setta globale? Pastore, perfino tu non puoi essere così cretino!»

Ma con sua sorpresa il collega non si offende, non si alza e non se ne va. Scuote la testa.

«Non funzionerà, Romano» dice, le labbra strette in una piega ostinata. «Ti conosco, lo so che ti rifugi dietro il sarcasmo ogni volta che il mondo non va come dici tu. Ma con me non attacca. Non te la cavi così facilmente.» Batte una mano sulla coperta. «Vogliamo sapere dov'è Montecristo. Guarda che Santamaria e io sappiamo benissimo che è a Londra. Ma Londra è grande e il tempo stringe!»

Paolo lo osserva con sgomento crescente.

«A... Londra?» articola.

«Certo. Rinaldo deve aver avuto una segnalazione dai servizi inglesi, lui ha contatti in tutto il mondo. È arrivato, ma non sanno dove sia in questo momento.»

«Ma perché Montecristo dovrebbe essere tornato a Londra?»

«Secondo me è lì che ha portato Catrambone.» Pastore si alza dal letto per godersi meglio lo stupore del collega. «Sorpreso, eh? Cosa credi, di essere l'unico intelligente? Pensa allo zio!»

«Quale zio?» Paolo si sforza di ricordare, i ragazzi forse avevano detto qualcosa... ma sì, lo zio ricco. Rossella che sarebbe andata all'università all'estero. Ma che c'entra Montecristo?

«Italiano, ma vive a Londra da anni. Ricchissimo, tanto quanto Montecristo è poverissimo. Chissà perché un collaboratore scolastico criminale dovrebbe rapire la nipote di un riccone, eh?»

«Montecristo avrebbe...»

«Il punto per me resta chi c'è dietro, e chi ha sostenuto un piano così complesso. Ma intanto bisogna prendere lui.»

Paolo aggrotta la fronte. Londra è una città che ha sentito nominare troppe volte in questa storia: Montecristo ci ha vissuto tanti anni, e «Servizi e Santamaria» in effetti è un binomio che sta benissimo in piedi. Al di là dell'idolatria che evidentemente ormai Pastore ha sviluppato per lui, quel tipo il lavoro suo lo sa fare. Ma allora cosa c'entra il Gioco? E Gadda? Dove porta l'ultimo indizio? «Catr», il biglietto di Morgana, potrebbe essere «Catrambone», certo, ma... Londra...

«Aspetta» punta il dito contro il collega come se lo volesse interrogare. «Pastore, ce l'hai un telefonino?»

«Certo, ma...» fa quello, confuso.

«Cercami "Gadda traduce Joseph Conrad".»

Il suo tono è così imperioso che il collega obbedisce.

«Ecco... dice che Gadda aveva rivisto una traduzione di un libro di Joseph Conrad per Bompiani...»

«Che libro? Presto!»

Stavolta è Pastore a fissarlo corrucciato.

«*The Secret Agent.*»

69

«Questo che sarebbe?» ha chiesto Momo mostrando la foto del foglietto scritto da Morgana, che poco fa gli ha consegnato Nilde.

Al contrario di quel che pensa il professore, Montecristo e Riccobono non sono soli davanti alla televisione. Nel Covo c'è, anzi, un certo affollamento. Fino a poco fa c'era anche Nilde, piuttosto abbattuta. Santamaria è stato gentile, comprensivo, ha dato la colpa alla sua ingenuità, ma in fondo altro non poteva fare. Una ragazza era stata accoltellata, e lei era in compagnia di un sospettato quando è successo. Anche Presenti ha dovuto dare ragione al commissario.

Adesso lei ha preso qualche giorno di permesso che il ministero le ha prontamente accordato, e non deve più nascondersi. Certo, per arrivare fin qui ha dovuto mettere in campo tutte le sue abilità di depistaggio, sa benissimo che Santamaria la fa seguire. Ma non è nata ieri. Quando passi mesi e anni a cercare di evitare tuo marito, pensa con amarezza, qualcosa alla fine la impari.

È più stupita dell'abilità di Momo e Francesca, che sono riusciti anche loro ad arrivare al Covo senza farsi seguire.

«Nilde, ma scherzi?» ha riso Momo. «A noi in motorino a Roma non ci acchiappa neanche Valentino Rossi.»

Nilde ha riso, ma poi ha fatto un discorso di commiato all'improbabile comitiva: «Adesso perdonatemi, ho bisogno di qualche giorno di riposo. Forse dovrò trovarmi un nuovo lavoro a breve. Vado a casa. A interpretare il bigliettino di Morgana sta pensando la polizia, e forse è meglio che noi ci fermiamo. Chiamatemi per qualsiasi cosa, ma, mi raccomando, adesso stop: la posta in gioco è diventata troppo alta».

E se n'è andata senza aspettare risposte né cenni di saluto, lasciandoli soli con il nuovo indovinello. Momo ha provato a correrle dietro, ma Francesca l'ha bloccato.

«Lasciala andare, Momo. Ce la caveremo meglio senza di lei. E lei senza di noi.»

Momo ha guardato Riccobono, che ha annuito saggiamente, e allora si è arreso.

«Il cerchio con la saetta c'è su tutti i banchi delle scuole d'Italia» riflette ad alta voce Adalgisa.

«E in tutti i bagni» aggiunge Francesca.

«È il simbolo dei centri sociali degli anni Novanta» annuisce Montecristo. «I centri sociali di terza generazione. Il cerchio è la città, chiusa, alienante, la saetta è l'energia, la ribellione, l'attività che rompe la gabbia.»

«*Rompere il cerchio, distruggere la gabbia, creare e organizzare la nostra rabbia!*»

«Bravo, Momo» sorride Adalgisa. «Queste cose le sai, eh?»

«Ma che, sei anarchico?» gli domanda Francesca.

«Boh. Ai centri sociali ci vado spesso. C'è buona musica, e bella gente...»

«E roba buona» conclude Francesca. «Ma sono pieni di zecche!»

Lui la guarda e le regala un occhiolino, e il sorriso subito passa negli occhi di lei. Adalgisa si chiede cosa sia successo nelle poche ore in cui non li ha visti. Forse quei due stanno insieme da sempre, solo che non se n'erano mai accorti. Forse stanno insieme senza dirselo. Della gestione sentimentale di questa generazione non capisce niente, è un fatto. Ma dato il disastro che ha combinato con la sua, di gestione, chi è lei per scagliare la prima pietra?

«Sono tanti a Roma i centri sociali?» chiede Adalgisa. «Se Morgana ci voleva mandare in uno di questi...»

«Sono tanti davvero» annuisce Francesca guardando sul laptop, e cominciando a leggere. «Torre Maura, Intifada, Lucha y siesta, Corto circuito, Forte Prenestino, Brancaleone, Maggiolina, La Torre...»

«Non ce n'è uno che cominci per CATR?»

«No. Quelle quattro lettere non compaiono in nessun nome. Non in un modo che abbia senso.»

«Ma dai, quello è CATRAMBONE.»

«Momo, ma secondo te sprecava i suoi ultimi istanti sulla Terra per passare un foglietto col nome della rapita?» lo aggredisce Montecristo. «Lo sapeva, che stiamo cercando lei, ti pare?»

Niente, pensa Francesca, gli uomini che piacciono alle donne devono sempre litigare tra di loro. Galletti insicuri.

«Oh, calma, eh...» Momo squadra le spalle.

Adalgisa si prepara a gettare altra acqua sul fuoco. «Dobbiamo ragionare in chiave letteraria» interviene in fretta. «Federico, avanti, spremi un po' le meningi che questa è roba tua» lo invita Adalgisa. «La terza generazione dei centri sociali. Gli anni Novanta. La nascita del movimento no global.»

«Ma che ne so io? Stavo già a Londra.»

«Ma non c'era niente di nuovo sotto il sole. Tante idee di quei movimenti vengono dai principii che sostenevi anche tu» insiste la preside.

«Io leggevo Stirner, loro il socialismo libertario di Chomsky.»

«Differenza politica» lo incalza Adalgisa «ma dal punto di vista esistenziale, filosofico, letterario?»

«Be'... L'anarchia, il caos sono il terreno dell'ispirazione, della creatività assoluta» riflette Montecristo a voce alta. «I regimi usano l'arte come forma di propaganda e il capitalismo la sfrutta come risorsa economica: solo nell'anarchia l'espressione può essere libera. Dai più antichi fino a Noam Chomsky, più o meno tutti i pensatori anarchici ritengono che il completo sviluppo dell'uomo, anche nella sua dimensione artistica, sia possibile, almeno come ideale ultimo, solo nell'anarchia. Momo, mi passi Chomsky?» indica un punto dietro le spalle del ragazzo, che si volta e vede nello scaffale un tomo del filosofo statunitense.

«Per carità, Federì» reagisce il ragazzo agitando le mani, stremato dal diluvio di citazioni, «ci fidiamo.»

Montecristo lo guarda perplesso, ed è Francesca a riportarlo alla realtà.

«Ma questo in che modo ci aiuta a ritrovare Rossella?» dopo l'attentato a Morgana, lei ha sempre più l'impressione che la sabbia stia scendendo in una clessidra che nessuno di loro può vedere. Se qualcosa di brutto non è già successo alla studentessa rapita, probabilmente manca poco. A questo punto per mano di chissà chi.

«L'arte in questa concezione può essere tutto, e quindi tutto può essere arte, se elimini regole, limiti, barriere del pensiero.» Adalgisa non risponde alla domanda o quantomeno la prende larga. «Oscar Wilde diceva che la forma di governo più adatta a un artista è la completa assenza di governo.»

«Morgana è in coma e chissà se si sveglierà mai» mugugna Momo. «Ma secondo me quando si sveglia ci dirà che stava scrivendo CATRAMBONE.»

«Magari lo stava facendo, Momo.» Riccobono lo incoraggia con lo sguardo, sorridendogli. «Forse stava scrivendo un messaggio polisemico... con più significati. Anarchia e Rossella: ti dice qualcosa? Cosa ricordi di lei? E non dirmi che era una secchiona.»

«Ma lo era, prof. E non ci parlavamo neanche, se non conta quando le gridavamo dietro i cori da stadio.»

«I cor... No, non dirmi niente, non voglio saperlo. Avete degli eroi anarchici, voi ragazzi?»

«Boh... forse il Joker di Batman? E voi adulti?» le rifà il verso Momo, e di nuovo lei gli sorride.

«Restiamo nella costellazione in cui ci siamo mossi finora. Morgana ha delineato un perimetro chiaro, che va dalla metà dell'Ottocento all'inizio del secondo Novecento. Impossibile definirli anarchici, ma in alcuni artisti possiamo immaginare un tratto anarcoide. Nel lavoro di Oscar Wilde, appunto. Nei simbolisti. In Verlaine, Rimbaud, Mallarmé, così amati dal vostro professor Romano. Mallarmé disse: "Non conosco altre bombe che un libro". Poi il surrealismo, ci siamo passati: Breton scrisse che mondo anarchico e mondo surrealista sono la stessa cosa. Tratti libertari li troviamo nel futurismo, nel dadaismo, nell'espressionismo.»

«Chiunque. Non ne usciamo» riassume Montecristo.

«A meno che...»

«A meno che, Adalgisa?»

«A meno che non cerchiamo un punto in comune in tutti questi...»

«Cioè?»

«Diciamo... il minimo comune denominatore. Forse lo voglio pensare solo per dare una circolarità al caso...»

«Cioè?»

«Cioè qualcuno che racconti la natura umana, che racconti l'impossibile, che sperimenti il buio, che sia in qualche modo affascinato dal caos.»

«E che faccia parte della nostra storia» mormora Montecristo, i due si guardano e tra di loro ci sono anni passati a leggere gli stessi libri, a girare gli stessi dischi, a pensare gli stessi pensieri.

«La persona che Wilde definì "meraviglioso signore dell'espressione ritmica". L'uomo che per Mallamé "aveva dato un senso più puro alle parole della tribù".»

«Cioè Edgar Allan Poe» conclude Montecristo.

«... e torniamo da dove siamo partiti» chiosa Adalgisa.

«Avrebbe un senso, se fosse l'ultima tappa» riflette speranzosa Francesca. «Come nel Monopoli.»

«Il caos, finale puramente descrittivo del mondo. E poi, per il Gioco... un tabellone circolare... infine si spiegherebbe CATR» dice Riccobono.

«CATR? No, quello non c'entra niente» sentenzia Federico.

«Sei sicuro?» stavolta è lei ad alzarsi e andare a prendere l'ennesimo libro. «Forse non ricordi questo.»

Francesca legge: «*Il sistema del dott. Catrame e del prof. Piuma*. CATR... ame! Ma che titolo è?».

«È una storia di follia» dice la ex preside. «E cosa è, in fondo, la follia? Anarchia assoluta. Mancanza di regole. Creatività.»

«Ma che titolo è?» protesta Momo. «Mica è un libro serio quello? Chi sarebbe questo Catrame?»

«In realtà è un libro serissimo e una storia di prigionia» spiega Riccobono. «Nasce da un episodio vero. Poe visitò effettivamente un manicomio. Nel racconto è il protagonista a farlo. Il direttore, dottor Maillard, è famoso per il suo metodo di cura: asseconda le manie dei malati, li cura con il cosiddetto "metodo della dolcezza". Ma adesso quel metodo è stato archiviato. Adesso la linea viene data da due eminenze, il dottor Catrame e il professor Piuma. Ospitato a pranzo, il protagonista vive una situazione molto strana, discorsi strambi, commensali imprevedibili. Insomma, alla fine irromperanno nella sala i veri dottori, ricoperti di catrame e di piume, che si sono liberati: erano stati imprigionati proprio da Maillard e dai pazienti della casa. L'ex direttore era diventato pazzo, e della sua clinica era diventato paziente.»

«Rossella è in un manicomio?»

«In una casa di cura?»

«No. Piuttosto in una casa dove sembra che si curino i matti, ma invece sono i matti a comandare» ragiona Montecristo.

«Una casa dove si è costretti a restare e dove l'unica via di fuga è sovvertire le regole» aggiunge Adalgisa.

«Ma certo!» Francesca alza la mano come in classe, solo che in classe non lo ha fatto mai. Arrossisce sotto lo sguardo incredulo di Momo. «La so!» si giustifica.

«Sai che cosa?»

«Non capite? È a scuola. Rossella è a scuola.»

70

Paolo non riesce a pensare ad altro. Montecristo che rapisce Rossella, per chiedere il riscatto. Niente di più semplice, il rasoio di Occam. Pastore è andato via, profondamente colpito dalla reazione del suo antagonista. Si è convinto davvero che Montecristo possa essere una spia e Paolo possa essere all'oscuro di tutto. Il solito sfigato. Ma non sarà certo lui a spezzare una lancia con Santamaria in favore del collega.

Paolo deve uscire da quell'ospedale. Ma come fare? Come superare il poliziotto sulla porta?

In quel momento sente delle urla dal corridoio. «*Niente negri – lallalla-llalla-llallallà – Niente negriiiii...*» Un frastuono di sedie buttate all'aria, di gente che corre e ogni tanto un «Boia chi molla, è il grido di battaglia!» urlato a squarciagola.

Paolo sente Di Tomasi abbaiare: «Fermi dove siete!». Si alza dal letto, socchiude la porta, si affaccia. Un manipolo di ragazzotti pelati e ragazzotte in maglietta nera fronteggiano il poliziotto, che parla con loro con voce ferma e calma, pur tenendo il palmo della mano discretamente poggiato sulla fondina della pistola.

«Vogliamo il negro, guardia. A te non vogliamo fare niente.»

«Ma quale negro? Calmatevi.»

«Mansur Gregoretti, sappiamo che è qui dentro!»

«Ma qui dentro non c'è nessun Gregoretti, cosa dite?»

«Lo sappiamo benissimo che c'è. Guarda!»

Uno dei ragazzotti, quello che gli altri chiamano Bestione, mostra a Di Tomasi il suo telefonino. Un WhatsApp da un numero non registrato in rubrica avverte: «Il negro è al Policlinico Casilino».

«Ma chi te l'ha mandato?» chiede Di Tomasi quasi divertito. «T'hanno scritto una cazzata!»

«Ah sì? E tu che ce stai a fa' qui?» Bestione si avvicina un passo di troppo. Il poliziotto si irrigidisce e cambia sguardo. Bestione arretra.

«Sorveglio un Casamonica, e secondo me è meglio che la smettete di strillare, se no lo fate pure incazzare.»

Questo Di Tomasi è davvero sveglio, pensa Paolo mentre, dopo essersi infilato la sua tuta acetata ed essere sgattaiolato fuori dalla porta, infila l'androne che lo porta verso l'uscita. Nessuno fa caso a lui, e Di Tomasi ha ormai preso a braccetto l'energumeno e lo sta conducendo verso la macchinetta del caffè, non lontana. Gli altri si sono seduti nelle sedie della sala d'aspetto e guardano i telefonini.

Paolo esce sul piazzale del policlinico e trova Momo e Francesca su due motorini.

«Grande, professore! La stavamo venendo a prendere ma ha fatto prima di noi!»

«Ma perché... siete stati voi?»

«I camerati li conosco... non c'è migliore esca di un negro» annuisce Francesca.

«Mezzo negro» specifica Momo. «Si regga prof, si va a scuola. E stavolta non possiamo fa' ritardo.»

71

Nilde è a casa, sdraiata sul letto, vestita, e guarda il soffitto. La finestra è aperta, e fa davvero tanto caldo. La via sottostante è ancora un continuo vociare di ragazze e ragazzi che entrano ed escono dai locali.

Da ore ha la testa invasa da un'autoanalisi senza costrutto. A che punto è della sua vita, a che punto dovrebbe essere? Non è più una ragazza, ma evidentemente non è ancora una donna matura, se è vero che ha buttato all'aria la sua carriera.

È una donna autonoma? No. Sola, piuttosto.

È una donna realizzata? No.

Una madre? No. Piuttosto, una figlia.

È una donna innamorata? No, e lasciamo perdere quel bacio da liceale dato a un depresso asintomatico.

È una poliziotta? Forse non più. Non tanto perché probabilmente la cacceranno, quanto perché di questo caso non ha capito nulla, dal principio. Quel poco che sa è perché gente più colta di lei o più esperta di lei l'ha tenuta al passo delle indagini, quasi per compassione.

È un capo? No. Lo staff non crede in lei, Santamaria

glielo sta sottraendo con facilità, praticamente ha fatto suo anche Presenti. D'altronde, per quanto tu possa risultare simpatica, i collaboratori seguono l'autorevolezza e la competenza, alla fine. E a lei sfuggono le cose, non le sa inquadrare. Forse non è un problema professionale, è un problema e basta. Se avesse saputo capire i contesti, o quantomeno le persone, non sarebbe in fuga dalla sua vita.

Le fanno impressione quelli come Paolo, Adalgisa, Montecristo. Non perché sanno le cose, ma perché sanno dove cercarle. La cultura li appassiona. Sono più intelligenti o sono solo stati più fortunati da ragazzi, hanno incontrato maestri migliori? No, forse si sono solo concentrati più di lei. In classe, e dopo.

Nilde si dice che in un paio di settimane ha buttato via l'occasione che si era procacciata per costruirsi una seconda vita.

Roma si prepara a espellerla, dopo averla fatta sognare.

Trrrrr.

Oddio, si era dimenticata di spegnerlo.

È un messaggio di Momo: «Prendiamo il prof e andiamo a scuola, Nilde. Raggiungici là».

In che senso «prendiamo il prof»? Quale altra mattana hanno architettato? Se Romano davvero evade – o è già evaso – dall'ospedale, stavolta è troppo.

«Cosa sei non lo so» dice Nilde a se stessa «ma posso dirti cosa non sei. La complice di un'evasione.»

Paolo le direbbe che ha appena citato Montale, ma Paolo non c'è. E a lei ora tocca trovarlo, di nuovo.

72

Notte tra martedì e mercoledì

«Dove cerchiamo?»

Nella notte, l'edificio della scuola sembra più alto, il cancello insormontabile. In realtà, scavalcarlo è un problema solo per Paolo, i ragazzi lo aiutano premurosi. Il portone lo apre Momo con la facilità che a questo punto conferma l'esistenza di un vero e proprio talento. Non possono accendere le luci e i ragazzi non hanno pensato a prendere dal Covo né una torcia né altro. Sono tornati in possesso dei loro iPhone, ma alla luce delle torce i corridoi vuoti sembrano lugubri come il colombario di un cimitero.

Senza studenti che corrono l'ingresso è irriconoscibile. La guardiola da cui la signora Luisa detta legge è chiusa, Momo prova ad aprire la porta più per curiosità che altro, per vedere cosa si nasconde nel chioschetto comunemente noto come la «Dogana».

Dietro alla guardiola la biblioteca, e la tromba delle scale che portano sino al terzo piano. Davanti all'ingresso partono due lunghi corridoi di aule, paralleli: il primo conduce all'aula magna, il secondo al baretto interno. Tra i due spazi c'è il grande cortile col campo da basket e calcetto.

Quello dei lavori in corso, dove è stato trovato lo zaino di Rossella. Sembra un millennio fa.

Senza nemmeno dirselo, si dirigono verso la biblioteca.

«Chissà se diventa un posto normale, ora che quel disgraziato è scappato a Londra» dice Paolo. «Magari si potrebbe persino ricominciare a dare libri in prestito agli studenti.»

«Professore, glielo ripeto, Montecristo non sta a Londra» lo corregge Momo. «Prima stava con noi al Covo, e in questa vicenda non ci capisce un cazzo quanto non ci capiamo noi!»

«Ha ragione Momo, professore» Francesca bisbiglia, intimorita dal buio e dai corridoi vuoti. «Montecristo sta con noi, e da quando ha visto in tv Morgana mezza morta secondo me non si è mica tanto ripreso.»

«Se è così l'unica traccia che abbiamo è quella che mi avete dato: il manicomio di Poe.»

«Qui tutto è un manicomio, professò.»

«I percorsi legati alla follia sono infiniti» ragiona Paolo. «Cosa è folle e cosa è sano? È la genialità che porta all'impossibilità di adattarsi, e quindi alla pazzia? O solo i pazzi sono creatori?»

«I geni sono sempre pazzoidi» prova ad aiutare Francesca.

«È così. Perché vedono il mondo in un modo che gli altri non capiscono, e magari colgono quello che gli altri non colgono» elabora Paolo. «Ma noi dobbiamo restare sul filone artistico e letterario... Autori pazzi: Baudelaire vive tra alcol, droghe, episodi di instabilità mentale e tentativi di suicidio.»

«Ma sempre Baudelaire, professò?» protesta Momo. «A sentir lei, sembra che ci sia solo lui...»

«C'è anche Poe, squilibri e disagi mentali. Alcol. Pochi giorni prima della morte viene raccolto per strada delirante. I giornali raccontano che è morto per una congestione cerebrale.»

«Ma pure Poe, professò, ormai lo abbiamo sentito così tanto che è come un parente» fa notare Momo, impenitente.

«Così non sei molto utile, Momo» lo redarguisce Paolo.

«No, prof, non è vero, sì che è utile!»

«Lo dici perché ho un bel culo» puntualizza Momo.

Paolo solleva le sopracciglia.

Francesca non perde un colpo: «Anche. Ma ci pensi, prof. Se lo scopo di tutto 'sto gioco che ha messo in piedi Morgana è insegnarci cose nuove, l'indizio sarà su qualcuno che ancora non conosciamo, no?».

«Non hai torto... e c'è solo l'imbarazzo della scelta» sospira Paolo. «Potrebbe essere Virginia Woolf, bipolare, morì suicida dopo averci provato più volte. O Sylvia Plath, suicida pure lei.»

«I suicidi non so' pazzi, prof.»

«E poi in Inghilterra piove sempre.»

«Momo, tu ci sei o ci fai?»

«Ci faccio, professò, però ci sono anche un pochetto. Ma mi chiedevo: tutti inglesi, i matti? Italiani matti non ne abbiamo?»

«Be'... Dino Campana era certamente "matto" per come intendete voi la parola. Ecco...» Paolo benedice quella biblioteca vetusta, che ha ancora uno schedario, e impressiona i ragazzi con la rapidità con cui trova la sua preda in mezzo agli scaffali. «Ecco qui. Nel 1906 i carabinieri lo accompagnano nel manicomio di Imola e nel rapporto scrivono "il soggetto è dedito al caffè del quale è avidissimo e ne fa un abuso eccezionalissimo; la sua è un'esaltazione psichica, è impulsivo e conduce una vita errabonda".»

«Cioè uno sarebbe matto perché beve caffè?» trasecola Momo.

«Pensa di te cosa potevano scrivere» ride Francesca «con la roba che ti fai!»

«Guarda che la roba che mi faccio me la vendi tu.»

«Piantatela che sembrate sposati da vent'anni» li rintuzza Paolo, con un'ombra di dolcezza nella voce. «Campana soffriva probabilmente di ebefrenia, demenza precoce. Violento a casa, fu internato più volte in manicomio, sottoposto ad elettroshock.»

«Era bravo?» chiede Momo. «Come poeta, dico.»

«Bravo?» A Paolo viene da ridere. «Sì... era molto bravo. Forse l'unico vero decadente italiano. Paragonabile a Rimbaud per intensità poetica e, appunto, genialità creativa. Vendeva i suoi racconti nei caffè. Nei bar, Momo. Ma se la faccia dell'acquirente non gli dava fiducia, se pensava che non avrebbe compreso i suoi scritti, strappava via le pagine più difficili prima di consegnarle.»

«Un grande!» commenta Francesca. «Cosa ha scritto?»

«*I Canti Orfici*, per cominciare.»

«Professore, scusi... Ma non è che basta il nome?»

«Il nome?»

Momo indica la teca di vetro attaccata al muro che contiene la campanella scolastica, quella che suona all'ingresso, all'uscita e al cambio dell'ora.

«... campana» dice, quasi scusandosi.

Gli altri due lo guardano senza capire se sia un genio o un idiota. Poi, tutti e tre corrono alla teca.

E in effetti, tra il vetro e la parete c'è incastrato un foglietto, dello stesso colore della vernice del muro, quasi indistinguibile. È Francesca a leggerlo.

«"*Si arresta alle soglie di una porta che non s'apre, o talora, s'apre solo per lui.*"»

I ragazzi si girano immediatamente verso Paolo, che li guarda, colpito dalla loro fiducia. Non avrebbe mai pensato che le nozioni accumulate nel tempo dentro al suo cervello, più o meno alla rinfusa, un giorno sarebbero state utili a qualcosa, o a qualcuno. O almeno, non lo pensava almeno da trent'anni. Deglutisce un groppo di commozione prima di rispondere piano: «Credo sia Montale. L'introduzione ai *Canti Orfici* delle edizioni Einaudi. Parla di Campana, e della sua poesia, appunto».

«Una porta che si apre solo per un genio, pazzo, poeta...» ragiona Francesca ad alta voce. «Ma qui a scuola mica ne abbiamo.»

«E come no» stavolta, il tono di Momo è serissimo. «Un pazzo che ci spiega il Novecento al terzo anno; un poeta, o almeno uno a cui piacciono i poeti, ma solo quelli disastrati; un genio, magari, o forse solo un disadattato...» solleva una mano e indica Paolo. «È il prof, chi deve essere? Con tutto il rispetto...»

«Hai ragione! Sei tu il genio!» Francesca gli butta le braccia al collo e gli schiocca un bacio sulla guancia.

Paolo si mette a fissare il muro, immerso nell'imbarazzo.

«Una porta che non si apre... o si apre solo per me... Ma certo!» prende per un braccio Francesca, ancora avvinghiata al suo eroe, che non ha mancato di approfittare della situazione. «Piantatela di limonare e andiamo in sala insegnanti.»

«Eh?»

«Il mio armadietto! Ovviamente, ho quello difettoso. A volte non si apre... a volte si apre, ma solo per me!»

Ma quando la porta dell'armadietto si apre, per una volta immediatamente, rimangono delusi. Non sembra che nessuno abbia toccato niente da tempo, lì dentro. Contiene qualche plico di compiti in classe, alcuni libri di testo. Ma a guardar bene, in un angolo è incastrata una bottiglia di sherry, di quelle con le ciliegie sull'etichetta.

Cade il silenzio, rotto infine da Francesca, con una certa severità. «Ma professore, si fa il goccetto a scuola?»

«Non dire scemenze, Francesca. Non è mia. A parte tutto, ti pare che mi metto a bere lo sherry?» allunga la mano a prendere la bottiglia ed esamina l'etichetta. «Evidentemente è la traccia... Ma non capisco cosa...»

«Chi scrive di sherry, prof?» lo stimola Momo, ormai il suo coach. Mi sta interrogando, da ore, non può far a meno di pensare Paolo. Poi, illuminandosi: «Amontillado! *Il barile di amontillado*!».

«Cosa è professore?»

«Edgar Allan Poe. Di nuovo Edgar Allan Poe: ma se è così... Se è così ci serve aiuto. E sarebbe... terribile.»

«Cosa, terribile?»

«... Se è quello che penso io servono... non so. C'è da smurare.»

«Smurare?»

«Sì. Tirare giù un muro.»

«Ma lo sherry che c'entra?»

«L'amontillado è uno sherry. *Il barile di amontillado* è un racconto breve e tremendo. Parla di un uomo che attira nelle cantine del suo palazzo il suo nemico. Lì, dopo averlo fatto ubriacare, lo incatena e lo mura vivo in una nicchia.»

«Questo vuol dire che...» Francesca si guarda intorno.

«*Potrebbe* voler dire. E auguriamoci di sbagliare. Se ho ragione e Rossella è qui, ragazzi, è murata viva da qualche parte. Se è viva. Ci servono degli attrezzi...»

«I lavori in cortile!» Momo prende per un braccio Francesca. «Andiamo a vedere se c'è qualcosa in giro là. Prof, lei intanto capisca quale muro dobbiamo tirare giù.»

«Lasciatemi un telefono» chiede Paolo e Francesca, che sta già correndo verso l'aula magna, si volta e gli lancia il suo.

Preso al volo, per miracolo. Paolo guarda i due ragazzi allontanarsi correndo lungo il corridoio, gli sembra che la voce decisa di Momo ancora risuoni tra le vecchie pareti. In questi pochi giorni gli pare di averlo visto crescere, maturare, più che in cinque anni sui banchi. Lo stesso Francesca, più seria e più concentrata di quanto l'abbia mai vista. Come se stessero aspettando solo una direzione, un modo per provare ciò che valgono, per sbocciare. E se avesse ragione Morgana? Se fosse il Gioco, la soluzione, e non la scuola?

Ma Morgana sta lottando per la vita in ospedale, e la verità è che nessuno di loro sa a quale gioco stiano tutti giocando e perché.

Paolo si guarda intorno nella sala professori. Cerca di ricapitolare velocemente fra sé e sé i punti qualificanti del racconto.

Il motto della famiglia di Montrésor, il protagonista, è *Nemo me impune lacessit*, nessuno mi offende impunemente. Lo stemma di famiglia è un piede d'oro che schiaccia un serpente i cui denti sono conficcati nel tallone. *In pace requiescat*, riposi in pace, sono le ultime parole del racconto. Fortunato, un italiano, è il nome della vittima. Il tutto succede a carnevale, Fortunato è vestito da giullare, e crede fino all'ultimo che possa trattarsi di uno scherzo. Il delitto non verrà mai scoperto, il racconto è dell'omicida, cinquant'anni dopo il fatto...

Potrebbe essere davvero così? Potrebbero non trovarla mai? Ma chi sarebbe talmente pazzo da murare viva una ragazzina? E perché? Montrésor porta la sua vittima nelle cantine. Ma qui a scuola, almeno che lui sappia, cantine non ce ne sono, né sotterranei di alcun tipo.

A meno che... la cosa più simile alla cantina. In fondo, lo sherry... Il bar dell'istituto. Paolo corre fuori dalla sala, e mentre corre si rende conto che qui si fa sul serio, che se quella ragazza è stata murata viva ogni minuto potrebbe essere prezioso. E pazienza se finiranno tutti in galera. Chiama Nilde, lei non risponde. Le lascia un vocale.

«Abbiamo bisogno d'aiuto. Corri a scuola prima che puoi, porta chi puoi. E il necessario per sfondare un muro. Forse l'ho trovata!»

Poi chiama Momo e Francesca, sente rumori di ferraglia: «Raggiungetemi al bar, presto!».

«Arriviamo professò! Ma qui hanno incatenato tutto... La raggiungiamo!»

Paolo, cercando di correre, si avvia per l'altro corridoio.

Un discreto fiatone, le gambe che bruciano, ma eccolo nel locale. Esplora le pareti, ma non vede proprio dove potrebbe nascondersi una nicchia. Se non... Dietro al bancone?

Ed eccolo, proprio sotto allo scaffale con i bicchieri. Basta guardare il muro per accorgersi che la parte bassa è stata manomessa di fresco e riverniciata.

73

Paolo batte sul muro, e suona vuoto. Deve essere cartongesso: accosta l'orecchio, si macchia di bianco, è verniciata di fresco. C'è un buco in un angolo, forse per far passare l'aria. Buon segno. Inizia a battere, gli sembra di sentire un sibilo, un mugugno, un verso.

«Rossella! Rossella!» inizia a urlare. Intanto si guarda intorno, cerca qualche attrezzo, qualsiasi cosa possa aiutarlo a smurare. Trova solo un cavatappi, cerca di darsi da fare con quello, si sente patetico.

«Rossella, mi senti? Allontanati dal muro! Ora ti libero, non preoccuparti!» Paolo si mette a menare colpi. Poi fa leva cercando di forzare gli angoli, pezzi della lastra cominciano a sbriciolarsi e si sentono da dietro colpi disperati e sordi, di risposta. Fa appena in tempo a pensare, con uno strano automatismo: almeno siamo sicuri che dentro non c'è un gatto. Ma i pensieri vengono obliterati da un braccio che gli si avvolge intorno al collo. Qualcuno lo ha preso da dietro con violenza. Lo trascina per terra, dietro al bancone, e cerca di strangolarlo.

Paolo prova a urlare, ma non esce una parola. Sente

mancare le forze, non passa l'aria, allunga le braccia, riesce a graffiare il volto del suo assalitore, che lancia un urlo, allenta un poco la presa, poi di nuovo stringe, stringe sempre più forte. Gli mancano le forze, non gli esce la voce e i muscoli non rispondono più. Poi con uno strattone riesce almeno a voltarsi, a guardare in viso il suo assalitore.

I loro occhi si incrociano: Pastore.

È un attimo. Uno scoppio, secco, la presa che si allenta. Pastore che si abbatte su di lui, come spezzato da un colpo di clava. Il sangue a fiotti dalla nuca, il corpo accasciato del suo collega. Lo sposta, con uno scatto istintivo. Dietro, a qualche metro da lui, un filo di fumo. Dietro al fumo una pistola. Dietro la pistola le braccia tese di Rinaldo Santamaria.

«Ma che hai fatto?!» urla Nilde, entrando di corsa nella stanza.

«Gli ho... salvato... la vita» risponde, sconvolto, Santamaria.

Nilde mette due dita sul collo di Pastore. «Ma è morto!»

«L'ho preso in testa... Lo stava strozzando.» Poi, rivolto a Paolo. «Ma cosa stava facendo?»

Paolo si massaggia la gola, non riesce ancora a parlare, batte una mano sul muro e soffia: «Qui dietro, qui dietro c'è Rossella...».

Santamaria lo raggiunge e sta colpendo il cartongesso col calcio della pistola quando entrano correndo Momo e Francesca, con un martello e una cazzuola. Lei vede il corpo di Pastore steso a terra e urla bloccandosi di colpo mentre Momo è concentrato su Paolo, inginocchiato davanti al muro.

«Fatti da parte» ringhia Momo spingendo via Santamaria con tanta forza che l'omone barcolla e quasi cade di lato. «Rossella! Stai indietro che viene giù tutto!» Momo si sdraia, carica il calcio, lo sferra e la lastra di cartongesso crolla tra la polvere sotto i colpi del suo tallone.

Ma Rossella non ne emerge, non può. Perché quando si affacciano nella nicchia vedono che è svenuta.

Però è viva.

Un mese dopo

74

Le grandi dune ricoperte di arbusti scendono verso la spiaggia e il mare, e sembra di essere in California. Invece, è la spiaggia di Capocotta, il punto più bello del litorale romano, tanto più in mezzo alla mattinata, in mezzo alla settimana e nella prima estate, quando praticamente non c'è nessuno. I chioschi sul lungomare sono tanti, tutti molto fascinosi, ma lui ha evitato di andare al suo preferito, perché si chiama *Il battello ubriaco* e non vuole sembrarle un fissato. Sono dal *Zagaja*, sorseggiano una birra gelata e guardano il mare.

Ci ha messo un po', Paolo, a fare questa mossa. Ci ha messo così tanti giorni, in effetti, che l'eco della vicenda sui media ha fatto in tempo ad affievolirsi. Gli hashtag #paoloromano e #ilfascinodellintelligenza, tornati prepotentemente in voga sui social, già non sono più *trending topic*, e intanto sono cominciati gli orali della maturità e lui si chiede con sincera curiosità come ne verranno fuori i «suoi» ragazzi, Momo e Francesca. Che Rossella uscirà a pieni voti non dubita: già era secchiona, ora c'è pure l'effetto empatia.

«Oh, prof, e se avesse simulato tutto per prendere un voto migliore?» ha scherzato Momo l'ultimo giorno di scuola. E Paolo per un attimo ha avuto paura di dover vagliare una nuova ipotesi plausibile. Poi si è reso conto che non riusciva a fare a meno di fissare la nicchia dove era stata rinchiusa Rossella, appena liberata dai sigilli e ripulita da Luisa. E il pavimento poco distante dove si erano sparsi i pezzi di cervello di Pastore.

Pastore il narciso, Pastore il complottista. Ma Pastore il mostro, chi lo avrebbe mai detto?

Rossella ha raccontato tutto, fotogramma per fotogramma. Che è stato lui a rapirla, che l'ha tenuta prigioniera per giorni, ma senza farle nulla. Non l'ha toccata, non le ha mai neanche rivolto la parola a dir la verità. Solo, un bel po' di giorni dopo la cattura, l'ha drogata e lei si è svegliata lì, in quella nicchia murata. Ma quasi subito sono arrivati Romano e i ragazzi.

Rossella non è stata in grado di dire perché il suo professore di arte l'avesse rapita. Le aveva offerto un passaggio sulla strada da casa a scuola, tutto qui. E si era risvegliata chiusa nella stanza di un appartamento, che non saprebbe ritrovare né descrivere, perché era bendata.

C'era qualcun altro? No. Ogni tanto, una voce femminile, ma l'ipotetica complice di Pastore non era mai entrata nella stanza-cella di Rossella.

Morgana è indagata, deve restare reperibile ma ha avuto il permesso di passare la convalescenza in Umbria, da una parente; contro di lei nessuna prova. Ha dichiarato che con Pastore aveva mantenuto i contatti dopo la maturità perché era «un tipo a posto», che lui le ha dato appuntamento in via Merulana e che poi non sa più niente, ha sentito un dolore e si è svegliata in un letto di ospedale. Il biglietto? Lo aveva trovato per terra, non ricorda di averlo passato a Paolo, di certo non lo ha scritto lei. La caccia al tesoro? «Ma di che state parlando?»

Nessuno le ha creduto. Ma nessuno può dimostrare che mente. E in fondo una testa come Pastore avrebbe potuto benissimo architettare tutto da solo.

«Il Gioco d'altronde era lì» ha commentato amaro Santamaria. «Bastava usarlo.»

Montecristo è stato il primo a far visita a Morgana, quando si è svegliata dal coma. Lei si è girata verso il muro, e ha chiamato l'infermiera. I genitori lo hanno diffidato dall'andarla a trovare. Subito dopo è scomparso, adesso sono gli altri a non riuscire a trovare lui.

Paolo lancia uno sguardo di sbieco a Nilde, che guarda il mare e pare serena come non l'ha mai vista. Le accuse di negligenza sono cadute, Santamaria ha parlato in suo favore, forse anche perché la testimonianza dell'ispettrice è stata decisiva per chiudere il caso della morte di Pastore. Comunque il commissario si è mostrato per quello che è, una brava persona, e a lui in fin dei conti deve anche la vita.

«Morgana se l'è cavata e ora vedrai che le faranno pure un contratto per una trasmissione televisiva, ma ne ha fatte di cazzate... E anche parecchi danni» commenta Paolo. «Tutto il casino sull'inaffidabilità degli insegnanti, sulla scuola che non è all'altezza... da certe cose non si torna indietro.»

«Direi che i danni li ha fatti Pastore» obietta Nilde.

«Pastore era un vanesio ma non un folle. Sono convinto che se lei non lo avesse istigato, forse sedotto, non si sarebbe mai mosso dall'aula di disegno.»

«Paolo! L'ha quasi uccisa!»

«E di questo non riesco a capacitarmi, credimi. Lo conosco, Pastore. Lo conoscevo, e non ce lo vedo proprio a sferrare una coltellata.»

«Crediamo sempre di conoscere le persone» dice Nilde, continuando a fissare il mare. «Non puoi dare la colpa a Morgana la tentatrice. Sempre la stessa storia dai tempi di Eva e Adamo: è stata la donna. E invece è stato l'uomo, cioè Pastore. *Nomen omen*, direste voi professori: lei è giovane. Si è lasciata incantare da un cattivo maestro. Solo che non era Montecristo.»

«Che smacco, povero Montecristo. Sai che non è ancora tornato in servizio?»

«E dov'è andato?»

«Secondo me a Londra, stavolta per davvero.»

«Con tutta questa esposizione mediatica, magari si è fatto vivo qualche vecchio creditore...»

«Tu potresti scoprirlo, dov'è andato.»

Lei resta in silenzio qualche secondo.

«Non ora. Per un po' vorrei restare fuori dai guai» si gira a guardarlo. «E tu?»

Lui le fissa gli occhi negli occhi e vorrebbe chiederle di suo marito: se le dà ancora dei problemi, se sono divorziati o solo separati, se a Roma è solo fuggita o se le piacerebbe restarci. Le classiche domande matrioska che ne contengono al cuore una sola: ti piaccio abbastanza?

Abbastanza per cosa, non saprebbe dirlo nemmeno lui.

«Io?» prende tempo stupidamente.

«Tu, sì. Cosa vorresti?»

A chiunque altro questa domanda accenderebbe un semaforo verde grande come l'occhio di bue di un teatro, ma gli ingranaggi sentimentali di Paolo hanno fatto la ruggine da un pezzo. Se mai hanno funzionato.

«Anch'io» sospira distogliendo lo sguardo. «Anch'io vorrei restare fuori dai guai.»

75

«Rossella, come stai?»

«Be', professore... la psicologa dice che devo darmi tempo» risponde lei chinando lo sguardo. Paolo riflette sul fatto che Rossella ha sempre i capelli davanti alla faccia, quella cortina di capelli castani, lisci, lucidi, ordinati. Non ci aveva mai fatto caso.

Quando si è presentata a scuola l'hanno tutti trattata con una gentilezza mai vista, compresi Francesca e Momo. Il mondo cambia in fretta, pensa Paolo, ed è contento per lei: l'ha persino invitata a una festa Francesco della quinta M, che è campione di arti marziali, compone basi che già vende con profitto ai rapper più quotati, ed è così bello che all'uscita da scuola ogni tanto si fanno vive anche le ragazze delle scuole accanto. Fino a un mese fa provava per Rossella Catrambone lo stesso interesse che aveva (e ha tuttora) per il busto in marmo di Cavour inspiegabilmente esposto in un corridoio del primo piano.

Lei alza lo sguardo e i capelli scivolano via dal viso. È uno sguardo brillante, pieno di intelligenza. Paolo l'ha sempre trovato vagamente inquietante, ora di più. Pensa con un filo di cattiveria che anche lui, al posto di Pastore, l'avrebbe tenuta bendata. Quegli occhi ti giudicano.

«La psicologa ha ragione. È stata un'esperienza terribile» riesce però a dirle con dolcezza.

«Essere sepolti vivi è, senza dubbio, il più terribile tra gli orrori estremi che siano mai toccati in sorte ai semplici mortali» dice Rossella fissandolo, poi lo saluta, e si allontana nel prato, nella direzione opposta a quella in cui si trovano i suoi compagni.

Altri giorni sono passati, gli esami sono finiti e quasi tutta la classe si è data appuntamento all'ex Snia di Portonaccio per un picnic di arrivederci. L'ex Snia è un posto pieno di fascino, e Paolo pensa che sarebbe stata una perfetta ultima tappa del gioco: un laghetto incastonato nell'archeologia industriale, nato a inizio anni Novanta da un errore umano. Dovevano costruire un parcheggio sotterraneo, non avevano guardato le mappe, e forarono una falda acquifera che allagò largo Preneste. Piano piano l'acqua si ritirò, ma non da lì. Così nacque il lago, che si autoalimenta ancora oggi. Il bello nato dal brutto, senza intenzione.

È tutto un «se beccamo, se sentimo», ma Paolo sa che per molti sarà un addio. Non solo dai compagni, ma dalla parte bella della vita.

Momo e Francesca si sono maturati. Le sue due cariatidi a fondo classe, gli studenti imperfetti. Sessanta lui, sessantadue lei. Con delle carriere scolastiche che sembravano un bollettino della guerra in Vietnam, vuol dire aver fatto un esame sfolgorante, e infatti è andata proprio così. Non sfolgorante di nozioni ma di nessi tra i concetti, ponti tra le materie e con l'attualità, idee originali. Se ripensa all'orale di Francesca, a Paolo vengono i brividi. È stato come veder mutare il piombo in oro. Pensa: era questa la vera alchimia, caro Pastore, altro che Paracelso.

Era solo qualche settimana fa. Stava sul 309, e si dava del

fallito. Si misurava col giovane complottista che ora aspetta di essere sepolto a Prima Porta, povero diavolo. Si misurava anche coi grandi della letteratura, a dire il vero. O con i professori universitari. Gli sembrano passati secoli.

Paolo guarda Momo e Francesca e adesso sa perché fa il professore al Nicoloso da Recco. Insegna lì perché a quei ragazzi deve pensare lui. La classe che arriva il prossimo anno sarà il suo mondo, e solo lui può salvare quel mondo. Li salverà con quegli autori che hanno raggiunto le vette, proprio perché i Paolo Romano spiegassero ai ragazzi come campare. Proverà a prepararli alla maturità e ancora di più al dopo. Li renderà liberi, li renderà persone, grazie alle letture. Ecco: Sartre. L'anno prossimo inizierà da lì.

Se ne facesse una ragione chi lo voleva mettere «in mezzo alla gente».

«Professò! Cannetta?» Momo e Francesca si stanno avvicinando a grandi passi attraverso l'erba, e solo vederli lo rasserena.

«Prof? Si sente bene? Colpo di caldo?» Momo gli agita una mano davanti alla faccia.

«Le fa male la malattia, prof?» aggiunge Francesca, più premurosa che precisa.

«No, no, la malattia sta bene» risponde Paolo con altrettanto dadaismo. E ride. E scuote la testa per rifiutare la canna, perché no. Non è quello il suo ruolo.

«Comunque, prof, mi dispiace per quello che ha passato Catrambone» Francesca indica la compagna che si allontana verso l'uscita del parco. «Però non mi riesce simpatica nemmeno adesso.»

«Almeno avete smesso di bullizzarla.»

«Ma noi scherzavamo, prof» si difende Momo. «E ha ragione Francesca, quella là ha proprio un atteggiamento del cazzo.»

«Puoi dire indisponente, ora che sei maturo.»

«È fredda come una rana e si sente superiore a tutti.»

«Dev'essere la prima volta che ti sento dar ragione a Francesca.» Paolo non ci sta a incolpare la vittima. Catrambone sarà anche un po' supponente ma non era un buon motivo per rapirla. «Non è la fine della scuola, è proprio la fine del mondo. L'Apocalisse.»

I due ragazzi ridono e Momo scuote la testa.

«Mi ci murerei pur'io, nella nicchia, per farmi Francesco della quinta M!» chiosa la ragazza. Momo le dà una spintarella, lei lo accusa di violenza domestica, e tutto ricomincia.

Ma Paolo non li sente più.

Qualcosa gli è squillato in testa.

Ora non è proprio più lì con loro. Si è voltato e sta andando a grandi passi verso l'uscita del parco, mentre chiama un taxi con la app del cellulare. I due lo salutano da lontano, ma lui non li sente.

Com'è che gli ha detto Rossella? Com'è che gli ha detto?

Mezz'ora dopo è dentro la scuola. È aperta, è pomeriggio, ma non c'è nessuno a parte un po' di personale amministrativo e di collaboratori scolastici, uno dei quali per fortuna ha le chiavi del bar. Ecco cosa gli ha detto: «Il più terribile tra gli orrori estremi che siano mai toccati in sorte ai semplici mortali».

Paolo raggiunge in due passi il muro dietro cui era nascosta Rossella, cerca di ricostruire. La nicchia che adesso è tornata un vano chiuso da uno sportello, lo apre, valuta le dimensioni meglio di quanto avesse fatto in quella sera concitata. È davvero piccola.

Che esperienza atroce, certo, povera ragazza. Murata viva. *Il più terribile tra gli orrori estremi.*

A quanto pare Rossella era in posizione fetale, incassata in uno spazio estremamente angusto, ricavato dallo spazio usato per lasciare le casse dell'acqua e gli scatoloni delle merendine.

Poveretta, pensa la claustrofobia quando si è svegliata.

Un metro di larghezza, un buon mezzo metro di profondità. L'altezza una ventina di centimetri, perché va da terra agli scaffali con i bicchieri.

Non c'è nessuno, Paolo ci prova. Prova a sdraiarsi lì, a immaginare di restringersi in uno spazio così angusto. Ce la fa, torcendosi tutto.

Ma se non potesse torcersi, come farebbe?

Infilare in questo spazio un corpo inerte è come cercare di inserire un mattoncino del tetris nella forma sbagliata. Non lo puoi far scivolare, né rotolare, perché l'altezza è ridottissima. Doveva essere sveglia, Rossella, quando ce l'ha fatta entrare; deve averla costretta. L'unica possibilità, infatti, è che la ragazza sia entrata coscientemente dentro quel buco. L'avrà minacciata. Anche se lei ha detto più volte di essersi svegliata già dentro alla nicchia si deve essere confusa, perché qui, se non collabori, non ci entri. Non senza fatica. Paolo immagina Pastore con un'arma, Pastore che minaccia Rossella. Pensa al terrore di quella povera ragazza. Come ha detto?

Il più terribile degli orrori estremi. Che poi… il più terribile…

Oddio.

Tira fuori di tasca il cellulare. Digita nel motore di ricerca: «il più terribile tra gli orrori estremi che siano mai toccati in sorte ai semplici mortali».

Il risultato non lo stupisce. Ma lo spaventa.

«Il più terribile tra gli orrori estremi che siano mai toccati in sorte ai semplici mortali»: Edgar Allan Poe, *La sepoltura prematura*, 1844.

76

Quando Paolo e Nilde arrivano in commissariato, nell'ufficio di Santamaria trovano Di Tomasi, Galdòn e Presenti che stanno diventando matti tra fogli e faldoni. Il milanese è disordinato, accumula tutto sul tavolo, e loro stanno ancora completando le scartoffie per la chiusura dell'indagine.

«Non c'è il commissario?» chiede Nilde.

«È appena uscito» risponde Galdòn.

Nilde fa il giro del tavolo, l'occasione è ghiotta. In queste settimane si è fatta molte domande sull'indagine parallela che Santamaria sembra aver condotto. Pastore, intanto: lui dice che lo ha sempre tenuto vicino perché lo sospettava. Difficile credergli, dato che a Rossella sono arrivati prima Paolo e i ragazzi, mentre Santamaria aveva spostato lo sguardo su Londra. Ma a un vecchio pensionando si può concedere la vanità, e in fondo lo ha detto più volte: questa indagine non doveva trasformarsi per lui nel marchio finale d'infamia. Bugie bianche.

Ora, però, la domanda cui vorrebbero una risposta sia lei sia Paolo è una sola.

«Ragazzi, ci penso io. Riordino io, intanto prendetevi una pausa» dice agli agenti. Loro annuiscono, si allontanano mugugnando qualcosa su un caffè, e la lasciano fare.

Nilde trova subito le foto della Scientifica, scattate sulla scena del salvataggio di Rossella. Il muro distrutto a picconate, lo spazio risicato in cui era rinchiusa la ragazza ed ecco le immagini prese da dentro la nicchia. E dubbi non ce ne sono più.

«Che c'è, Nilde» la voce di Santamaria. «Vi serve un supplemento di indagine?»

Alle sue spalle c'è Galdòn. Nilde gli lancia un'occhiata prima sconcertata, poi sprezzante. Traditore. Lo ha richiamato lui, Santamaria.

«Aiutavo i ragazzi, Rinaldo, ma adesso che ci sei tu puoi mettere ordine di persona» risponde.

«No, no» fa Santamaria «continua tu, basta che non dici che te l'ho fatto fare perché sono sessista...»

Ammicca a Galdòn, ma quello non ride. Nilde ha l'impressione che le chieda scusa con lo sguardo. Cosa è successo in quell'ufficio mentre lei era occupata nell'assurda caccia al tesoro di Morgana Magni? Magari Santamaria ha fatto il lavaggio del cervello ai suoi uomini, li ha convinti che a stare dalla parte di Nilde Fabbri si giocavano la carriera e forse addirittura il posto? O ci sono dei dossier su tutti loro, da qualche parte?

Certo che ci sono. Ci sono dossier su tutti, da qualche parte.

Mentre questi pensieri le sfrecciano per la testa, Santamaria si è avvicinato a Paolo.

«Buongiorno, professore» esclama bonario. «Una volta la avrei invidiata per la continua compagnia dell'ispettrice Fabbri, poi mi sono arreso. Ho sposato il look dell'uomo di panza, e ho abbandonato ogni velleità!» Si batte le mani sullo stomaco prominente e stavolta ride anche Galdòn.

Non c'è niente da fare, Santamaria è simpatico.

«Gli hai detto?» domanda Paolo rivolto a Nilde.

«No» si affretta a rispondere lei «glielo dico ora. Rinaldo, il professore voleva sapere se ti serve altro dai ragazzi, sai, hanno fatto la maturità e adesso se ne andranno da Roma per qualche settimana in vacanza...»

«No, no, per carità, portateli via, fateli sparire!» risponde Santamaria agitando le mani davanti al volto, poi diventa serio. «Se servisse qualcosa glielo farò sapere, professore. Venite, ci prendiamo un caffè?» e di nuovo fa l'occhiolino a Galdòn. «Se volete uno che *regge er moccolo*, come dice Rugantino...»

«Davvero lusingata, guarda, ma devo rifiutare. Le tue carte sono a posto, da brava massaia le ho messe in ordine, ma ho ancora tanto da fare.»

«Professore, andiamo io e lei?» fa Santamaria. «Magari mi racconta l'*Iliade*: "Cantami, o Diva, del Pelide Achille l'ira funesta che infiniti addusse lutti agli achei, molte anzi tempo all'Orco generose travolse alme d'eroi..." non sono l'ultimo coglione, sa?»

«Non l'ho mai pensato, commissario, ma la ringrazio. Caffè già preso, e in epica le do 9!»

«E allora andate liberi anche voi! La Messa è finita, ragazzi, ci vediamo!» e va a sedersi dietro la scrivania, con l'aria di chi è padrone del campo.

Nilde e Paolo escono dall'ufficio e dal commissariato, lei gli stringe il braccio per indicargli di non parlare, finché non salgono in macchina. Spegne entrambi i cellulari, li ficca in profondità nella borsa e la butta dietro, poi accende al massimo l'autoradio.

«Ma che ti prende?»

«Lui sa tutto, Paolo.»

«Come, sa tutto?»

«Ho visto le foto della Scientifica, non ci sono dubbi. Lo

stucco è colato all'interno della nicchia dove era chiusa Rossella, non una goccia sulla soglia esterna.»

«Quindi?»

«Quindi non solo ci è entrata da sveglia ma...»

«... ci si è murata da sola» conclude Paolo. «Aveva dita e palmi sporchi di gesso, quando l'abbiamo salvata...»

«Ma non aveva graffiato il muro per cercare di scappare» ragiona lei. «Se le era sporcate chiudendosi dentro.»

«Ha simulato il rapimento» chiosa Paolo. «Con tutti i tempi giusti, per di più. Ma perché?»

«Non arrivo a capirlo... e c'è un'altra cosa che non comprendo.»

«Cioè?»

«Perché te l'ha voluto far capire?»

«Citando Poe all'ex Snia, dici?»

«Esatto. Non ne aveva alcun bisogno... Cosa voleva ottenere?»

«Cosa vuole che facciamo?» si domanda piano Paolo.

Il Gioco a quanto pare non è finito, e si accorge di provare una punta di eccitazione. Il Gioco è una droga.

«Paolo!» Nilde accelera, e grida per sovrastare il rap di Salmo che stanno dando alla radio.

«Che urli?»

«Dobbiamo sbrigarci... dobbiamo andare subito a casa di Riccobono!»

77

Cellulare staccato sia Momo sia Francesca, l'unica è il solito vocale.

«Ragazzi, il Gioco non è finito. Non fidatevi di Rossella. Chiamate me o Nilde appena potete.»

Paolo con il pugno stritola il reggimano della Panda. Nilde accelera, passa coi rossi, libera la strada davanti a sé col clacson.

Una curva parabolica, e Paolo mette via il telefonino.

«Attenta, Nilde, così ci ammazziamo! Perché corri?»

«Mi è balenato all'improvviso... forse perché... è rimasta solo lei... Adalgisa potrebbe essere la prossima?» Nilde scuote la testa, come per liberarsi dai pensieri. «Insomma, non lo so. Non lo so, ma può succedere.»

«Musil» commenta Paolo.

«Che?»

Lui la guarda tra l'ironico e l'affettuoso: «Hai appena spiegato il senso più profondo de *L'uomo senza qualità*, Nilde. Se avessi una classe ti farei fare un applauso.»

«Un'altra lezione di letteratura?» sospira lei, ma il complimento le ha fatto piacere. Anche se non lo ha capito. Con una sterzata evita un pedone *in extremis*.

«Secondo Musil se esiste il senso della realtà deve esistere anche il senso della possibilità. E il senso della possibilità è la capacità di pensare tutto quello che potrebbe essere, e di non dare maggiore importanza a quello che è rispetto a quello che non è.»

«Paolo, non è la prima volta che te lo chiedo: che c'entra questa roba con il caso Catrambone?» Nella voce di Nilde c'è il filo d'impazienza di chi si chiede: ma davvero questo mi sta spiegando Musil mentre corriamo per salvare una vita?

«C'entra perché forse c'è una logica anche se noi non la vediamo. Se non sappiamo chi potrebbe farlo, né come potrebbe farlo, né perché potrebbe farlo... non significa che qualcuno non stia pensando di far fuori Riccobono. E la possibilità che succeda lo rende in qualche modo già reale.»

«Quindi se Riccobono muore è colpa mia che ci ho pensato?» deduce Nilde. «Grazie Musil! Come se non ne avessi già abbastanza, di sensi di colpa.»

«Ma no! Quindi... corri! In questa vicenda dobbiamo aspettarci qualsiasi cosa.»

«Forse è proprio per questo che Montecristo si è dato alla macchia» dice Nilde schivando un autobus sulla preferenziale. «Ha capito che tira una brutta aria per le figure di autorità che avevano contrastato o deluso Morgana.»

«Anche questo non mi torna» replica Paolo. «Montecristo non è mai stato un vigliacco, come Pastore non è mai stato un mostro.»

Non resta che parlare con Adalgisa Riccobono. Devono chiederle dove diavolo è finito Montecristo, devono raccontarle di Rossella. Lei è la preside che tutti hanno indicato come l'esempio della scuola che non funziona, dei docenti con un passato torbido. La preside che non ha protetto Morgana dai cattivi maestri, e che ha pagato con un pezzo di reputazione (solo un pezzo perché nessuno ha potuto dimostrare la sua colpevolezza).

Paolo non se ne fa una ragione, ma non ha un'altra spiegazione. Morgana e Rossella hanno architettato insieme quella storia del rapimento, ne è certo. Morgana per vendicarsi: dei professori, della scuola, di Riccobono, chissà. Ma Rossella?

Gli torna in mente quello sguardo vivido, intelligente... forse spietato. È stata Rossella a pugnalare Morgana? Possibile? Ma è solo una ragazzina.

In largo Ravizza Nilde arriva più tardi del previsto, perché sulla Portuense sbaglia svolta e si trova nel traffico di via di Donna Olimpia. Una volta arrivata, però, lascia la macchina dove capita. Non c'è tempo di cercare parcheggio. Potrebbe essere già troppo tardi.

«Non mi torna niente» ansima Paolo mentre raggiungono il portone. «Due studentesse che si mettono a giocare a un Gioco vecchio di quarant'anni inventato da due intellettuali pazzi, per vendicarsi dei suddetti pazzi... ma che senso ha? E poi cosa è successo? Hanno litigato?»

«Sembra assurdo» conferma Nilde. «Ma la cronaca è piena di ragazzi che uccidono. Va considerata la possibilità che Morgana volesse arrivare solo fino a un certo punto del piano e Rossella invece volesse andare oltre. O viceversa.»

«Ma un piano che porta a cosa, santo Iddio?» tuona Paolo mentre si fermano davanti alla porta dell'appartamento di Riccobono.

Che si apre.

«Non lo avete capito?»

Davanti a loro c'è Rossella.

E al suo fianco Santamaria. Con una pistola in mano.

78

«Non sono i libri, Nilde. Sono i soldi.»

Santamaria sta ancora stringendo le corde intorno ai polsi, e le parla quasi con affetto paterno. Paolo è legato davanti a lei, li hanno posizionati uno di fronte all'altro su due sedie imbottite dell'ordinatissimo salotto Riccobono. I loro telefonini sono finiti sotto il tacco del commissario, e certo non squilleranno più.

Un epilogo classico, ha pensato lui. Ha un senso, nel Gioco? Arthur Conan Doyle, Edgar Wallace, Agatha Christie, Rex Stout... mentre ragionava sul ruolo dei gialli nella letteratura, Rossella lo ha riportato alla realtà.

«Eccovi tête-à-tête, così potete farvi gli occhi dolci» ha sogghignato Rossella, e quel suo sguardo così intelligente era molto più che inquietante. «Io vado. Pensaci tu, qui» ha ordinato a Santamaria, prima di uscire di corsa.

Una ragazzina che dà ordini a un poliziotto con l'anzianità e i trascorsi di Santamaria? Il mondo alla rovescia. Lo strano mondo del Gioco.

«Dov'è andata?» ha chiesto Nilde.

«A cercare la vecchia» ha risposto l'altro. «In questi vostri stramaledetti cunicoli romani.»

E così, Riccobono ha capito prima di loro e se n'è andata. Paolo prega Dio che non si sia rifugiata nel Covo, né in alcun altro posto che Morgana conosca e che, dunque, presumibilmente conosce anche Rossella.

«Ma perché accanirsi così tanto su una vecchia preside e un bibliotecario?» Nilde lo ha chiesto al suo collega in tono quasi accorato, mentre lui finiva di legare Paolo. Come se non le interessasse arrestarli né fermarli, ma solo capire.

Per Paolo è esattamente così. Possono pure ucciderlo, ma prima che almeno gli spieghino quale forma di follia ha inseguito per tutti questi giorni.

«*Follow the money*, Nilde» ribadisce ora il commissario. «Regola unica ed eterna...»

«I soldi?» chiede Nilde. È l'unico movente a cui nessuno aveva pensato. Anche perché l'equazione tra «libri» e «soldi» non è per niente ovvia. «Sei passato dalla parte dei criminali per denaro? Ora? Alla fine di una carriera come la tua?»

«Te lo dico chiaro, Nilde: sì. Tu non sai nemmeno quanto se ne possa avere bisogno.» E lo sguardo di Santamaria è talmente serio che Nilde è costretta ad abbassare il suo.

«Siete a caccia delle prime edizioni che collezionava Montecristo?» azzarda Paolo. «C'è qualche incunabolo raro nascosto da qualche parte?»

Santamaria lo guarda sfottente. «Qualche incu... che?»

«Sono gli unici libri per cui si uccide, che io sappia... Non l'hai letto *Il nome della rosa*? *Il club Dumas*?» anche Paolo lo guarda sfottente.

«Lei e le sue citazioni, professore...» commenta disincantato Santamaria. «Beato te che hai il tempo di giocare...» Poi aggiunge: «Non dispiace, vero, se passo al tu?».

«Vuoi dire che Rossella ti ha pagato?» chiede Nilde con maggiore pragmatismo. «Ma come? La sua famiglia non è certo ricca...»

«Che hai fatto, ti sei venduto per il salvadanaio di una ragazzina?» commenta Paolo. «Che miserabile.»

«Ho le mie... esigenze» ribatte il commissario in tono grave. «Solo tu che sei mezzo scemo, e quegli altri due scemi interi che si sono bevuto il cervello negli anni Settanta, potevate pensare al piano culturale, al piano politico.» Santamaria scuote la testa. «Sempre a complicare le cose semplici. Ma tu, Nilde, che fai la poliziotta...» finisce di stringere le corde e si piazza davanti a lei, guardandola quasi con compassione, come con una recluta che ha sbagliato l'esercitazione. «Tu non lo hai ancora capito, che bisogna guardare come girano i soldi? È da quella parte che si trova la verità.»

«Ma Rossella non ha soldi...»

«Lei forse no... ma sei sicura di aver cercato bene tra le carte che metti tanto in ordine? Mi sa che le metti in ordine ma non le leggi.»

«Cioè?»

«Ma io dico... C'è nel cast uno zio ricco a Londra, e non gli fai nemmeno una telefonata? L'unico coi soldi e me lo lasci sullo sfondo?»

«Lo zio... ricco...» A Nilde si gela il sangue. La prima regola è controllare tutto. Può definitivamente dire chi non è: non è una brava poliziotta.

«Il fratello di mamma Catrambone» annuisce Santamaria. «Matteo Romeo, perché mamma Loredana fa Romeo di cognome. Ecco, vedi? Potevamo lasciarvi Shakespeare sulla porta, magari ci arrivavate. Lo zietto di Londra, quello che nemmeno i giornaloni sono andati a intervistare perché, come avevo previsto, era più comodo starsene a Torre Bruciata a seguire le cazzate di Pastore. Bastava andarselo a cercare anche solo su internet, per vedere dove abita.»

«E dove abita?»

«In una bella villa, Nilde... in una bellissima villa. A Londra, non in un villaggio in Cornovaglia. Prezzi alle stelle. E se ci fosse stata una brava poliziotta all'opera, avrebbe scavato un po', avrebbe scavato nel passato delle persone, cosa che dà sempre delle grandi soddisfazioni.»

«Chi sarebbe questo zio?» Paolo interrompe un dialogo che stenta a seguire.

«Un italiano scappato via, tanti anni fa... Uno che si è rifugiato all'estero perché in Italia aveva amicizie poco sane a inizio anni Ottanta. Hai presente i fuochi di Reggio? Faticarono a spegnersi per diversi anni, e laggiù in Calabria tanti ragazzi di destra finirono nei guai. Ma voi vi ricordate solo quelli dell'altra parte, quelli che sono scappati a Parigi, evidentemente. Invece dovevate pensare alla Gran Bretagna...»

«Londra. Come Montecristo» dice Paolo.

«Come lui, professore. E un buon poliziotto sa che le coincidenze non esistono... La capitale inglese salta fuori troppo spesso in quest'indagine. Capisco che ti piacciono i decadenti prof, ma pure qualche gialletto ogni tanto te lo dovresti leggere.»

«Lo zio di Rossella era un fascista in fuga. Tu lo hai conosciuto allora.»

«Brava, Nilde. Vedi che il puzzle ti si ricompone in testa? Matteo Romeo è uno dei miei tanti figliocci. All'epoca lo ho trovato, l'ho adottato, e più lui parlava più io ne arrestavo. Lui salvo, i terroristi in galera, io in carriera: tutti contenti. Non potevamo che mantenere un buon rapporto.»

«Per questo ti sei unito all'indagine...» Nilde è quasi incredula.

«Quest'uomo è ricco. Se sei ricco sei potente. Se sei potente e hai vecchi camerati al Viminale, riesci a ottenere i tuoi amici alla guida delle indagini che ti interessano. E lui non lo trovavi neanche nelle carte della Digos, te lo assicuro.»

«Ecco come hai fatto a ottenerle subito...»

«Più che altro, ecco perché non le hai ottenute subito tu. Se non le avessi intercettate io saresti arrivata subito a Montecristo, e persino una come te avrebbe potuto scoprire qualcosa.»

«Montecristo e lo zio di Rossella si conoscevano?» interviene Paolo.

«Questo è stato il *game changer*, come dicono gli inglesi. A Londra Montecristo ha fatto la fame, mentre zio Matteo ha fatto i soldi. Il primo si è messo a vendere libri, il secondo si è messo a comprare. Comprava di tutto, anche una libreria fallita come quella del vostro bidello. Pardon, compagni: *collaboratore scolastico.*»

Romano fa in tempo a borbottare «non sono compagno» ma Santamaria ha già ripreso: «Domanda e offerta si sono incontrate e hanno scoperto di avere un passato in comune. Qualche incontro al pub, qualche chiacchiera di politica, di cultura... e lo sapete com'è Montecristo, *non tiene un cecio in bocca* come dite voi romani. Parla, parla, e ha parlato anche di quello strano Gioco che doveva cambiare il mondo.»

«Montecristo è coinvolto in tutto questo?»

«Macché. Non è lui quello intelligente. Infatti mica ha mai collegato il suo vecchio amico di Londra con lo zio di Rossella. Altro cognome... e poi vatti a ricordare di un tizio conosciuto un quarto di secolo fa. Ma Matteo Romeo è diverso, lui ricorda tutto: e quando durante il cenone di Natale Rossella ha menzionato il bibliotecario dal cognome letterario che si faceva le canne e tentava di contro-educare gli studenti... la scintilla è scoccata. La sorella gli chiedeva soldi, Rossella gli dava l'idea di come farli. Una delle classiche, grandi, liti familiari di Natale lo ha portato a rompere con la signora Loredana, ma non con la nipotina, fatta della sua stessa pasta. Lì è nato il piano. Che è solo la parte finale di un progetto più ampio, intendiamoci.»

«Ma quale piano? Mi sembra di sentire Pastore» sbotta Paolo.

«Tranquillo, professore, niente complotti, niente massoneria» quasi ride Santamaria. «Qui si tratta di puro e semplice marketing. Il lancio di un prodotto.»

«Marketing?»

«Non dirla come una parolaccia: fa girare il mondo. Tutto è un prodotto, professore. Anche la cultura. Anche le tue lezioni. Anche le tue idee» il tono di Santamaria è concitato come chi ripete il discorso che ha sentito da qualcun altro. Qualcuno molto bravo a convincere. «Torniamo un attimo a Londra, inizio anni Duemila. Proprio frequentando un libraio ex criminale, zio Matteo capisce il valore delle idee, e capisce che vendendole su internet si possono fare molti soldi. Altro che libreria: Montecristo si sfascia la capa sul pensiero, Matteo garantisce l'azione. Ha cominciato con la formazione online, quando nessuno sapeva nemmeno cosa fosse. E ha creato un impero: OsOs. Ovvero?»

I due prigionieri rimangono in silenzio, sopraffatti all'idea di non essersi fatti venire neanche un pensiero sullo zio di Rossella. Ma un ricco imprenditore sembrava così estraneo a tutta quella storia letteraria. E si sono dimenticati che i soldi non sono estranei a niente.

«Non ci arrivate?» li sfotte Santamaria. «OsOs: *One student – One school.*»

«Il Gioco. Uno insegna a uno» commenta amara l'ispettrice.

«... e uno guadagna per tutti, Nilde. Zio Matteo con internet è diventato ricco sfondato. E sai cosa produce, oggi, l'antico seguace di Ciccio Franco?»

«Cosa?» Nilde si sente un disco rotto, ma non può fare

a meno di chiedere. Prova una profonda umiliazione. Avrà tutte le giustificazioni del mondo, ma mezza indagine sembra esserle passata sotto il naso senza che nemmeno la vedesse. Mentre lei si lasciava prendere in giro dalla caccia al tesoro letteraria di Morgana, fuori, nel mondo reale, succedevano le cose vere: soldi, corruzione, ricatti e tradimenti. Miriadi di tracce che non ha seguito.

Lancia a Paolo uno sguardo quasi di rimprovero: non sarà colpa di lui, delle sue illusioni e delusioni, se si è lasciata portare tanto fuori strada? Probabilmente sì, le risponde lo sguardo del professore. Però lei ci si è lasciata portare.

«Lo zietto produce software didattici online di ultima generazione. Destinati a soppiantare, nel tempo... chi?»

«Me.»

«Sì, professore. Te e quelli come te. Ma di più, i programmi ministeriali e gli insegnanti. Mai più classi in cui gli asini frenano i cavalli. L'evoluzione perfetta della Dad: giochi, contest, votazioni capaci di orientare la didattica. In automatico.»

«Algoritmi» dice Nilde.

«La fine della scuola» chiosa Paolo.

«Sì, professore, la fine della scuola. E l'inizio di un impero. L'impero di chi la scuola la vende, la produce. Online. Tanto quella vecchia nessuno la rimpiangerà, sa? Non state facendo un buon lavoro, con le ultime generazioni. Proverà a far meglio zio Matteo, che produrrà a breve l'unico software già pronto a soddisfare le esigenze del ministero della Pubblica istruzione.»

«Non ci cascheranno mai» pronostica Paolo, ma con l'incertezza nella voce.

«Non ti chiedo se vogliamo scommettere solo perché non ti è rimasto niente da scommettere, professore» il tono di Santamaria è quasi insultante. «Però hai ragione sul fatto che ci vorrà un po' di impegno. Non è così facile spazzar via secoli di vecchiume. Ma per far finire la scuola, da qualche parte si deve iniziare, o no? E allora» prosegue Santamaria «perché non coinvolgere la cinica nipotina, e iniziare sputtanando la classe docente? Perché per fare una rivoluzione c'è comunque bisogno di uno slogan, lo sai meglio di me. Ogni rivoluzione ha bisogno di un'ideologia che la spinga e la sostenga.»

«"Ogni movimento rivoluzionario è romantico, per definizione"» annuisce Paolo.

«Gramsci vero? Quante ne ho sentite di queste stronzate, e sembravano passate di moda...» Santamaria storce la bocca. «Ma alla fine tornano sempre comode, le ideologie, come i complotti. E così è tornata comoda la vecchia rivoluzione sognata dai vostri terroristi culturali. Adesso, ha pensato zio Matteo, è il momento di usare il Gioco.»

«Quindi non è Morgana ad avere arruolato Rossella» ragiona Nilde. «Ma Rossella ad aver arruolato Morgana... seguendo il piano dello zio. Le serviva chi conoscesse le regole, ma non si fidava di Montecristo. La ragazza invece era abbastanza sciocca e amareggiata da mettersi nei guai in prima persona.»

«Morgana era pronta da tempo» Santamaria scuote la testa. «Come credete che ci sia arrivata, Rossella, a lei? Dopo la maturità aveva straparlato per un po' di realizzare una sua versione del Gioco, usando la rete, per prendere in giro tutti, per rifarsi del voto basso, per vendicarsi, per chissà che altro. Un piano infantile e ovviamente rimasto inattuato.»

«Fino a che Rossella... già, Rossella cosa?»

«Rossella le ha detto che lo zio ricco e filantropo si era innamorato dell'idea del Gioco e avrebbe sostenuto l'impresa.» Santamaria non riesce a trattenere una risata. «Il finanziatore, disinteressato, della rivoluzione. Come diresti tu, professore, un *topos* dei più classici.»

«Userei un termine più terra terra, commissario. Una trappola» ribatte secco Paolo. «In cui Rossella ha fatto cadere la sua ex compagna di scuola... più bella di lei, più benestante di lei, più popolare di lei. Ma meno intelligente.»

«La scuola serve a questo, no? A dare opportunità... Rossella aveva fatto un paio di viaggi a Londra, dallo zio. E aveva scoperto una cosa: che la sua vita era quella» la difende Santamaria. «Sua mamma litigava con il fratello fascista e arraffone, la ragazzina invece lo vedeva come la via di salvezza, e voleva tutto. Potete darle torto?»

«Sul merito, forse no» risponde Paolo. «Sul metodo...»

«Il fine giustifica i mezzi, professore, non lo ha letto Machiavelli?»

«Machiavelli questa stronzata non l'ha mai scritta. Credo nemmeno pensata.»

«Se non è stato Machiavelli» alza le spalle Santamaria «sarà stato Paracelso.»

«Pastore» Paolo lascia cadere quel nome con autentico dolore. Il cervello del collega sparso sulle piastrelle del bar.

«*Collateral damage*» dice freddo il commissario. «Il povero Pastore, vanitoso e complottista, la testa di legno perfetta. Serviva un docente per sputtanare i docenti, e Pastore era perfetto: il professore carismatico dell'*Attimo fuggente*, quello che gli studenti adorano, quello che piace ai ragazzi e che i genitori temono. Apparentemente appassionato, in realtà complottista e vanesio. Manipolabile. A lui, non è per vantarmi, ho pensato io. È stato il mio primo contributo alla rivoluzione, se posso permettermi.»

«Pastore cosa sapeva?»

«La domanda è sbagliata, professore. La domanda giusta è: Pastore cosa aveva capito?» Santamaria scoppia di nuovo a ridere. «Niente! Non aveva capito niente. Quello stava ancora girando per il quartiere africano in cerca di massoni. Prima ho richiamato gli agenti, poi l'ho spedito io al bar della scuola. Quando ti ha preso per il collo pensava di aver acchiappato il rapitore di Rossella. Di spalle, in tuta acetata, tutto curvo intento a battere con un cavatappi sul muro... Ha l'attenuante che non ti avrebbe riconosciuto nessuno.»

«E gli hai sparato. Lo sapevi? Che gli avresti sparato, dico.» Passare al tu per uno come Romano è ancora una forma di svilimento dell'interlocutore. È legato a una sedia, con ogni probabilità stanno per ucciderlo, e lui tiene il punto mancando di rispetto. Figurarsi.

Eppure Santamaria non risponde subito. Anzi, abbassa lo sguardo. Un misto di amarezza e vergogna. Poi un colpo di frusta, e risolleva il capo.

«I morti non smentiscono, prof.»

«Santamaria, ma ti rendi conto di quello che stai dicendo? Che un uomo è morto per un'operazione di marketing?» protesta Paolo.

«Non faccia l'ingenuo. Non sarà né il primo né l'ultimo» la voce narrante cambia.

Rossella è tornata.

79

«Benvenuta, capo» fa Santamaria, mezzo ironico e mezzo no. Poi nota l'espressione contrariata della ragazza. «Non l'hai trovata» constata.

«Macché. Sono andata su e giù per tutte le fogne di questa merdosa città, ho trovato almeno tre dei suoi maledetti sgabuzzini, pieni di patetici reperti di una gioventù sprecata...»

«"... e tutti quei momenti andranno perduti come lacrime nella pioggia"» la interrompe Paolo in tono ironico.

Rossella, a sorpresa, tira fuori di tasca una piccola pistola a tamburo e la punta verso di lui.

«Hai voglia di fare lezione, professore?» chiede, con la voce pericolosamente tesa. «Perché sono molto nervosa, e non so se mi va di essere interrogata.»

«Rossella» Nilde, invece, parla in tono fermo e quieto. «Perché cercavi la preside Riccobono?»

«Per ucciderla, perché se no?» Rossella sposta la pistola su di lei. «Quel coniglio di Montecristo è bravo a scappare. Ma lei... non la facevo così furba. E invece chissà dove si è cacciata...» I suoi occhi vagano per la stanza,

Paolo si accorge che sono occhi cerchiati. Rossella non dorme bene, chissà da quanto. Forse non dorme affatto. È pericolosa, è al limite. Basta un passo falso e sono morti.

Per qualche secondo, nessuno parla, come se tutti volessero evitare proprio quel passo falso. Poi, Rossella punta di nuovo l'arma contro il professor Romano. Che si ritrova a fissare prima la canna della pistola e poi i suoi occhi freddi e intelligenti, e a non sapere cosa gli faccia più paura.

«Non è che per caso tu lo sai, prof?» chiede lentamente la ragazza, facendo scattare il cane dell'arma. «Non è che la tua vecchia amica preside ti ha detto dove se ne stava andando?»

«Non me lo ha detto, no. D'altronde siamo venuti qui a cercarla» risponde calmo Paolo. «È per questo che mi hai citato *La sepoltura prematura*? Per farmi venire qui? E poi darmi la colpa del secondo omicidio...»

Rossella annuisce.

«Per quello... e forse perché il Gioco alla fine è una droga, la più pesante di tutte» ammette.

«Me ne sono accorto.»

«E per questo, vedi... deve esserci un indizio. Anche se è scappata senza dir niente nemmeno a voi, deve aver lasciato un indizio.» Lascia vagare lo sguardo per la stanza, e Paolo quasi per un automatismo la imita.

E lo vede.

«Cosa vinco se ci arrivo prima di te?»

«Non si vince niente, nel Gioco, non lo hai capito?»

Paolo accenna con il capo al pianoforte verticale in un angolo della stanza.

«Uno spartito, forse» dice. «Ma un libro, in quella posizione, sul pianoforte...»

«Vai a prenderlo e portamelo» ordina Rossella a Santamaria. Lui esegue.

«È in inglese» osserva riportandoglielo. «Samuel Johnson, *The Vanity of Human Wishes.*»

E Paolo scoppia a ridere. Non può proprio impedirselo, non gli importa se quella gli fa saltare il cervello. Riccobono, Montecristo. Due geni. Due maestri.

«È divertente, prof?» chiede Rossella in tono pericoloso.

«È divertente sì... E dai Rossella, nonostante tutto sei una ragazza intelligente, non puoi non apprezzare.»

L'accenno all'intelligenza sembra un po' placarla, e Rossella abbassa l'arma per sfogliare il libro. «La vanità dei desideri umani... ce l'ha con me?»

«Un po' con tutti, credo» fa Paolo, conciliante. «Quel poema è stato scritto a imitazione della decima satira di Giovenale, un autore latino. La morale del tutto, scusa se te la taglio un po' con l'accetta ma sono legato a una sedia e vado a memoria, è che in una società dominata dalla politica dei condottieri e degli Stati, il singolo può poco o nulla e per sopravvivere deve autoilludersi, costruire un sistema fittizio di valori e desideri. Che tuttavia sono fallaci. Secondo Johnson, l'unica salvezza è la solidità dei valori cristiani.»

«Che pesantezza» a sorpresa, il commento è di Santamaria.

«Eh sì, non un granché!» ride di nuovo Paolo. «Ma non è questa la cosa più divertente... non è un pippone sui valori il messaggio di Riccobono.»

«E quale sarebbe?» chiede Santamaria, sembrando quasi interessato. Paolo sorride tra sé: il Gioco contagia tutti.

«La citazione più famosa in assoluto di Samuel Johnson, la battutona, diremmo oggi, che anche i suoi contemporanei citavano di continuo... la frase per cui è rimasto celebre, sapete qual è?»

Tre teste si scuotono.

«"*When a man is tired of London, he is tired of life*"»

cita Paolo con gusto. «Quando un uomo è stanco di Londra, è stanco di vivere. Un uomo e, possiamo aggiungere, una donna... Riccobono ha raggiunto Montecristo, direi. O forse chissà, lui se l'è venuta a prendere.»

Stavolta è Nilde a ridere, con autentica allegria.

«Quei due...!» esclama. «Sono proprio dei fenomeni. La fuga d'amore, alla loro età!»

«Sono contenta che vi divertiate» Rossella butta da parte il libro. «L'ultima risata del condannato, potremmo dire. Visto che i vostri amici se la sono svignata, infatti, non mi restate che voi...» Rossella si infila la pistola dietro la cintura, va a prendere uno zainetto appoggiato in un angolo della stanza, e ne estrae una scatola. Dalla scatola, due siringhe. «Una droga speciale, londinese e nuova nuova» annuncia. «Ovviamente mortale in queste dosi. Tanto la vostra setta si sa, è piena di drogati.» Batte col dito sulla siringa per far salire l'aria. «Questa storia si è sgonfiata troppo in fretta. Avevamo fatto tutto giusto, ma non basta. La follia di un singolo professore che è andato giù di testa... Maledetti media, volubili e superficiali.»

«Ma c'era ancora la carta Romano... L'altro professore sotto i riflettori, quello strano ma bravo» ricostruisce Nilde, chiedendosi come uscirne viva e pensando: nei romanzi la chiave è sempre far parlare il criminale. «Ma ecco che il professor Romano uccide la preside Riccobono. Cosa c'è sotto?»

«Sotto? Sotto ci stanno una squilibrata» le dà manforte Paolo, che continua inspiegabilmente a ridere, «e un traditore. Non vi offendete, vero, se ve lo dico? Secondo Sun Tzu se vuoi vincere non devi conoscere solo il tuo nemico, ma anche te stesso...»

«Ma lo senti, quanto è tronfio?» Rossella si rivolge al commissario, smettendo per un attimo di armeggiare con le sue siringhe. «Vedi, professore» sputa fuori la parola come un insulto. «Il commissario qui lavora solo per i soldi, ma io no. Io lavoro anche per la causa. Quella di eliminare i relitti autocompiaciuti come te. Individui fallibili e falliti, ignoranti che pretendono di insegnare ad altre persone.» Si accalora, come Santamaria poco prima, e anche lei sembra ripetere qualcosa che le è stato detto. Lo zio Matteo non è solo un genio del marketing, dev'essere anche un genio della retorica. Uno di quelli che piegano la realtà ai loro interessi, con le parole. «La classe docente esercita un potere ingiusto e pericoloso» prosegue intanto Rossella. «Non ha senso che decidiate voi su ciò che è giusto o sbagliato, che possiate orientare le nostre vite... che *possiate giudicarci.*»

«I professori ti formano, non ti giudicano» obietta Paolo.

«E infatti guardati, prof. Come ci formi e come formi te stesso. Come lo fai, tu, questo lavoro?» chiede Rossella, fissandolo di nuovo con quello sguardo intelligente e spietato, che sembra leggere ogni suo peccato, portare alla luce ogni suo dubbio. «Sii onesto, da quanti anni non te ne frega più niente di noi? Da quanti anni insegni a risparmio energetico, sentendoti persino virtuoso perché cambi di quel po' i programmi ministeriali e ci racconti quattro fregnacce su Baudelaire?»

Paolo apre la bocca per replicare e si accorge che non gli viene nulla. Tutti i demoni che lo abitano da quando è morta Chiara prendono a vorticare nella stanza e sibilano: «Rossella ha ragione. Ha ragione lei».

«Non ti biasimo, sai, prof» riprende la ragazza. «Con i quattro soldi che prendete. Perché sprecarsi? Siete solo esseri umani. Io vi capisco. Parliamoci chiaro: non contate più nulla. Ed è per questo che voglio risolvere insieme il vostro problema e il nostro. Voi smettete di insegnare e andate a fare altro, un lavoro meglio retribuito, o anche la pesca a mosca per quel che mi riguarda. Noi impariamo in un modo più democratico e più sensato, senza il rischio di incappare in un incompetente o in un matto che ci rovini la vita. Ci guadagniamo tutti.»

«E questo modo quale sarebbe? Quello di tuo zio? Gli algoritmi?» chiede Nilde.

Rossella annuisce senza un filo di imbarazzo: «Come dice Montecristo, d'altronde? La conoscenza nasce dal desiderio. Noi individueremo il desiderio, e forniremo la conoscenza».

«Finirete a studiare le formazioni delle squadre di calcio, o le canzoni dei neomelodici» borbotta tra sé e sé Paolo.

Rossella conferma sfottente: «Cultura pop, professore. Di sicuro ben pagata!».

«E in questo luminoso futuro è questo che farai tu? La piazzista per zio Matteo?» la incalza Paolo. «Una carriera che comincia gettando discredito sulla scuola per piazzare software didattici... dove finisce? Sei la rappresentante pazza della Vorwerk Folletto del 3000?»

Santamaria ha un sussulto. Gli viene automatico ormai, capire quando uno rischia la vita. Ma ha troppi anni e troppi problemi per mettersi a interferire in una storia che è andata com'è andata. Non è la prima volta che si gira dall'altra parte e lascia fare. Non è la prima volta che il capo non è lui.

«Caro professore, io capisco che tu non puoi vedere le cose nella giusta prospettiva» Rossella non si lascia turbare. «Sei un relitto di un mondo che sta per scomparire. Per te è troppo tardi, non sei in grado di abbracciare un nuovo mondo... E poi, ormai, mi servi morto.» Solleva la siringa e la picchietta nuovamente con un dito per eliminare le bolle d'aria; spinge poco lo stantuffo, con un gesto esperto. «Quando vi troveranno qui, si riaccenderà la polemica: un altro insegnante coinvolto, la trama che si infittisce... faremo le cose per bene. Devo trovare un'altra social media manager, se ne occupava Morgana, ma ultimamente...» fa un sorrisetto.

«Ultimamente le hai piantato un coltello nella pancia» completa Nilde. «Perché sei stata tu, vero? Non Pastore... o il mio stimato collega» accenna con la testa a Santamaria.

«Io non sbudello ragazze così belle» dichiara lui.

«Un uomo di principi» commenta Paolo.

«Ammazzo solo chi se la va a cercare» ringhia Santamaria.

«Tu e Morgana non stavate dalla stessa parte?» chiede Nilde a Rossella. Farla parlare, si ripete, farla parlare. Ma forse funziona solo nei film.

«La ragazza si è presa paura» lamenta Santamaria.

«Non era pronta. Non sapeva cosa sarebbe successo alla Piramide» spiega Rossella. «Quando ha scoperto che stavate morendo asfissiati mi ha chiamato, urlava, era disperata. C'era un omicidio in ballo, e cambiava tutto. E poi, che ingrata: ci avevo messo ore a montare il tubo del gas, e per accenderlo quasi mi davo fuoco. E lei invece cosa fa? Vi avverte.»

«Ma come faceva ad avere il mio numero? Quello del Nokia?»

«Ma sul serio pensate che mi faccio fregare da due ragazzini che comprano i telefoni dagli spacciatori?» sbuffa Santamaria. «I vostri numeri li avevamo tutti da subito.»

«La vera domanda è: perché vi siete accollati Momo e Francesca? A noi, coinvolgendoli sempre più, ci avete fatto un favore» chiede Rossella, temporaneamente distratta da un astio di vecchia data. «Ma come fate a sopportarli? Sono due bestie, lo capite, vero? I loro scherzi da caserma, i loro cori da stadio, le battute quando entravo o uscivo dalla classe...»

«Sono cambiati, ora. Ed è bastato poco. È bastata un po' di attenzione...» borbotta Paolo.

«Sono cambiati? Grazie al Gioco?» Rossella ride, di gusto. «Ma se quelli non si guardano nemmeno intorno, e se guardano non vedono... Sai, c'ero io al cimitero acattolico, dietro un tavolino, col gatto di Alice in braccio; chiedevo il contributo volontario per il mantenimento, e Montecristo mi ha anche lasciato un obolo. Lasciamo stare il vecchio tossico, ma basta un cappelletto in testa e una parrucca per confondere i due giovani detective. Là mi sono davvero divertita. Povere bestie...»

Paolo non risponde. Per vedere qualcosa il più delle volte bisogna aspettarsela, vorrebbe dire, ma gli sembra di non avere più parole.

Per fortuna c'è Nilde, che è pragmatica, e pensa solo a ricostruire i fatti: «Morgana poi ti ha raggiunta a via Margutta, alla tappa successiva?».

«La tappa che non ci sarebbe dovuta essere; ma lei non lo sapeva, e le avevo lasciato nascondere il sacchetto Dada. Il Gioco vero sarebbe dovuto finire alla Piramide» risponde Rossella. «Tre cadaveri, Pastore attirato lì da Santamaria e incolpato della strage, sarebbe saltato in aria con la bombola del gas. *Bum!* Avrebbero tremato anche i morti.»

Il tono esaltato della ragazza è terrificante.

«E invece Morgana ha spento il gas e vi ha avvertito... e ho dovuto precipitarmi a impedire che rovinasse tutto. Da Ingravallo, vi giuro, ho provato a convincerla. Certo, magari stavamo giocando un gioco un po' diverso da quello che pensava lei, forse un po' più pesante, ma la colpa sarebbe ricaduta su Pastore, noi eravamo al sicuro. Lei però non ha voluto starmi a sentire...»

«E così le hai ficcato un coltello in pancia e ti sei murata da sola.»

«Vedi, professore, che se ti applichi ci arrivi?» lo sfotte Santamaria.

«Povera Morgana» commenta Nilde. «Lei si fidava di te.»

«Non ha voluto capire» taglia corto Rossella. «Si è lasciata prendere dal panico sul più bello. E sì che agivamo per una buona causa: la *sua* causa. Niente più professori in grado di rovinarti la vita.»

«Ma neanche in grado di migliorartela» osserva Paolo.

«Quelli sono una minoranza, prof.»

«Sbagli. E comunque, se ci fossero solo dieci giusti in città, distruggeresti Gomorra?» chiede piano Paolo.

«Prego?»

«La trattativa di Abramo con Dio. Non la conosci? È una delle pagine più belle della Bibbia» Paolo guarda quella ragazzina con la siringa, che crede di essere Dio, e all'improvviso le sorride. Tutto è già stato scritto, in fondo. Quanto deve essere difficile, alla sua età, accettare che tutto è già stato scritto. «Dio vuole distruggere Gomorra, città di peccatori. E Abramo si mette in mezzo. "Signore" gli chiede "ma se io trovo cinquanta persone perbene in città, tu la distruggerai lo stesso?" E Dio: "Ok, no, se trovi cinquanta giusti allora perdonerò a tutti, per amor loro". Allora Abramo torna all'attacco: "Signore, ma se i giusti fossero quarantacinque, se fossero quaranta, se fossero trenta?". E ogni volta Dio dà la stessa risposta, sono solo cinque persone in meno, certo che risparmierà la città. Abramo scende fino a dieci, poi si ritiene soddisfatto. Perché è sicuro di trovare dieci giusti in città, e di salvarla.» Paolo saetta uno sguardo intorno e si accorge che i suoi tre interlocutori hanno ascoltato quel racconto antico con una certa attenzione. C'è una ragione se la Bibbia è il libro più venduto di sempre.

«Vedi, Rossella: la domanda, per chiunque voglia giocare a fare Dio, è sempre la stessa: qual è il limite tra la giustizia e l'arbitrio? Fin dove esercitiamo il nostro potere, dove ci fermiamo? Dio, di fronte a questa domanda, si è fermato a riflettere. Non vuoi farlo anche tu?»

Rossella esita. Un'ombra le passa negli occhi intelligenti e freddi. Poi solleva di nuovo la siringa.

«La differenza tra me e Dio» dice «è che io ho ragione.»

È lì che Paolo si accorge che la ragazza è impazzita. È lucidissima e completamente pazza.

«Quindi dopo esserti liberata di noi dovrai sbarazzarti di Morgana» interviene in fretta Nilde. «Ma come pensi di arrivare a lei?»

«Io non ci arriverò affatto. Ci penserà il valoroso inquirente che ha risolto il suo caso, a farle visita» Rossella sorride in direzione di Santamaria, che ricambia con un'espressione melensa. Sono solo soldi, si chiede Paolo, o il commissario subisce anche il fascino di questa studentessa-killer?

«Dovresti ringraziarmi» riprende Rossella tornando a picchiettare la siringa. «C'è gente che questa roba la paga, sai. Peccato che non siate in grado di apprezzarla. Professore, tu sei pronto?»

Non fa in tempo a vedere il sorriso di Paolo.

Sente solo: «Ehi, cretina! Ai professori si dà del lei».

Il tempo di girarsi verso la porta e un calcio in pieno viso le scompone la frangetta. «E poi non dire che non ti cerchiamo mai...» Momo entra così, saltando come il protagonista di un cartone giapponese, e in sequenza arrivano Di Tomasi, Galdòn e Presenti. Quest'ultimo si prende la soddisfazione di sottrarre la pistola dalle mani di Santamaria.

Adesso anche Francesca ha raggiunto la comitiva.

Ma è un attimo.

Rossella si riprende da quella pedata troppo in fretta. E spara. Spara e colpisce Paolo, che crolla a terra con tutta la sedia. Di Tomasi fa per afferrarla, ma lei esplode un secondo colpo, che passa un millimetro dall'orecchio del poliziotto. Santamaria con una testata colpisce Presenti, che cade a terra ma riesce ad afferrargli una caviglia, facendolo rotolare sul tappeto. Galdòn sta fermo, inebetito, e non reagisce. Tanti anni di carriera ed è la prima volta che si trova in mezzo a una sparatoria. Forse non ha capito neanche tanto bene da che parte stare.

La ragazza si gira e scappa.

Santamaria esita a rialzarsi quel poco che basta perché Presenti si levi in piedi e gli sferri un calcio al fianco. Di Tomasi è a terra, le mani sulle orecchie, in testa un frastuono stordente. Momo e Francesca corrono a slegare il professore, che tossisce, bianco in volto, e sanguina da una spalla; Nilde, ancora bloccata, urla. Urla per scuotere Galdòn, che torna in sé e corre all'inseguimento della ragazza.

«Nei cunicoli sotterranei! Correte!» grida Nilde ai colleghi.

Galdòn esce subito di corsa. Di Tomasi si precipita a slegarla, mentre Presenti mette le manette al commissario.

«Prof, come sta... Paolo!» Anche Nilde si precipita accanto al professor Romano. C'è sangue dappertutto.

Paolo alza gli occhi a guardarla, è un'immagine sfocata, ma una cosa in quel viso chino su di lui la vede chiaramente. Affetto. Questa ragazza gli vuole bene.

«Chiara» articola in un gemito. «Chiara, perdonami. Perdonami e non mi dimenticare.»

E perde conoscenza.

80

La ragazza che voleva sostituire la scuola con un algoritmo si era dimenticata dei compagni di classe. Ovvio che succedesse.

Paolo è fiero dei suoi rinforzi. I suoi ragazzi di Baker Street, le sue cariatidi. Momo e Francesca, le bestie. Abbastanza intelligenti da pensare di cercarli prima al Covo e poi a casa di Riccobono non trovandoli al telefono. Abbastanza furbi da chiamare a rinforzo i tre poliziotti di Nilde, anche se lei non si fidava più di loro.

«A quanto pare le guardie le conosco meglio io di te» le ha detto non senza soddisfazione Francesca. Nilde si è domandata se non abbia un futuro in polizia. Di certo, in quell'indagine, si è dimostrata più abile di lei.

Rinaldo Santamaria ha deciso subito di collaborare, e persino la stampa ha in qualche modo rispettato la parabola di un poliziotto che ha fatto la storia del corpo, ma che per salvare la vita al nipotino malato è precipitato nell'ignominia a un passo dalla pensione.

«I Servizi non lo abbandoneranno comunque» ha commentato Presenti. «Si faranno carico anche dell'intervento del bambino, vedrete.»

Scotland Yard ha bloccato Matteo Romeo mentre cercava di lasciare Londra, ma Rossella è scomparsa. Alcuni dicono sia morta, altri che si sia nascosta nei sotterranei romani, e comunque sui social è già famosa come la «professoressa del popolo» che ha combattuto contro «i programmi del regime».

Per Nilde è in arrivo una menzione di merito, «per le peggiori indagini mai condotte in vita mia» ha commentato ridendo con lo staff, che invece, adesso, la adora.

Momo e Francesca sono diventati gli eroi del giorno: sono sempre in tv e le case editrici si litigano il romanzo tratto dalla loro storia. Per tacere dei diritti cinematografici.

Paolo (anche lui di nuovo *trending topic* per qualche ora) è tornato in ospedale e la spalla gli fa un male tremendo. Nilde è in piedi, davanti al letto in cui è sdraiato. Paolo le vorrebbe dire qualcosa – di gentile? Di tenero? – ma proprio non riesce a reinventarsi corteggiatore. Anche Nilde gli vorrebbe dire qualcosa – di gentile? Di tenero? – ma Momo e Francesca entrano di corsa. Ci sarebbe un limite alle persone che possono stare nella stanza, e Paolo ha l'impressione che lì dentro siano decisamente in troppi, ma quei due arrivano dove vogliono. Chi li ferma più?

«Abbiamo una buona notizia» annuncia Francesca. «Che non è un figlio!» aggiunge anticipando l'inevitabile battuta.

«Ci iscriviamo all'università» dice Momo.

Paolo ride con più di una punta di ironia: due pluribocciati che scrivono un libro e vanno all'università, una poliziotta premiata per l'indagine che doveva farle perdere il posto. "Il finale è più Zeno Cosini che Gordon Pym" pensa. Solo per lui il finale deve essere amaro? Davvero non riesce a dire quello che prova a questa ragazza?

«Bravi! Bravissimi!» esplode immediatamente Nilde. «E che facoltà?»

«Lettere. Ci proviamo» risponde Francesca. «Ci iscriviamo e poi vediamo che succede.»

«Oddio, non vorrete diventare insegnanti» si allarma Paolo.

«Intanto vediamo di passare gli esami, professò» lo rassicura Momo.

«Io con le maniche lunghe» aggiunge Francesca.

«E perché?»

Lei mostra le braccia tatuate: «Mi ci vedete a dare l'esame davanti a qualche barone comunista? Con le celtiche dappertutto?».

«Sai che diceva Aristotele, Francesca?»

«Secondo lei?»

«Secondo me no, non lo sai. Diceva che nemmeno gli dei possono disfare il passato» riassume Paolo. «E uno scrittore francese disse che non ci si può liberare del proprio passato come non ci si può liberare del proprio corpo. Tu hai il tuo passato tatuato sul corpo, saresti la sua musa ideale.»

«Il passato ci definisce, ma non ci deve condannare» interviene Nilde. Fruga nel suo zainetto e ne estrae un pennarellino. «Stai ferma così, Francesca.» Si china sul suo braccio e si mette a disegnare sopra i tatuaggi. In breve la celtica diventa Saturno, e il capoccione di Mussolini una bella rosa blu.

«Vedi?» ride Paolo. «Così invece del Ventennio citi Zarrillo!»

«Un altro scrittore dei suoi?» Francesca si guarda disgustata l'avambraccio.

«Be', non è uno scrittore, ma a modo suo potremmo definirlo un poeta contemporaneo... con una certa influenza sugli anni Novanta. Se fosse in funzione l'algoritmo di Rossella magari avresti potuto portarlo alla maturità!»

«Come storia antica» aggiunge Nilde, facendogli l'occhiolino.

Francesca e Momo li guardano ridere e sono contenti di vederli di buon umore, e sperano che prima o poi si decidano a mettersi insieme, ma non hanno idea di cosa stiano dicendo. D'altra parte con i libri è così, questo ormai lo hanno capito. Scavi e scavi, e non arrivi mai in fondo.

EPILOGO

Tre mesi dopo

«Professore, Amazon. C'ho un pacco. Metto davanti al portone?»

«Aspetta.»

Paolo riaggancia il citofono. Il maledetto citofono che lo ha svegliato. Si trascina fino alla finestra, alza la serranda, allunga il braccio e ritira il pacco dalla finestra. Mancia niente, non scherziamo.

Sono le dieci, e lui se ne stava ancora a letto. I pungiglioni lo hanno fatto a pezzi ieri. Dovrà mettersi di nuovo in malattia.

Maglietta bianca e mutande, col pacco sotto il braccio raggiunge la cucina, prende una cialda (l'ultima, porca miseria) e si prepara il caffè.

Il pacco appoggiato sul tavolo ha circa le dimensioni di una scatola da scarpe, ma non è di Amazon. Non ci sono loghi ed è avvolto nella carta da pacchi, ha un'aria novecentesca.

Mittente: L. Gala. E chi sarebbe?

Apre il pacco. Plastica che scoppietta, la sua passione. Dentro, cartone per uova, una confezione da quattro. Dentro la confezione, ce ne sono due.

Anzi, un uovo e un guscio d'uovo, vuoto. Con un buco sopra, come se qualcuno se lo fosse bevuto e lo avesse rimesso a posto.

Paolo viene percorso da un brivido, e teme di aver capito.

Ricontrolla il mittente.

Leone Gala. *Il giuoco delle parti*, Pirandello. Il «filosofo» che vuole controllare con l'intelletto la vita, tenendo lontano il caso, colpevole di scatenare passioni impreviste. Il caso è come un uovo fresco, che ti arriva addosso all'improvviso; ma il filosofo lo afferra, e se lo beve.

Il pacco è stato spedito da Rossella, non c'è dubbio.

Paolo afferra il cellulare, lo accende, non ricorda nemmeno da quanto è spento, quando lo prendono i dolori non vuole sentire nessuno. Cerca il numero di Nilde Fabbri, e il dolore è già sparito. Stavolta non perderà l'occasione.

Ricomincia il Gioco, e lui è tornato in gara.

Ringraziamenti

L'idea di questa storia nasce da una domanda che mi sono fatto ai tempi di *Ultimo banco*. Cosa succederebbe, mi sono chiesto, se i professori si ribellassero? Se passasse alle maniere forti chi intende opporsi al declino culturale, sociale, economico e politico di questo paese?

Non potrebbe succedere, ovviamente, perché usare le maniere forti vorrebbe dire essere la causa di un ulteriore declino. Ma il bello dei romanzi è questo: che si può inventare. Ed ecco che Adalgisa Riccobono, Federico Montecristo e Morgana Magni sono stati i primi personaggi che mi sono venuti in mente. Una professoressa, un collaboratore scolastico e una studentessa molto arrabbiati, che vogliono cambiare il mondo con la letteratura; da lì tutti gli altri, da Paolo Romano a Nilde Fabbri, fino a Rossella, Momo, Francesca e Santamaria, a completare un racconto che spero vi sia piaciuto.

Ho sempre pensato che il periodo della vita che si passa a scuola e all'università sia un periodo magico, per tanti motivi. Il principale è quello a cui in quel momento non si pensa – anzi, si tende spesso a considerarlo come una iattura – e cioè che in quel periodo si studia.

In quegli anni si vive immersi nelle cose importanti. Nei pensieri importanti, nei libri importanti, nella realtà di concetti, scelte e persone che hanno dato importanza alla loro vita e al lavoro culturale. E non ce ne accorgiamo non solo perché siamo giovani, ma proprio perché siamo immersi in tutto ciò, ed ogni cosa che succede ha un peso specifico maggiore di quello che invece avrà in seguito. Hanno un peso diverso l'amicizia, l'avventura, il successo, l'insuccesso, l'amore. Ha un peso diverso persino la scelta di non studiare.

Tutto, in mezzo allo studio, vale di più.

Per scrivere *Il Gioco* son tornato a leggere e studiare cose bellissime. E devo ringraziare mia madre, perché per diversi giovedì pomeriggio sono andato a lezione di letteratura da lei, e la Floris è sempre la Floris. Grazie a mio padre, perché la volontà ed il coraggio di dare valore a quello che conta li ho presi da lui.

Grazie a Beatrice, che fa (e suggerisce) sempre la cosa giusta, con grazia e profondità. Grazie a Valerio e Fabio, perché il mondo è bello se visto attraverso le loro intelligenze. Grazie a Daniela per l'impegno con cui mi aiuta, da sempre, mi difende e mi sostiene. Grazie a Marco, Stefano, Marianna e Vittorio, perché sanno ridere quando raccontano.

Grazie a Michela Gallio, che da sempre combatte insieme a me perché io riesca a garantirmi questa vita parallela da scrittore, e che stavolta si è imbarcata in un'impresa più tosta (e divertente) del solito. Grazie a Ruggero Ragonese, che ci ha capiti subito, e sostenuti con la sua abilità e la sua cultura. Grazie a Beppe Caschetto, che conosce la vita e le situazioni, e sa quando accendere e quando spegnere i fari.

E infine, ovviamente, grazie a tutta *diMARTEDÌ*.

Questo libro è stampato fabbricato da Grafica Veneta S.p.A.
con un processo di stampa e rilegatura certificato 100% carbon neutral
in accordo con PAS 2060 BSI

Finito di stampare nel mese di novembre 2022
per conto di RCS MediaGroup S.p.A.
da Grafica Veneta S.p.A., Via Malcanton 2, Trebaseleghe (PD)
Printed in Italy